KB079382

순결과 음란

에로티시즘의 작동 방식

대중서사장르연구회

지식과교양

인문학총서 기획자 서문

부경대 인문사회과학연구소 인문학총서는 당초 9권으로 구상/기획되었다. 2016년 말에 기획된 인문학총서 첫 권은 『트랜스내셔널리즘과 재외한인문학』이었고, 그 출간 시점은 2017년 5월이었다. 그리고 1년 4개월이 지난 현 시점(2018년 9월)에 여섯 번째 권 『순결과 음란』의 간행을 앞두고 있다. 자체 일정으로만 따진다면 분명히 지연된 상황이지만, 시리즈 출간 상황을 전체적으로 볼 때에는 무리 없이 출간 일정을 소화하고 있는 셈이다.

다만 당초 6권 출간 과정에서 몇몇 필자들의 방해로 인해, 출간 직전에 있던 6권 공저가 난황을 겪으며 지금도 계류 중인 것은 안타까운 일이다. 그 대신 당초 계획으로는 7권이었던 『순결과 음란』이 한 권(호) 당겨져 출간되는 기쁨을 누리게 되었으며, 빈자리인 7권에 신진 연구자의 참신한 저서가 새롭게 자리 잡을 수 있게 된 것 역시 예기치 못한 기쁨이 아닐 수 없다. 당초 6권 출간 예정이던 공저는 참신한 필자들을 보강하여, 8권으로 출간될 예정이다. 세상에는 엄연히 순리가 존재하고 부당한 욕심보다는 학문적 열정을 앞세우는 연구자들이 존재하는 만큼, 이 인문학총서 시리즈는 당초 계획을 충실히 이행할 수 있을 것으로 낙관한다.

사실 지금까지 일정은 출간 일정은 '숨 가쁜 시간'의 연속이었다. 부족한 인력과 재원 그리고 출판 인식을 감수하고 이 총서 시리즈를 기획했을 때에만 해도 이 정도로 어려운 일이 많을 줄은 미처 알지 못했다. 그 사이에 나의 신분 역시 변화해서 굳이 이 총서 시리즈를 마무리하지 않는다고 해도 누가 비난할 수 없는 상황이 되었다. 하지만 당초 약속만큼 어김없이 지키고 싶었다. 그것이 이 서문을 쓰게 된 가장 큰 이유이다. 어떠한 방해에도 불구하고 당초의 계획은 완수될 것이라는 자기 다짐이 필요했기 때문이다.

이를 위해서는, 앞으로 해야 할 일 역시 적지 않아 보인다. 당초 예상했던 2년의 시간이 다가오고 있는 상태이고, 아직도 3권의 책을 더 출간해야 하기 때문이다. 책 출간 과정에서 겪은 우여곡절이야 이루 다 할 수 없지만, 그래도 주위의 도움으로 그 어려움을 이겨낼 수 있었다. 지인들의 도움에 감사하며 인문학의 정신을 훼손하지 않는 정직한 연구자들에게 감사한다. 무엇보다 막대한 재원을 들여 이 시리즈를 감당하고 있는 출판사 사장님께 깊은 감사를 표한다.

부경대 인문사회과학연구소 6권의 대표 편자(공동 필자)는 '대중서사장르연구회'였다. 그동안 주목할 책을 연속적으로 출간한 대중서사장르연구회였기 때문에, 부경대 인문사회과학연구소로서는 상대를 전폭적으로 신뢰할 수 있었다. 그리고 그 결과 역시 기대에 값할 만큼

놀라운 성취를 보여주었다 여겨진다. 그 학문적 열정은 '지금-여기'를
넘어 이후로도 줄곧 계속되기를 기대해 본다. 실질적으로 출간 과정
을 책임진 이주라 연구자에게도 깊은 감사를 표한다.

인문사회과학연구소 인문학총서 간행 기획자
김남석 씀

머리말

대중문화와 에로티시즘의 친연성은 낯설지가 않다. 대중문화는 선정적이다, 라는 문장이 당연하다고 여긴다면 더욱 그렇다. 선정적이라는 표현 대신 저속하다 혹은 자극적이다, 라는 문구로 대체해도 마찬가지다. 사회적 담론 속에서 대중문화는 항상 즉자적인 본능만을 만족시키며 돈을 버는 저급한 상업 문화로 인식되어 왔기 때문에, 성(性)의 노골적 묘사, 폭력의 자극적 표현, 즉자적 웃음은 대중문화의 본질처럼 여겨졌다. 한국에서 근대적 대중문화가 번성한 1930년대 이래로, '에로(틱), 그로(테스크), 넌센스'는 언제나 대중문화의 키워드였다. 이러한 흐름 속에서, 대중문화는 성(性)이라는 소재를 즐겨 다루며, 성(性)에 대해 노골적이고 자극적으로 표현하기를 즐긴다는 인식은 상식적이다.

하지만 의외로 대중문화는 보수적이었다. '대중문화와 에로티시즘'이라는 주제로 세미나를 진행하면서 깨달은 사실이다. 주류 언론의 기사들, 검열 자료들에 나타나는 영화, 드라마, 소설 작품들은 지나치게 음란해서 사회의 악(惡)으로 규정되었지만, 사실 통제하는 시선과 규제하는 언어가 더욱 음란했다. 대중문화는 보수적인 검열의 기준을 통과해서 일반 대중들의 도덕적 취향을 만족시켜야 한다. 그러므로 대중문화에서 성(性)의 표현은 매우 조심스러울 수밖에 없다. 예상 외로 대중문화에서 에로티시즘은 노골적으로 표현되지 못하는 주제 중 하나이다.

그럼에도 불구하고 대중문화는 에로티시즘을 자극하여 대중들의 관심과 흥미를 추수하려고 노력해야 한다. 표현은 하되, 표현되지 않은 것처럼 보이게 만드는 것이 에로티시즘을 표현하는 대중문화의 기술이었다. 에로티시즘은 가끔 예술이나 자유와 같은 지적인 개념으로 포장되기도 하였고, 음란과 방탕을 도덕적으로 단죄하면서 욕망의 향유를 봉합하기도 하였다. 대중문화 속 에로티시즘은 이러한 포장과 봉합을 걷어내야 읽힐 수 있었다. 이 과정 속에서 흥미롭게도 표면적으로 내세운 순결에 대한 집착이 오히려 관능을 자극하는 양상도 보였다. 이렇게 대중문화의 에로티시즘은 표면과 이면, 과정과 결말, 재미와 교훈, 그리고 순결과 음란, 이 이중성들을 넘나들어야 제 모습을 드러내었다.

이 책에서는 대중문화에서 에로티시즘을 드러내는 이 이중적이고 양가적인 표현 방식에 집중하였다. 대중문화는 성(性)과 관련된 모든 것을 다 보여줄 수 없기 때문에 제대로 보여주지 않으면서도 뭔가 보이는 듯한 느낌을 주는 방법을 고민해야 한다. 이러한 제약 속에서 대중문화는 에로티시즘을 표현하고 재현하는 독특한 표현 방식들을 만들어 왔다. 이 표현 방식들은 각 시대의 특징을 반영하여 역사적인 변화를 보여줄 뿐 아니라, 한 시대 내에서 순결과 음란의 경계가 만들어지는 지점을 보여주며, 각 시대를 살아갔던 대중들이 느끼는 에로틱함이 무엇인지 살펴볼 수 있게 한다. 그러므로 이 책에서는 순결함에 대한 강조나 음란함에 대한 표현이라는 이 양가적 표현 방식이 교차, 충돌, 상호보완하면서 대중문화 속에서 에로티시즘을 작동시키는 양상에 초점을 맞췄다.

이를 위해 시기적으로는 전근대와 근대, 문화적으로는 한국과 일본의 작품들을 주요 대상으로 삼았다. 기본적으로는 한국 대중문화 속 에로티시즘의 작동 방식이 가지는 특징을 살펴보는 것이 목표였지만, 한국의 근대적 대중문화가 가진 특징은 전근대 및 일본의 문화라는 비교항을 통해 더욱 잘 드러났다. 또한 전근대라는 역사적 시간이 바탕이 되고, 일본이라는 비슷하지만 다른 문화가 병렬 되면서, 한국 대중문화를 바라보는 시야와 이해의 폭이 더욱 넓어졌다. 더불어 대상 작품들도 대중적인 것에만 국한하지 않았다. 시대의 경계를 가로지르며, 기꺼이 불온함을 내세웠던, 예술적 작품들과 담론들을 함께 살폈다. 이 과정에서 에로티시즘을 다루는 여러 방식들, 즉 대중적으로, 예술적으로, 보수적으로, 진보적으로, 세련되게, 저속하게 다루는 다양한 방식들을 비교해 볼 수 있었다.

이 책은 크게는 네 개의 장으로 구성되어 있다.

제1장 '호색의 표상'에서는 한국과 일본의 근대이행기에 이르는 호색의 양상에 주목했다. 유교적 가부장주의가 강력했던 동아시아의 전근대 문화에서 여성이 성적 자기결정권의 주체가 되어 과감한 욕망을 드러내는 양상이 이야기 문화를 통해 드러나기 시작했다. 「사이카쿠의 호색물과 에로스-필부(匹婦)의 에로스 묘사 소고(小考)」(고영란)

는 일본 에도시대 평범한 여성들의 에로스에 주목한 글이다. 이하라 사이카쿠(井原西鶴)의『호색일대남(好色一代男)』을 비롯한 에도시대 풍속소설, 소위 '우키요조시(浮世草子)'를 통해 우리는 보통의 여성이 적극적으로 성애와 인간본연의 욕망을 드러내는 방식을 확인할 수 있을 것이다. 다음으로「조선후기 야담의 욕망하는 여성들」(이주영)은 한국 야담에 나타난 여성의 성애에 관심을 둔다. 성애에 적극적인 여성 이야기를 통해 우리는 금기와 위반 사이의 긴장된 투쟁과 유교 이데올로기 모순을 발견하게 된다.「메이지 일본의 순결과 음란-다이도쿠로(対髑髏)의 고마치(小町) 전설 수용을 중심으로」(류정훈)는 에로틱한 유령담을 매개로 유포되었던 메이지 미인론을 재해석한다. 순결의 표상으로 알려져 온 전설의 여주인공 모델이 사실 그 이전까지 음란의 표상이었음을 문헌적으로 밝히는 과정이 사뭇 흥미롭다. 전근대의 정조 담론, 근대의 순결 담론은 동전의 양면처럼 여성의 성욕을 이중 봉쇄하고 있었지만, 그 배후에서 생성된 여성 성애담과 이야기 윤색과정을 통해 우리는 담론들의 균열과 분화 양상을 확인하게 된다.

　제2장 '순결, 억압된 관능'에서는 한국 대중문화에서 섹슈얼리티가 사회적으로 억압된 방식을 추적하고 있다. 순결이라는 강박이 강조되면서 대중서사에 재현되고 전형화 된 양상을 살펴 볼 수 있다.「순결을 위한 과학 혹은 처녀를 향한 관능」(이주라)은 근대의 순결 이데올로기가 미혼여성의 육체와 성을 통제하고 사회적 도덕 담론으로 형성되는 기원과 특징에 주목한 글이다. 자유연애와 우생학의 결합이 순결 이데올로기에 작용한 방식을 근대 소설에서 확인할 수 있을 것이다.「한국 대중소설에 나타난 관능의 승화 방식-박계주의「순애보」,「진리의 밤」을 중심으로」(이정안)는 박계주 장편소설을 통해 드러나

는 인류애와 낭만적 사랑의 재현 방식, 그리고 성적 욕망과 관능적 시선의 충돌을 분석하고 있다. 인류애, 낭만적 사랑이 섹슈얼리티의 문제를 만났을 때 균열을 일으키며 나타나는 특징을 박계주 소설을 통해 살피고 있다. 「텔레비전 드라마에서 불륜을 다루는 방식」(문선영)은 텔레비전 드라마에서 불륜을 이야기할 때 등장하는 선정성의 논란에 주목한다. 방송 심의라는 제한적 틀 안에서 위험하고도 매력적인 소재인 불륜이 대중적 욕망의 충족이라는 문제에서 선택한 전략을 살펴볼 수 있다. 순결에 대한 강박은 근대소설부터 최근 텔레비전 드라마에 이르기까지 각 매체에서 다양한 방식으로 작동되었다. 2장은 한국 대중문화에 여전히 내재되어 있는 순결 이데올로기의 기원과 변화를 이야기하고 있다.

제3장 '전시된 포르노그래피'에서는 재현의 매체인 연극과 영화를 통해 포르노그래피의 공연성과 한국적 전유 양상, 미학적 전략을 살펴본다. 「연극 〈에쿠우스〉를 통해 본 1970년대 에로티시즘 표상」(김유미)은 1975년 〈에쿠우스〉 초연 이래 에로티시즘을 은폐하고 예술성을 강조하는 형태로 이어진 비평사를 다룬다. 에로티시즘을 퇴폐적 저급문화로 간주했던 유신시대 분위기 속에서 〈에쿠우스〉는 자신의 가치를 예술성에 소구할 수밖에 없었으며, 이러한 굴절로 이후의 상연에서도 에로티시즘을 본격적으로 다루지 못하게 되었다. 에로에서 포르노로 대중의 관심이 이행해간 세기말 전환기를 조망한 「전위로서의 '포르노그라피'와 그 운명-장선우의 외설 논란 영화에 대한 소고」(박유희)는 1990년대 후반 장선우 외설 영화가 부각된 사회문화적 배경을 설명한다. 글의 관심은 이례적으로 전복적인 장선우 영화의 여성인물을 추적하며, 능동적으로 오인되기 쉬운 과잉이 허구화되는 시

점에 장선우 영화가 지닌 전위성의 실패가 예견되고 있음을 예리하게 포착하는 데 이른다. 한편 「포르노-프로파간다로 본 정치, 육체, 외설」(송효정)은 동시대 한국 사회파 영화와 대척점에 놓인 불온하고 음란한 독립영화의 전위적 양상을 살펴본 글이다. 민주주의가 물신화되고 정치가 외설적 표상에 포섭될 때 불온하고 장난스러운 시도들이 계몽의 압력과 순응적 질서를 교란하는 문화적 에너지를 생성할 수 있다. 3장에서는 1970년대 이래 동시대에 이르기까지 고상한 것과 저급한 것, 예술과 외설, 상업과 비타협, 키치와 아방가르드 등 충돌하는 가치들이 어떠한 방식으로 서로를 압도하고 타협하며 실패했는가의 과정을 살펴볼 수 있다.

제4장 '에로의 놀이화'는 디지털 시대의 신기술들의 출현에서 비롯된 유희적 측면의 에로티시즘을 살폈다. 「한국 에로영화의 새로운 감각-〈젊은 엄마〉 시리즈를 중심으로」(이현경)는 2000년대 후반 IPTV의 영화 VOD서비스에서 새롭게 부상하고 있는 에로 영화의 특징을 주목한 글이다. 대중적 호응이 높은 공자관 감독의 〈젊은 엄마〉시리즈에서 최근 에로영화의 특징을 찾고 있다. 탄탄한 이야기 구성방식을 통해 성적 판타지를 생산하는 디지털 시대의 에로영화의 생존 전략을 확인할 수 있을 것이다. 「연애, 섹스, 게임」(송치혁)은 한국사회의 공적담론에서 은폐되었던 섹스가 2010년대 이후 텔레비전 예능 프로그램을 통해 공공연하게 발화되는 현상을 파악하였다. 이 글은 예능 프로그램 〈마녀사냥〉에서 연애와 성이 리얼리티라는 형식을 통해 생산되는 방식을 분석한다. 〈마녀사냥〉은 청년의 연애, 성에 대한 욕망과 취향을 파악할 수 있다는 점에서 의미가 있다. 「여성향 연애 시뮬레이션 게임의 로맨스 서사와 여성-체리즈(Cheritz) 사의 〈네임리

스〈Nameless〉(2013)를 중심으로」(한상윤)는 하이퍼텍스트의 새로운 양식인 비주얼 노블 형식에 초점을 두고, 여성향 연애 시뮬레이션 게임에 나타나는 에로티시즘의 특징을 발견하였다. 메타 서사적 시점, 복수의 서사 경험 등을 특징으로 하는 여성향 게임을 통해 디지털 시대의 에로티시즘의 의미과 가능성을 발견할 수 있을 것이다. 최근 에로티시즘은 IPTV, 리얼리티 예능, 시뮬레이션 게임 등과 결합하여 다양한 놀이 문화로서 기능하고 있다. 또한 단순한 유희를 떠나 기존 대중서사에 대한 도전, 전복 등 의미를 생산하고 있다. 4장은 테크놀로지 시대에서 에로티시즘의 작동방식이 변화된 한 측면을 확인할 수 있다.

이 책은 대중서사장르연구회가 2015년 가을부터 진행한 에로티시즘 관련 세미나의 결과물이다. 에로티시즘이라는 주제로 세미나를 시작하면서, 예상했던 대로, 이 주제가 우리 세미나 팀원들의 취향에 너무나 적합하다는 사실을 순식간에 깨달았다. 사드와 장정일을 읽으면서, 사이카쿠의 작품과 조선 후기 야담에 대한 발표를 들으면서, 할리퀸 로맨스를 다시 구하고, 〈그레이의 50가지 그림자〉를 보면서, 우리는 즐겼다. 그만큼 세미나의 과정은 즐거웠다. 다만, 그 즐거움을 하나의 글로 표현하고, 책으로 완성시키는 일은 꽤나 지난하였다. 대중문화 속에서 에로티시즘이 작동하는 방식을 학문적 연구의 주제로 정리해내기란 힘들었다. 하지만 연구회 팀원들의 능력과 노력으로 결국엔 해냈다. 모든 팀원들이 하나의 주제로 연구 논문을 한 편 씩 완성시켰다. 연구결과물은 2018년 1월 말에 진행한 워크숍을 통해 발표되었고, 전체 토론의 과정을 거쳐 수정되었다. 모든 원고는 학술지에 투고

하고 게재하여 검증의 과정을 한 번 더 가졌다. 단행본 출간 시기와 일정이 안 맞아 투고 결과를 반영할 수 없었던 원고는 대중서사장르연구회 내부 편집위원들의 심사를 거쳐 수정 보완하였다.

한 권의 책이 나오는 과정은 무수한 사람들의 보이지 않는 조력이 있어야만 가능한 것 같다. 흥미로우나 어려웠던 에로티시즘이라는 주제로 한 편의 글을 완성한 모든 필자들에게 정말 수고했다는 말을 전하고 싶다. 서로의 격려와 응원이 없었다면 이 책의 출간은 불가능했을 것이다. 비록 책에 원고를 싣지는 않았지만, 세미나에 꾸준히 참여하고 워크숍도 함께 하면서, 최근 대중문화 속 에로티시즘과 젠더 문제로 연구회의 시야를 넓혀준 성원들도 있다. 이주영, 이승화, 신지현 선생님께 진심으로 감사의 말을 전한다. 선생님들의 참여로 최신 대중문화의 경향을 파악할 수 있었으며, 그로 인해 세미나가 더욱 풍성해질 수 있었다. 에로티시즘에 관한 연구가 실질적인 결과물로 나올 수 있었던 것은 부경대학교 인문사회과학연구소의 김남석 선생님 덕분이다. 김남석 선생님께서 대중서사장르연구회에 단행본 출간을 제안해 주셨다. 지면을 통해 감사의 말씀을 대신한다. 마지막으로 많은 분량의 원고를 편집하면서도 필자들의 입장을 충분히 고려해 주신 지식과교양 출판사 사장님 및 편집부에도 필자 모두의 고마움을 전한다.

2018년 8월
대중서사장르연구회를 대신하여
이주라, 송효정, 문선영

| 차례 |

1부
호색의 표상

이 장에서는 한국과 일본의 근대이행기에 이르는 호색의 양상에 주목한다. 유교적 가부장주의가 강력했던 동아시아의 전근대 문화에서 여성이 성적 자기결정권의 주체가 되어 과감한 욕망을 드러내는 양상이 이야기 문화를 통해 드러나기 시작했다. 「사이카쿠의 호색물과 에로스-필부(匹婦)의 에로스 묘사 소고(小考)」(고영란)는 일본 에도시대 평범한 여성들의 에로스에 주목한 글이다. 이하라 사이카쿠(井原西鶴)의 『호색일대남(好色一代男)』을 비롯한 에도시대 풍속소설, 소위 '우키요조시(浮世草子)'를 통해 우리는 보통의 여성이 적극적으로 성애와 인간본연의 욕망을 드러내는 방식을 확인할 수 있을 것이다. 다음으로 「조선후기 야담의 욕망하는 여성들」(이주영)은 한국 야담에 나타난 여성의 성애에 관심을 둔다. 성애에 적극적인 여성 이야기를 통해 우리는 금기와 위반 사이의 긴장된 투쟁과 유교 이데올로기 모순을 발견하게 된다. 「메이지 일본의 순결과 음란-다이도쿠로(対髑髏)의 고마치(小町) 전설 수용을 중심으로」(류정훈)는 에로틱한 유령담을 매개로 유포되었던 메이지 미인론을 재해석한다. 순결의 표상으로 알려져 온 전설의 여주인공 모델이 사실 그 이전까지 음란의 표상이었음을 문헌적으로 밝히는 과정이 사뭇 흥미롭다. 전근대의 정조 담론, 근대의 순결 담론은 동전의 양면처럼 여성의 성욕을 이중 봉쇄하고 있었지만, 그 배후에서 생성된 여성 성애담과 이야기 윤색과정을 통해 우리는 담론들의 균열과 분화 양상을 확인하게 된다.

사이카쿠(西鶴)의 호색물과 에로스
-필부(匹婦)의 에로스 묘사 소고(小考)-

고영란

1. 일본 고전문학은 에로스를 좋아한다?

　한국의 고전문학에 비해 일본 고전문학은 비교적 자유롭게 사랑을 묘사하고 있다. 성소화(性笑話)에서와 같이 색정, 성애의 골계적 묘사에 초점이 맞춰지는 경우도 있지만, 이 외에도 정신적 사랑과 육체적 사랑이 연동되는 바를 다양하게 그리고 있다. 예컨대『고사기(古事記)』(712)의 이자나기(伊邪那岐)와 이자나미(伊邪那美) 신화와 같이 남녀의 이끌림에 성애가 동반되는 바가 묘사되기도 하는데, 그와 같은 측면은『겐지모노가타리(源氏物語)』나 상류층의 시가문학인 와카(和歌)를 비롯한 다수의 작품에서도 확인된다.[1] 일본 고전문학에서

---

1) 여류시인 이즈미시키부(和泉式部集:978-몰년미상)의 와카집『이즈미시키부슈(和泉式部集)』에는 "새 님이 와서, 잠자는 한쪽에서 추운 밤에는, 스스로 팔베개를 하고 잠든다.(せこが來て臥ししかたはら寒き夜はわが手枕を我ぞして寢ぬる)"와 같

에로스(Eros)는 종종 묘사되는 것이다.[2] 이처럼 사랑을 묘사함에 정
신적 측면만이 아닌 육체적 측면, 즉 에로스를 묘사할 수 있는 배경에
는 다음과 같은 이유가 있었음을 확인해 두고자 한다.

> 일부다처제의 일방적인 가요이콘(通い婚)[3]에 의한 성애의 궁핍함을
> 괴로워하면서도 고대 일본의 남녀가 자유분방할 수 있었던 것은 이렇
> 다 할 종교적, 도덕적, 법률적 제약이 없었기 때문이다. 유부녀는 유부
> 남과 잠자리를 같이해서는 안 된다는 도덕도 법률도 없었다.[4]

은 시가 있는데, 이는 다양한 염문의 주인공이기도 했던 이즈미 시키부다운 작품이
라고 할 수 있다. 바로 옆에 잠든 새로운 님(=せこ)이 물리적으로 옆에 있어도, 추운
몸은 물론, 추운 마음 피할 길 없어 스스로 팔베개를 했다고 한다. 눈앞의 님을 두고
도 쓸쓸함을 느끼는 화자의 심리상태는 비단 계절 탓만은 아니리라.

2) 니콜라 에이벌 히르슈 지음, 이영선 옮김, 『에로스』이제이북스, 2003, pp.7-8. "에
로스는 인간이라는 존재가 갖는 여러 가지 요소들을 신체적으로는 성을 통해, 정서
적으로는 사랑을 통해, 정신적으로는 상상을 통해 "한데 묶는" 힘을 의미한다. (중
략) 나는 프로이트가 "에로스"라고도 일컬은 "삶 본능"이라는 개념에서부터 출발하
고자 한다. 에로스 개념을 도입하기 전에 프로이트는 명백히 성적인 것이든 아니든,
수많은 활동을 일으키는 동기와 힘의 원천으로서 성욕(Sexuality)을 매우 중요하게
여겼다. 그러나 그는 에로스 개념을 도입하면서 성욕을 포함시켰을 뿐만 아니라 또
한 일반적인 끌어당김의 원리라는 관념도 덧붙였다. 프로이트의 말에 따르면 에로
스는 어떤 것들을 한데 묶는다. 우리는 여기에서 한발 더 나아가, 에로스는 어떤 것
들을 한데 묶어서 생명을 띤 새로운 무언가를 이루게 한다고 덧붙일 수 있을 것이
다." 이에 동의하면서도, 에로스는 육체를 떠나 논의할 수 없으므로, 사랑의 육체적
측면을 가리킨다고 이해하고자 한다.

3) 일본 고대 결혼형식의 하나로 부부가 동거하지 않고, 주로 남편이 부인의 집에 방
문하여 부부관계를 유지하는 형식. 남편이 찾아오지 않으면 부부관계는 해소된다.
별거 생활을 유지하는 일부다처제로 볼 수도 있으나, 남편이 있어도 다른 남성을
들이는 경우도 있었기에, 처의 입장에서는 반드시 일부(一夫)를 고수할 필요가 없
는 느슨한 형태의 일부다처제로 보인다.

4) 데루오카 야스타카 지음, 정형 옮김, 『한림신서 일본학총서 60 일본인의 사랑과 성』
소화, 2001, pp.36-39.

이와 같은 고대 일본의 에로스는 이윽고 여성이 남성에게 종속되는 다양한 규범과 혼인제도가 발생함에 따라 변화하기도 했지만, 흥미로운 점은 일본에서 에로스는 남성의 전유물이 아니라 여성의 것으로서도 묘사되었다는 사실이다. 특별히 에도시대(江戸時代:1603-1868)에 이르러서는 인물의 사회문화적 위상을 넘어 필부필부(匹夫匹婦)의 다양한 에로스가 묘사된 사실을 보면, 일본 고전문학에서 에로스에 대한 지향은 한층 더 강화되었다고 볼 수 있다. 이에 이 글에서 주목하고자 하는 것은 에도시대 필부(匹婦), 즉 보통 여성의 에로스다. 에로스가 특정한 성별이나 계층의 소유물이 아니고, 심지어 필부 또한 욕망하는 것임을 주지시켜준 에도시대 문학이야말로, 일본 고전문학을 한껏 에로틱하게 만든 주범으로 이해할 수 있기 때문이다. 그런데 도쿠가와(德川) 막부도 조선왕조와 다름없이 정치이념으로써 유교를 차용했으므로, 사민(四民)은 에로스란 본능에 충실하기보다는 수기(修己)를 강요당했음은 재차 언급할 필요도 없다. 이에 표면적으로는 욕망을 억압해야만했던 에도시대 필부가 어떻게 에로스의 주인공이 될 수 있었는지 궁금하지 않을 수 없다. 이를 이해하기 위해 필부의 에로스에 초점을 맞춘 에도시대 작가 이하라 사이카쿠(井原西鶴:1642-1693)의 대중소설 우키요조시(浮世草子)를 중심으로 그 묘사 양상과 전개를 다음에서 살펴보자.

2. 필부(匹婦)의 에로스

사이카쿠의 첫 소설 『호색일대남(好色一代男)』(1682)에는 유녀나 매춘을 업으로 삼아 생계를 꾸리는 여성들은 물론, 승려, 봉공인 등 다양한 인물군의 에로스가 묘사된다. 구라치 가쓰나오(倉地克直)는 『호색일대남』을 비롯하여 사이카쿠 호색물[5]에 등장하는 여성을 열린 성을 지닌 매춘 여성, 가정 규범에 의해 관리되는 성을 지닌 가정 속의 여성, 가정 속의 여성보다는 독립적인 성을 지닌 일하는 여성(奉公人)의 세 가지로 분류하고, 그 사회문화적 위상에 따른 성의 양태와 차이를 포착하였는데,[6] 필자는 그에 동의하면서도 가정 속의 여성과 일하는 여성은 언제든지 상호 치환될 수 있는 위상이므로, 두 경우 모두를 필부로 이해하고자 한다. 또한 당대 필부의 에로스에는 결혼 여부가 미치는 영향은 클 것이므로 결혼 여부에 따라 필부를 구분하고, 나아가 남성이 부재하는 상황에 놓인 필부 또한 구분하여, 그들이 에로스에 관해 인식하고 대응하는 양상이 어떻게 차별적으로 묘사되는가에 초점을 맞춰 살펴보고자 한다. 한편 사이카쿠의 작품을 비교적으로 이해하기 위해서, 그의 작풍을 답습하면서도 새로운 시대변화와 인식에 조응한 후속작가 에지마 기세키(江島其磧:1666-1735)[7], 다다 난

---

5) 『일본고전문학대사전(日本古典文學大辭典)』3권(日本古典文學大辭典編輯委員會編, 1983, pp.504-505.)의 호색본(好色本) 항에서는 사이카쿠의 『쇼엔오카가미(諸艷大鑑)』(1684), 『호색오인녀(好色五人女)』(1686), 『호색일대녀(好色一代女)』(1686) 등 애욕에 관련된 주제, 문제의식, 미의식을 그린 일련의 작품군을 일컫는다.

6) 倉地克直 『性と身体の近世史』東京大學出版會, 1998, p.78.「そこで世之介が關係する女たちを大雜把に分けてみると,(1)職業的に賣春を行う女たち,(2)いわゆる堅氣の「家」に付いた女たち,(3)働く女たち,という三つの類型に分けることができる。」

7) 앞의 책 『일본고전문학대사전』1권, p.346.「浮世草子作者。(中略)其磧の浮世草子は同時代の一風などと同じく西鶴から出發し,その影響が强いが,(中略)江戶後期文學への影響も西鶴以上のものがある。」

레이(多田南嶺:1698-1750)[8]의 소설 중 필부의 에로스가 묘사된 관련 작품도 다음에서 함께 고찰해 보고자 한다.

2.1. 기혼 여성의 경우

필부 중에서도 기혼 여성이 에로스를 탐닉한다는 것은 전근대 한국의 경우, 쉽게 다루어질 수 있는 문학적 소재는 아니었기에, 비교의 차원에서라도 이를 우선 살펴보고자 한다.

> "남편과의 사이에 아이가 두 명이나 있고, 만에 하나 그렇지 않다고 하더라도 그런 일은 생각지도 않고 있습니다."라며 욕보이는 데도 상관하지 않으며, (중략) 적당한 크기의 장작으로 이처럼 미간을 치고는 "제가 남자를 둘 수 있겠습니까?"하고는 문을 닫고 들어간다. 세상에는 아직 이런 여성도 있는 것이다.
>
> 「さなきだに思ひもよらざるに、二人の子もある事を、さもしき御ころざし」と恥ぢしむるをも顧ず、(中略)手ごろの割木にて、このごとく眉間を打ちて、「私両夫にま見え候ふべきか」と、戸をさしかためて入りける。世に又かかる女もあるぞかし。(『호색일대남』[9] 2권3장, p.58.)

그 무희에게 남편이 있음을 알면서도 유혹하고 여러 가지 방법으로

---

8) 위의 책 『일본고전문학대사전』4권, pp.161-162.「神道家, 故實家, 浮世草子作者.(中略) 浮世草子も低級な娛樂性の中へ知識的要素を加味し,滑稽な社會諷刺の姿勢には談義本に續くものが感じられる.」

9) 『호색일대남』, 『호색오인녀』, 『호색일대녀』에 관해서는 『新編　日本古典文學全集 66　好色一代男　好色五人女　好色一代女』(小學館, 2006)를 텍스트로 삼는다.

위협하니 여자 마음이란 약해지기 십상이고, 완력 때문에 목소리도 내지 못하여 슬픔이 그지없다. "해서는 안 될 일입니다."라고 자세를 바로 하고 눈물을 흘리면서 "(요노스케의) 뜻대로는 되지 않겠다."며, 몸을 섞으려 하니 (요노스케를) 밀쳐내고 있는 힘을 다해 물어뜯는데,

　かの舞姫、男あるをそそのかして色々おどせば、女ごころのはかなく、おしこめられて声をも得ず、この悲しさいかばかり、「道ならぬ道ぞ」と膝をかため泪をながし、「こころのままにはならじ」と、かさなればはね返して、命かぎりとかみつきし所へ、(『호색일대남』3권7장, p.101.)

위의 두 예문 속의 기혼 여성은, 남편이 아닌 다른 남성과의 연정이나 에로스를 도리에 어긋난 것으로 인식하고, 『호색일대남』의 주인공인 요노스케(世之介)를 거부하고 있다. 이와 달리, 일회성, 혹은 지속적 에로스를 탐닉하는 부유한 기혼 여성들 또한 『호색일대남』에는 묘사되고 있으니 다음에서 살펴보자.

"'가짜로 자는 척하는 연애 옷'이라고 하는 것은 옆방의 방바닥 아래 빈 곳에 미망인이 입는 옷에 방한용 면 모자, 술이 달린 염주 등을 넣어 두어 만든 옷이다. 여자 보다 먼저 남자를 그 방에 넣고 그 옷을 입게 하여 눕힌 후, 어떤 노부인과 입을 맞추어 아랫사람들이 눈치 채지 못하게 하고 밀회를 하게 하는 방법도 있다. '후세의 끌어 들이기'라고 하여 아름다운 비구니처럼 검은 옷을 입히고, 어떤 대가의 은거하시는 분이라고 꾸민 후, 속을 것 같은 마나님들에게 가까이 하게 해서 '우리 집은 이것입니다. 잠깐 들렀다 가시지요.'라고 끌어들이는 경우도 있다. (중략) 무릇 이와 같은 비밀 수단은 이런저런 여러 가지 것이 있다. 여자만

동의한다면, 밀회시키는 것이 불가능 한 것도 아니다."

　空寝入りの恋衣と申すは、次の間の洞床に後室模様のきる物、大綿
帽子、房付きの数珠など入れ置きて符作り、女よりさきへ男を廻し、
かの衣類を着せて寝させ置き、さるかみさまと申しなして、下々に油
断させて逢はする手だてもあり。後世の引入れといふは、美しき尼を
こしらへ、身は墨衣をきせ置き、なりさうなるおかた達に付てつかは
し、『我が宿はこれ、ちと御立寄り』と取りこむ事もあり。(中略)惣じ
てかやうのくら事、かれこれ四十八ありける。女さへ合点なれば、あ
はせぬといふ事なし。(『호색일대남』4권5장, pp.122-124.)

위의 예문을 보면, 남몰래 남자를 만나 에로스를 탐닉하는 방법이
대단히 많다고 하니, 실소(失笑)를 금할 수가 없다. 그런데 위와 같은
에로스를 위한 상업적 만남은 부유한 마님에게나 가능한 것으로서,
에로스 탐닉마저도 윤택한 자가 누릴 수 있는 권리라는 점이 흥미롭
다. 즉 남녀의 은밀한 만남의 알선은 경제적으로 윤택해진 에도시대
에 출몰한 새로운 상업의 하나이고, 돈과 시간에 여유가 있는 부유한
기혼 여성들 또한 남성과 다름없이 1회성, 혹은 지속적 에로스를 은밀
히 탐닉하였다는 것이다. 굳이 남성과의 차이점을 들자면, 여성은 공
인된 유곽에서의 에로스 탐닉은 불가능하니 음지에서 그 행위는 이루
어졌다는 정도다. 다만 다음과 같이 남편이 허락한다면, 그 에로스 또
한 당당하게 탐닉할 수도 있었던 것 같다.

　여기는 처녀뿐만이 아니라 유부녀까지도 공공연하게 색을 즐기는
곳으로서, 시골이지만 도읍의 풍속을 따라 멋 내기 위한 보라색 모자를

모두 쓴다. (중략) 남성은 어업에 바쁘기에 그 부재중에 하고픈 일을 해도, 그 누구 하나 나무라는 일이 없다. 남편이 집에 있으면 집 앞에 노를 세워 알리니, 이를 잘 보고 그 집에 들어가는 일이 없다. (중략) (요노스케를) 찾아와서 푸념을 하는 여자의 수가 끊이질 않았다.

人の娘子にかぎらず、しれたいたづら、所そだちも物まぎれして、むらさきの綿帽子、あまねく着る事にぞありける。(中略)男は釣の暇なく、その留守にはしたい事して、誰とがむる事にもあらず。男の内に居るには、おもてに楷立ててしるるなり。こころえて入る事せず。(中略)尋ねきてうらみいふ女、そのかぎりなし。(『호색일대남』4권7장, pp.129-130.)

요노스케가 어촌에 가서 남편 부재 시에 공인된 매춘을 하는 여성들과 관계를 맺었는데, 요노스케에게 연정을 품고 다시 찾아오는 이가 끊이질 않았다는 골계적인 것이 위의 일화다. 경제적인 이유로 비롯된 에로스라 할지라도 언제든지 사적인 연정으로 발전시켜 집착하는 여성들과는 달리, 요노스케는 여성들을 오로지 에로스의 대상으로만 인식한다. 이와는 다른 측면에서, 에로스 탐닉이건 매춘이건, 경제적인 측면이 기혼 여성의 에로스 실천의 기제 중 하나라는 사실이 사이카쿠 호색물을 통해 드러난다.

한편 『호색오인녀(好色五人女)』(1686)에는 우연한 기회에 에로스를 탐닉하게 되는 다음과 같은 기혼 여성도 등장한다.

"생각하니 미운 마음씨로세, 이왕 젖은 소매인데, 이렇게 된 이상 시비를 가릴 일이 아니다. 그 조자에몬님을 유혹하여, 저런 여자에게 본

때를 보여줘야겠다."고 생각한 후, 각별한 마음이 되어 오래지 않아 연정을 품는 사이가 되고, 몰래 밀회를 약속하여 그 날을 기다린다. (중략) 오센이 귀가하는 틈을 타서, "비밀리에 약속, 지금에."라고 듣고는 싫다고도 말 못하고 집에 끌어들여 앞뒤 생각 않고 정을 나누니 이것이 연정의 시작, 허리띠와 허리춤을 풀지도 않은 사이에 다루야는 눈을 뜨고,

「おもへばおもへばにくき心中、とてもぬれたる袂なれば、このうへは、是非におよばず、あの長左衛門殿になさけをかけ、あんな女に鼻あかせん」と思ひそめしより、格別のこころざし、ほどなく恋となり、しのびしのびに申しかはし、いつぞのしゅびをまちける。(中略)おせんがかへるにつけこみ、「ないない 約束、今」といはれて、いやがならず、内に引入れ、跡にもさきにも、これが恋はじめ、下帯・下紐ときもあへぬに、樽屋は目をあき、(『호색오인녀』2권5장, p.304.)

"설마 이 일이 남에게 들통 나지 않을 리 없다. 이렇게 된 이상, 몸을 버리고 목숨을 걸고 연정으로 이름을 날리고, 시게에몬과 동반자살을 해야겠다."라고 하며 더욱 어쩔 수 없는 각오의 뜻을 전하니 시게에몬은 예상치 못한 일이었다. (시게에몬에게는) 링이라고 하는 타기 시작한 말을 있으나, 님 생각에 매일 밤 오산에게 다니고, 남이 말리는 것도 개의치 않고 도리에 어긋나는 일에 몸을 던진 것은, 어차피 생사 둘 중에 하나를 선택해야만 하는 승부이기에, 이것이야 말로 위험한 일이로다.

「よもやこの事、人にしれざる事あらじ。このうへは身をすて、命かぎりに名を立て、茂右衛門と死出の旅路の道づれ」と、なほやめがたく、心底申しきかせければ、茂右衛門、おもひの外なるおもはく違ひ、のりかかったる馬はあれど、君をおもへば夜毎にかよひ、人のとがめもかへりみず、外なる事に身をやつしけるは、追付け、生死の二つの物掛

け、これぞあぶなし。(『호색오인녀』3권2장, p.321-322.)

　2권에서 불륜이라고 의심 받아 이에 복수하려고 시작된 기혼 여성 오센(おせん)의 마음은 밑줄 친 부분에서와 같이 '연정'으로 표현되며, 그 연정에 육체적 교류는 동반되는 것으로 묘사된다. 정서적, 정신적 교감과 육체적 교감은 서로 다르지 않은 것이다. 3권의 기혼 여성 오산(おさん)의 경우는 오해에서 비롯된 육체적 관계가 바로 연정으로 연동되는 경우이다. 즉 위의 두 명의 기혼 여성을 통해 연정이 곧 에로스이고, 에로스가 곧 연정이라는, 에로스와 연정이 불가분의 것이라는 점을 재차 확인할 수 있는데, 이와 같이 에로스와 연정이 불가분의 것이라는 인식은 사에키 준코(佐伯順子)에 의하면, 메이지 초기까지도 지속된 것으로 보인다.[10] 그 의견에 동의하면서도 최소한 에도시대 무가(武家)와 상가(商家)의 여성은 표면적으로는 함부로 연정을 품고 에로스를 탐닉할 수 없었던 사실을 지적하고자 한다.[11] 즉 에도시

---

10) 佐伯順子,『「愛」と「性」の文化史』角川学芸出版, 2008, p.52.「肉体に特化された男女関係や、精神性を伴わない肉体的欲求を表現するために適当な表現が、それまでの日本語には存在しなかったということである。逆にいえば、男女関係を"肉体と精神"という二分法でとらえる発想が、「好色」や「色事」という表現には希薄であったということである。ところが、人情本の読書経験は、交合の描写を排除しようとする春水の姿勢によって「人情」(精神)と交合(肉体)とは別物、という発想を、おそらくは鴎外に与えた。」

11) 高梨公之,「西鶴にみえた婚姻」『日本婚姻法史論』有斐閣, 1976, pp.65-75.「婚姻はすべて仲人の活躍によるのが原則化したようにみえる。遠方婚の浸透を示すであろう。もっとも、それは相当の家についてのことで、(中略)敷銀は嫁(または婿・養子)の持参金の関西的呼び方のようであるが、少なくとも商人間ではこれなくしては良縁につきがたく、逆にこれが多ければみめ形は悪くてもという実利を求める夫家も増えてきている。(中略)身分違いで婚姻できぬときは、相当の家に養女にして、しかる後に婚姻するということもあった。」

대의 결혼 풍습은 에로스에 연동되는 연정에 좌우되기보다는, 보다 경제적인 논리와 사회적 기제에 의해 좌우되었다. 결혼이 곧 경제 및 신분의 안정을 의미할 수도 있었기에, 보편적인 대다수의 기혼 여성이 결혼보다도 에로스를 택해야한다는 의식을 지녔던 것은 아닐 것이리라. 그럼에도 불구하고 에도시대 기혼 여성이 보다 대담하게 에로스(=연정)를 택하는 경우가 종종 묘사되는데, 이를 아래에서 살펴보자.

> 처음에는 남편도 동의하여 손을 만지고 허리를 두드리는 정도는 모르는 척 했는데, 호색한 남자가 매일, 빠짐없이 부채에 사랑의 시를 써서 보냈다. 처음에는 마음에도 없었던 농이 나중에는 어느새 진지해져서, 부부 사이도 지겨워지고, 자유로운 몸이 아닌 것을 하루 종일 한탄함을 보여 쫓겨나고, 그 남자를 찾아가도 행방을 알 수 없어, 바람난 몸의 슬픔이 그지없었다.
>
> はじめの程は、つれあひも合点して置きしが、人の手にさはり、腰を叩く程の事は、余所見して置きしが、色ある男、毎日、一本一歩の扇、調へにくる人あり。心にはなきたはぶれ、後にはいつとなく真言になって、夫婦の中をうたてく、身が自由にならぬを、明暮悔むを見かねて追ひ出され、かの男たづねてもしれずして、いたづらの身のかなしかりき。(『호색일대녀(好色一代女)』5권3장, p.531.)

위에서 주인공 일대녀는 어렵게 정실부인이 되었음에도 불구하고, 연정을 품고 에로스(=연정)를 탐닉하다가 쫓겨난다. 일대녀는 안정적인 가정 내의 위상보다도, 에로스(=연정)를 추구한 것이다. 즉 제도권의 기제보다도 에로스(=연정)라는 개인 내면의 목소리에 따라 행동한 것이다. 이에 대해서는 '인간해방'이라는 측면에서 이해할 수 있을 것

이다. 다만 시게 도모키(重友毅)가 지적하듯, 사이카쿠의 작품 전체가
궁극적으로 사회적 기제에 철저히 반하는 것이 아니었다는 점을 들
어, '인간해방'을 묘사하고자 하는 적극적 의도가 없었다고 판단할 수
도 있다.[12] 다만 그의 의견에 찬동하는가의 여부를 떠나, 기혼 여성이
가정 내의 안정적인 위상을 위험에 노출시키고서라도 에로스(=연정)
를 추구하고자 하는 모습이 사이카쿠 이후에도 거듭 묘사된다는 사실
은 실로 놀라울 수밖에 없다. 그 일례로 『호색오인녀』의 2권4장을 답
습한 기세키 작 『세켄 무스메 가타기(世間娘氣質)』(1717) 4권3장을
살펴보자.

　　그러므로 모든 여성은 무릇 바람기가 있는 존재로, 이윽고 마음이 들
　떠 속세의 잘 만들어진 호색이야기에 정신을 빼앗기고, (중략) 예의 종
　자를 데리고 매일 연극 구경을 하고, 찻집에 부탁하여 마음에 드는 남
　자 배우에게 편지를 쓰니, (중략) 여러 가지로 만류했지만, 여자 스스로

---

12) 重友毅 『岩波全書 119 近世文学史』岩波書店, 1962, pp.51-52.「作者はそれらの人
　物をして、往年の遊興を悔いさせることなく、なお絶ちがたき執着をそこに感ぜ
　しめているのである。しかしこのことは、遊里における遊興の場合にかぎられて
　いるのであって、ひとたびその世界をはなれて、普通の世間におけるそのような
　情意の解放は、たとえば『一代女』の主人公のように、身の罪障を感じて菩提の道を
　願わなければならなかったし、また『五人女』の主人公たちのように、そのほとんど
　は、罪に問われて刑場に屍をさらすか、または身の不幸を嘆いて仏門に入るとい
　う、結末を取らなければならなかったのである。このように見る時、あの遊里に
　おける歓楽も、その絢爛豪華をきわめた盛観にもかかわらず、一つの花やかな「逃
　避」にほかならなかったのであり、その人間解放へのひそやかな念願も、このいわ
　ば治外法権的な特殊地域をはなれては、たちまちに萎んでしまわなければならな
　かったものであることが知られるのである。(中略)かれらはそういう悪ふざけにも
　似た、思い切った規格破りもやってのけるが、しかしかれらを現実に頭から押え
　つけている当の相手を、正しく見届けようとはしていないのである。」

먼저 푹 빠져 '배우에게 마음을 품는 것은 돈이 드는 일'이라고 생각하면서도 시작한 연정을 이제 와서 그만 둘 수도 없는 일. (중략) 이 여자의 악한 성정이 여러 가지 있었지만, 상속해 주지도 않은 집을 담보로 돈을 빌렸다. (중략) 절연 명부에까지 올라 쫓겨났으나, 그런 신세가 되었는데도 연정을 그만 두지 못한다. 그로부터 처음 시작하는 하급 창녀가 되어 그 배우와 함께 할 수 있음을 기뻐하며, "처음부터 이런 신분이었으면 좋았을 것."이라고 하고, 몸을 함부로 하며 세상을 살아간다.

　されば一切の女移り気なる物にして、次第にこころしゃれて来て、浮世のうまき色話にうつつをぬかし、(中略)男見かねて物いひする時、「お気に入ぬ女房を一日も見てござるがわるひ。何が執心でこちがやうなものをおかさまに持て、まだらまだらと気にあはぬ事をながめてござる」(中略)さまざまの事いひかけて娘のかたから取りこめば、「役者に恋するは大分の入物」とおもひながらも、仕懸た恋を今さら止められもせず。(中略)女の悪性さまざまなる中に、ゆづらぬ家を書入しての金の才覚、(中略)勘当帳に迄つけて、旧離切て追出しければ、此身になりても恋をやめず。それからつき出しの白人となって、其役者と一座する事をよろこび、「とをから此身であったもの」と身をぞんざいにしたひ事して世をわたりぬ。(『세켄 무스메 가타기』4권3장, pp.468-474.[13])

『호색오인녀』2권, 3권에서 우발적으로 에로스에 빠지게 된 기혼 여성들과 달리, 경제적으로 의존할 바가 있는 위의 부잣집 외동딸인 기혼 여성은 에로스를 위해 가정과 남편을 버리고, 종국에는 부모를 속여 부모의 돈으로 배우와의 에로스에 빠진다. 이 여성은 물론 희화되

---

[13] 長谷川強校注, 『新日本古典文學大系』岩波書店, 1989. 이하 『세켄 무스메 가타기』의 텍스트로 삼는다.

고 있지만, 밑줄 친 부분에서 드러나듯 스스로의 말로에 대해 일말의 반성도 후회도 없으며, 자신이 자유로운 몸이 되어 에로스 탐닉이 지속될 미래를 상상하며 기뻐한다. 이는 소설의 오락성을 위한 골계적 인물설정이라고 할 수 있지만, 한편으로 사회문화적 기제에서 벗어난 한 여성의 개인적이고 솔직한 고백이라고 볼 수 있다. 이는 앞서 살펴본 일대녀의 태도와 유사하다. 물론 일대녀가 당대의 보편성을 대표한다고는 할 수 없지만, 사이카쿠가 묘사하고자 했던 것은 다니와키 마사치카(谷脇理史)가 지적하듯,[14] 사회적 기제에 연연하지 않고 자신의 에로스 탐닉을 예찬하는 여성이 존재할 수 있다는 가능성이다.

이처럼 사이카쿠의 호색물 이후, 에도시대 기혼 여성이 에로스(=연정)를 탐닉하고 집착하는 것은 표면적으로는 웃음을 유발한다. 그러나 에로스 탐닉에 관해 한편으로 여성 또한 남성과 다르지 않은 존재라는 사실, 즉 여성 또한 사회문화적 기제를 뛰어넘어 비극적 종말을 예측하면서도 에로스(=연정)를 욕망할 수 있는 존재임이 서슴없이 묘사되고 있는 사실이, 에도시대 문학을 보다 에로틱하게 만들고 있는 측면 중에 하나라고 생각한다. 다만 그와 같은 비밀을 폭로했기 때문인지, 사이카쿠는 『호색일대녀』 이후 호색물 집필을 중단해야 했지만,[15] 이미 사이카쿠를 통해 기혼 여성의 에로스를 관찰한 기세키와

---

14) 谷脇理史,「作家西鶴の登場」『西鶴を学ぶ人のために』世界思想社, 1993, pp.153-154.「が、『一代女』は、右の粗筋のごとく、いちおうサンゲの物語の構想を借りてはいても、その内実は、サンゲによって仏の救済を求める、それ以前の常套的なサンゲものがたりの伝統を断切ったところに成立している作品と見ることができる。(中略)その語り口は、時にその生をいとおしむごとくであり、時にそれを誇らしかに語っているごとくなのである。」

15) 위의 책,「作家西鶴の登場」p.155.「『一代女』以後西鶴は、突然のように、その素材や方法を転ずる。その理由は現在、好色物の世界を描き尽した西鶴が、二番煎じ

같은 후속 작가들은 '비극적 결말을 예측하면서도 에로스를 강렬히 욕망하는 기혼 여성'을 자신의 우키요조시에서 재등장시킬 수밖에 없었던 것이다.

2.2. 남성이 부재하는 경우

필부 중에는 소위 '남편'으로 상징되는 사회문화적 기제가 부재하기에, 남성과 에로스(=연정)를 나누기에 보다 자유로울 수밖에 없는 이들이 있다. 그 대표격인 것이 미망인이요, 이혼한 여성이요, 소위 명망가에 봉공 중인 여성이다. 이들의 에로스는 어떻게 묘사되는지, 아래에서 살펴보자.

아쉽게도 검은 머리를 잘라 버렸다. "과연 아름다운 미망인이로다. 꿈처럼 현세에 나타난 것인가."라고 생각하는데, 유혹하는 눈빛으로 소매를 스치며 지나간다. 그 여자는 남을 시키지도 않고 스스로 (요노스케를) 다시 불러 세워서는, (중략) "창피합니다만, 가까워지고 싶은 마음에 스스로 소매를 찢었습니다."라며 진하게 농을 거니, "만약 만나고 싶으시다면."이라고 자신의 집을 알려주고는, 관계가 거듭되니 배가 커져서 이윽고 아이가 태어났는데,

惜しむべき黒髪をきりてありける。「さてこそうるはしき後家、かり

を嫌って新たな作品世界へと転じていったと考えられている。(中略)拙論において、『一代女』には「御公儀之儀は不及申、諸人可致迷惑儀、其外可相障儀、開板一切無用」という貞享元年(1684)の出版取締り令が現存する時点で、少し合いの悪い(いわば危険な)ことが書き込まれており、そのことを書肆などから注意されたことが方向転換の一因となったのではないか、という仮説を提示した。」

にこの世にあらはるるか」と、思へば、思はるる目つきして、袖すり合わせて通り侍る。かの女、人までもなく自らよびかへして、(中略)「はづかしながら、たよるべきたよりに、我と袖を裂きまいらせ候」とふかくたはれて、「なほ恋しくば」と、わが宿を語り、つのればお中をかしくなり、程なく生まれけるを、(『호색일대남』 2권2장, pp.53-54.)

'시조의 기리누키, 제쓰인'이라고 하는 것은 사정 있는 후실 등, 나카이, 고시모토 등의 하녀들이 많고, 신분이 높은 분은 (이목이 많아) 남을 속이지 못하니, 화장실 안의 비밀 통로로 들어가 바쁘게 남자를 만나 밀회를 하는 것입니다. '시노비 도다나'라고 하는 것은, 이것도 몰래 비밀통로를 만들어 남자를 넣어 두고 밀회를 시키는 것입니다. '아게 다타미'라고 하는 것은 대발 아래에 길을 만들어 문제가 생기면 도망가게 하는 것입니다.

四条の切貫雪隠といふは、ゆえある後室など、中居・腰もと、つきづきおほく、手目のならぬ御かたは、かの雪隠に入りて、それより内へ通ひありて、事せはしき出逢ひなり。しのび戸棚と申すは、これも内証より通路仕懸けて、男を入れ置き逢はする事なり。あげ畳といふ事は、簀子の下へ道を付けて、不首尾なればぬけさすなり。(『호색일대남』 4권5장, p.122.)

첫 번째 일화 속 미망인은 우연을 가장하고 요노스케에게 먼저 다가오고, 결국 육체적 관계를 맺는다. 또한 두 번째 일화에서는 미망인들의 1회성 에로스 탐닉의 다양한 방법이 소개되고 있다. 이들을 통해 볼 때, 미망인은 의례 에로스 욕망에 빠져있는 유형으로 보이는데,

이에 대해서는 졸고를 통해 확인한 바 있다.[16] 사이카쿠는 미망인이란 의례 에로스를 표출하고, 정절을 지킨 경우에도 그 순수성에 대한 의구심을 표명하였는데, 이에 비해 후속 작가 다다 난레이는 어머니들을 유형적으로 그린 『세켄 하하오야 가타기(世間母親容氣)』(1752)에서 미망인을 보다 입체적으로 조명했다. 그는 미망인을 아가페적 모성을 지닌 어머니와 에로스를 지닌 여성 개인이라는 이중적 성격을 지닐 수밖에 없는 존재로서 인식하고, 미망인의 에로스를 여성의 보편적 욕망의 하나로서 묘사하면서도, 모성이 그 에로스를 다스리는 것으로 묘사하였다. 그러므로 사이카쿠가 미망인의 에로스를 관찰하고 묘사하였다면, 다다 난레이는 미망인의 에로스와 모성을 동시에 그림으로써 보다 입체적 미망인 조형에 성공하였다고 하겠다. 한편, 사이카쿠는 이혼한 여성의 에로스도 묘사하고 있으니, 이를 다음에서 살펴보자.

"같이 사는 남자를 싫어하여 집을 나왔는데, 그 과정도 좋지 못했습니다."라고 사실대로 말한다. (중략) 천장의 그을음을 이쑤시개로 적셔 거듭 편지를 적어 유혹하니, "명이 붙어있다면."이라고 서로 편지를 왕래하고, 남의 눈을 피해 늦은 밤 격자에 매달려 관계를 맺지 못함에 한탄한다. (중략) 거친 남자 너 댓 명이 죽창, 사슴을 위협하는 활, 저울 등을 휘두르며, "대담한 년 같으니라고, 목숨을 건졌으면 집으로 돌아와야지 부모를 욕보이며 어디로 어떤 놈이랑 같이 가느냐. 형제에게도

---

16) 졸고 「사이카쿠(西鶴) 우키요조시(浮世草子) 속 미망인 인식 소고(小考)-후속 작품과의 비교를 중심으로-」『일본언어문화』제19집, 한국일본언어문화학회, 2011, pp.397-415.

누를 끼치게 된단 말이다, 생각하니 괘씸하네. 그냥 때려 죽여라."라고
한다.

「連れそふ男憎みして、家出をせし、その首尾もあしき事なり」と
て、ありのままを語る。(中略)天井の煤を楊枝にそめて、返す返すも書
きくどき、「命ながらへたらば」と、互に文取りかはして、人の目をしの
び、夜更けて格子に取りつき、とてもならぬ事を嘆きける。(中略)あら
けなき男四五人、竹のとがり鑓、鹿おどしの弓、山拐ふり上げて、「だ
いたんなる女め。命たすかりなば宿にかへるべきを、親の方への道を
替へて、何國へいかなるやつが連れゆくぞ。兄弟にもかかる難儀、おも
へば憎し。ただうちころせ」といふ。(『호색일대남』4권1-2장, pp.109-
110.)

유모는 도련님을 핑계로 다가와서, 도련님을 세이주로에게 앉게 하
고, 무릎에 오줌을 누게 하며, "당신께도 변화가 있으셔야죠. 저도 예쁜
아이를 낳고 이 집에 유모로 왔습니다. 남편은 무능력하여 지금은 히고
의 구마모토에 가서 봉공한다던가요. 갈라설 때 이혼장은 받아놨습니
다. 남자가 없는 몸이에요. 실로 저는 천성적으로 통통하지만, 입이 작
고 머리카락도 약간 곱슬이랍니다."라고 끈적하게 혼잣말을 하는 것도
우습다.

抱姥は、若子さまに事よせて近寄り、お子を清十郎にいだかせ、膝
へ小便しかけさせ、「こなたも追付けあやかり給へ。私もうつくしき子
を産んでから、お家へ姥に出ました。その男は役に立たずにて、今は肥
後の熊本に行きて奉公せしとや。世帯やぶる時分、暇の状は取ってお
く。男なしぢやに。ほんにおれは、生れ付きこそ横ぶとれ、口ちひさく
髪も少しはちぢみしに」と、したたるき独言いふこそをかしけれ。(『호

색오인녀』1권2장, p.264.)

위의 첫 일화 속 여성은 남편이 싫어 도망 나왔다가 잡혀 감옥에 갇혀 있었다. 그런데 옆방에 갇혀있던 요노스케와 시를 주고받으며 연정을 품게 되고, 서로 에로스를 나눌 수 없음을 한탄하는 것이다. 두 번째 일화에서는 멋스러운 세이주로(淸十郎)에 반한 노년의 유모가, 자신은 남편 없는 여성임을 주장하며 적극적으로 구애하고 있다. 두 일화 모두, 여성 스스로가 연정을 품을만한 남성이 등장하자 과도하고 적극적으로 구애를 한다는 측면에서 웃음을 자아낸다. 이처럼 희화된 소설 속 필부들이지만, 이들의 모습이 완전한 허구로만 비춰지지 않는 점, 즉 실존할 수 있는 유형의 필부라는 점이 시사적이다. '남편'으로 상징되는 사회문화적 기제로부터 자유로운 필부는 언제든지 적극적으로 에로스(=연정)를 탐닉할 수 있는 존재이고, 역설적으로 이들 필부가 에로스를 탐닉하는 것은 자연스러운 일임을 위의 두 일화는 일깨워주고 있는 것이다.

다음으로는 남성과의 에로스가 금지되어 있는 명망가의 봉공인 필부 일화를 살펴보고자 한다.

자, 이제 여기에 불쌍하기 그지없는 것은, 어느 다이묘의 정처를 위해 일하는 태양을 볼 일도 없는 안집 시녀나 하급 봉공 여성들이었다. (중략) 나무문으로 들어가려고 할 때, 그 여자가 종자를 시켜, "낭군님께 몰래 만나 말씀드리고픈 것이 있습니다."라고 한다. (중략) 원래 가늘고 긴 모양인 것인데 몇 년인가 사용하여 닳은 끝이 짧아진 것이다. 깜짝 놀라, "이것은."이라고 한다. "그렇기에, 그 모양님을 사용할 때에

는 죽을 것 같은 생각이 들어 생명의 원수가 아니겠습니까? 이 원수를
무찔러 주십시오."라고 요노스케에게 매달린다. 칼을 뺄 사이도 없이
눌러 엎드려서는 목을 죄고 다타미 세장 넓이에, 아마도 뒤쪽까지 적신
후, 일어나 헤어질 때에 지갑에서 일부를 꺼내어 소매 아래로 주면서,
"또 7월의 16일에는 반드시."라고 말을 남긴다.

　さてもその後、物のあはれをとどめしは、さる大名の北の御方に召
しつか﹅れて、日のめもつひに見給はぬ女郎達やおはしたなり。(中略)
木戸口に入り懸る時、かの女、連れたる小者を遣はし、「さるかたそっ
と御目に懸りて、申し上げたき儀の御入り候」と申す。(中略)もとぼそ
なる形の、何年かつかひへらして、さきのちびたるなり。興ざめ顔に
なって、「これは」といふ。「されば、この形さまをつかふ時には死に入
るばかりおもふにより、命の敵にあらずや。この敵をとれてたまはれ」
と、世之介に取付く。刀ぬく間もなく組みふせて、首すぢをしめて、畳
三でふ、うらまで何やら通して、起き別れさまに、鏡袋より一包取出し
て、袖の下よりおくりて、「又七月の十六日には、かならず」と申しのこ
せし。(『호색일대남』4권4장, pp.117-121.)

　위의 필부는 요노스케에게 먼저 다가가 집착하고 반강제적으로 육
체적 관계를 맺고, 소위 화대로써 보상하며 훗날을 기약하기까지 한
다. 위의 장면은 마치 남성의 에로스 탐닉 장면을 보는 것 같은 착각을
일으키게 하는데, 이는 남성에 못지않은 필부의 강한 에로스 욕망을
묘사하기 위해 설정된 것으로 이해할 수 있다. 즉 여성 부재의 남성들
이 유곽이나 이에 준하는 곳을 찾아 화대로써 여성과의 에로스를 즐
기듯, 위의 필부 또한 에로스를 위해 필사적이고, 금전적 대가도 마다
하지 않는 것이다.

　지금까지의 남성 부재 필부의 에로스 묘사에서 흥미로운 점은, 이
들의 에로스 탐닉은 『호색일대남』 4권1~2장을 제외하고는 여성 측
의 적극적 접근에 의해 비롯되었다는 사실이다. 이와 같은 묘사는 현
실 세계를 그대로 반영하였다기보다는, 작가 사이카쿠의 인식에서 비
롯된 것으로 보인다. 일례로 사이카쿠가 재판을 다룬 우키요조시 『혼
초 오인히지(本朝櫻陰比事)』(1689) 1권8장에서, 옆집 젊은이와의 관
계를 의심받는 미망인이 등장하는데, 그녀는 만약 자신이 에로스를
탐닉하고자 했다면 한층 더 성숙한 남성과 은밀히 할 수 있었을 것이
라며 결백을 주장한다.[17] 이렇듯 궁지에 몰린 상황에서도 남성과의 에
로스에서 주도적일 수 있는 미망인의 모습을 보면, 사이카쿠가 인식
하고 묘사한 이들 필부는 에로스에 적극적이고 주도적인 유형인 것으
로 이해할 수 있다. 그렇다면 사이카쿠가 이들 필부를 유형적으로 에
로스에 적극적이고 주도적으로 묘사한 이유는 무엇일까? 아마도 에로
스가 남성 부재 필부에게 필수적이라는 점, 즉 욕망될 수밖에 없는 시
급한 문제라는 점을 사이카쿠가 인식했기 때문이리라. 그러므로 표면
적으로는 회화의 대상이 되었다 할지라도, 사이카쿠에게 남성이 부재
하는 필부의 에로스 묘사는, 인간의 보편적 진실을 묘사할 수 있는 훌
륭한 소재였으리라고 생각한다.

---

17) 麻生磯次, 冨士昭雄訳注, 『対訳西鶴全集11 本朝櫻陰比事』明治書院, 1977, pp.33-
　　34.「自が子といふても恥かしからず。我不義いたさば、世間にしらせず、相手有。
　　此事においては、身を八割にあいても詮義とげずには置まじ。女も女によるべし。」

2.3. 미혼 여성의 경우

지금까지 살펴본 필부가 에로스에 전반적으로 적극적이었다면, 미혼인 필부의 에로스는 어떻게 묘사되었을까? 다음에서 살펴보기로 한다.

"도읍 사람이라면 더욱이 관둬 주십시오. 제게 마음을 두는 사람들이 끊임없음이 귀찮아, 변장을 하고 겨우 도망쳐 나왔으니까요."라고 하니, 더욱 관두기 힘들어 평생을 약속하고, "버리지 마세요." "버릴 리가 있느냐."라고 천년만년을 간다는 나무에 숨어,
「都の人ならば、なほゆるし給へ。われにこころを懸けし人かぎりなきをうるさく、姿を替へてやうやうのがれ侍るに」とかたるに、なほやめがたく一世の約束をして、「見捨てな」、「捨てまい」、末は千とせの松陰に木隠れ、(『호색일대남』3권4장, p.89.)

위의 시골에 사는 미혼 여성은 도시 출신 요노스케의 구애를 처음에는 거절하다가도, 결혼을 조건으로 하자 요노스케와의 에로스에 합의하고 영원한 사랑을 약속한다. 이처럼 미혼인 필부에게 에로스는 결혼으로 연동되어야만 하는 것이지만, 다음의 오나쓰(お夏)의 경우, 위의 여성과는 상이한 태도를 취한다.

어느 날, 세주로는 비단으로 만든 허리띠를 시녀인 가메라는 여자에게 "이 허리띠가 너무 넓어 불편해요. 적당하게 고쳐줘요."라고 부탁하여 바로 풀어보니, 옛날 편지 쓴 흔적이 있어서 이성을 잃고 읽기를 계

속했는데, 편지가 열 너 댓 장은 있었다. 모두 '세주로님'에게 쓴 것으로, (중략) "혹시 남몰래 멋진 면도 있는 것일까? 많은 여성이 연정을 품는 것도 매력적이네."라고, 어느새 오나쓰는 세주로에게 연정을 품고, 그로부터 하루 종일 마음을 쏟아 혼이 몸을 빠져나가 세주로의 품에 들어가서, 말도 꿈에서 하는 양 하게 되고, (중략) 수많은 연정의 편지, 세주로도 연정이 피어올라 마음은 흔들리는데, 사람의 눈이 많은 집이므로 좋은 일이 성사되기 힘들고, (중략) 베개 삼은 소매가 흐트러지고 허리띠는 완전히 풀러진 것을 그대로 두고, 수많은 갈아입을 옷을 쌓아 둔 구석에 꾸벅꾸벅 거짓 졸음을 연기하는 것도 얄밉다. "이럴 때에 재빠른 밀회를 할 수 있다면."이라고 깨닫는 것, 동네 여자치고는 흔하지 않은 세련됨이다.

　ある時、清十郎、龍門の不断帯、中いのかめといへる女にたのみて、「この幅の廣きをうたてし、よき程にくけなほして」と頼みしに、そこそこにほどきければ、昔の文名残ありて、取乱し読みつづけるに、紙数十四五枚ありしに、当名皆「清さま」とありて、(中略)「さて内証に、しこなしのよき事もありや。女のあまねくおもひつくこそゆかしけれ」と、いつとなくおなつ、清十郎に思ひつき、それより明暮、心をつくし、魂身のうちをはなれ、清十郎が懐に入りて、我は現が物をいふごとく、(中略)かずかずのかよはせ文、清十郎ももやもやとなりて、御心したがひながら、人めはせはしき宿なればうまい事はなりがたく、(中略)袖枕取乱して、帯はしやらほどけをそのままに、あまたのぬぎ替小袖を、つみかさねたる物陰に、うつつなき空靨心にくし。「かかる時、はや業の首尾もがな」と気のつく事、町女房はまたあるまじき帥さまなり。(『호색오인녀』1권2장-3장, pp.262-265.)

　세주로에 대한 연정으로부터 시작된 미혼 여성 오나쓰의 관심은 이윽고 에로스의 이행으로 전개된다. 위의 밑줄 친 부분에서 미혼 여성의 재빠른 에로스 희구가 회화되고는 있지만, 앞서 살펴본 기혼 여성의 연정과 에로스가 불가분의 것이듯, 미혼 여성의 연정 또한 에로스와 연동되는 것이라는 사실이 특별해 보이지는 않는다. 흥미로운 점은 오나쓰의 인물조형이다. 그녀는 대단한 미인이지만, "그 나이 16세까지 남성의 외양을 따져, 아직 정해진 혼처가 없었다.(その年十六まで,男の色好みて,いまに定まる縁もなし.)"(텍스트 p.261)고 묘사되고 있다. 그러므로 오나쓰가 세주로에게 연정을 품는 것은 오나쓰 개인의 에로스(=연정) 취향에 의거하는 바 있다고 보인다. 나아가 그녀가 비극적 결말을 예견하면서도 세주로와 야반도주 하는 것은, 그녀 스스로의 에로스(=연정) 취향, 즉 개인적인 선택에 따른 바가 크다고 보아야 할 것이다. 이에 비해 위의 일화를 답습한 『세켄 무스메 가타기』 4권2장 속 미혼 여성의 입장은 상이한데, 내용을 아래에서 확인해 보자.

　여하튼 여자들이 좋아하는 외모에, 게다가 기다유부시까지 잘 하니, (중략) 딸인 오루이는 연정을 품고, 그로부터 하루 종일 마음을 쏟아 혼이 몸을 빠져나가 벤시치의 품에 들어가서, 말도 꿈에서 하는 양 하게 되고, (중략) 벤시치는 대담하게도 캄캄해지는 저녁을 기다려 뒤쪽 높은 담을 넘어 목숨을 걸고 다니니, 처녀도 연정 때문에 대담해져서, (중략) "진정한 마음이군요. 그렇다면 오늘밤에 바로 도망가야겠습니다." 라고 이 세상 마지막 인사로서 잠자리를 하고, 휙 하고 일어나서,
　いづれ女の好る風俗しかも義太夫節が上手にて、(中略)娘のおるい思

ひつきそれから明暮れ心をつくし、魂身のうちをはなれ、弁七が懐に入
て我は現が物をいふごとく、(中略)弁七胴をすへて闇になる夜を待て裏
の高塀を越、身をすててかよへば娘も恋より大胆になって、(中略)「浅
からぬ心ざし。しからば今宵是よりすぐに立のくべし」と、此世の名残
にしばし枕かはしてついむくと起にして、(『세켄 무스케 가타기』4권2
장, pp.461-463.)

위의 미혼 여성 오루이 역시 벤시치에게 연정을 품은 후 에로스를
탐닉한다. 그런데 오루이의 부모는 딸이 귀한 나머지 17세까지 혼처
를 고르지 못하였고,[18] 그와 같은 상황에서 귀한 딸 오루이가 가난한
벤시치에게 연정을 품자, 어머니는 둘의 만남을 방해하기에 이른다.
혼사 상대를 까다롭게 고르는 오루이의 부모 때문에 벤시치도 결혼은
불가하다고 생각했는지 동반자살을 시도하지만, 우연한 사고로 오루
이는 다른 남성과 살아남아 아이도 낳고 잘 살게 된다는 일화이다. 이
렇듯 사이카쿠가 오나쓰를 통해 파멸을 예견하면서도 포기할 수 없는
미혼 여성의 에로스(=연정) 취향과 적극적 욕망을 묘사하였다면,『세
켄 무스메 가타기』4권2장에서 기세키는 사이카쿠의 일화를 답습하
되, 미혼 여성이 에로스(=연정)에 탐닉하는 이유로서 '부모의 간섭'이
라는 사회문화적 요소를 덧붙였고, 역설적으로 금지된 에로스(=연정)
이기에 더욱 갈망하는 미혼 여성의 모습이 부각되었다고 할 수 있다.

---

18) 텍스트 p.460「"両親娘自慢にて諸方より縁付の事いひ来れ共、『中々大抵の所へは
やるまじ。我よりまされる身代のたしかなる近国にかくれなき商売人、宗旨は東
本願寺宗にて賢の器量すぐれ諸芸に達し、色狂ひせぬ始末者にて、身過にかしこ
く世間にうとからず、舅姑に孝ありて、人ににくまれぬ賢の方へならではつかは
すまじ』と」

이렇듯 금지된 에로스(=연정)이기 때문에 더욱 갈망하는 미혼 여성의 모습은 다양한 형태로 사이카쿠의 작품에서도 묘사되고 있으니, 이를 살펴보자.

그 손을 잡고 어려움을 도와주시고, 그 젊은이는 이성을 잃고 저의 손을 꽉 잡으니 헤어지기 어려웠지만, 모친이 보시고 계신 것이 싫어 어쩔 수 없이 헤어지는데, 일부러 털 뽑기를 가지러 간다며 되돌아가서 그 손을 다시 잡으니, 이 때부터 서로 연정을 품게 되었다. 오시치는 이윽고 보고 싶어 (중략) "저 분은 오노카와 기치사부로님이라고 하여, 조상님이 반듯한 낭인입니다만, 대단히 다정하고 정이 깊은 분."이라고 말하니, 더욱 연정이 깊어져, (중략) 그렇지만 좋은 기회가 없어 결국 잠자리를 함께 못하고, (중략) 처음 관계를 맺은 후부터, 서로 죽을 때까지 변치 말자고 눈물을 흘리는 것이었다.

かの御手をとりて、難儀をたすけ申しけるに、この若衆我をわすれて、自らが手をいたくしめさせ給ふを、はなれがたかれども、母の見給ふをうたてく、是非もなく立ち別れさまに、覚えて毛貫をとりて帰り、又返しにと跡をしたひ、その手を握りかへせば、これよりたがひの思ひとはなりける。お七、次第にこがれて、(中略)「あれは小野川吉三郎殿と申して、先祖ただしき御浪人衆なるが、さりとはやさしく、情のふかき御かた」とかたるにぞ、なほおもひまさりて、(中略)されどもよき首尾なくて、つひに枕も定めず、(中略)ぬれ初めしより、袖は互に、かぎりは命とさだめける。(『호색오인녀』4권1장, pp.343-344.)

위에서 서로 연정을 품은 미혼 남녀 오시치(お七)와 기치사부로(吉三郎)는 곧바로 에로스 탐닉의 가능성을 염탐하고 이를 이행하지만,

기치사부로를 자유롭게 만날 수 없어 보고 싶은 마음에 오시치는 방화를 하고 화형에 처해진다. 여기서 연애가 금지되지 않고 자유로운 것이었다면, 과연 오시치가 방화라는 대담한 행위에 이르렀을까 하는 의문이 든다. 금지된 것이기에 더욱 매혹적인 것은, 아래 일화 속에서도 마찬가지이다.

이 여성은 작년 봄부터 겐고베라는 젊은이에게 마음이 깊어져 남들 몰래 많은 편지를 보냈지만, 겐고베는 평생 여자를 멀리하고 짧은 답장미지도 없던 것을 하루 종일 슬퍼하며 지냈다. (중략) 주름 잡힌 면의 속옷이 보여 깜짝 놀라고 자세히 보니, 얼굴 생김새부터가 여성스러워서, 승려는 체념하고, (중략) "지난 해 여러 번 연정을 담은 편지를 보냈지만, 차갑게도 답장마저 주시지 않았습니다. 원망스럽기는 해도 그립기 그지없어 이렇게 변장하여 여기에 찾아본 것은, 그렇게도 미운 일입니까?"

この女、過ぎし年の春より、源五兵へ男盛りをなづみて、数々の文に気をなやみ、人しれぬ便りにつかはしけるに、源五平へ、一生女をみかぎり、かりそめの返事もせざるをかなしみ、明暮、これのみにて日数をおくりぬ。(中略)ひぢりめんのふたの物に、肝つぶして、気を付けて見る程、顔ばせやはらかにして女めきしに、入道あきれはてて、(中略)「過ぎし年、数々のかよはせ文、つれなくも御返事さへましまさず。うらみある身にも、いとしさやるかたなく、かやうに身をやつして、ここにたづねしは、そもや、にくかる御事か。」(『호색오인녀』5권3장, pp.377-384.)

위의 미혼 여성 오만은 어쩌다 남색 취향의 겐고베(源五平)에게 연정을 품지만, 그는 여성에게는 도통 관심이 없다. 이처럼 이루어질 가능성이 희박한 금지된 에로스(=연정)이기에, 오만은 승려인 척 하고 겐고베에게 접근하여 에로스를 즐기는데, 결국 정체가 발각되고 만다. 주목할 점은 금지된 에로스(=연정)를 극복해보고자 하는 오만의 적극적 자세이고, 결국 겐고베는 환속하여 부부의 연을 맺는다는 점이다.

오만만큼이나 에로스(=연정)에 적극적인 여성은 다름 아닌 일대녀이다.

언제부터인가, 스물 스물 마음이 가서, 만날 수 없는데 잘 궁리하여 만나, 그에게 몸을 맡기며 소문이 나는데도 관둘 수가 없어서, 어느 새벽에 들통이 나서, 우지바시 근처에 쫓겨나고 벌을 받았는데, 불쌍하게도 그 남자는 이 때문에 목숨을 잃었죠. (중략) 그때 저는 13세였기에, 사람들도 용서하고, "설마, 그런 일이 있었겠어."라고 생각하는 것이야말로 우습습니다.

いつの頃か、もだもだとおもひ初め、逢はれぬ首尾をかしこく、それに身をまかせて浮名の立つ事をやめがたく、ある朝ぼらけにあらはれ渡り、宇治橋の辺に追ひ出されて、身をこらしめけるに、はかなやその男は、この事に命をとられし。(中略)自ら、その時は十三なれば、人も見ゆるして、「よもや、そんな事は」とおもはるるこそをかしけれ。(『호색일대녀』1권1장, pp.401-405.)

일어나 쓸쓸하던 차에 그 분의 한쪽 다리가 제 몸에 닿았고, 마나님은 코를 고시니 주인님의 잠옷 아래로 들어가 그 분을 유혹하고, 연정을 끝내 관둘 수가 없어 곧 들통이 나서,

さびしき寝覚めに、かの殿の片足、身にさはる時、もは何事もわす

れて、内儀の鼾ききすまし、殿の夜着よりしたに入りて、その人をそそ なかして、ひたもの恋のやめがたく、程なくしれて、(『호색일대녀』1 권2장, pp.406-407.)

첫 일화에서 겨우 열 세살이 된 주인공 일대녀는 연정을 알고 에로 스를 탐닉하였고, 두 번째 일화에서도 일대녀는 여전히 어린 나이에 주인님을 유혹하여 자발적이고 적극적으로 에로스를 탐닉한다. 구라 치가 지적하듯, 당대 일본에서 미혼 여성의 에로스는 비교적 자유로 웠던 것[19]으로 이해할 수 있고, 한반도에 비해 미혼 여성 스스로가 맹 목적인 처녀성 유지를 의식한 것 같지는 않지만, 일대녀가 보편적이 라고 볼 수만은 없다. 사회문화적으로는 미혼 여성의 에로스는 결혼 을 전제로 이루어져야 했는데, 흥미롭게도 사이카쿠 호색물 속에서는 결혼의 전제 없이 적극적이고 자발적으로 에로스(=연정)를 추구하는 미혼 여성의 태도와 인식이 묘사되고 있었다. 이렇듯 미혼 여성이 에 로스에 적극적일 수밖에 없는 이유 중에 하나로 '금지된 것'이라는 점 을 들 수 있다. H.마쿠르제식으로 지적하자면, 에도시대 필부가 지향 하는 에로스는 여성의 자연스러운 욕망 중에 하나임에도 불구하고, 이를 억압하는 사회가 존재한다는 사실이[20] 사이카쿠의 일화 속에 자

---

19) 전게서 『性と身体の近世史』, pp.50-52. 「最後に未婚の女についてである。日本に おいては、一般にいわゆる「処女性」について無頓着であり、婚前交渉が広範に行わ れていたことについては、これまでの叙述でもおわかりのことと思うが、(中略)男 女の関係においては情愛にもとづいて振舞うことを大切にし、性的交渉において も積極的主体的に対処する女たちの姿は、「家」(親や夫)に縛られず自由に行動する 彼女たちの姿と重なり合うものである。」

20) H. 마쿠르제 지음, 김인환 역, 『에로스와 문명』나남출판, 2004, p.234. "이러한 적 대적인 체계 안에서 자아와 초자아, 자아와 이드의 정신적 갈등은 동시에 개인과

연스럽게 드러난 것이다.

3. 에도시대 필부들의 에로스와 사회적 저항

　지금까지 사이카쿠의 호색물을 중심으로 필부의 에로스 묘사 양상
과 그 전개를 살펴보았다. 일본 고대 이래 그러하듯, 에도시대 필부의
에로스 또한 연정과 연동되는 것이었는데, 그럼에도 불구하고 결혼
유무, 남성 부재에 따라 그 양상은 상이한 측면도 확인되었다.

　기혼 필부의 경우, 사회문화적 기제에 따라 살아가며 에로스를 거
부하는 유형, 일회적, 혹은 지속적으로 연정과는 거리가 먼 에로스만
을 탐닉하는 유형, 그리고 사회문화적 기제를 뛰어넘어 비극적 결말
을 예상하면서도 개인적 취향 때문에 에로스를 탐닉하는, 필부(匹夫)
와 다르지 않은 유형도 묘사되었다. 이와 같은 묘사는 필부(匹夫)와
필부(匹婦)가 에로스에 관하여 다르지 않다는 금기시된 일면을 폭로
했기 때문인지, 사이카쿠의 후속 작품에서는 찾아볼 수 없었다. 다만
그와 같은 사이카쿠가 보여준 인간의 보편적 진실에 작가 기세키도
동일 소재를 사용함으로써 동조했다고 할 수 있다. 다음으로, 남성이

　　사회의 갈등이다. 사회는 전체의 합리성을 구체화한 것이다. 억압적인 세력에 대
　　항하는 개인의 투쟁은 객관적인 이성에 대한 투쟁이다. 그러므로 본능의 해방을
　　포함한 억압 없는 현실원칙의 출현은 문명화된 합리성에 의하여 획득된 수준의
　　이전으로 퇴행한다. (중략) 이러한 조건 아래서 억압 없는 문명의 가능성은 진보
　　의 정체가 아니라 진보의 해방으로 단정된다. 인간은 충분히 발전된 지식에 따라
　　서 자기의 생활을 다스리고, 무엇이 선이고 무엇이 악긴가를 다시 질문하게 될 것
　　이다. 인간에 의한 인간의 문명화된 지배 속에서 축적된 죄가 자유에 의하여 구제
　　될 수 있다면, 원죄는 다시 저질러질 것이다.”

부재하는 필부의 에로스는 대개가 여성 주도적이고 적극적인 것으로 묘사되고 있었는데, 이는 작가 사이카쿠의 인식에서 비롯된다고 할 수 있다. 이들 필부는 표면적으로는 희화의 대상이 되지만, 이 역시 에로스가 남성 부재의 여성에게는 한층 더 본능적인 욕망이라는 인간의 진실을 일깨워주는 지점이다. 마지막으로 미혼 필부의 에로스 탐닉은 금지된 경우에 주로 묘사되었다. 사회문화적으로 금지하는 미혼 필부의 에로스 탐닉을 묘사함으로써, 자연스럽게 개인을 억압하는 사회상 또한 반영된 것이다. 그러므로 작중 미혼 필부가 에로스에 경도된 대단히 특이한 인물이라기보다는, 보편적인 인간에게서 발견될 수 있는 사회와 대치되는 심리를 대변하고 있다고 하겠다. 이와 같은 측면에서 미혼 필부의 에로스 묘사 또한 인간의 보편적 진실을 보여주는 하나의 장치로 이해할 수 있다. 조르쥬 바타이유가 지적하듯 에로스를 지향하는 에로티즘이란, 결국 사회적 억압에 대항하는 개인의 삶의 의지 표명과 연동된다.[21] 사이카쿠가 의도적으로 개인과 사회를 대치시켰다기보다는, 에로스를 묘사하는 과정에서 개인과 사회와의 관계가 자연스럽게 드러난 것이다.

이상의 고찰을 통해, 에도시대 사이카쿠 호색물 속 필부(匹婦)의 에로스 묘사는 필부(匹夫)와 다르지 않은 필부(匹婦)의 에로스 욕망을 보여주고, 나아가 보편적 인간의 부재하고 금지된 것에 대한 욕망을

---

21) 죠르쥬 바타이유 지음, 조한경 옮김, 『에로티즘』민음사, 2000, pp.9-10. "에로티즘, 그것은 죽음까지 파고드는 삶이라고 말할 수 있다. (중략) 그러나 유독 인간만은 성행위를 에로티즘으로 승화시켰다. 단순한 성행위와 에로티즘은 우선 그렇게 구분된다. 에로티즘은 아기나 생식 등 자연 본래의 목적과는 별개의 심리적 추구이다. (중략) 싸드는 다음과 같은 더 기이한 말을 했다. "죽음과 친숙해지려면 죽음과 방탕을 결합시키는 일보다 나은 방법이 없다.""

묘사하는 일환으로서 이루어졌다고 하겠다. 남녀가, 그리고 부부가 유별해야 하는 전근대 일본에서, 에로스에 관해 감히 필부(匹婦)가 필부(匹夫)와 다르지 않음을 묘사한 사이카쿠에 의해, 비로소 에도시대 필부(匹婦)는 문학 속에서 필부(匹夫)와 다르지 않은 한 명의 인간으로서 인정받고 지각되었다.

사이카쿠 작품 주제가 다의적이듯, 작가에 대한 이해도 현시점의 사회문화적 기제에 의해 다각적일 수밖에 없다.[22] 그러므로 현시점에서 필자는, 무엇이 일본의 문학과 문화를 한국의 그것보다 풍부하게 하였는가에 대한 고민에서, 이 글을 출발할 수밖에 없었다. 전근대 필부(匹夫)의 전유물로 여겨지는 '에로스'란 소재를 필부(匹婦) 묘사에 이용함으로써 사회문화적 기제와 인간에 대해 반문하는 사이카쿠의 통찰력이, 일본문학을 보다 윤택하게 하는 데에 일조하고 있음에는 틀림없다.

---

22) 中嶋隆,「『西鶴』の遊女観-多義的『主題』と『作者』について」『江戸文学』23号, 2001, p.66.「『主題』が多義性をもつのと同じように、読者が作品から読み取る『作者』像も、元来は多義的である。特に、直接的資料のほとんどない西鶴の場合は、研究時点での支配的制度や文化思潮が色濃く反映された『作者』像が提示される。」

참/고/문/헌

1. 기본 자료

• 麻生磯次,富士昭雄譯注,『對譯西鶴全集11　本朝櫻陰比事』, 明治
　書院, 1977, pp.33-34.

• 暉峻康隆, 東明雅校注,『新編　日本古典文學全集　66　好色一
　代男　好色五人女　好色一代女』,小學館, 2006, pp.53-54, p.58,
　p.89, p.101, pp.109-110, pp.117-121, pp.122-124, pp.129
　130, pp.262-265, p.304, pp.321-322, pp.343-344, pp.377-384,
　pp.401-407, pp.468-474. p.531.

• 長谷川强校注,『新日本古典文學大系 世間娘氣質』,岩波書店,
　1989, pp.461-463, pp.468-474.

• 市古貞次外監修,『日本古典文學辭典』, 岩波書店,　1983,
　pp.161-162. p.263. p.346. pp.504-505.

2. 참고자료

1) 논문

• 고영란,「사이카쿠(西鶴) 우키요조시(浮世草子) 속　미망인 인식
　소고(小考)-후속 작품과의 비교를 중심으로-」『일본언어문화』제
　19집, 한국일본언어문화학회, 2011, pp.397-415.

• 高梨公之,「西鶴にみえた婚姻」『日本婚姻法史論』, 有斐閣, 1976,
　pp.65-75.

• 谷脇理史,「作家西鶴の登場」『西鶴を學ぶ人のために』,世界思想社,

1993, pp.153-154, p.155.

2) 단행본

• 데루오카 야스타카 지음, 『한림신서 일본학총서 60 일본인의 사
  랑과 성』, 소화, 2001.
• 니콜라 에이벌 히르슈 지음, 『에로스』, 이영선 역, 이제이북스,
  2003.
• H. 마쿠르제 지음, 『에로스와 문명』, 김인환 역, 서울: 나남출판,
  2004.
• 죠르쥬 바타이유 지음, 『에로티즘』, 조한경 역, 민음사, 2000.
• 倉地克直, 『性と身体の近世史』, 東京大學出版會, 1998.
• 佐伯順子, 『「愛」と「性」の文化史』, 角川學芸出版, 2008.
• 重友毅, 『岩波全書 119 近世文學史』, 岩波書店, 1962.
• 中嶋隆, 「『西鶴』の遊女觀 - 多義的『主題』と『作者』について」『江戸
  文學』23号, ぺりかん社, 2001.

조선후기 야담의 욕망하는 여성들

이주영

1. 금기와 위반의 형식, 여성 정욕 이야기

인간 욕망의 한 갈래인 애정 문제에는 육체적이고 본능적인 성적 (性的) 충동의 문제가 깔려 있다. 그러나 인간의 성은 자연 그대로의 것이 아니라 사회문화적 배경 속에서 다양한 관계를 통해 규범화된다. 이것은 동물적 열병이라기보다는 오히려 금지된 것에 대한 욕망에 가까운 것이다.[1]

조선이 성적으로 억압된 사회라는 인식의 전제는 욕망의 절제를 강조한 유교 이념에 기반한다. 그러나 조선시대의 성에 관한 담론은 유교와의 지속적인 길항 속에서 만들어져 왔으며, 조선후기에 형성된

---

[1] 인간의 성행위가 금기에 의해 금지를 당할 때 그에 대한 위반의 영역이 에로티즘의 영역이 된다. Georges Bataille 지음, 조한경 옮김, 『에로티즘(L'Erotisme)』, 민음사, 2009, 1~340쪽 참조.

성 담론과 문학적 재현은 유교의 억압이라는 균질한 틀로만 섹슈얼리
티와 에로티즘의 문제를 보기 어렵게 한다.[2] 따라서 주목해야 할 것은
성적 욕망이 억압되었다는 사실 자체가 아니라, 왜 그 억압의 형태와
성적 이탈의 양상이 다양한 경로를 통해 이야기되고 있었는가의 문제
이다.[3]

　여기서 다루고자 하는 것은 조선후기 야담에 나타난 여성 정욕의
표출에 관한 것이다.[4] 물론, 서사 내에서 욕망을 드러내는 여성은 대

---

2) 두 차례의 전란 이후 성리학에 입각한 유교사회로의 전면적 전환과 17세기 중반 이
　후 종법적 가부장제 확립에 따른 상속제와 가족 형태의 변화 등이 일어나고 있었
　다. 김경미에 따르면, 조선후기 성에 대한 관심과 논의는 상업의 발달, 주변국의 문
　화 유입, 도시 유흥의 발달 등과도 관련이 있고, 유교 이데올로기의 변화 및 가부장
　제 강화 등 조선후기 사회의 일상을 구성한 다양한 요소들과 관련하여 설명되어야
　한다. 이 시기에는 정에 대한 긍정을 토대로 남녀의 정욕을 본연적인 것이며 가장
　진실한 것으로 파악하거나, 열녀의 증가와 열녀전의 창작 등 여성의 섹슈얼리티에
　대해 더욱 민감한 반응을 보이기도 하고, 동성애나 다른 성적 취향에 대한 관심과
　담론화가 일어나기도 하였으며, 이러한 과정에서 성의 담론화에 대한 유교적 통제
　가 약화되기도 한다는 것이다. 김경미, 「조선후기 성 담론과 한문소설에 재현된 섹
　슈얼리티」, 『한국한문학연구』 42, 2008, 128~139쪽 참조. ; 이밖에 성 담론에 대한
　논의로는 강명관, 「조선시대의 성담론과 性」, 『한국한문학연구』 42, 2008, 9~43쪽.
　; 진재교, 「조선조 후기 문예공간에서 성적 욕망의 빛과 그늘 -예교, 금기와 위반의
　拮抗과 그 辨證法」, 『한국한문학연구』 42, 2008, 87~126쪽.
3) 성이 억압되는 경우 성에 관해 말하고 성의 억압에 관해 말한다는 사실만으로도 대
　단한 위반의 몸짓이 될 수 있기 때문이다. Michel Foucault 지음, 이규현 옮김, 『성
　(性)의 역사1-지식의 의지(Histoire de la Sexualite, tome 1 : Volonte de Savoir)』,
　나남, 2010, 13~14쪽 참조.
4) 야담에 나타난 남녀 간 애정과 성애에 대해서는 다음의 연구를 참조할 수 있다. 최
　기숙은 18 · 19세기 야담집에서 확인되는 여성의 목소리가 남성적 관점에 의해 선
　별된 것이고 그들의 모습이 남성적 시선에 의해 굴절되어 조명되거나 남성들과의
　관계 속에서 파악된다고 하면서 성이 담론화되는 지점에 주목하였다. 최기숙, 「'성
　적' 인간의 발견과 '욕망'의 수사학 - 18 · 19세기 야담집의 '기생 일화'를 중심으
　로」, 『국제어문』 26, 2002, 53~90쪽. ; 최기숙, 「'관계성'으로서의 섹슈얼리티: 성,
　사랑, 권력 - 18 · 19세기 야담집 소재 '강간'과 '간통' 담론을 중심으로」, 『여성문학

부분 훈육과 처벌의 대상이 된다. 또 이 여성 형상은 남성들의 시선에
의해 굴절되거나 왜곡되었을 가능성도 있다. 그런데 여성의 정욕 표
출 자체를 금기시하는 듯 하면서, 이를 위반하는 여성들을 다양하게
그려낸 이유는 무엇일까? 사실, 위반이 불가능한 금기란 없다. 위반이
란 금기를 제거하는 것이 아니라 금기를 한번 걷어올리는 행위이며,
에로티즘의 근본이 거기에 있다[5]는 것은 이에 대한 단서를 제공한다.

　당시의 성적인 관행을 지배하는 것은 가부장제와 유교적 이념이지
만, 여성의 성을 둘러싼 금기와 위반이 서로 길항하면서 서사를 구성
한다. 그리고 위반에 따르는 처벌의 양상은 거꾸로 그 금기가 무엇인
지를 느러내보이기도 한다. 즉 여성 정욕을 다룬 이야기들은 금기와
위반의 형식을 지니고 있으며, 여성들의 혼인 여부, 성적 욕망의 대상
이 되는 남성 유형, 남녀 인물의 계층, 여성의 욕망에 대한 남성들의 수
용 양상 등이 서사를 다양하게 변주시킨다. 여기서는 몇 가지 사례를
유형화하여 여성 정욕의 표출과 그에 대한 대응 양상을 고찰하였다.
첫째, 성적인 본능을 남성에게 적극적으로 고백하거나 남성에게 직접
적으로 구애하는 처녀들의 이야기이다. 둘째, 외간 남자와 간통하며

　　연구』10, 2003(a), 243~275쪽. ; 최기숙, 「'사랑'의 담론화 방식과 의미론적 경계 –
　　18 · 19세기 야담집 소재 '사랑 이야기'를 중심으로」, 『열상고전연구』18, 2003(b),
　　305~348쪽. ; 곽정식은 17~19세기의 문헌설화집에 여성의 성적 욕구와 규범 사이
　　의 모순 문제가 드러나며 그 해결방법이 크게 열(烈) 우위와 성(性) 우위로 나누어
　　진다고 보았다. 곽정식, 「조선후기 문헌설화에서 살펴본 여성의 烈과 性의 문제」,
　　『인문과학논총』11-1, 2006, 25~48쪽. ; 이강옥은 야담에서 정욕을 과감하게 드러
　　내는 여성들을 본격적으로 고찰했으며 인물 형상과 서술방식에서 변주 양상을 포
　　착하고 있다. 이강옥, 「야담에 나타나는 여성 정욕의 실현과 서술 방식」, 『한국고전
　　여성문학연구』16, 2008, 175~217쪽.
5) Georges Bataille, 앞의 책, 39쪽 참조.

성적 욕망을 실현하는 유부녀들의 이야기이다. 셋째, 욕망의 실현을
위해 새로운 삶을 모색하는 환관(宦官)의 처와 과부들의 이야기이다.

2. '부모의 명'·'중매의 말'을 거스르는 욕망과 사 전 교화

먼저 살펴볼 것은 '담을 넘어 선비의 방에 뛰어드는' 처녀들 이야기
이다. 여성이 월장(越牆)하여 남성에게 직접 자신의 욕망을 표현한다.
남성에게 반하게 되는 계기는 글을 읽는 목소리나 멀리서 본 외모 등
간접적인 경험이며, 이를 직접적인 접촉으로 바꾸고자 하는 충동이
서사에 긴장감을 불어넣는다.

이 월장형 서사의 기본 형태는 남성이 여성으로부터 애정을 요구
당하는 상황을 모면하는 것이다.[6] 『어우야담(於于野譚)』에 실려 있는
'정인지(鄭麟趾)'와 '심수경(沈守慶)' 일화[7]가 대표적이다. 선비가 글
을 읽거나 가야금을 타자, 그 소리를 들은 이웃 여인이나 궁녀가 들어
와 구애한다. 선비는 정식으로 중매를 통해 혼인하자고 회유하거나
여인이 원하는 음악을 연주해 준다. 이후 남성은 자취를 감추고 여인
은 상심하여 죽는다.

월장이라는 행위 자체가 여성의 외간 남자 접촉을 금지하는 금기
를 위반하는 것이며, 성애에 대한 욕망을 배제하지 않은 것이다. 남성

---

6) 야담 중 여성이 월장하는 이야기에 대해서는 강진옥, 「욕구형 원혼설화의 형성과정
   과 변모 양상」, 『한국문화연구』 4, 2003, 25~28쪽 참조.
7) 유몽인 지음, 신익철 외 옮김, 『어우야담』, 돌베개, 2006, 668~669쪽.

은 엄격한 태도로 여성을 꾸짖기도 하는데, 이를 상징적으로 드러내는 중요한 사물이 바로 회초리이다. 『동패낙송(東稗洛誦)』, 『청야담수(靑野談藪)』 등에 에 실린 '정암(靜菴) 조광조(趙光祖)' 이야기[8]에서는 그의 책 읽는 소리에 반한 이웃집 처녀가 담을 넘어와 곁에 앉자, 정암이 여인에게 나뭇가지를 꺾어오라고 시킨다. 나뭇가지로 종아리를 맞은 여인은 감읍(感泣)하며 개심(改心)하고 돌아간다. 훗날 여인의 남편이 된 자가 기묘사화(己卯士禍) 당시 정암을 모함하자, 여인은 예전의 그 일을 남편에게 고백한다. 그러자 감동한 남편이 정암을 비방한 사람들과 관계를 끊었다는 것이다. 이는 조정암의 엄격한 수기(修己)의 태도를 드러내는 동시에, 상대 여성까지 교화한 데 대한 긍정적인 시각을 보여준다. 처녀가 욕망하는 대상은 당대 최고의 문사(文士)이며, 여성에 대한 태도는 남성의 인생 경로와 연결되어 인물 평가로 확대된다.

『양은천미(揚隱闡微)』에 실린 「조부인이 의기에 감동하여 기이한 원한을 해결하다(趙夫人感義解奇冤)」라는 이야기에서도 회초리를 통한 훈육이 여성 정욕에 대한 대응으로 작동한다. 상진(尙震)이라는 남성은 혼기가 찼으나 아직 장가를 들지 않은 채로, 후원에 집 몇칸을 지어 홀로 거처하며 글 공부만을 일삼는다. 그의 목소리는 "맑고 낭랑하여 책을 읽고 시를 읊을 때면 옥이 부서지는 소리와 같이 맑아 들을 만"[9]했다. 그 이웃 재상 조씨(趙氏)가에는 아름다운 딸 하나가 있었는

---

8) 노명흠 지음, 김동욱 옮김, 『국역 동패락송』, 아세아문화사, 1996, 437~438쪽.

9) 이신성·정명기 옮김, 『양은천미』, 보고사, 2000, 145쪽. 公之聲音淸朗, 每讀書發吟, 其聲如碎玉, 朗然可聽, …. 번역본을 인용한 경우 필요에 따라 번역과 표점을 수정함. 이하 동일.

데, 그녀가 머무는 후원의 초당은 상진의 서재와 담 하나만을 사이에
두고 있었다.

　때는 마침 8월 보름밤이었다. 달이 밝디밝아 대낮 같았고, 은하수는
반짝반짝거렸으며, 옥 같은 이슬이 떨어지고, 바람은 천천히 불어와 사
람의 가슴을 상쾌하게 하였다. 이때 문득 글 읽는 소리가 바람을 타고
들려왔다. 그 소리는 맑고 고우면서도 절조가 있고, 상쾌하고 낭랑하
여 참으로 무수한 정회를 자아내는 것이었다. 그녀는 자신도 모르게 미
친 흥이 일었다. 처음에는 뜰을 거닐면서 듣다가, 다음에는 담장 아래
에 몸을 기대고 듣다가, 끝내 정을 이기지 못하고 담을 넘었다. 그리
고 조심스레 걸어 공의 방으로 들어가 문 앞에 섰다. 공이 머리를 들어
한번 보니 아직 시집가지 않은 규중처녀였다. 공은 전혀 동요하지 않고
글 읽기를 계속하다가, 한참 뒤에 책을 덮고 물었다. … "첩은 바로 이
웃집 조공의 딸입니다. 날마다 후원 초당에 거처하며 바느질만 익히고
있었습니다. 가법이 매우 엄하기 때문에 한 걸음도 문 밖을 나갈 수 없
었습니다. 그런데 이제 문득 공께서 글 읽는 소리를 듣고는, 마음이 움
틀거리고 정신이 흔들려서 저도 모르게 담을 넘어 들어왔습니다. 원컨
대 공께서는 사랑해 주옵소서."[10]

---

10) 『양은천미』, 145~146쪽. 時值仲秋望夜, 皎皎明月, 如同白晝, 銀河耿耿, 玉露零零,
商飆徐起, 令人爽懷. 忽聽有讀書之聲, 乘風而至, 其聲淸而有節, 雅而有操, 爽爽朗
朗, 眞個撼出無數情懷也. 那女子, 不覺狂興蕩漾, 初焉, 散步中庭而聽之, 再焉, 側身
墻下而聽之, 末乃不勝情緖, 輒踰墻, 潛步而入尙公之房, 立于門首. 尙公擡頭一見,
便是未嫁閨女也. 畧不動念, 誦讀不綴, 良久掩卷而問曰: … "妾是隣家趙公之女也.
日處後園草堂, 專習針工, 而家法甚嚴, 不得窺戶外一步. 今忽聽公之讀書聲, 情懷萌
動, 神魂飄蕩, 不覺踰墻而入, 願公愛之焉."

욕망에 이끌린 처녀의 내면이 잘 묘사되어 있다. 지체 높은 재상가의 딸로 바느질만 익히는 규중처녀의 이상형은 글 공부를 열심히 하는 선비일 것이다. 가법이 매우 엄해 한 발짝도 밖에 나가지 못한다는 처녀가 남자의 목소리만을 듣고 정욕을 자제하지 못하는 상황이 흥미롭다. 여성이 남성에 비해 청각적 표현에 민감한 특성을 갖고 있어서이기도 하겠지만, 실은 글 읽는 소리가 상징하는 이성적인 모습에 반해 열병을 앓는 것이다. 남성의 모습은 이와 대비된다. 모르는 여성의 난데없는 난입과 구애가 공포스러울 법한데도 당황하지 않는 것이다. 상진은 전혀 흔들리지 않고 공부를 계속하는 완벽한 자기절제를 보여준다. 그가 실행하고 있는 경전(經典) 읽기가 바로 이성과 이념의 영역에 속한 것이기도 하다.

  공은 얼굴빛을 바꾸고 꾸짖으며 말했다. "당신은 시집도 가지 않은 재상집 딸로, 부모의 교훈을 받들어 행실을 닦으면서 부지런히 여공(女工)을 익혀서 가훈을 실추시키지 않음이 옳거늘, 어찌하여 밤을 틈타 담을 넘어와서 외간 남자를 몰래 엿보시오? 이게 무슨 도리요? 이것은 집안을 더럽히는 난잡한 행위이니 어찌 부끄럽지도 않소? 내 이제 당신의 부모를 대신하여 당신을 가르칠 것이니 당신은 마음을 바꾸고 허물을 고치도록 하시오." 그리고는 서첩으로 그녀의 종아리를 때리니, 피가 흘러 얼룩이 졌다.[11]

---

11) 『양은천미』, 146쪽. 公乃勃然變色, 厲聲而言曰: "爾是宰相家未嫁女子, 承奉父母之訓, 着心修行, 勤習女紅, 不墮家訓, 可也. 奈何乘夜越墙, 潛窺男子? 是何道理? 此汚家門之亂行也. 寧不可羞? 吾今替爾父母, 出力教爾, 革心改愆." 卽以書籤, 施撻楚於女, 腿上血流斑斑.

처녀의 고백을 들은 상진이 곧바로 처녀를 꾸짖는다. 흥미로운 지점은 처녀의 월장이 난잡한 행위임을 지적하는 데 그치지 않고 자신이 처녀의 부모를 대신하여 처녀를 가르치겠다고 하는 것이다. 미혼여성의 욕망이 부모에 의해서 관리되어야 함을 역설적으로 보여준다. 서사적 긴장이 고조되는 것은 서첨(書籤: 책 겉장에 붙이는 표제를 적은 종이)을 사용해 처녀의 종아리를 때리는 장면에서이다. 이는 남성의 경직된 태도를 보여주면서 동시에 유교적 이념의 실천을 상징하기도 한다. 그런데 여기에는 육체와 정신의 문제가 결합되어 있다. 회초리로 때렸는데 개심했다는 것은 육체를 자극해서 정신이 변화한 것이며, 감정에 들뜬 몸을 자극하여 이성을 깨우는 방식이다. 또 옷을 걷게 하고 종아리를 때리는 행위 자체는 덜 에로틱하지만 이성의 신체를 엿보거나 접촉할 수 있는 유일한 방식이기도 하다. 책 읽는 소리에 반해 월장한 처녀의 고백에 대해 남성이 책의 일부분을 사용해 신체적 접촉을 하는 점은 일견 도착적이다. 비록 결과적으로는 여성이 개심하는 형태를 띠고 있기는 하지만, 회초리로 매를 때리고 맞는 행위에서 성적 충동에 관한 열망과 이성적 사고에 대한 열망이 일치함을 볼 수 있는 것이다.

이 훈육의 결과로, 여성은 다시 '정숙한' 상태로 돌아간다. 제대로 된 절차를 통해 다른 남성과 혼인하여 정상적인 부부관계를 맺고 사회에서 활동할 자손을 생산해 낸다. 먼 훗날 상진은 며느리를 겁탈했다는 죄로 피소되는데, 이를 다스리게 된 관리가 바로 조씨부인의 두 아들이었다. 상진의 혐의 내용을 들은 조씨가 자신의 경험을 바탕으로 상진의 무죄를 주장한다. 그러면서 아들들에게 자신이 평생 간직한, 회초리 맞을 당시 피가 얼룩졌던 속곳까지 꺼내어 보여준다. 이것은 본능과 이성의 치열한 투쟁의 흔적이며, 잠깐 음녀(淫女)가 되었다가 다시 순결한 상태로 돌아간 것의 물증이다. 여성의 성적 욕구는 이성적인 남성인물을 향한 것이었고, 회초리를 통해 이성을 깨우는 방식, 즉 욕망의 실현을 사전에 차단하고 교화하는 방식으로 해소되고 있었던 것이다. 그런데 이 여성들의 신분이 명확히 사족(士族)으로 제시되기 때문에, 아마도 이들을 다시 윤리적으로 올바른 상태로 만들어야 한다고 여긴 까닭도 있는 듯하다.

이와는 달리, 파국으로 치닫거나 갈등관계를 드러내는 이야기도 있다. 『삽교만록(霅橋漫錄)』에 실린 「심심당한화(深深堂閑話)」[12] 제2화에는 책을 끼고 왕래하는 조광조의 모습을 엿보고 상사병이 든 이웃집 처녀가 나온다. 여성이 직접 정암의 앞에 나타난 것은 아니지만, 여인의 병이 위중한 것을 전해들은 그의 부친이 아들에게 이 사정을 전한다.

"너로 말미암아 죽는 사람이 있다면 살려야 하지 않겠니?" "저와 관계없는 사람이라도 살릴 만하면 살려야지요. 하물며 저 때문에 죽는 사람이 있다면 더 말할 것이 있겠습니까?" 이에 공은 사정을 이야기하고 그 아비를 가리키며 말했다. "저 사람이 비록 관청 아전으로 신분이 미천하나 그 딸은 처자이다. 네가 첩으로 받아들이면 예의에 어긋날 것이 있겠느냐? 그 소원을 풀어주도록 하여라." "여자가 부모의 명과 중매의

---

12) 이우성·임형택 편역, 『이조한문단편집』 1, 창비, 2018, 292~307쪽. 「심심당한화」라는 제목은 이 책을 따른다. 작자인 안석경(安錫儆)이 신사겸(申士謙)의 심심당에서 다른 사대부들과 어울려 한담한 이야기를 기록한 형식이다. 연속된 6편의 이야기 모두 남녀 관계를 주제로 하며, 각각의 이야기 말미에 그에 대한 평을 붙이고 있다.

말에 의하지 않고 사사로이 남자를 엿보아 음심이 발동했으니, 그 허물이야말로 죽어도 족히 아까울 것이 없습니다. 자식을 예의로 가르치심이 마땅하거늘, 어찌 소자로 하여금 음녀를 취하라 하시옵니까?"[13]

정암은 자신과 관계없는 사람이라도 살려야 하는 상황이면 살리겠다고 말했지만, 여인의 구애 사실을 듣고는 단칼에 거절한다. 부부관계는 남녀 사이에서 가장 규범화된 관계이고, 결혼이라는 전제는 여성의 정욕과 관련하여 가장 큰 금기를 제시한다. '부모의 명'에 의해 진행되어야 할 혼인 절차, 즉 육례(六禮)는 혼인에 합법성과 정당성을 부여하기 위해 필요한데 여인의 구혼은 이를 제대로 밟은 것이 아니다. 또 구애 자체도 '중매의 말'을 통한 것이 아니라 여인의 아버지가 정암의 아버지에게 직접 전달한 것이다. 그런데 떳떳한 구혼이 아니라는 점에서 거절하기도 했지만, 궁극적으로는 자신을 사사로이 엿본 것이 음란하다는 이유였으며, 이는 여성 정욕의 대상이 되는 것 자체를 불쾌하게 느끼는 심리상태를 보여준다.

「심심당한화」제4화 '이자의(李諮議)' 이야기에서는 여성의 정욕 표출과 남성의 거부가 정면충돌한다. 이자의가 먼 길을 가다가 어느 객점에 들었을 때, 책 읽는 소리를 들은 한 처녀가 정념을 이기지 못해 깊은 밤중에 대뜸 그의 처소로 뛰어든다.

---

13) 『이조한문단편집』 1, 296쪽. 원문은 『이조한문단편집』 4의 해당 부분을 따름. "人有由我而死者, 活之否乎?" 對曰: "雖未由我而死者, 可活則活之, 況由我而死乎?" 公乃言, 而指其人曰: "彼雖府胥賤流, 其女乃處子也. 汝則妾畜之, 何害於義? 汝必許之." 對曰: "其女不由父母之命 媒妁之言, 而私窺男子, 至生淫心, 此其罪也, 死無足惜. 大人當訓子以義方, 何至使兒取淫女乎?"

이자의가 옷깃을 여미고 단정히 앉아 물었다. "귀신이오, 사람이오?"
"사람입니다." "천인이오, 양반이오?" "토관의 딸입니다." "시집갔소, 안
갔소?" "처녀입니다." "남녀가 유별하니 비록 천인의 딸이라도 담을 넘
어 남자를 만남이 옳지 않거늘, 하물며 토관의 딸인데야. 어서 돌아가
시오. 어서 가요." "예의를 모르는 바 아니오나 여자의 정이 승하니 어
찌합니까? 오늘밤 죽어도 못 물러가겠습니다." 이자의가 심한 언사로
기어이 거부하여 크게 꾸짖는 소리가 났으나, 처녀는 끝끝내 물러서지
않았다. "제가 죽고 사는 것은 오직 오늘밤에 있습니다. 제발 예의는 덮
어두세요. 저도 그쯤은 모르지 않습니다." … "여자의 몸으로 밤중에 이
런 일을 저질렀으니 이미 절개를 잃었습니다. 어떻게 온전한 사람이 되
기를 바라겠습니까? 아버지, 진정하시고 잠깐 손님과 조용히 말할 기
회를 주세요. 그렇지 않으면 여기서 죽고 말겠어요." … "여식이 절개를
잃는 것이 눈앞에서 죽는 것보단 낫지 않아요?" 그 아비는 크게 노하여
꾸짖었다. "네깟 년, 실절하는 꼴보다 차라리 죽는 꼴을 보겠다."[14]

남성은 여성을 야단치며 돌아가라고 한다. 하지만 여성은 죽음까지
도 각오하면서 물러서지 않는다. 이자의는 객점 주인을 통해 그 아비
를 불러오지만, 아비에게도 야단을 맞은 여인은 혀를 깨물고 머리를
부딪쳐서 죽고야 만다. 그녀가 원한 것은 남성에게 자신의 의사를 정

---

14) 『이조한문단편집』 1, 300쪽. 李諮議正襟危坐而問曰: "鬼乎人乎?" 曰: "人也." "賤
人乎? 貴族乎?" 曰: "土官之女也." "已適人乎? 未適人乎?" 曰: "處子也." 曰: "男女
有別, 雖賤女不可踰墻而從男兒, 況土官之女乎? 速起而去, 速起而去." 曰: "非不知
禮義, 奈兒女之情勝何? 今夜之事, 雖死不可退." 李諮議苦口堅拒, 至發呵叱, 終不
退. 而但曰: "殺我活我, 只在今夜. 莫言禮義, 吾非不知也." … "女身, 夜深致此, 已失
大節矣. 豈望爲完人乎? 願大人少徐之, 俾得與客從容, 不然則吾必斃於此矣." … 女
曰: "使兒失身, 不猶愈於徑斃目前乎?" 女父大怒曰: "與其失身, 寧見徑斃."

확히 전달하는 것이었다. 그러나 남성은 그녀의 말을 들으려 하지 않고 바로 그 아비를 불러오며, 아비는 딸의 욕망을 인정하지 않고 그녀의 행위만을 비난한다. 이 이야기는 여성의 정욕 표출에 대한 부모의 간섭과 통제의 양상을 잘 보여준다. 혼전의 여성이기 때문에 그녀의 욕망은 아버지로 대표되는 가부장제 시스템에 의해 관리되어야 하는 것이다. 금지되었기에 더 갈망할 수밖에 없는 에로티시즘의 속성상, 표현의 봉쇄로 인해 충동을 극단까지 연장한 그녀는 끝내 죽음을 택하고야 마는 것이다.

죽은 여자가 원혼이 되어 보복한 탓에 이자의의 일이 풀리지 않았다는 후일담은 여성을 자결하게 만든 남성의 융통성 없는 행동을 책망하기 위한 기제이다. 뒤이은 서술자의 평은 인간의 자연스러운 본성을 상당히 긍정하고 있다. 남성인물이 정욕을 표출하는 여성을 개심시키지 못하고 죽음에 이르게 한 경우, 그는 인간 본성에 대한 이해와 소양이 부족하고 졸렬한 인물로 평가 받는다. 여성이 교화되지 못하고 파국으로 치닫는 상황은 유가(儒家)적 예교(禮教)를 둘러싼 첨예한 갈등을 드러낸다. 그런데 이때 여성들의 신분에도 주목해야 한다. 훈육을 통해 개심하는 여성들과는 달리, 여기서는 여성들의 신분이 아전이나 토관(土官)의 딸 등 사족 계층이 아닌 것으로 그려지기 때문이다. 교화시킬 수 없는 여성을 사족층의 바깥으로 배척하는 것은 아닌가? 자기절제와 이성의 영역으로 나아갈 수 없는 여성들은 성적 충동을 죽음 충동으로 치환할 수밖에 없는 것으로 타자화되었던 것이다.

3. 정욕 실현 및 '불사이부(不事二夫)' 위반과 사후 징치

처녀들의 정욕 표출은 한때의 미숙함으로 처리되지만, 배우자에게 만족하지 못하는 유부녀의 정욕 표출은 가정과 사회질서에 큰 위협이 된다. '불사이부(不事二夫)' 해야 할 유부녀들의 정욕은 주로 간통을 통해서 그려지며, 이들은 뉘우침의 기색도 보이지 않는다.

『동패낙송』, 『청야담수』와 『양은천미』 등에 실린 '토정(土亭) 이지함(李之菡)' 이야기는 욕망을 표현하는 유부녀의 음란함을 부각시키고 이 여성에게 부과된 현실적 금기가 남편의 통제와 관련 있음을 보여준다.

그 이웃집 아낙이 스무 살쯤 되었는데 제법 아름다웠다. 그녀는 공의 용모가 단아하고 풍채가 출중함을 보고서는 마음에 간절히 연모하여 한번 토정과 정을 통하고 싶은 마음이 일어났다. 매번 머리에 기름을 바르고 얼굴에 분칠을 하며 꾸밈을 가지런히 하여 공의 곁에서 뜻을 다해 모셨지만 공은 조금도 마음을 움직이지 않았다. 그 아낙네는 자기 남편이 집에 있기 때문에 불편해서 그런 것이라 여기고 남편을 재촉했다. … "이 여편네가 필시 집에서 글 읽는 젊은이와 사통함이 있는 게야. 내가 있으면 희학질하는 데 불편하니 나를 핍박하여 행상을 가도록 한 것이야. 내 꼭 멀리 가지 않고 그 동정을 엿보아 정말 소년과 사통하면 반드시 둘을 죽여서 분을 풀리라." … 이공은 등불을 밝히고 글을 읽고 있었는데, 그 아낙네는 곁에 앉아 음란하고 외설스런 말로 희학질했다. 공이 절대 돌아보지 않았지만 그 아낙네는 희학질을 그치지 않았

다.[15]

토정에게 반한 여종이 자신의 남편을 출타시킨 뒤 토정을 유혹한다. 유부녀의 경우 처녀에 비해 그 성적 유혹이 더 노골적인 것으로 묘사된다. 토정 또한 여인에게 서첨으로 회초리질을 한 뒤 쫓아낸다. 색(色)에 대한 경계나 절제는 도(道)의 추구와 같으며 토정의 대응방식은 군자다운 것으로 여겨진다. 이를 부각시키기 위해 여성은 더 음란한 모습으로 존재하는 것이다. 그 모습을 보고 감탄한 여종의 남편이 토정의 스승인 서경덕(徐敬德)에게 이를 알린다. 여종의 정욕을 관리하고 일탈에 대해 징치해야 할 남편 역시 신분이 낮기 때문에, 여성의 정욕 표출에 사대부 계층의 교정이 가해진 것으로 형상화된 것이다.

유부녀의 정욕 표출은 무질서한 것으로 그려진다. 『청구야담(靑邱野談)』의 「상서 홍우원이 회초리를 맞고 나서 죽음을 모면함(洪尙書受梃免刃)」에는 유부녀의 정욕에 대한 상반되는 두 서사가 담겨 있다. 상서(尙書) 홍우원(洪宇遠)이 아직 급제하지 않았을 적에 지방의 한 촌가에 묵은 적이 있었다. 노부부가 친척집에 간 사이에 그 집의 젊은 며느리와 한 방에 둘만 있게 된 홍우원은 그녀를 유혹하며 여러 차례 추행한다. 그러나 이 여성은 남녀유별(男女有別)의 의리를 말하며 회초리로 홍우원의 종아리를 때린다. 유교적 예교는 이제 평민 여성에

---

15) 『양은천미』, 187~189쪽. 其隣舍主婦, 年可二十, 頗有資色. 見公之容貌端雅, 風采出衆, 心切艶慕, 思欲一通其私, 每油頭粉面, 粧飾整齊, 極意周旋于公之左右, 公~ 不動念. 那婦疑以其夫在家, 不便下手, 乃促其夫曰: … "此婦必有私於在家讀書之少年. 以吾在家, 不便戱謔, 所以迫我行商. 吾不必遠去, 吾將窺其動靜, 果與少年有私, 則吾必兩殺之, 以雪吾憤." … 李公明燈讀書, 其婦坐於其傍, 以淫藝之言, 戱謔之. 公絶不顧眄, 其婦戱之不已.

게까지 내면화된 것이다. 그러나 홍우원은 곧바로 이 여성과는 대조적인 여성을 만나게 된다.

이 날 그는 다시 이삼십 리를 가 날이 저물고 역참을 지나온 터라 다시 한 촌가를 찾아 묵고 가게 되었다. 이 집은 한 부부만이 살고 있었다. 저녁을 먹고 난 뒤 주인은 이렇게 아뢰었다. "소인이 마침 긴한 일이 있어서 십 리쯤 되는 곳에 갔다가 내일 아침에야 돌아올 겁니다. 손님께서는 편안히 주무십시오." … 그는 어젯밤 일을 거울삼아 다시 사특한 생각을 먹지 않았다. 그런데 밤이 깊어진 뒤 그 여자가 홍우원을 불렀다. "윗 칸은 아주 썰렁합니다. 손님께서는 춥지 않으신지요? 묵을 데를 아래 칸으로 옮기셔서 저와 함께 묵는 것이 어떠신지요?" 홍우원은 춥지 않다고 대답했으나 그녀는 두세 차례나 들어오라고 청하였다. 그래도 그는 끝내 듣지 않았다. 그녀가 하는 것을 보니 필시 문을 열고 자기 쪽으로 올 것 같은 생각이 들었다. 그래서 그는 등을 문고리에 바짝 붙여서 꽉 힘을 주며 문을 열고 나오지 못하게 하였다. 과연 그녀는 몸을 굴려 문지방 쪽으로 접근해서는 백방으로 유혹하여 문을 밀려고 했으나 끝내 열 수 없게 되자 화를 버럭 내며 야유와 욕을 퍼부었다. "젊은 사내가 여자와 방을 함께 쓰면서 한 점 정욕도 없다니 고자가 아닌가? 어찌 이렇게 멋이 없는지?" 그러면서 마구잡이로 거친 욕을 쉴 새 없이 해댔다. "손님이 아니라도 내 다른 사람이 없을 줄 알고?" 마침내 발을 들어 앞 창문을 차서 밀치고 나가더니 어떤 총각놈을 데리고 와서는 음란한 짓거리를 질펀하게 하더니 곧 서로 안고서 곯아 떨어졌다. 얼마 지나지 않아 그 남편이 돌아와서는 곧장 그 방으로 들어가더니 한 칼로 저들 남녀를 찔러 죽이고서는 바로 밖으로 나왔다.[16]

16) 其日, 又行幾十里, 値日暮違站, 又尋一村舍而寄宿焉. 其家只有一夫一妻, 夕後, 其

자신의 욕망을 거리낌없이 내뱉고 남성을 적극적으로 유혹하는 여
성이다. 정욕의 대상에는 눈앞에 있는 선비뿐만이 아니라 밖에 나가
서 데리고 온 다른 젊은 남성도 포함된다. 이 음란한 여성과 젊은 남성
은 결국 남편에 의해 죽임을 당하게 된다. 전날 밤 다른 여인을 유혹
했던 홍우원은 자신을 유혹하는 여인에게는 거부감을 느끼는데, 그가
겪은 두 가지 일은 유부녀에 대한 성적 흥미와 함께 성적 일탈에 대한
도덕적 징치라는 이중적 태도를 드러낸다.

여색을 몹시 밝히는 사대부가 어떤 여인을 발견하고 겁탈하거나 간
통하기 위해 뒤따라가는 내용도 한 유형을 이룬다. 그러나 그녀에게
는 이미 간부(姦夫)가 존재하고, 이를 목격한 사대부 또는 본 남편이
두 사람 또는 간부를 잔인하게 징치한다.[17] 『계서야담(溪西野談)』, 『동
야휘집(東野彙輯)』, 『기문총화(記聞叢話)』, 『청야담수』 등에 실려 있
는 '한 유생(儒生)' 이야기에서는 소복을 입은 여성을 겁탈하려고 따
라가던 한 유생이 이 여성이 중과 간통하는 것을 목격한다.

숨을 죽이고 엿보니, 여자가 농을 열고 비단 이불을 꺼내어 깔았다.

主人告曰: "小人適有緊關事, 將往十許里地, 明早當還, 請客主善爲安寢焉." … 洪
懲於昨夜事, 更無邪念矣. 夜深後, 厥女呼客主曰: "上間甚疎冷, 客主得無寒乎? 須
移處下間, 而與我同宿如何?" 洪答以不寒, 厥女數三次請入, 而終不聽. 觀其女所爲,
必有開戶出來之慮, 以背緊帖於門扇而鎭之, 俾不得推出. 果然厥女, 轉輾下至於門
閫, 百般誘說, 終欲推門而不得, 乃大怒譏罵曰: "年少男兒, 與女子同房, 而無一點
情慾, 無乃宦者乎? 何其沒風味若是乎?" 狼藉醜辱, 喃喃不已, 曰: "雖非客主, 豈無
他人?" 遂擧足推擺前窓而出去, 携何許總角而來, 爛熳行淫, 仍卽相抱而熟睡. 少頃,
其夫還來, 直入其房, 一刃幷殺其男女, 仍卽出來. 『청구야담』(10권 10책, 버클리대
동아시아도서관) 권1 제9화.

17) 이는 서술자의 시선과 맞물려 관음증의 구도 및 '음탕한' 여성을 응징하는 것으로
전개되고 있는 것이다. 이강옥, 앞의 논문, 186~198쪽 참조.

담배를 피우며 등불 아래 앉아 있는데, 마치 그리워하는 사람이 있는
양 하였다. 그러자 유생은 마음속으로 은근히 의아하게 여겼는데, 조
금 있다가 후원 죽림에 인기척이 있었다. 유생이 놀라 몸을 숨겨 피하
고 보니, 한 대머리 화상이었다. 죽림을 헤치고 와서 뒤창을 두드리자
안에서 문을 열고 맞았다. 유생이 뒤에서 엿보니 그 화상이 여자를 끌
어안고 음란하게 희롱하는데, 이르지 않는 바가 없었다. … 다시 중과
더불어 한바탕 음란한 희롱을 하더니, 알몸으로 이불 속에 들어가 서로
안고 누웠다. 이때 유생은 처음에 간음하고자 했던 마음이 구름과 안개
가 흩어지듯 사라지고 분개하는 마음이 더욱 격동했다.[18]

　이 여성은 남편이 공부하러 간 절의 주지와 간통하게 되었고, 이 중
이 남편을 살해하여 시신을 유기했다. 사실을 알게 된 유생은 활을 쏘
아 중을 징치하고, 이 여인과 중의 범죄를 세상에 알린다. 가족들은 유
생 덕에 남편의 시체를 찾게 되고, 여인은 친정 식구들에 의해 죽임을
당한다. 그 후 유생은 혼령의 보답으로 급제한다는 이야기이다. 상복
을 입은 여인을 겁탈하겠다는 유생의 욕정은 중과 다를 바 없다. 하지
만 유교사회의 주체이자 '정의의 실현자'로서 선비의 정욕은 큰 문제
가 없다.[19] 자신이 먼저 여인을 성적인 존재로 대하였지만, 여인의 간

---

18) 유화수 옮김, 『계서야담』, 국학자료원, 2003, 469~470쪽. 屛氣窺見, 則女子開籠,
而出鋪錦衾. 吸烟草而坐燈下, 若有所思想者. 然儒生, 心竊訝之, 少焉, 後園竹林有
人跡. 儒生驚㤼, 隱身以避而見之, 一禿頭和尙, 披竹林而來, 叩後窓, 而自內開窓迎
之. 儒生隨後窺見, 則其和尙摟抱其女, 淫戲無所不至. … 又與僧一場淫戲, 而裸體
同入衾中, 相抱而臥. 此時, 儒生初來欲奸之心, 雲散霧消, 而憤慨之心, 倍激矣.

19) 이강옥은 이에 대해 서술자가 성적 타자인 여인의 정욕과 유교 사회 밖 인물인 주
지의 정욕을 인정하지 않고, 유교사회의 주체인 선비의 정욕만 용인한 셈이며, 정
욕을 마음껏 충족하는 데도 신분과 성 차별 논리가 작용한 것으로 보았다. 이강옥,
앞의 논문, 190~191쪽 참조.

통을 목격하고 그녀를 교정해줄 남편이 없다는 사실을 알고서는 그
에 대한 처벌권을 행사하는 것이다. 유부녀에 대한 성적 충동을 실현
하고자 했던 남성일지라도 그 여인이 다른 남성과 관계를 갖는 것을
목격하는 경우, 두 남녀를 처벌하는 권리를 스스로에게 부여함으로써
도덕의 대변자로 자처[20]한다.

　이러한 이중적이고 분열적인 태도를 정당화하는 것은 신분에 말미
암는 바가 크다. 음녀와 간통하는 남성은 주로 중이나 천민 같은 신분
이 낮은 계층으로 묘사된다. 이것은 서사 구성에서 도덕적 우월감을
지닌 사대부 계층의 타 계층에 대한 타자화가 실행된 결과로 보이기
도 한다. 그런데 이러한 태도가 신분에 관계 없이 내면화되고 있었던
낌새도 엿볼 수 있다. 『이순록(二旬錄)』에 실려 있는 「용산 차부(龍山
車夫)」가 그것이다.

　　용산의 한 차부가 서울 성안으로 짐을 운반하고 날이 저물어 집으로
　돌아가는 길이었다. 수각교 길가 인가의 벽 뒤에서 소변을 보다가 머리
　위에서 나는 말소리를 듣고 올려다보니 다락 창문에 한 미인이 몸을 반
　쯤 숨기고 차부를 부르는 것이 아닌가. "잠깐 후문으로 들어오세요." 차
　부는 심히 의아했으나 급히 부르기에 우선 들어가 보았다. 그녀는 나이
　갓 스물로 자색이 어여쁜 여자였다. 그녀가 차부를 반가이 맞아들여 자
　리에 앉히더니 자고 가기를 청하는 것이었다. 남편이 누군가 물어보니
　별감인데 오늘밤 숙직하러 들어갔다고 했다. 차부가 소를 다른 곳에 맡
　기고 오겠노라고 하자, 그녀는 언약을 잊지 말라고 두번 세번 당부했
　다. 차부는 소를 성안의 객줏집에 맡기고, 다시 후문으로 들어갔다. 그

---

20) 최기숙(2003a), 272쪽.

녀는 문에 서서 고대하고 있었다. 저녁을 성찬으로 들고 나서 여자는 곧 동침하기를 청했다. 차부가 망가진 삿갓, 누더기 옷을 한구석에 벗어 던지고 여자와 비단 이불 속으로 함께 들어가니, 음란한 행위는 이루 형언할 수 없었다.[21]

여자는 차부가 소변을 보는 것을 엿보고 그를 끌어들인다. 선비의 글 읽는 소리를 듣다가 달려들었던 여인들과는 대조적으로, 신분이 천민인 데다 망가진 삿갓, 누더기 옷을 입은 차부를 욕망의 대상으로 삼는다. 즉 그녀가 빠져든 것은 차부가 상징하는 야성의 영역이다. 이 여인은 궁정에서 호위하는 임무를 수행하는 별감(別監)의 처이다. 차부와 교합을 하는 도중 남편이 집에 다녀가고, 이 여인은 남편의 성적 요구를 뿌리친다. 이것을 기점으로 이 차부는 감정이 변화한다.

그녀는 따라 나가서 대문을 굳게 잠그고 들어오더니 즉시 차부를 다락에서 맞아내려 다시 한판 일을 벌이는데 아까보다 더욱 맹렬했다. 그러고 나서 그녀는 피곤하여 바로 곯아떨어졌다. 차부는 잠이 들지 못하고 등불 아래서 뒤척뒤척하다가 문득 마음에 깨달은 바가 있었다. '저의 남편이 나보다 백배나 훌륭하고 나는 한갓 지나가는 사람인데 무단히 끌어들여 이런 음란한 짓을 하다니, 이는 오로지 음욕 때문이다. 아

---

21) 『이조한문단편집』1, 429~430쪽.「용산 차부」라는 제목은 이 책을 따른다. 龍山車夫, 嘗解卜京城, 日暮還家. 適放溺於水閣橋路邊人家壁, 後忽聞頭上有聲. 仰見則上有樓窓, 而一美人半身隱樓, 招謂車夫曰: "暫從後門入." 車夫心甚疑訝, 第以急請, 果入去. 女年纔二十, 極有姿色, 懽喜迎坐, 仍請留宿. 問其本夫, 以別監方入直云. 車夫以牛隻區處後, 更來云. 女申託踐約, 再三重複. 車夫付牛於京裏主人, 更從後門而來. 女倚門苦待, 盛饋夕飯. 仍請懽, 破笠鶉衣, 脫却一邊, 同臥錦裯, 其淫戲不可形言.

까 남편이 백방으로 달래도 안 들은 것은 내가 다락에 있어서겠지. 저
의 부모가 부부로 맺어주었거늘 추행이 이와 같다니. 사람이란 의리가
있는 법인데 더구나 내가 눈으로 목격하고서 어찌 그대로 두겠느냐.'
차부는 드디어 칼로 여자를 찔러죽이고 닭이 울기를 기다려서 도주했
다.[22]

　차부도 자신의 욕망에 따라 동침을 청하는 여성을 받아들였으면서,
집에 다녀가는 남편의 모습을 보고는 갑자기 도덕적으로 변한다. 자
신이 의리있는 사람으로 여성의 음욕을 그대로 두고볼 수 없다며 여
성을 칼로 찔러 죽이는 일방적인 단죄를 실행한다. 즉 유부녀의 정욕
은 실현되기는 하지만 곧 이성적으로 자각한 남성인물에 의해 징치당
하는 것이다.
　그런데 이후 여인의 살해범으로 체포된 것은 다름아닌 본 남편이
다. 고문을 당하다가 첩의 사주로 처를 죽였다는 거짓 자백을 했기 때
문이다. 차부는 그 남편이 사형을 당하게 된 데에 책임을 느껴 관청에
자수를 한다. 그런데 판관은 그가 음녀를 죽이고 무고(無辜)한 자를
살렸다며 의인(義人)으로 인정하고 면천(免賤)시켜 주기까지 한다.
즉 차부의 의협심만을 강조하고, 간통하고서 처벌의 목적으로 살인까
지 저지른 그의 분열적 태도에는 침묵한다. '음녀' 한 사람만을 배척함
으로써 사회 질서가 다시 봉합될 수 있는 상황인 것이다.

---

22) 『이조한문단편집』1, 430~431쪽. 女隨後, 堅閉外門, 卽復迎下鎖樓車夫, 復事淫亂,
　　比前尤甚, 仍困而先睡. 車夫不能卽睡, 對燈輾轉, 忽心悟曰: "本夫百勝於我. 且吾乃
　　行人, 而無端招入, 作此大淫. 此專由於淫慾, 而俄者本夫百計不聽者, 吾在樓上故
　　也. 且渠之父母, 定給夫婦, 而醜行若此, 人有血氣, 況復目擊, 寧可置之." 遂刃殺之,
　　待鷄而走.

이미 남편을 둔 여성의 일탈은 악한 것, 위험한 것으로 치부되고, 그들의 위치는 도덕적으로 모호하여 교화되지 못할 것처럼 여겨진다. 이들은 욕망을 실제로 실현했고 그 과정이 무질서했기 때문에, 다시 정숙했던 상태로 돌아갈 수 없으며 가부장제에 포용될 수 없다. 그런데 여기에는 인간의 성을 둘러싼 여러 유동적인 상황, 즉 성적 욕망과 그 표출을 유가적 도덕률로만 제어할 수 없는 현실 자체에 대한 사대부 남성들의 두려움이 깔려 있는 것으로 볼 수 있다. 그것을 무마하기 위해 혼란의 책임을 하층 신분과 여성들에게 돌리고 그들에게 배타적인 전략을 취하고 있음을 간과해서는 안될 것이다. 이러한 전략은 사대부 계층과 남성 내부의 결속을 강화하기 위함이다.

4. 지속가능한 욕망 추구와 재가(再嫁)에 대한 용인

마지막으로 살펴 볼 것은, 기혼 여성이지만 성적 대상으로서의 남편이 부재한 상태에 놓인 여성들의 정욕 표출에 관해서이다. 바로 환관(宦官) 처와 과부들이다. 이 여성들에 대해서는 금기가 명확히 제시되지는 않는다. 다만 사족 여성이 과부가 되는 경우, 조선후기 열절(烈節)에 대한 인식 강화로 인해 현실적으로 재가(再嫁)에 대한 금기가 작동한다.

실질적으로 남편이 있다는 점에서, 환관 처의 정욕은 문제적이다. 『청야담수』와 『계서야담』, 『기문총화』 등에 실린 '환관 처의 연정을 거절한 이생' 이야기를 보자. 참의(參議) 홍원섭(洪元燮)이 소싯적에 이생(李生)이라는 사람과 함께 장동(壯洞)에 집을 얻어 과거 공부를 하

고 있었다. 이 지역은 환관들이 많이 살던 곳인데, 옆집에 사는 한 내
시의 아내가 담장 구멍을 통해 이생에게 편지를 보낸다.

> 홍공은 마침 밖에 나가고 이생이 혼자 앉아 있는데, 앞에 있는 담장
> 구멍으로 종이 한 장이 점점 나오고 있는 것이 보였다. 이생이 괴이하
> 게 여겨 살펴보니 언문으로 된 편지였다. "첩은 환관의 처이온데, 나이
> 가 삼십이 가깝도록 음양의 이치를 모르온즉 종신의 한이 되었습니다.
> 오늘밤은 마침 조용하니 원컨대 담을 넘어 찾아와 주소서."[23]

자기 몸의 욕구를 정확히 표현하며 음양의 이치를 경험할 수 있도
록 도와달라는 용건이다. 2장에서 살펴보았던 미혼 여성들의 구애가
정서적인 면을 포함한다면, 이쪽은 성적인 요구로 직진하는 모양새다.
이생은 환관을 찾아가 이 일을 일러바치고, 여인은 그날 저녁 목을 매
어 죽는다. 절대적인 금기와 실제적인 처벌이 있었다기보다는, 성적
으로 소외된 처지에 있으면서도 음행(淫行)을 지적받은 수치심과 자
신의 욕구를 현실적으로 실현하지 못하는 절망감에서 비롯된 죽음이
다. 이생은 그해 가을 늦장마에 집이 무너져 깔려 죽는다. 서술자는 여
성의 요구에 유연하게 대처하지 못한 이생의 태도를 지적한다. 다만
남성의 신분이 양반이라는 점이 내시 처의 요구를 받아들이기 어려운
조건으로 작동했을 가능성이 크다.

이와는 대조적으로, 『잡기고담(雜記古談)』의 「환처(宦妻)」에서는

---

23) 『계서야담』, 39~40쪽. 洪公適出他, 李生獨坐, 見前面墻穴, 有一紙漸次出來. 李生
怪而見之, 則諺文也. 以爲'妾乃宦侍之妻也. 年近三十, 嘗不知陰陽之理, 是爲終身
之恨. 今夜適從容, 願踰墻而來訪也.'

여성이 욕망하는 남성의 신분이 사대부가 아니다. 또 남성인물에 의해
욕망이 좌절되는 여성의 모습이 아니라, 적극적으로 자신의 인생을 개
척해 나가는 여성의 모습을 보여준다. 충청도 공주의 구리내라는 마을
에 한 노부부가 살았는데 매우 부유하고 아들들도 모두 관아의 장교였
다. 영감은 관아에 재물을 바치고 당상관 직첩을 받아 지역에서 어른
대접을 받았다. 한 길손이 호서 지방에 논밭이 있어 왕래하는 길에 노
부부의 집에서 자주 숙박하였다. 노부인이 어느 날 길손에게 자신이 젊
은 시절에 스님과 간음한 일이 있다며 자신의 내력을 말해준다.

> 나는 어려서 부모를 잃고 외숙모 손에서 자랐다. 외숙모는 나를 동
> 정하지 않고 하필 내시에게 시집보냈다. 내시는 첫날밤에 내 옷을 벗겨
> 온몸을 드러나게 한 다음 젖가슴과 배꼽을 어루만지며 혀와 입술로 핥
> 았다. 나는 그때 나이 겨우 열여섯이라 남녀가 혼인하면 으레 이러는
> 줄 알았다. 그 후 점차 애정의 문이 열림에 그런 행동이 아주 괴롭게 여
> 겨졌는데, 시간이 지날수록 더욱더 심해갔다. 동침할 적이면 언제고 원
> 한과 분노가 가슴에 차올라 울음이 터지기도 했다. 매양 화창한 봄날을
> 만나 나비와 벌이 날아다니고 꾀꼬리와 제비가 짝을 불러 우는 때면,
> 베개에 기대 하품하며 마음이 동요하여 저절로 이런 생각이 일었다.
> '아무리 화려한 비단이불에 맛있는 음식이 넘쳐난들 내게 무슨 상관이
> 있을까. 허름한 집에서 진짜 대장부와 함께 반폭의 베 이불을 덮고 쓴
> 나물이나마 먹는다면, 이야말로 인생의 지극한 낙이 아닌가. 내 몸은
> 아직 처녀라. 다른 집으로 간다 하더라도 절개를 잃었다 할 것이 무엇
> 이냐.'[24]

---

24) 임형택 역, 『한문서사의 영토』 2, 태학사, 2012, 56쪽. 早失父母, 育于舅妻. 舅妻不

여인은 환관의 성노리개가 되어 괴로움을 당하지만 자신의 정욕을 실현할 수는 없는 상황이다. 새로운 삶을 살겠다고 결심하고서, 자신이 육체적으로 처녀이니 정절(貞節)에는 큰 문제가 없다고 판단한다. 이것은 금기 위반에 대한 나름의 대응 논리이며, 욕망 실현을 위해 독립적인 위치에서 주체적으로 판단한 것이다. 위반의 형식이지만 스스로 그것의 정당성을 확립하고 있다. 혼인날을 받아놓고 혼례를 치르기도 전에 과부가 되어 평생 수절해야 했던 여성들의 태도와 대비된다.

여인은 집에서 도망쳐 나와 동작나루를 건넌 후 갈 길을 고민한다. 자신의 몸은 처녀이지만 이미 머리를 얹었으므로 자신을 정실로 맞이할 사람은 없다. 일반인의 첩이 되어 본처의 질투를 견디며 살긴 싫어서 중을 만나 그의 본처가 되기로 결심한다. 현실적 조건을 고려한 타협이다. 여인은 길에서 우연히 만난 중을 훔쳐보며 깨끗하게 생긴 데다가 나이도 비슷하여 하늘이 정해준 배필이라고 여기지만, 중은 빠른 걸음으로 여인을 피해 다닌다. 그녀는 중의 손목을 잡고 억지로 성적인 결합을 추구한다. 중은 단단히 잡힌 손목을 빼내지 못하고 놓아달라고 애걸한다.

"스님, 앉으셔요. 내가 할 얘기가 있소. 스님은 중노릇하기가 정말 좋소? 나와 부부가 되어 살아가면, 내 보따리 속에 수백 냥의 재물이 있

加憐愛, 以我嫁于內官爲妻. 初婚之夜, 解衣親膚, 撫弄乳臍, 舐吮脣舌. 老身伊時, 年纔十六, 意謂男女枕席, 祇如是耳. 其後情竇漸開, 而漸覺厭苦, 久而轉甚. 時値欲與同枕, 則兔憤塡胸, 或至涕泣. 每當春陽和暢, 蜂蝶悠揚, 鴛鴦流聲, 欹枕欠伸, 情思蕩深, 默想重重'錦繡玉飯, 於我何關? 蔀屋之下, 與眞個丈夫, 共圍半幅布衾, 共咬一莖荼根, 實人生至樂也. 我身尙處子也, 奔于他家, 寧爲失節!'

으니, 스님은 아내도 얻고 재물도 얻을 게 아니오. 이보다 좋은 일이 세상에 어디 있겠소." 중은 이 말을 듣더니 문득 얼굴이 벌겋게 달아올라 목이 메어, 머리를 숙인 채 눈물만 줄줄 흘리는 것이었다. 어린아이처럼 안쓰러워 보이기도 했다. 나는 손으로 그의 눈물을 닦아주며 "나와 저리로 갑시다."하고 그를 끌고 숲 속으로 들어갔다. 나는 그의 몸을 꼭 끌어당겨 교합하도록 했다. 그는 정욕이 발동하였으나 몹시 몸을 떨면서 삽시간에 끝내고 말았다.[25]

이 노부부의 인연은 환관의 처와 중으로 야합(野合)한 데서 시작되었나. 여인이 남자를 성적으로 유혹하는 장면은 대단히 노골적인 데 반해, 남성의 소극적이고 나약한 태도가 여성의 적극성과 주체적 태도를 더 부각시키는 것이다. 중은 간통의 대상으로서는 징치당하는 경우가 많지만, 새로운 인생을 모색하는 여성에게는 그녀의 욕망을 본격적이고 지속적으로 실현할 수 있는 대상이 된다. 중은 유가적 도덕률에서는 자유로운 인물형이기 때문이다.

그러나 중이 여성을 받아들이게 되는 것은 자신의 성적 욕망 때문이라기보다는 경제적 논리로서이다. 여성은 보따리 속에 있는 수백 냥의 재물로 남성을 설득하고 있다. 여인은 이들의 결합에 대한 시어머니의 반대를 자신의 재력을 과시하는 방식으로 해결한다. 중의 신분으로 절에 의지하여 근근이 생계를 유지하던 것이 여성의 물적 토대에 의지하는 것으로 바뀌는 것이다. 그리고 여성은 스승 스님의 생

25) 『한문서사의 영토』 2, 59쪽. "師且坐. 我有說話. 師爲僧有何好? 與我爲夫婦居生, 則我包裹中, 約有數百, 師得妻, 又得財, 不亦樂乎?" 僧忽聞此言, 紅潮漲面, 喉吻如噎, 只俛首涕泣, 有若小孩子可矜. 我引手拭其面, 謂之曰: "與我就彼." 摟之入林中, 緊抱而臥, 使之合. 此際僧情動, 但戰棹甚, 霎時而罷.

활비 및 빚 변제 요구에 대해 폭력이라는 물리적인 방법으로 해결하는 처신을 보인다. 여성의 적극성은 이후 재산을 불리고 집안을 일으키는 과정에서도 중요하게 작동한다.

이 내력을 들은 길손은 후일 다른 길손들에게 이 이야기를 웃음거리로 말해준다. 이야기를 들은 한 사람은 환관들의 성적 탐욕을 강조하며 그들을 정상적이지 않은 존재로 타자화시킨다. 또 다른 길손은 성적 욕구에 대한 환처들의 한을 언급하고, 내시가 아내를 두는 것을 금하는 국법을 다시 실행하여 환처들을 젊은 중들과 짝을 맺어주면 원한을 풀어주고 장정을 늘릴 수 있다는 방편을 제시한다. 또 다른 길손은 과부의 몸으로 사마상여(司馬相如)에게 시집 간 탁문군(卓文君)에 견주면 실절(失節)하지 않았다는 점에서 환처의 경우가 오히려 낫다고 평가한다. 모두 환관에게서 도망친 여성을 음분(淫奔)한 것으로 책망할 수 없다는 융통성을 발휘하는 것이다. 여성 주인공의 당돌한 고백은 선비들의 이러한 평을 통해 정당성을 부여받는다. 즉 여기서 경제적 절박성과 정치적 유용성 같은 필요성에 의해 금기가 무너지는 모습이 목격되는 것이다.[26]

야담에는 시댁이나 친정 식구들이 다른 남자를 정해 과부를 혼인시키는 이야기들이 많다. 대표적인 것으로 『이조한문단편집』 1권의 제2부에 실려 있는 「피우(避雨)」, 「심심당한화」의 제3화 '석주(石洲) 권필(權韠)'의 이야기, 「청상[孀女]」, 「태학귀로(太學歸路)」, 「말[馬]」 등이 이에 해당하며, 「의환(義宦)」은 한 환관이 자신이 데리고 있던 여성의 장래를 위해 한 선비와 혼인시키는 이야기이다. 이는 지인지

---

26) Michel Foucault, 앞의 책, 43쪽 참조.

감(知人知鑑)의 문제와 연결되기도 하지만, 이 당시 열녀 문제 및 열녀 담론과 맞물려 논의되기도 했다. 여성의 정욕을 긍정하고 자연스러운 본성으로 인정하는 이야기들에서 여성들은 대부분 청상(靑孀) 과부로 형상화된다. 혼인의 절차는 거쳤지만 아직 육체적으로 순결한 여성이 주인공이다. 환처 역시 이러한 구도 안에서 서사전략상 선택된 여성상이라고 할 수 있다. 그녀들에겐 형식적인 남편이 있지만 실질적인 성적 대상이 없기 때문에 외간 남자에 대한 정욕 표출이 용인될 수 있으며, 여기까지가 서사 내에서 여성 정욕 표출의 허용 범위가 된다. 환처나 과부의 경우라면 재가의 과정이나 절차가 정당하지 않더라도 인정상 포용할 수밖에 없는 지점이 있는 것이다.

그런데 과부들이 재가하는 서사에도 전 시댁이나 친정의 재력 및 연줄을 이용해 상대 남성이 생활에 안정을 찾고 과거에 급제하는 등 부귀해지는 이야기가 많다는 점이 중요하다. 환처나 과부의 정욕을 인정하고 그 표출을 인간적인 것으로 용인하는 것에는 여성의 정욕 충족과 재가에 대한 경제적 보상 등 대가성[27]이 큰 조건이 되고 있다. 유교 이념에 기반한 예교가 성적 관례를 여전히 지배하고 있지만, 이 지점에 와서는 틈새가 생기는 것이다. 서사의 목적은 여성의 성적 욕망을 인정하고 그것을 충족시켜 주는 것이며, 지속가능한 실현을 위해 재가라는 형식을 향한다. 그 대상이 환처나 과부로 한정적이기는 하지만, 윤리의식 대신 인간 욕망에 대한 긍정과 교환되는 경제적 논

---

27) 예를 들어 『계서야담』 등에 실린 '환관 처와 통한 조현명(趙顯命)' 이야기는 환관 아내와 정을 통함으로써 환관과 연줄을 만들어 과거에 합격한다는 내용이다. 즉 남성이 여성의 정욕을 이용해 영달하는 이야기로, 여성의 정욕을 충족해 주고 대신 과거 합격이라는 대가를 얻게 되는 것이다.

리가 개입하며, 남녀의 이해관계가 맞아떨어져 별다른 갈등 없이 서로의 욕망이 실현되는 모습을 보여주고 있다.

5. 욕망하는 여성들의 서사와 그 의미

가부장제와 유교적 예교에 따른 성적 제도화와 여성에 대한 성적 억압 속에서도 여성이 적극적으로 정욕을 표출하는 이야기는 왜 계속 생산되었는가? 여성의 성애를 둘러싼 금기와 위반, 그리고 처벌의 형식은 서사에 어떻게 재현되었는가? 왜 사대부들은 계속해서 여성의 성적 욕망을 이야기하고 있었는가? 즉 여성 정욕에 대한 이야기는 이념과 현실, 이성과 본능, 금기와 위반 사이에서 발생하는 부단한 밀고 당기기와 치열한 투쟁을 보여주고 있다.

성적인 본능을 남성에게 적극적으로 고백하거나 남성에게 직접적으로 구애하는 처녀들의 이야기에서 욕망의 대상은 주로 사대부 남성이다. 대개 사족 출신인 이 여성들은 상대 남성의 거절로 욕망을 실현하지 못하며, 대신 남성의 훈육을 통해 사전에 교화되고 그 실현을 차단당한다. 그러나 여성이 상심하거나 열정을 이기지 못하여 교화되지 못한 상태로 죽음에 이르기도 하며, 이는 유가적 예교를 둘러싼 첨예한 갈등을 드러낸다. 외간 남자와 간통하며 성적 욕망을 실현하는 유부녀들은 비교적 신분이 낮은 것으로 그려진다. 이들의 욕망은 무질서하고 음란한 것으로 평가된다. 대상 역시 낮은 신분의 남성이다. 간통을 저지른 남녀들은 욕망을 실현한 후에 목격자나 남편에 의해 징치되는 경우가 많다. 이 징치의 명분은 유가적 도덕률이나 정의의 실현이다. 그러나 본능을 추구하다가 갑자기 이성적으로 자각하는 남성 인물에 의해 징치가 이루어지기도 한다는 점에서 모순적이고 균열적인 지점을 드러내고 있다. 욕망의 지속적인 실현을 위해 새로운 삶을 모색하는 환관의 처와 과부들의 이야기도 있다. 기혼 여성이면서도 성적 대상으로서의 남편이 부재한 경우, 여성의 성적 욕망은 인간의 자연스러운 본성으로 긍정되며, 지속가능한 실현을 위해 여성의 재가도 용인된다. 그런데 여성의 정욕 충족과 재가 과정에서 그 대가로 남성에게 경제적 보상 등 물적인 조건이 제시된다. 서사의 대상이 되는 여성들은 그 신분이나 처지가 한정적이거나 서사전략으로 선택된 경우도 있지만, 어쨌든 더 이상 성적 관행을 지배하는 것이 유교적 예법과 윤리의식만이 아니라는 것을 보여주고 있는 것이다.

　여성 정욕의 표출에 대한 서사는 여러 유동적인 상황을 상정하고 있으며, 금기의 위반은 가부장제와 유교적 예교의 유지에 큰 위협이 되지 않는 범위 내에서는 용인되고, 대부분 윤리적인 결말을 지향하여 갈등의 봉합을 추구하지만 균열적인 지점을 드러낼 때도 있다. 대상 자료들은 대체적으로 여성의 성적 욕망에 대한 남성중심적 시각을 보여주지만, 우회적으로라도 여성의 욕망을 표현하고 인정하고자 하였다. 또 여성의 성을 둘러싼 금기와 위반, 처벌의 형식을 다양하게 제시하고 그 서사적 변주와 당시의 성 담론을 보여주는 데에 의의가 있다.

참/고/문/헌

1. 기본 자료

• 『청구야담』(10권 10책), 버클리대 동아시아도서관 소장.
• 유몽인 지음, 신익철 외 옮김, 『어우야담』, 돌베개, 2006, 1~859쪽.
• 노명흠 지음, 김동욱 옮김, 『국역 동패락송』, 아세아문화사, 1996, 1~518쪽.
• 유화수 옮김, 『계서야담』, 국학자료원, 2003, 1~772쪽.
• 이신성 · 정명기 옮김, 『양은천미』, 보고사, 2000, 1~382쪽.
• 임형택 옮김, 『한문서사의 영토』 2, 태학사, 2012, 1~558쪽.
• 이우성 · 임형택 편역, 『이조한문단편집』 1, 창비, 2018(개정판), 1~470쪽.
• 이우성 · 임형택 편역, 『이조한문단편집』 4, 창비, 2018(개정판), 1~548쪽.

2. 참고 자료

1) 논문

• 강명관, 「조선시대의 성담론과 性」, 『한국한문학연구』 42, 2008.
• 강진옥, 「욕구형 원혼설화의 형성과정과 변모 양상」, 『한국문화연구』 4, 2003.
• 곽정식, 「조선후기 문헌설화에서 살펴본 여성의 烈과 性의 문제」, 『인문과학논총』 11(1), 2006.
• 김경미, 「조선후기 성 담론과 한문소설에 재현된 섹슈얼리티」,

『한국한문학연구』42, 2008.

- 이강옥, 「야담에 나타나는 여성 정욕의 실현과 서술 방식」, 『한국 고전여성문학연구』16, 2008.

- 진재교, 「조선조 후기 문예공간에서 성적 욕망의 빛과 그늘 – 예교, 금기와 위반의 拮抗과 그 辨證法」, 『한국한문학연구』42, 2008.

- 최기숙, 「'성적' 인간의 발견과 '욕망'의 수사학 – 18·19세기 야담집의 '기생 일화'를 중심으로」, 『국제어문』26, 2002.

- 최기숙, 「'관계성'으로서의 섹슈얼리티: 성, 사랑, 권력 – 18·19세기 야담집 소재 '강간'과 '간통' 담론을 중심으로」, 『여성문학연구』10, 2003.

- 최기숙, 「'사랑'의 담론화 방식과 의미론적 경계 – 18·19세기 야담집 소재 '사랑 이야기'를 중심으로」, 『열상고전연구』18, 2003.

2) 단행본

- Georges Bataille 지음, 『에로티즘(*L'Erotisme*)』, 조한경 역, 민음사, 2009.

- Michel Foucault 지음, 『성(性)의 역사1–지식의 의지(*Histoire de la Sexualite, tome 1 : Volonte de Savoir*)』, 이규현 역, 나남, 2010.

메이지 일본의 순결과 음란

「다이도쿠로(對髑髏)」의 고마치(小町) 전설 수용을 중심으로

류정훈

1. 「다이도쿠로」의 선행연구와 배경

　고다 로한(幸田露伴)의 「다이도쿠로(対髑髏)」는 유령담의 형식을 빌어 오타에(お妙)라는 여성의 애절한 운명을 들려주는 소설이다. 「다이도쿠로」는 1890년『일본지문화(日本之文華)』1월 상순호부터 2월 상순호에 걸쳐 「엔가이엔(緣外緣)」이라는 제목으로 처음 발표됐으며, 그 해 6월 단행본『요마쓰슈(葉末集)』에 수록될 때까지 여러 번 개고된 바 있다. 본고는 1890년 6월 춘양도(春陽堂) 간행『요마쓰슈』에 수록된 「다이도쿠로」를 분석 대상으로 한다.

　소설은 작중 화자로 등장하는 '로한'이 산중에서 길을 잃어버리는데서 시작한다. '로한'은 정체를 알 수 없는 여인이 홀로 기거하는 민가에 당도해 하룻밤 신세질 것을 청한다. 이후 이야기는 '오타에'라는 이름의 여주인이 '로한'을 유혹하는 전반부와 오타에가 자신의 과거

이야기를 들려주는 후반부로 나뉜다. 덧붙여 후일담으로 생전의 오타
에가 사실은 한센병 환자였음이 드러나고 그녀의 모습을 본 사람의
전언을 통해 오타에의 '추한' 모습이 강렬한 인상을 남기면서 끝난다.

「다이도쿠로」에 관한 선행 연구는 주로 작가 로한의 불교적인 소양
과 연관 지어 논하는 경우가 많다. 「다이도쿠로」가 로한의 불교적 세
계관을 표명하는 작품이라는 노보리오 유타카(登尾豊)의 논이 대표
적이다.[1] 반면 세키야 히로시(關谷博)는 「다이도쿠로」에 근본적 결함
이 존재한다고 평하며 이후 로한이 윤리적 주체로 성장하는 과도기적
작품이라 주장한다.[2] 뚜렷하게 제시하고 있지는 않지만 세키야 히로
시가 말하는 결함은 로한의 여성관과 연관된 것으로 추정되며 성장이
란 그런 의식을 극복하는 과정을 의미한다고 이해할 수 있다. 젠더의
관점에서 미의 파괴야말로 「다이도쿠로」의 큰 주제라 논한 가타누마
세이지(潟沼誠二)의 논도 주목할 만하다. 고전 작품과의 관련을 중심
으로 「다이도쿠로」와 우에다 아키나리(上田秋成)의 『우게쓰 이야기
(雨月物語)』를 사상적인 면에서 분석하면서 그 영향 관계를 논한 도
쿠다 다케시(德田武)의 연구도 있다. 이상과 같이 「다이도쿠로」의 선
행연구는 다양하게 존재하지만, 주로 작가론적 관점에서 분석의 대상
이 될 뿐 히로인 오타에의 인물상과 그녀가 지닌 원한에 대해서는 구
체적으로 언급된 바 없다.

따라서 본고에서는 오타에가 유령으로 '로한' 앞에 출현한 이유, 그
원한의 규명과 함께 1890년의 시대 속에서 「다이도쿠로」라는 작품이

---

1) 登尾豊「「對髑髏」論」『文學』44卷8号, 岩波書店, 1976年.
2) 關谷博「「對髑髏」の問題—煩悶の明治23年へ」『日本近代文學』47卷, 日本近代文學
   會, 1992年.

지닌 사회적 맥락에 대해 살펴보고자 한다. 오타에 죽음의 직접적인 원인은 한센병이지만 그 이면에는 남자의 구애를 거부해 벌을 받았다는 오노노 고마치(小野小町) 전설에서 기인한 설정이 존재한다. 절세의 미녀가 남자의 구애를 거부하고 남자를 농락하다가 비참한 말로를 맞이한다는 고마치 전설은 미녀쇄락담으로 전근대부터 오랫동안 소비되었다. 특히 「다이도쿠로」의 발표시기를 전후해서는 오노노 고마치가 새로운 시대의 정녀로 새롭게 부상했다. 「다이도쿠로」가 발표되기 1년 전인 1889년에 아키타(秋田)의 중교원(中教院)에서는 "고마치 천년기(小町千年忌)"가 성대히 열렸으며 앞서 1894년에는 고마쓰 히로키(小松弘毅)가 『오노노 고마치 정녀감(小野小町貞女鑑)』을 펴내 고마치의 신격화를 시도했고, 좀더 시간이 지난 1913년에는 당대 최고의 인기 작가 구로이와 루이코(黒岩涙香)가 『오노노 고마치 론(小野小町論)』을 발간했다. 여성 훈육이 목적인 이 책에서 루이코는 고마치를 "호색의 여자"에서 "정숙한 여자"로 변모시키고 있다.

본고는 기존의 고마치 전설과 당대의 미인 담론이 서로 교차하는 지점에서 「다이도쿠로」를 분석해, 「다이도쿠로」의 히로인이 미녀에서 추녀의 모습으로 바뀌어 그려지는 이유를 확인하고자 한다. 또한 연애를 기피하는 여성에게 징벌을 주는 듯한 작품의 구성은 고마치 전설의 시대적 변용과 관련이 깊으며, 히로인은 "추함"과 더불어 "병"을 내포한 존재로서도 표상되고 있음을 확인한다.

2. 한센병자 오타에

「다이도쿠로」가 전근대의 유령교류담과 비교해서 갖는 가장 두드러진 특징은 유령 오타에가 생전에 한센 병자였다는 설정이다. 이 점을 제외하면 산중에서 길을 잃은 남자가 정체를 알 수 없는 미녀와 하룻밤을 보낸 후에 그 미녀가 유령임을 깨닫는 이야기 구도는 『요재지이(聊齋志異)』(1766년)와 같은 중국의 전기소설을 비롯해 일본에서도 흔히 그 예를 찾아볼 수 있다. 정체를 알 수 없는 존재와 하룻밤을 보내는 것에 대한 욕망, 환상과 더불어 그에 상응하는 불안이나 공포를 나타내는 정형화된 설정이다.

「다이도쿠로」도 사실 이런 성적 판타지를 적극적으로 표방한 작품이다. 로한은 요시오카 데쓰타로(吉岡哲太郎)에게 보낸 편지에서 소설이 발매 금지가 되는 것을 걱정해 오자키 고요(尾崎紅葉)와 상의했다고 밝힌다.[3] 새로운 저작을 소개하는 『신저백종(新著百種)』 5호에 「다이도쿠로」의 광고로 "고금 미증유로 에로틱한(古今未曾有に艶ぽき)"[4]이라는 문구가 있는 것을 생각하면, 발매 금지의 걱정은 성적인 부분을 의미하는 것으로 보인다.

하지만 아이러니하게도 작중에서 가장 강렬한 인상을 남기는 것은

---

3) 「拙者大詩人の儀、昨日、紅葉詞兄とも相談いたし候ひしに、「なによかろう、おもしろし」などとの説に付、いよいよ出版いたしたく、迂生は素より乱暴の積りにも無之候へば、是非とも出版願ひたく存候。然し万々一、当局者の認定をもっと発売禁止など蒙り候節は、甚だ御迷惑との御懸念も御座候べけれど、虎穴に臨まずんば虎子を得ぬ理屈(後略)。」徳田武「『対髑髏』と『雨月物語』・西鶴・『荘子』」『明治大学教養論集』172号、明治大学教養論集刊行会、1984年、58쪽에서 재인용.
4) 吉岡哲太郎編輯『新著百種』5号,吉岡書籍店,1890年2月.

3. 메이지 일본의 순결과 음란 87

앞선 유혹의 과정에서 만들어진 여인의 성적 매력이 가차 없이 파괴되고 소멸하는 순간이다. 오타에와 이야기를 나눈 다음날 자신의 숙소로 돌아간 '로한'은 여관의 주인에게서 죽기 전 오타에의 마지막 모습을 전해 듣는다. 작자 로한은 냉정하면서 대담한 필치로 오타에의 '추함'을 드러내는데 독자에게 불쾌감을 줄 정도로 묘사는 집요하다. 여관 주인이 기억하는 생전의 오타에는 "나이는 대략 이십칠 팔세 정도로 어디서 온 사람인지 모르겠는데 색이 바래서 보이지도 않는 누더기를 걸치고 있었(年は大凡二十七八何処の者とも分らず色目も見ゑぬほど汚れ垢付たる襤褸を纏)"[5]으며 "대나무 지팡이에 몸을 겯친 채 힘겹게 걷고 있었다(竹の杖によわ／＼とすがり)"고 한다. 이어지는 "온몸이 거무튀튀한 빨간색이었는데 곳곳에 보라색을 띠고 있었다(総身の色薄黒赤く、処々に紫色がゝりて怪しく光りあり)"는 설명이나 손가락, 발가락, 코와 입마저 사라져 마치 "구리색 사자 얼굴처럼 무서웠다(顔は愈 恐ろしく銅の獅子)"는 묘사는 한센병 환자의 모습을 떠올리기에 충분하다. 결국 먹을 것 하나 구걸하지 못하고 마을에서 쫓겨난 오타에는 세상을 등진 채 모습을 감춘다. '로한'은 자신이 산속에서 헤매다 찾아들어간 집이 오타에가 죽기 직전에 머물렀던 곳일 가능성이 크며 거기서 만난 '미녀 오타에'는 유령에 다름 아니라는 사실을 알게 된다.

한센병 문학 연구자인 하타 시게오(秦重雄)는 "메이지 시대의 다른 작품이 나병에 대해 구체적인 묘사는 못한 채 한두 줄로 때우고 있었

---

5) 이후 본문은 幸田露伴著、登尾豊、関谷博、中野三敏、肥田晧三校注『幸田露伴集 新日本古典文学大系明治編22』岩波書店、2002年에서 인용.

는데 비해 의학적인 냉철함마저 느껴진다"[6]고 평한 바 있다. 물론 개
고된 1902년판 『로한 총서(露伴叢書)』에는 이 부분의 묘사가 대폭 삭
제되고 "세상에서 말하는 나병이라는 것이다(世に癩病といふものな
るべし)"로 짧게 언급되고 만다. 잔혹한 묘사에서 독자가 받는 충격과
한센 병자에 대한 혐오감을 조장한다는 비판을 의식한 것일까. 하타
시게오가 지적한 대로 한두 줄로 때우는 메이지 시대의 여타 작품들
과 같아진 셈이다. 하지만 1916년판 『명가 걸작집』에서는 또 본래의
묘사로 돌아간다. 어쨌든 문제는 지나칠 정도로 상세하게, 또 잔인하
게 묘사된 이유에 있다. 작자 로한의 한센병 환자에 대한 차별 의식이
라고 정리하기 보다는 이야기의 구조 속에서 이 부분이 차지하는 위
상에 대해서 생각할 필요가 있다.

　문제가 되는 묘사에 대해 세키야 히로시는,

　　로한에게 나병 환자에 대한 남다른 차별 의식이 있었다고 생각하지
　는 않지만, 그가 자신의 문학적 욕구 때문에 현세의 고통을 상징하는
　것으로 나병을 선택해 버린 잘못은 불교 자체가 내포한 나병에 대한 편
　견에 항거하는 방법을 로한이 가지고 있지 않았던 것에 기인한다.
　　癩者に対する殊更な差別意識が、露伴にあったとは思わないが、し
　かし、彼が己れの文学的欲求の為に、癩を現世の苦の象徴として選んで
　しまった誤りは、仏教自体が孕んでいた癩への偏見に抗する術を、露伴
　が持っていなかったことに起因する[7]

---

6) 「明治期の他の作品がハンセン病の具体的な描写をすることが出来ず、一・二行で済
　ましていたのに比すると医学的な冷徹さすら感じられる」秦重雄「明治の文学作品に
　描かれたハンセン病者」『部落問題研究』172号、部落問題研究所、2005年、229쪽.
7) 関谷博「初期露伴の文学的課題」『幸田露伴集　新日本古典文学大系明治編22』岩

3. 메이지 일본의 순결과 음란 89

이라며 끔찍한 묘사가 "현세의 고통"을 상징하는 것이라고 파악한
후, 불교의 영향에 대해 논하고 있다. 메이지 초기까지 불교의 영향권
내에서 한센병을 전생의 죄업에 기인한 "업병", "천형"으로 인식한 것
은 사실이다. 가나가키 로분(仮名垣魯文)은 『다카하시 오덴 야시야모
노가타리(高橋阿伝夜刃譚)』(1879년)에서 "나병은 천형병으로 백약
이 무효하다"고 썼으며 가와타케 모쿠아미(河竹黙阿弥)도 『도지아와
세 오덴노카나가키(綴合阿伝仮名書)』(1879년)에서 "사람들이 싫어
하는 업병"으로 한센병을 설명한 바 있다.

한편으로는 당시에 한센병을 둘러싸고 전근대와 근대의 인식 방법
이 서로 교차하고 있었던 점도 주목할 만하다. 한쪽에서는 여전히 "업
병", "천형"으로 한센병을 인식하지만 다른 한편에서는 "유전", "혈액
의 접촉", "전염" 등의 근대적 어휘로 이해한 것이다. 「다이도쿠로」가
발표된 1890년에는 한센병 치료를 전문으로 한 아라이 사쿠(荒井作)
가 『치라경험설(治癩経験説)』에서 "불치의 병증이 아니며 또한 유전
으로만 전파되는 것이 아니라는 점을 확진(不治ノ症ニ非ス又遺伝病
ニ限ラサル事ヲ確診)"한다고 말해 기존의 "업병", "천형" 관념을 부정
하고 있다. "업병", "천형"으로 인식하는 전근대의 한센병 관념이 문
학 작품 등을 통해서 계속해서 재확인되는 한편, 근대 의료 시스템 속
에서는 한센병에 대한 관념을 수정하려는 의견이 나오게 되는 시점에
「다이도쿠로」가 발표된 것이다.

『치라경험설』에서 아라이는 "유전으로만 전파되는 것이 아니다"며
애매한 결론을 내놓는다. 한센병은 유전병이라고 하는 설에 대해 긍

波書店、2002年、538~539쪽.

정도 부정도 하지 않은 것이다. "유전"이라는 단어는 얼핏 근대적 사고 체계의 산물인 것처럼 보이지만 실제로는 "업", "천형"으로 보는 전근대적 사고 체계의 연장선상에 있다고 보는 것이 타당하다. 2005년에 발행된『한센병 문제에 관한 검증 회의 최종 보고서 』「제 2장 1907년의 "나병 예방에 관한 건",에는 다음과 같이 기술되어 있다.

> "천형병", "업병"라는 말의 보급이 "나병"을 집안 내력으로 여기는 사고의 보급 시기와 겹치는 것은 "천형"이나 "업"이, "나병"은 일단 "혈맥"에 붙어버리면 자자손손에 걸쳐 불치라는 인식과 불가분이었음을 시사한다. "전생의 업"이라는 중세 이후 종교적 "나병"병관과 근세 사회에서 보급한 "집"에 전해지는 병이란 현세적, 의학적 이해가 일체화해 새로운 근세의 "업병", "천형병"관이 형성된 것이다
>
> 「天刑病」・「業病」という言葉の普及が、「癩」を家筋とみなす考え方の普及の時期と重なるのは、「天刑」や「業」が、「癩」はいったん「血脈」にとりつけば子々孫々にまで渡り、不治であるという認識と不可分であったことを示唆する。「前世の業」という中世以来の宗教的「癩」病観と、近世社会で普及した「家」に伝わる病という現世的・医学的理解とが一体化して、新たな近世の「業病」「天刑病」観が形成されたのである[8].

이 보고서는 메이지 시대의 민중 생활 속에서 한센병은 유전이라는 설이 널리 보급된 것도 지적하고 있다. 전근대적 불교 논리에서 태어난 한센 병자에 대한 차별적 인식이 메이지 시대가 되면 "유전"이라는

---

8) ハンセン病問題に関する検証会議「第二 1907年の「癩予防ニ関スル件」」『ハンセン病問題に関する検証会議 最終報告書』財団法人日弁連法務研究財団、2005年3月,38頁.

말을 빌린 형태로 "현세적, 의학적 이해"와 일체화되어 변함없이 계승된다. 한센 병자에 대한 실질적인 차별에 대해서도 전근대와 근대의 차별 의식에는 큰 변화가 없었다. 오히려 근세 막부에서 한센병 환자의 걸식을 허용한 반면 「다이도쿠로」의 오타에가 주먹밥 하나를 빌어먹지 못하고 마을을 떠나듯 근대의 한센병 환자들은 가정과 마을 공동체에서 격리되어 수용시설로 향하는 경우가 일반적이었다. 「다이도쿠로」의 오타에도 "유전"이라는 이름을 빌었으나 결국에는 "업"에 의한 "천형"으로 목숨을 잃는 것으로 나타나며, 그 과정에서 오타에는 철저하게 세상과 분리된 존재로 각인되고 있다.

앞서 밝힌 바와 같이 소설은 오타에가 생전에 추한 용모를 지닌 한센병자였다는 사실을 치밀하게 그려내면서 끝맺고 있다. 그런데 결말부에 이르기 전까지는 오타에가 계속해서 아름다운 여성으로 그려지고 있다는 점에 주목할 필요가 있다. 특히 오타에의 아름다움을 반복해서 묘사하는 중반부에 오타에의 회상을 통해 화족 귀공자의 죽음을 거론하는 점이 흥미롭다. 아름다운 용모뿐 아니라 효(孝)의 심성까지도 겸비한 오타에에게 한 화족 귀공자가 구애한다. 하지만 오타에는 "내가 죽은 후에 이것을 보고 평생의 분수를 알아라(我亡き後は是を見て一生の身の程を知れ)"는 어머니의 유언에 따라 청혼을 거절한다. 귀공자는 상사병으로 괴로워하다 끝내 숨을 거둔다. 이후로 오타에는 도쿄를 떠나 산속에 초가를 짓고 살게 되었다고 전한다. 어머니의 유언에 대해 '로한'이 묻자 오타에는 "그런 상스러운 질문을 하다니 당신도 아직 인정이란 것을 모르는군요(ハテ野暮らしい其を聞ようでは貴君もまだ人情知らず)"라고 힐책하면서 "세상을 버리라는 교훈, 세상을 버려야 할 이유가 적혀있었던 것(世を捨てよといふ教訓,浮世を

捨てねばならぬ譯をかきしるせしに極つた事)"이라고 대답하지만 '로한'은 납득하지 못한다. 이상한 일이라며 세상을 버려야만 하는 이유가 무엇이냐 따져묻는 '로한'에게 오타에는 자신도 처음에는 신을 원망하고 부처님을 원망하였으나 결국에는 마음을 비우고 깨달음을 얻었다고 말한다. 여기서 깨달음은 "나 같은 사람에게는 해와 달도 어둡고 꽃과 새도 전혀 아름답지 않다(妾等の身の上には月日も全く暗く花鳥も全くおもしろからぬ)"는 기술로 나타난다. 14세와 18세에 각각 아버지와 어머니를 여읜 오타에에게 어머니는 "평생의 분수를 알라"는 유언을 남겼다. 이야기의 마지막을 아는 독자들이야 "평생의 분수"가 한센병을 의미한다는 것을 알고 있지만 이야기가 진행되는 중반부에 "평생의 분수"는 하나의 수수께끼가 된다. 여하튼 "분수를 알아라"는 유언은 남자의 청혼을 거절하는 결과로 나타났고 예상하지 못했겠지만 남자는 상사병으로 죽음에 이른다. 비극 위에 새로운 비극이 겹친 셈이다.

두 비극은 서로 연관성이 있다. 한센병이 원인, 청혼을 거부한 행위가 결과로 보인다. 하지만 작중에서 둘은 전후관계가 뒤바뀌어 있다. 사랑을 거부하고 남자를 싫어하는 오타에의 심성이야말로 한센병의 원인인 것처럼 서술되어 있는 것이다. 그리고 그 배후에는 한센병이 "업"에 의한 "천형"이라는 인식이 반영되어 있다. 오타에가 사랑을 거부했기 때문에 한센병에 걸렸다는 말은 전혀 합리적이지 않지만 이야기는 마치 그런 모순이 당연하다는 식으로 계속해서 주장한다. 이런 주장이 가능한 것은 이미 중세부터 오랫동안 향유된 고마치 전설이 존재하고 오타에가 고마치와 서로 겹치기 때문이다. 특히 구애를 거부한 여성이 "천형"을 받아 미모를 잃고 병들어 쇄락한다는 '병든 고마치' 전설은 「다이도쿠로」에서 적극적으로 활용되고 있다.

3. 사랑을 거부한 고마치와 오타에

오타에는 처음부터 사랑을 거부하고 남자를 싫어하는 인물로 그려지지 않는다. 유복한 가정에서 어릴 때는 "나비와 노닐고(蝶と愛でられ)" 소녀 시절에는 "꽃과 사랑하던(花といつくしま)" 오타에였지만 아버지 사후로 집에 들어박히면서 성격이 바뀌기 시작한다. 오타에는 『겐지모노가타리(源氏物語)』를 비롯해 헤이안 시대의 궁중 연애를 다룬 소설을 읽고 인정과 세태의 "진실과 허망"을 깨닫는다. 특히 남성이 신용할 수 없는 존재임을 알게 되었다고 말한다.

옛부터 남자라는 자는 한심스러워 뜻도 한때고 사랑도 한때라, 자기 생각은 강하지만 참을성이 없고 만나는 것을 기쁘게 여기나 헤어지는 것을 슬퍼하지 않으며, 교태를 부리며 다가오는 이상한 여자를 좋아하고, 사랑을 영화의 장난쯤으로 여겨 개와 고양이의 귀여운 모습을 좋아하듯 여자의 용모가 예쁜 것만을 좋아하는 자라는 것을 깨달았다. 나와는 인연도 없는 남자지만 (세상에 미남자로 널리 알려진)히카루 겐지(光源氏)나 아리와라노 나리히라(在原業平)와 같은 멍청이를 증오하는 마음이 깊어졌다. 질투하는 것은 아니지만 그런 멍청이에게 미혹되어 안달하는 여러 여자들을 답답하게 생각하며 맘속으로는 바보라고 생각했다.

むかしより男といふ者のあさましく、意一時なさけ一時、思ひ込強けれど辛防弱く、逢ふを悦こべど別れを悲しまず、媚めかしく倭らへる

おかしき女を好み、恋を栄華のわざくれ三昧、犬猫の色美しきを愛る様
に女の髪容よきを愛る者なるをさとり。我縁もなき男なれど源氏業平の
如き戯け者を憎く思ふ事深く、嫉妬するにもあらねど其戯け者に迷ひ焦
れし色々の女どもを歯痒き馬鹿と心の内に思ひける[9]

　이상과 같은 인식의 바탕은 겐지, 나리히라에 대한 언급에서 알 수
있듯이 오타에가 일찍부터 『겐지 모노가타리』,『이세 모노가타리』와
같은 고전소설을 탐독했기 때문이다. 일찍부터 책과 가까이한 오타에
는 남자는 물론 미남자에 현혹되는 여자들도 바보라고 여긴다. 오타
에는 '로한'과의 대화에서도 '로한'의 논리를 정면에서 논파하는 모습
을 보여주는 지적인 여성으로 그려진다.
　오타에라는 이름의 명명에서 사이교(西行)를 논파하고 노래를 주
고받은 에구치노기미(江口の君)의 유녀 타에를 떠올릴 수도 있다. 에
구치노기미는 현재 오사카 시 부근에 자리를 잡고 살았던 유녀들을
지칭하는 말인데,「다이도쿠로」의 모두에「에구치노기미의 방을 빌리
지 않고(江口の君の宿仮さず)」라는 언급이 있다는 점에서 충분히 가
능성이 있다. 유녀 타에는 숙박할 방을 청하는 사이교를 보고 신분이
승려라는 이유로 거절한 일화로도 유명한데,「다이도쿠로」의 '로한'도
오타에에게 숙박을 청했다는 점에서 유사한 면이 있다.
　하지만 문학적인 조예가 깊고 지적이며 남성을 희롱하며 업신여긴
대표적 인물은 오노노 고마치다. 오노노 고마치에 대해서는 다양한
이야기, 전설이 존재하지만 그 중에는 백일 밤을 다니며 고마치에게

---

9) 幸田露伴著、登尾豊、関谷博、中野三敏、肥田晧三校注、前掲書、274~275쪽.

구혼한 남성에 대한 이야기가 전해진다. 오노노 고마치는 계속해서 구애해 오는 남성을 포기하게 하려는 심산에 백일 동안 매일 자신의 거처로 온다면 받아들이겠다고 한다. 남자는 99일까지 열심히 고마치의 거처로 발걸음을 옮겼지만 마지막날 결국 뜻을 이루지 못한 채 숨을 거두었다는 내용이다. 그리고 이 전설이 변용되어 죽은 남자의 원혼이 고마치에게 붙어 고마치는 미모를 잃고 거지가 되었다는 설화로 발전한다. 「다이도쿠로」가 1890년 『일본지문화』에서 처음 발표되었을 때의 삽화에는 오타에가 헤이안 시대 복장을 한 인물로 그려지고 있다. 구애하던 남성이 상사병으로 죽음에 이르렀다는 점도 같다.

이처럼 오타에는 에구치노기미와 오노노 고마치의 이미지가 겹친 형태로 창조된 인물이다. 특히 고마치 전설은 앞으로 오타에가 한센병자로 비참한 운명을 맞는 것과도 관련이 깊다. 전근대에 걸쳐 일반에 유포되었던 고마치 전설의 윤곽은 남자를 농락하다가 비참하게 죽어 가는 여자 이야기였다. 오다 사치코(小田幸子)는 「오노노 고마치의 변모 － 설화에서 노로(小野小町変貌一説話から能へ)」에서 다음과 같이 말한다.

애시당초 실재의 고마치 상이 불분명한데다 헤이안 중기~말기에 성립해 구카이(空海)의 작품이라고 전해지는 『다마쓰쿠리 고마치 소스이쇼(玉造小町子壮衰書)』의 노파와 오노노 고마치가 동일 인물로 간주되면서 "영락한 고마치상"이 널리 유포되었다. 거기에 더욱 전설이 덧붙었고 이를 종합해 중세에 "젊었을 때는 절세의 미녀로 많은 남자에게 구애받았지만 거절과 능멸을 거듭한 끝에 늙고는 돌보는 사람도 없어지고 거지가 되어 전국을 방랑한 끝에 고독 속에서 숨졌다. 그 해골

은 들판에 방치되었는데 누군가 찾아 공양했다"라는 일대기의 윤곽이
형성되어 갔다.

　そもそも、実在の小町像が不鮮明なうえに、平安中期～末期に成立
した空海作と伝える『玉造小町子壮衰書』の老女と小野小町が同一人物と
みなされ、「落魄の小町像」が広く流布した。そこにさらに伝説が加わ
り、それらを総合して中世には「若い頃は絶世の美女で多くの男性に言
い寄られたが、拒絶や翻弄を繰り返したあげく、年老いてからは顧みる
人もなくなり、乞食となって諸国を放浪した末に孤独のうちに亡くなっ
た。その骸骨は野ざらしとなっていたが、ある人が見つけて供養した」
という一代記の輪郭が形作られていったのである[10].

"거지가 되어 전국을 방랑한 끝에 고독 속에서 숨졌다. 그 해골은 들
판에 방치되었는데 누군가 찾아 공양했다"는 점은 「다이도쿠로」에서
도 그대로 차용하고 있다. 거기에 한센병이나 유전과 같이 근대적으
로 보이는 요소를 가미했다고 해서 구애를 거절한 뒤 비참한 운명을
맞이한다는 이야기의 전체적인 틀이 바뀌는 것은 아니다.

　에도 시대까지 오노노 고마치는 『이세 모노가타리』에서 소개된 바
와 같이 "색을 좋아하는 여자(色好みなる女)"로 일반에 인식되었다.
가쓰마타 모토이(勝又基)는 「오노노 코마치는 정녀(貞女)인가 － 근
세전기총전으로 보는 고마치상」에서 오토기조시(御伽草子)인 『고마
치 조시(小町草紙)』에도 "고마치라는 색을 좋아하는 유녀가 있다(小
町といふ色好みの遊女あり)"는 문구가 있고 『본조미녀감(本朝美女

---

10) 小田幸子「小野小町変貌─説話から能へ」『日本文学誌要』84号、法政大学国文学
　　会、2011年、21쪽.

鑑)』(1687년)등에서는 "색을 좋아하는"에서 "호색"으로 말이 바뀌어 가는 과정이 나타난다고 지적하면서 고마치라는 인물상이 정녀(貞女)의 범주에는 도저히 속할 수 없다고 결론을 내린다.

하지만 메이지 이후에는 구로이와 루이코의 『오노노 고마치론』 (1913년)에서 대표적으로 알 수 있듯이, 오노노 고마치는 정녀로 표상되기 시작한다.

나는 다행히도 우리 일본에 지금으로부터 천여 년 전 일본 여자를 위해 산 모범을 보이신 위대하고 자랑스런 정녀의 여신이 있음을 알고 있다. 그 여인은 게다가 절세의 미인이었다. 여자다운 점에 있어 모든 여자를 뛰어넘는 여인이다. 그 여자는 천여 년 후 지금의 사람이 점차 알게 된 "한 남편만을 바라본다"는 숭고한 정조 관념을 천여 년 전에 체현하고 자신의 몸을 희생양 삼는 것을 거리끼지 않았다. 그 여인은 완전한 기적이다. 아마도 하늘이 세상의 타락하기 쉬운 "정조가 무엇인지도 모르는" 여자들을 미혹의 꿈에서 깨게 하기 위해 들려준 종소리일 것이다.

余は幸ひにして、我が日本に、今より千有余年前に、日本の女子の為めに、活きたる手本を示した偉絶壮絶なる貞女の女神の有ることを知つて居る、彼の女は而も絶世の美人であつた、全く女らしい点に於て総ての女に優絶した乙女である。彼の女は千有余年後の今の人が漸く知り得た「一夫にだも見えず」の崇高なる貞操観念を千有余年前に体現して身を犠牲に供するを厭はなんだ、彼の女は全くの奇蹟である、恐らくは天が、世界の堕落し易き「貞操の何たるを知らぬ」女達に対し、迷ひの夢を醒さしむる為めに響き渡らせたる警鐘で有らう[11]

11) 黒岩涙香『小野小町論』朝報社、1913年、2-3쪽.

　루이코는 고마치를 "한 남편만"을 바라보는 "정조의 여신"으로 규정하고 있다. 아울러 고마치는 어느 여자보다도 여자답고 자신의 몸을 희생했다고 상찬한다. 상사병으로 남자를 죽음에 이르게 한 것을 고마치의 죄업으로 보던 전근대의 인식과 달리 고마치가 그 남성의 사망 이후 줄곧 독신으로 지낸 것을 거론하며 이를 고마치의 정조관념으로 탈바꿈시킨 것이다. 루이코는 한 남성의 사랑을 받아들이겠다고 결심한 오노노 고마치가 죽을 때까지 그를 배신하지 않았다며 자신과 동시대의 "타락한 여자들"을 훈계하려 한다.

　루이코가 『오노노 고마치론』을 펴낸 것은 1913년이지만 고마치를 정녀로 인식하려는 움직임은 그 전에도 존재했다. 1894년의 『오노노 고마치 정녀감』에서 이미 "정렬청결한 여자(貞烈淸潔ナル女)"로 고마치의 재평가를 시도하고 있다. "색을 좋아하는 여인"에서 "정조의 여신"으로 고마치를 변모시킨 이들은 메이지라는 시대가 추구했던 일부일처제라는 토대에서 여성을 이분법적으로 사고하는 본보기라 할 수 있다.

4. 호색녀와 정녀

　본고에서는 고다 로한의 「다이도쿠로」를 대상으로 작중 히로인 오타에가 한센병 환자로 그려지고 있으며 이는 고마치 전설의 수용과 밀접한 관련이 있다는 사실을 확인했다. 아울러 오타에의 '추한' 용모가 작품 내에서 집요하게 묘사되고 강조되는 이유 또한 고마치 전설의 맥락에서 파악해보고자 했다.

오타에는 유전에 의한 한센병 환자로 설정되어 있지만 그녀의 병과 '추함'은 소설의 서사 속에서 남자의 사랑을 거부하고 남자를 농락한 것에 대한 벌, 이른바 "천형"으로 자리매김된다. 「다이도쿠로」가 발표된 시기는 한센병을 "업"과 "천형"으로 파악하려는 전근대적 관습과 더불어 "유전"과 같은 근대의 사고로 이해하려는 경향이 동시에 교차되던 시기였다.

「다이도쿠로」가 겉으로는 "유전"을 내세우면서도 한센병을 여전히 "천형"의 맥락에서 활용하고 있다는 사실은 고마치 전설과의 유사성을 통해 확인할 수 있었다. 남자의 구애를 거부했다는 사실이 하늘의 뜻을 거스른 "천형"으로 나타나는 이유도 바탕에 고마치 전설이 존재했기에 가능한 일이다.

고마치가 "색을 좋아하는" 여인에서 "정녀의 여신"으로 탈바꿈되던 시기가 메이지라는 점을 감안하면 「다이도쿠로」의 오타에가 오노노 고마치를 모델로 하면서도 "색"을 극도로 혐오하는 인물로 등장하는 것도 당연한 일이다.

「다이도쿠로」의 오타에는 단순히 작자 로한의 여성관을 대변하는 인물이 아니라 메이지 일본이 요구했던 여성의 순결함이 소설 내에서 구현된 예시로 보아야 한다. 물론 그 순결한 여인의 모델이 에도 시대까지만 해도 음란의 표상이었다는 점이 가장 흥미로운 부분이다.

참/고/문/헌

1. 기본 자료

• 幸田露伴「明暗ふたおもて」『露伴全集　第29巻』、岩波書店、1954年、34쪽.

• 幸田露伴著、登尾豊、関谷博、中野三敏、肥田晧三校注『幸田露伴集　新日本古典文学大系明治編22』岩波書店、2002年、257-287쪽.

2. 참고자료

1) 논문

• 徳田武「「対髑髏」と『雨月物語』・西鶴・『荘子』」『明治大学教養論集』172号、明治大学教養論集刊行会、1984.

• 秦重雄「明治の文学作品に描かれたハンセン病者」『部落問題研究』172号、部落問題研究所、2005年、229頁.

• ハンセン病問題に関する検証会議「第二　1907年の「癩予防ニ関スル件」」『ハンセン病問題に関する検証会議 最終報告書』財団法人日弁連法務研究財団.

• 小田幸子「小野小町変貌―説話から能へ」『日本文学誌要』84号、法政大学国文学会、2011.

• 湯浅佳子「小野小町伝説の一系譜―病める小町の話」『東京学芸大学紀要』第2部門人文科学第51集、東京学芸大学、2000.

• 勝又基「小野小町は貞女か―近世前期叢伝に見る小町像」『国文学

解釈と鑑賞』70巻8号、至文堂、2005.

- 井波律子「露伴初期」『日本研究』16号、国際日本文化研究セン
  ター、1997.

2) 단행본

- 錦仁『小町伝説の誕生』角川書店、2004.
- 黒岩涙香『小野小町論』朝報社、1913.
- 小松弘毅『小野小町貞女鑑』土屋軍治、1894.
- 井上章一『美人論』、朝日新聞社、1995.

2부
순결, 억압된 관능

2장은 한국 대중문화에서 섹슈얼리티가 사회적으로 억압된 방식을 추적하고 있다. 순결이라는 강박이 강조되면서 대중서사에 재현되고 전형화 된 양상을 살펴 볼수 있다. 「순결을 위한 과학 혹은 처녀를 향한 관능」(이주라)은 근대의 순결 이데올로기가 미혼여성의 육체와 성을 통제하고 사회적 도덕 담론으로 형성되는 기원과 특징에 주목한 글이다. 자유연애와 우생학의 결합이 순결 이데올로기에 작용한방식을 근대 소설에서 확인할 수 있을 것이다. 「한국 대중소설에 나타난 관능의 승화 방식-박계주의 「순애보」, 「진리의 밤」을 중심으로」(이정안)는 박계주 장편소설을 통해 드러나는 인류애와 낭만적 사랑의 재현 방식, 그리고 성적 욕망과 관능적시선의 충돌을 분석하고 있다. 인류애, 낭만적 사랑이 섹슈얼리티의 문제를 만났을때 균열을 일으키며 나타나는 특징을 박계주 소설을 통해 살피고 있다. 「텔레비전드라마에서 불륜을 다루는 방식」(문선영)은 텔레비전 드라마에서 불륜을 이야기할때 등장하는 선정성의 논란에 주목한다. 방송 심의라는 제한적 틀 안에서 위험하고도 매력적인 소재인 불륜이 대중적 욕망의 충족이라는 문제에서 선택한 전략을 살펴볼 수 있다. 순결에 대한 강박은 근대소설부터 최근 텔레비전 드라마에 이르기까지 각 매체에서 다양한 방식으로 작동되었다. 2장은 한국 대중문화에 여전히 내재되어 있는 순결 이데올로기의 기원과 변화를 이야기하고 있다.

순결을 위한 과학 혹은 처녀를 향한 관능

이주라

1. 한국 근대 대중문화의 순결 강박

심순애와 이수일의 이야기로 널리 알려져 있는 일재 조중환의 『장한몽』[1]은 한국 근대소설의 전환점을 만들어내고, 한국 대중문학 정서의 원형을 제시한 작품이다.[2] 이 소설의 원작은 일본의 소설가 오자키고요[尾崎紅葉]의 『곤지키야샤[金色夜叉]』인데, 원작의 번안 과정에서 한국적인 정서와 설정이 많이 가미되었다. 그 중 대표적인 것이 심순애가 김중배와의 결혼을 후회하며 결혼 생활을 부인하는 장면이다. 일본의 원작에서 오미야[お宮]는 토미야마[富山]에게 복수를 하기 위해 토미야마에게 자녀를 낳아 주지 않기로 결심한다. 하지만 이 장면

---

1) 조중환, 「장한몽」, 『매일신보』, 1913.5.13~10.1.
2) 최원식, 「장한몽과 위안으로서의 문학」, 『민족문학의 논리』, 창작과비평사, 1982, 69쪽, 82쪽.

은 식민지 조선으로 건너와 이렇게 바뀌었다.

> 이렇듯 김중배의 사랑을 받고 있으되 순애는 조금도 마음이 움직이
> 지 아니하고 그 마음을 받지 아니하며 도리어 그곳으로 출가한 일까지
> 깊이 속으로 뉘우치고 탄식하기를 마지아니하며 비록 몸은 어찌한 잘
> 못으로 이곳에 파묻히게 되었으나 나의 마음과 나의 몸은 이곳에 허락
> 지 아니하리라고 혀를 깨물로 맹세하였던 고로 좌우로 칭탁하고 김중
> 배에게 몸은 허락지 아니하기를 삼사 년 동안이나 지나되 그 굳게 먹은
> 마음을 온전히 이루었더라.[3]

심순애는 남편인 김중배에게 몸과 마음을 허락하지 않겠다는 결심
을 하고 결혼 생활이 삼사 년이 지나도록 순결을 지킨다. 그러다가 어
느 날 남편에게 순결을 잃은 순애는 자살을 결심하고 강에 투신한다.
신소설부터 번안소설 『장한몽』, 이광수의 『무정』을 거치면서 시작된
한국의 근대소설에서 여주인공의 순결 여부는 작품의 가장 중요한 주
제를 형성하였다. 김내성의 탐정소설 『마인』에서 여주인공 주은몽은
팜므파탈로 설정된 인물임에도 불구하고 죽기 직전에 아버지에게 "제
몸은 아직 처녀……."[4]라는 고백을 남기는 것이다. 여주인공이 처녀를
잃느냐 마느냐의 문제는 서사의 중요한 한 축이 되었고, 순결을 잃은
여주인공은 결국 자살로 생을 마감하였다. 한국 근대의 대중소설에서
순결은 여성에게 목숨과 같은 가치로 자리매김 하였다.

---

3) 조중환, 『장한몽』, 현실문화연구, 2007, 206쪽.
4) 김내성, 『마인』, 삼성문화사, 1983, 449쪽.
   이 작품은 『조선일보』에 1939년 2월 14일부터 10월 11일까지 연재되었다.

순결 이데올로기는 남녀 사이의 정신적 사랑을 가장 중요한 가치로 여기며 이를 위해 성욕의 억제와 처녀성 보존을 실천하게 한다. 처음에 순결은 정신적 합일을 바탕으로 하는 근대적 연애의 신성한 가치를 완성하기 위해 거론되었다. 그러다 어느 순간 신성한 연애의 증거로서 육체적 순결을 증명하는 것이 더욱 중요하게 되었다. 특히 여성의 처녀성은 그 여성이 사랑받을 자격이 있는지, 사회적으로 존중받을 가치를 가진 인간인지를 판가름하는 중요한 척도가 되었다. 여성의 처녀성 확인 여부에 집착하는 순결 강박이 만들어진 것이다.

> 숙희의 우정(友情)-. 그것도 사생아라는 것을 모르기 때문에 있을 수 있는 것 같았습니다. 학교 생물시간에 배운 우생학(優生學)에 대한 지식-. 저에게도 어머니와 같은 정하지 못한 피가 흐르고 있다는 것. 생각만 해도 몸서리처지는 일이 아닐 수 없었습니다.[5]

그런데 한국 근대의 순결 이데올로기는 단지 처녀성의 문제에만 집착하는 것이 아니라, 피, 즉 혈액의 문제 또한 순결 여부와 연결시키고 있음을 알 수 있다. 위의 작품은 한국 전쟁 시기에 발표된 신문연재소설이다. 이 작품의 초점화자인 '나(최영애)'는 아름답고 총명한 미혼 여성이지만 자신의 어머니가 첩이었다는 이유로, 자신의 피가 불결하다고 생각한다. 그녀는 남성들의 짓궂은 시선을 받을 때마다, 자신의 육체성이 타인의 시선에 의해 강조될 때마다 자신이 혈통적으로, 다시 말해 유전적으로 부정한 사람이기 때문에 이러한 곤욕을 치른다

---

5) 안동민, 「성화(聖火)」 26, 『경향신문』, 1952. 6. 13, 2쪽.

고 생각한다. 그리고 결국 자신의 집에서 하숙하던 'K'에게 정조를 잃었을 때에도 그녀는 불순한 피로 인해 자신은 운명적으로 순결을 유지할 수 없었다며 절망한다. 처녀성을 지켜서 올바른 결혼을 할 수 있는 자격 여부가 혈통의 문제 즉 유전의 문제로 이해되고 있는 것이다. 그리고 이것은 학교 생물 시간에 배운 우생학이라는 과학이 담보하는 진리였던 것이다.

근대의 시작과 더불어 전근대 정조 담론을 재배치하며 시작된 순결 이데올로기는 미혼 여성의 육체와 성을 통제하였을 뿐만 아니라, 여성의 도덕성과 윤리성을 상징하는 기능까지 담당하였다. 그리고 그것은 근대적 과학과 진리의 일환으로까지 여겨졌다. 이러한 과정 속에서 한국 근대의 대중문화는 여성의 순결 문제에 집중하였다. 그렇다면 이러한 순결 강박은 언제부터 어떻게 작동하기 시작한 것일까. 이 글은 이런 의문에서 시작하여 한국 근대 순결 이데올로기의 특징을 알아보고자 한다.

근대 사회의 순결 이데올로기의 문제는 앞서 언급한 것처럼 근대적 연애의 문제와 맞닿아 있다. 그렇기 때문에 순결 이데올로기에 대해서는 근대 연애 담론을 바탕으로 하여 논의되어 왔다.[6] 그런데 앞

---

6) 권보드래, 『연애의 시대-1920년대 초반의 문화와 유행』, 현실문화, 2003.
　서지영, 『역사에 사랑을 묻다-한국 문화와 사랑의 계보학』, 이숲, 2011.
　고미숙, 『연애의 시대-근대적 여성성과 사랑의 탄생』, 북드라망, 2014.
　근대 연애 담론과 관련하여 여성의 순결을 다룬 연구의 경우, 영육합일에 의거한 신성한 연애라는 개념이 근대에 도입되어 정신적 사랑이 강조되면서 전근대 정조 담론이 근대 순결 이데올로기로 재배치되었다고 파악한다. 여기에서 순결 이데올로기는 근대적 사랑의 정신적인 측면과 연결되어 다루어진다. 이와 달리 이 글에서는 근대 순결 이데올로기가 강조되고 부각되었던 과정에서, 우생학과 대중문화가 순결한 여성의 신체를 성적 대상으로 전유하여 향유하는 측면에 초점을 맞추고자

서 언급한 것처럼 근대 순결 이데올로기를 작동시킨 또 다른 동력은 근대 초기 사회진화론과 공명하며 첨단의 과학으로 소개되었던 우생학이었다. 우생학에 관한 연구는 대부분 우생학 담론 전반에 대해 다루거나,[7] 우생학이 식민지 사회 제도와 문화 형성에 미친 영향에 대해 분석하였다.[8] 우생학이 인종 개선을 위한 생식과 출산 통제에 중점을 둔 학문이었던 만큼 우생학에 대한 논의는 대부분 인종 인구 정책이나 출산 정책을 중심으로 논의되었다. 여성의 성을 다루는 경우에도 모성 이데올로기와의 연결 관계가 부각되었다. 즉 우생학이 여성의 섹슈얼리티 문제와 연결될 경우, 기혼 여성의 섹슈얼리티가 주로 다루어졌던 것이다. 이와 달리 우생학을 연애론과 연결한 구인모의 연구는 미혼 여성의 연애를 둘러싼 담론을 분석하였다. 그러나 엘렌 케이의 사상을 바탕으로 나타난 이광수 문학의 특징 분석에만 그쳤으며, 우생학과 순결 이데올로기의 문제에는 초점을 맞추지 않았다. 근

한다.

7) 박성진, 『사회진화론과 식민지 사회사상』, 선인, 2003.
신영전, 「식민지 조선에서 우생운동의 전개와 성격」, 『의사학』 29, 대한의사학회, 2006. 12.
장성근, 「1920~30년대 조선 우생주의자의 유전담론 연구」, 성공회대 석사학위논문, 2015.

8) 소현숙, 「일제시기 출산통제담론 연구」, 『역사와 현실』 38, 한국역사연구회, 2000.
구인모, 「'무정'과 우생학적 연애론-한국의 근대문학과 연애론」, 『비교문학』 28, 비교문학회, 2000.
이선옥, 「우생학에 나타난 민족주의와 젠더정치-이기영의 『처녀지』를 중심으로」, 『실천문학』 69, 실천문학사, 2003 봄.
김예림, 「전시기 오락정책과 '문화'로서의 우생학」, 『역사비평』, 역사비평사, 2005.
이정선, 「전시체제기 일제의 총동원정책과 '內鮮混血' 문제」, 『역사문제연구』 29, 역사문제연구소, 2013. 4.
류수연, 「근대 미용과 우생학(優生學)」, 『한국학 연구』 33, 인하대 한국학연구소, 2014. 6.

대의 순결 이데올로기에 대한 한국의 연구에서는 우생학의 도입으로
인해 근대 미혼 여성의 섹슈얼리티 문제가 어떻게 다루어졌는지에 대
해서는 아직 다루어지지 않았다.

우생학과 순결 이데올로기의 관계에 초점을 맞춘 연구는 일본학자
들의 연구가 대표적이다.[9] 이 연구들에서는 일본 근대의 우생학과 순
결 이데올로기와의 관계가 전반적으로 검토되었다. 일제하 식민지 조
선에서는 일본을 통해 우생학을 받아들이면서 순결 이데올로기를 형
성하였지만, 일본 문화와는 다른 한국만의 특징적인 순결 이데올로기
를 작동시켰다. 그 단적인 예가 『곤지키야샤』가 『장한몽』으로 번안되
면서 나타난 변화였다. 그러므로 이 글에서는 한국 근대의 대중문화
에 나타난 순결 이데올로기의 전형성을 단초로 삼아 한국의 순결 이
데올로기가 가진 특징을 살펴볼 것이다.[10] 이를 통해 역설적으로 관능
과 순결 이데올로기가 우생학이라는 과학과 결합하는 방식, 순결 이
데올로기가 욕망을 작동시키는 방식 등을 분석하여 한국에서 '순결한
처녀'라는 표상이 의미하는 바를 알아보겠다.

---

9) 川村邦光, 『オトメの身体: 女の近代とセクシュアリテイ』, 紀伊國屋書店, 1994.
   가와무라 구니미쓰, 『섹슈얼리티의 근대-일본 근대 성가족의 탄생』, 손지연 역, 논
   형, 2013.
   가토 슈이치, 『'연애결혼'은 무엇을 가져왔는가-성도덕과 우생결혼의 100년간』, 서
   호철 역, 소화, 2013.
10) 이 글은 우생학을 기반으로 하여 재배치된 순결 이데올로기의 특징을 분석하고자
   한다. 그러므로 이 글에서 다루게 될 대중소설은 우생학이 식민지 조선 사회에 대
   중화되기 시작한 1920년대 중반에서 우생학의 담론이 제도적으로 강화된 1940년
   대까지를 대상 시기로 삼고자 한다. 앞서 소개한 안동민의 「성화(聖火)」처럼 해방
   이후에도 우생학과 순결 이데올로기의 명확한 영향 관계가 드러나지만, 이에 대
   한 연구는 후속 작업을 통해 해방 이후의 사회적 변화와 연결하여 더욱 자세하게
   밝히고자 한다. 대상 작품들은 대중성에 가장 초점을 맞추었던 신문연재소설, 그
   중에서도 대중의 인기를 끌었던 작품이 중심이 될 것이다.

2. 우생학과 순혈(純血)의 과학

　근대의 순결 개념은 전근대의 정절과는 다른 층위의 개념이었다. 순결은 신성한 연애를 위해 육체적 성욕을 억제하여 처녀성이라는 소중한 가치를 지켜야 한다는 담론이었다.[11] 근대의 순결 개념은 자유연애론의 이상이 일부일처제라는 제도와 결합하면서, 연애의 열정과 성적 욕망이 근대적으로 재배치되는 과정에서 파생된 것이었다. 이상적인 결혼이란 부모의 강요에 의한 남녀의 단순한 육체적 결합이 아니라, 자유로운 남녀가 영혼의 합일에 이르게 되었을 때 그 결과 가질 수 있는 영육일치의 상태를 의미했다. 이러한 정신적 합일을 이루기 전까지 동물적 본능인 성욕을 억제하기 위한 통제 장치가 순결이라는 이데올로기였다. 순결은 이렇게 자유연애와 일부일처제라는 근대적 이상 아래에서 강조되었으며, 이러한 이상을 실현하여 근대적 주체가 되고자 했던 여성 주체 스스로에 의해 실천되었다.

　그러나 순결 유지의 강박이 단지 근대적 연애의 이상을 실현시키는 수단이었기 때문에만 가능했던 것은 아니다. 순결 이데올로기를 작동시키고 유지시켰던 것은 순결의 중요성을 뒷받침하는 근대의 과학이 있었기 때문이다. 근대의 모든 담론은 합리적이고 이성적인 과학에

---

11) 전근대의 정절은 신의나 약속의 윤리의 차원에서 이해되었다. 그리고 이것은 가문 사이의 약속이거나 공동체 사회 속에서 지켜져야 할 의리의 문제였다. 하지만 근대의 순결은 남녀 간의 배타적 연애를 전제로 한 것이었으며, 일부일처제라는 근대적 결혼 제도와 결합한 것이었다. 그리고 여기에 성과학이나 우생학이라는 생물학적이고 의학적인 지식 체계가 결합하면서 근대의 순결에서는 처녀막이라는 여성의 신체 부위가 더욱 강조되는 방식을 취하게 된다.
고미숙, 『연애의 시대―근대적 여성성과 사랑의 탄생』, 북드라망, 2014, 1119~121쪽 참조.

의해 그 가치가 인정받아야 공식적인 사회 담론으로 수용될 수 있었다. 순결 유지의 중요성을 증명했던 근대의 과학은 바로 우생학이었다. 우생학은 1883년에 프랜시스 골턴이 창안한 용어이자 학문의 한 분야이다. 골턴은 우생학을 "미래 세대 인종의 질을 정신적 신체적으로 높이거나 저하시킬 수 있는 요인들의 사회적 통제 방안에 관한 연구"로 정의하였다.[12] 즉 우생학은 생물학과 유전학을 통해 성(性)을 통제하여 인종의 개선을 도모하는 학문이었다. 근대의 우생학은 연애, 결혼, 출산의 담론을 주도하고 통제하는 힘을 가지고 있었다.

한국에서 '우생학'이라는 용어가 정착된 것은 1930년대였다. 그러나 1900년대 중반부터 이미 '인종개량론', '인종개조학', '민종개선학', '우종학', '인종개선학' 등의 용어를 통해 우생학의 기본적인 개념과 내용이 언급되었다.[13] 이후 1920년대 초반까지는 대중 강연의 방식을 통해 우생학이라는 개념과 그 내용을 소개하는 시도들이 진행되었다.[14] 우생학이 일반 대중들의 일상생활을 파고들기 시작한 것은 1920년대 중반 이후이다. 1900년대 중반부터 1920년대 초반까지 우생학이 강연의 방식을 통해 대중들에게 소개되고 전파된 것을 바탕으로 하여, 1920년대 중반이 되면 우생학은 대중들의 상식으로 자리 잡아, 일상생활을 통제하는 지식으로 기능하게 되었다. 위생 교육이나 결혼

---

12) 이정희, 「역자 해제 - 역사 속의 우생학」, 앙드레 피쇼 저, 『우생학: 유전학의 숨겨진 역사』, 아침이슬, 2009, 126쪽.
13) 장성근, 「1920~30년대 조선 우생주의자의 유전담론 연구」, 성공회대 석사논문, 2015, 29쪽.
14) 「경성 강연 절차」, 『동아일보』, 1920. 7. 17, 3쪽; 「조선문화운동의 신 거화(炬火) - 금일 단성사의 대강연」, 『동아일보』, 1920. 7. 18, 3쪽; 「제2회 학우회 순회강연」, 『동아일보』, 1921. 7. 22, 3쪽; 「신성교정원(信聖校庭園)에서 량씨의 열렬한 웅변」, 『동아일보』, 1921. 8.3, 3쪽.

의 조건 그리고 출산 준비 등과 관련하여 우생학적 지식이 강조됐다.[15]

우생학은 1933년 조선우생협회가 창립되면서 과학적 진리로서 확실한 위치를 확보하게 되고, 제도적으로 그 사상을 실현시킬 수 있는 기반을 마련하게 되었다. 조선우생협회는 이갑수, 이광수, 윤치호 등의 발기인들에 의해 창설되었다. 이갑수는 해방 이후 한국민족우생협회에도 관여하면서 한국의 우생학 보급 및 우생학적 제도 실천에 노력했던 인물이었다. 1930년대 중반 이후는 본격적인 전시체제기로 들어가면서 조선우생협회를 중심으로 하여 우수한 자녀의 출산과 양육, 이를 뒷받침할 모성 이데올로기 등이 본격적으로 강조되는 시기였다.

우생학은 표면적으로는 결혼과 출산의 과정을 통제하는 데에 집중하고 있는 듯하다. 특히 출산 통제를 통해 인종의 질을 개선하는 것이 우생학의 가장 중요한 과제였다. 하지만 이것을 실현하기 위한 과정 속에서 근대적 연애와 이성 관계, 성(性)의 문제, 특히나 여성의 신체 통제에도 관심을 기울였다. 우생학은 여성의 몸을 출산의 도구로 전환시켰으며, 이를 위해 여성의 성과 신체를 통제하는 담론들을 강조하였다. 근대의 순결 이데올로기는 전근대의 정절 담론을 이어받으면서도, 근대의 이상적 가치인 자유연애와 근대의 과학이라는 우생학과의 교섭을 통해 형성되었다. 자유연애와 우생학의 만남을 가능하게 했던 것은 스웨덴의 여성 운동가 엘렌 케이였다. 엘렌 케이의 사상은 일본 유학생들을 통해 식민지 조선으로 전파되었다.[16] 엘렌 케이는

---

15) 주요섭, 「소학생도의 위생교육」, 『동아일보』, 1925.8.25.~9.6. 「임신 중 지켜야 할 섭생에 대한 문답」, 『동아일보』, 1928.5.8.~5.12. 「조혼 결혼의 여러 가지 조건」, 『동아일보』, 1928.10.23. 「결혼 의학의 지식」, 『동아일보』, 1928.11.1.~11.8. 이명혁, 「여성과 가정생물학」, 『동아일보』, 1931.11.7.~11.19.

16) 엘렌 케이의 사상은 1915년 무렵부터 일본에 소개되었다. 당시 조선 사회에는 엘

우생학적으로 좋은 자녀를 낳기 위하여 자유롭게 연애할 것을 주장하였지만, 그 연애가 영육일치의 합일에 이르러야 할 것을 강조하며, 연애의 과정에서 육체적 본능을 억제하고 이성적인 절제를 발휘할 것을 요구하였다. 결혼에 이르기 전까지 육체를 순결하게 보존할 것을 요구하였던 것이다. 엘렌 케이의 자유연애론은 남녀 모두의 순결을 주장하였다.

그러나 일본과 한국에서는 '비처녀 체액설'이 소개되면서 처녀의 순결을 강조하는 방향으로 나아갔다.[17] 비처녀 체액설은 여성이 남성과 성교를 하면 상대의 체액이 몸속에 흡수되어 혈액에 섞이고 체질이 변화된다는 이론이다. 비처녀 체액설은 혈통의 질을 문제 삼는 우생학에 의해 계승되고 발전되었으며, 처녀성의 물화(物化)를 가져왔다.[18] 처녀성 자체를 과학적으로 증명되어야 하는 하나의 신체적 실체로 만든 것이다. 일본에서 비처녀 체액설은 재혼의 가능성으로 인해 사회적으로 논리적 충돌을 빚었다. 좋은 혈통을 유지하기 위해서는 남녀 모두의 재혼이 권장되지만, 여성이 재혼할 경우, 재혼해서 낳은 아이의 혈통은 순혈이 아니기 때문에, 여성의 재혼은 권장되지 않는다. 우생학은 여성의 재혼을 요구하지만 우생학을 바탕으로 한 순혈주의는 여성의 재혼 앞에서 딜레마에 빠졌다. 이 딜레마의 해결책은

렌 케이의 저작이 번역되지는 않았다. 하지만 이광수의 1910년대 평문을 보면 엘렌 케이의 사상이 기저에 깔려 있고, 1917년 『무정』에는 주인공 이형식의 독서 목록 속에 엘렌 케이의 전기가 언급되었다.
구인모, 「『무정』과 우생학적 연애론 한국의 근대문학과 연애론」, 『비교문학』 28, 비교문학회, 2000, 184쪽, 188쪽.
17) 가토 슈이치, 『'연애결혼'은 무엇을 가져왔는가 성도덕과 우생결혼의 100년간』, 서호철 역, 소화, 2013, 122~123쪽.
18) 川村邦光, 『オトメの身体: 女の近代とセクシュアリテイ』, 紀伊國屋書店, 1994.

의외로 단순했다. 처녀의 정조와 아내의 정조는 다르다는 논리였다. 그러므로 한번 아내가 되었던 사람은 어쩔 수 없는 경우에 재혼을 해도 된다. 하지만 처녀는 무조건 순결을 지켜야 하는 것이다.[19] 비처녀 체액설은 우생학을 바탕으로 한 순혈주의의 흐름으로 나아가면서 약간의 균열을 보였지만, 결과적으로는 처녀의 순결성을 더욱 강조하는 방향으로 귀결되었다. 이렇게 우생학은 비처녀 체액설을 바탕으로 처녀의 순결을 과학적으로 강조하면서 순결 이데올로기를 강화하였다.

일본에서 비처녀 체액설은 재혼과 관련된 논란까지 낳았지만, 한국에서는 재혼 가능 여부에 대한 논의는 거의 없다. 한국에서 비처녀 체액설은 오직 처녀의 순결성 여부를 둘러싸고 논의된다. 비처녀 체액설은 1926년 조선에 소개되면서 여성의 성적 순결에 대한 통제를 강화했다.[20] 식민지 조선에서 형성된 순결 이데올로기는 여성의 처녀막에 대한 관심을 넘어서, 혈액의 순수성 여부를 과학적으로 증명하고자 하였다. 이렇게 의학과 과학에 의해 증명될 수 있는 처녀성은 하나의 진리로 자리 잡았다.

A1의 피를 처치하고 난 안빈은 대단히 흥분된 듯이 교의에서 벌떡 일어나 두 손으로 순옥의 두 어깨를 잡고, 『순옥이, 고맙소. A1에서 내가 기다리던 것을 찾았소. 애욕의 번민 속에 반드시 있으리라고 상상하였던 취소를 찾았소. 역시 애욕에서 오는 번민이라는 건 더러운 게야. 냄새 고약한 게구. 순옥이 고맙소.』하고 순옥의 어깨를 한 번 흔들고서

19) 가토 슈이치, 앞의 책, 125쪽 참조.
20) 한봉석, 「'정조(貞操)' 담론의 근대적 형성과 법제화-1945년 이전 조일(朝日) 양국의 비교를 중심으로」, 『인문과학』 55, 2014. 11, 191~192쪽.

는 다시 걸상에 앉는다. (중략) 아마 이삼 분이나 지나서 순옥은 비로소 정신을 차려서 가는 음성으로, 『선생님 B2의 결과가 무엇입니까?』 하고 묻는다. 『아우라몬, 순수한 아우라몬. 성인의 피에서나 얻어 보리라고 상상하고 있던 아우라몬야. 순옥이 정신 차려요. 난 그것이 뉘 핀 줄 아오. 그것이 순옥이 피야』 하고 손으로 순옥이 머리를 쓸어 주었다.[21]

이광수의 『사랑』은 상권(1938년)과 하권(1939년)으로 나뉘어 박문 서관에서 발행된 작품이다.[22] 남자 주인공인 안빈은 의사로 인간의 감정에 의해 인간 피의 순도(純度)가 달라진다는 것을 증명해내는 실험을 시도하고 있다. 여자 주인공인 순옥은 안빈을 돕는 간호사로, 안빈을 존경하고 사랑하는 인물이다. 그녀는 안빈의 실험을 돕기 위해, 자신을 따라 다니는 남자 허영이 자신에게 애욕을 불태우는 순간의 피를 뽑고, 허영의 품에 안겨 있으면서도 애욕에 휩싸이지 않은 자신의 피를 뽑은 후 안빈에게 가져다준다. 인용문에서 알 수 있는 것처럼 인간의 성적 욕망은 혈액 속에 취소를 발생시켜 인간의 피를 더럽게 만들고, 육체적 본능을 이겨낸 이성적이고 정신적인 상태는 아우라몬이라는 깨끗한 피를 만들어 낸다. 이렇게 이광수는 인간의 정신 상태에 따라 피의 순결도가 달라진다고 생각했으며, 이 사실은 실험으로 증명할 수 있는 과학이라고 믿었다.

---

21) 이광수, 『이광수 전집 10 - 사랑』, 삼중당, 1966, 65~66쪽.
22) 이 작품은 이광수가 수양동우회 사건을 겪고 나온 직후 발표한 작품이다. 이광수가 생각하는 근대적 사랑의 이상이 잘 제시되어 있다. 이광수의 여느 작품이 그렇듯 이 작품도 발표 당시 큰 인기를 끌었고, 그 인기를 증명하듯이 해방 이후에 영화로도 제작되었다. 이강천 감독의 1957년 작에는 김진규 황정순 등이 출연했고, 강대진 감독의 1968년 작에는 신영균, 문희, 김지미, 이순재 등이 출연하였다.

이광수가 믿은 과학은 우생학이었다. 우생학은 "종족의 혈액을 순결케 하고 악질의 유전을 방지해서 건전한 국가사회를 건설"[23]하는 과학이었다. 우생학은 개인의 피를 깨끗하게 유지함으로써 우량한 자녀를 낳으면 우수한 민족 국가를 건설할 수 있다는 논리를 펼쳤다. 이를 위해서 민족의 구성원은 자신의 피를 순결하게 유지해야 할 의무를 지니게 되었다. 피를 순결하게 유지한다는 것의 의미는 성적 퇴폐를 피한다는 뜻이다. "도덕상 성적 관계의 퇴폐가 인성을 나약화 하고 자손을 열생화"[24] 하기 때문이다. 그러므로 우생학의 논리에 따르면 우수한 자녀를 낳아서 민족과 국가에 봉사하기 위해서는 혈액을 순결하게 유지해야 하고, 이를 위해서 문란한 성관계를 피하고 육체상의 순결을 유지해야 한다. 인간의 성적 본능을 이성적으로 절제하는 것은 혈액을 맑고 깨끗하게 만들 수 있으며, 이를 통해 우량한 자손, 우수한 민족성의 획득이라는 결과를 얻는다. 우생학에서 순결은 민족의 순혈을 보존 발전시키기 위한 가장 첫 번째 단계로 강조되었다.

순수한 혈액을 유지할 책무는 민족 구성원 모두에게 주어졌다. "다만 혈통의 순수를 보전한다는 이유로 부인에게만 정조를 요구한다는 것은 자유인인 남자가 자기 『가문』을 위하야 죄수인 부인에게 옥칙(獄則)을 강요하는 것과 마찬가지다."[25] 최활이 '처녀의 순결성'만을 강조하는 칼럼을 발표하면서 시작된 정조론 논쟁에서 광산은, 최활의 의견에 반박하여 자유연애의 시대에 남자든 여자든 정조가 중요하지 않다고 한 유영준의 의견을 다시 반박하며, 남자도 여자도 정조가

---

23) 김사일, 「우생학상으로 본 단종법이란 어떤 것 (下)」, 『동아일보』, 1938.6.30, 4쪽.
24) 김두헌, 「민족성 연구 (15)」, 『동아일보』, 1930.12.28, 4쪽.
25) 광산, 「신여성의 정조문제 (5)」, 『동아일보』, 1927.4.7, 3쪽.

중요하다고 주장하였다. 이렇게 정조 논쟁과 같은 담론의 차원에서는 남녀평등의 관점에 입각하여 남녀 모두에게 정조의 중요성이 동등하게 요구된다고 논의되기도 하였다.

하지만 교육의 차원으로 넘어가면 문제는 달라진다. 일반적으로 순결은 '영(靈)'의 문제, 즉 영혼의 순수함을 유지하는 것이 중요한 문제이나, 여자에게는 '육체'의 문제가 더욱 중요하다는 점이 강조된다.[26] 이에 따라 여자는 '처녀'를 지키는 것이 무엇보다도 중요한 일이 된다. 그리고 처녀를 지키기 위해서는 소녀 시절에 미리 적절한 성교육을 받아야 한다. 소녀들을 대상으로 한 성교육은 처녀 지키기에 초점이 맞추어져 있었다. 진실한 성교육을 받은 소녀는 성욕을 참지 못하는 약혼자에게 "나의 깨끗한 처녀의 몸을 무엇보다 더 조흔 선물로 드리겟습니다. 그러니까 그때까지 순결한 교제를 하도록 하세요." 라고 하여 남자의 마음을 고쳐먹게도 만들 수 있는 힘이 생기게 한다.[27] 적절한 성교육은 여성 스스로 자신의 처녀를 지킬 수 있게 만든다는 것이다.

그러므로 여성이 처녀를 지키는 것은 교육의 수여 여부와 여성 스스로에 의해 행해지는 교육의 실천 여부에 따라서 달라질 것이다. 제대로 된 교육을 받은 현명한 여성은 일시적인 향락에 휩쓸리거나 물질에 대한 탐욕에 휘말려 자신의 처녀를 바치지 않을 것이다. 여성이 품행이 방정한 남자를 선택할 수 있는 능력을 키운다면, 남성들은 제대로 된 결혼을 하기 위해서라도 단정한 행동을 할 것이다.[28] 이러한

---

26) 「결혼 준비시대를 마지한 여자교육 3」, 『동아일보』, 1929.3.10, 4쪽.
27) 「소년 소녀들의 성(性)에 대한 호기심 (二)」, 『동아일보』, 1929.12.3, 5쪽.
28) 「이성(異性)의 도덕을 논(論)하야 남녀의 반성을 요구함」, 『동아일보』, 1920.8.15, 1쪽.

견해는 여성의 지혜와 능력이 남성의 방탕함을 억제하여 자신의 순결을 지키고 사회의 도덕을 확립시킬 수 있다는 논리를 이끌어 낸다. 남녀 모두의 피를 순결하게 하여 우수한 민족으로 개량하자는 우생학의 논리는 표면적으로는 남녀 모두의 책임과 도덕을 논하는 듯하지만, 결국에는 여성 스스로의 노력이 가장 중요하다고 주장한다.

이러한 우생학의 논리 속에서 여성은 한편으로는 자신의 몸에 대한 통제권을 가지며 근대적 주체로 인정되는 듯하다. 하지만, 다른 한편에서는 순결에 관한 모든 책임이 여성에게 전가되면서 여성은 이중의 억압을 떠안게 된다. 여성은 개인의 몸 관리에 대한 책임도 져야 하시만, 사회의 도덕적 타락에 대한 책임도 져야 하는 것이다. 이 논리에 따르면 여성이 처녀를 잃었을 때 그것은 자신의 몸을 제대로 간수하지 못하고 남자의 유혹에 넘어간 여성의 잘못이 된다. 또한 이는 처녀를 지키기 위한 의지와 능력을 끝까지 견지하지 못한 여성의 책임이다.[29]

우생학을 바탕으로 형성된 순결 이데올로기는 근대 사회 구성원으로서 여성의 주체성과 책임을 명시하였다. 이러한 사회적 책임은 특히나 결혼하지 않은 미혼 여성에 초점이 맞춰져 있었다. 한 가문의 아내이기 이전에는 사회적 역할을 부여받지 못했던 미혼의 처녀들이 사회의 주체로 호명되는 순간이었다. 근대의 처녀라는 주체는 여학생이 아니어도, 신여성이 아니어도, 여성이면 누구나 가능한 주체의 자리였기에, 여성들은 자발적으로 순결한 처녀라는 주체로 호명되고자 하였

---

29) 이러한 논리는 현재까지도 우리 사회의 무의식을 지배하고 있다. 성폭행 사건이 일어났을 때 피해 여성의 옷차림, 몸가짐 등 행실 부분을 문제 삼는 경우가 이러한 인식을 보여주는 가장 대표적인 예일 것이다.

다. 순결한 처녀여야만 근대의 신성한 연애를 통해 이상적 결혼을 할
수 있기 때문이었다. 그리고 이러한 이상적 가정 속에서 우수한 자녀
를 낳는 것만이 민족의 성원으로서 민족에 봉헌하는 길이었기 때문이
다. 문제는 이러한 순결 이데올로기 속에 여성에 대한 이중의 억압이
숨겨져 있다는 것이었다. 하지만 우생학은 그 모순을 숨긴 채 과학이
라는 이름하에, 훌륭한 어머니로서 민족 구성원의 책임을 다하기 위
해서는 순결을 지켜야 한다는 주장을 전파하였다. 그리고 민족의 당
당한 구성원으로 자리매김하기 위해 여성들은 기꺼이 자신의 몸을 순
결하게 지키는 주체가 되었다.

3. 욕망의 지연과 관능적 대상으로서의 처녀

우생학을 바탕으로 한 순결 이데올로기는 처녀라는 소중한 가치를
간직한 미혼 여성의 신체를 발견하게 한 동시에 자신의 몸을 스스로
지키는 여성 주체의 이상적 모습을 만들어 냈다. 여성 주체들은 자발
적인 성욕 통제를 통해 민족 구성원으로서 인정받는 위치를 차지하고
자 하였다. 순결한 처녀라는 표상은 도덕적이고 이상적인 주체의 모
습을 대표하였다.

하지만 이렇게 이상적 주체의 모습을 형상화하였기에 순결한 처녀
에 대한 강박이 작동했던 것은 아니다. 1990년대에 대중문화의 지형
이 현재적 특징을 갖추며 변화하기 전까지 거의 한 세기 동안 한국 대
중문화가 순결한 처녀 표상에 집착했던 이유는 순결한 처녀 표상에
내재한 또 다른 매혹의 지점이 있었기 때문이었다. 그것은 욕망의 차

원에서 작동하는 매혹이었다.

　담론의 차원에서 순결한 처녀는 우수한 자녀를 낳아 훌륭한 가정을 꾸릴 수 있는 이상적 배우자라는 윤리적 주체의 모습으로 그려졌다면, 욕망의 차원에서 순결한 처녀는 쉽게 획득할 수 없기에 끊임없이 욕망을 작동시키는 매혹적인 여성의 모습으로 그려졌다. 이는 남성 인물의 시선을 경유하여 나타나는 남성 작가의 태도에서 명확하게 나타난다. 한국의 근대 대중소설에서 남성 주체에 의해 여성 인물이 대상화되는 방식은 보편적으로 나타나는 현상이다. 여성의 육체와 성(性)이 남성의 시선에 의해 대상화되는 방식은 성녀와 창녀의 이분법적 도식화의 방식으로 분석된다.[30] 보통 창녀는 섹슈얼리티의 대상으로 그려지고 성녀는 섹슈얼리티가 배제된 숭고한 대상으로 그려진다. 그러나 한국 대중소설에서 순결한 처녀를 바라보는 시선은 순결한 처녀 자체를 관능의 대상으로 향유하는 측면이 있다.[31]

　　깊이 숨어 있던 젊은 사내가 머리를 들었다. 그 젊은 사내의 손이 영일의 온몸을 흔드는 서슬에 영일의 피가 어지럽게 물결쳤다. 그의 어지러운 시선이 아랫목에 자는 듯 누워 있는 은숙의 온몸을 덮었다. 반만큼 흩어진 까만 머리 밑으로 드러난 뽀얀 목덜미에서 회색 담요 아래서

---

30) 몰리 해스켈, 『숭배에서 강간까지 영화에 나타난 여성상』, 이형식 역, 나남, 2008.
31) 바꾸어 말하면, 한국 대중소설에서 관능의 대상으로 그려지는 여성인물들은 대부분 순결을 간직한 처녀이다. 조금 더 단순화 하여 말하자면, 처녀가 아닌 인물은 남자들이 아름답다거나 매혹적이라거나 관능적으로 느끼지 않는다. 몇 가지만 예를 들자면, 『찔레꽃』의 정순은 모든 남자들이 탐내하는 아름다움을 가진 것으로 묘사되지만, 자신의 성을 이용해 이익을 보려는 옥란에게는 이러한 묘사가 생략된다. 『순애보』에서 정숙한 여주인공 명희는 남성들의 시선을 끌지만 팜므파탈 옥련은 스스로 남자를 유혹하는 모습으로 묘사되지, 남성의 시선에서 아름답고 관능적인 대상으로 묘사되지는 않는다.

구불거린 은숙의 전신에 영일의 시선은 잦아들 듯했다. 영일은 자기 시
선에 끌려 움직이려는 십오관이나 되는 자기의 육체를 붙들기 위해 자
기가 가진 온갖 힘을 다해 무거운 눈을 감았다.[32]

독견 최상덕의 『승방비곡』은 1927년에 조선일보에 연재된 작품이
다.[33] 이 작품의 두 주인공인 영일과 은숙은 순수하고 행실이 바른 청
년 남녀로 설정되어 있다. 영일은 '단정한 남자의 모델'이며, 은숙은
'황금을 밟는 권위의 힘'을 가진 여자로 물질의 유혹에 넘어가지 않는
도덕적인 여성이다. 이 둘은 우연한 기회에 금강산 여행을 함께 하게
되면서 서로에게 이성으로 호감을 느끼기 시작한다. 그러던 차에 비
가 내리고, 두 남녀는 산골의 외딴집을 찾아들어가며, 두 사람에게 허
락된 방은 때마침 하나밖에 없다. 한 방에서 하룻밤을 보내면서 단정
한 남자인 영일의 마음은 크게 동요하게 된다.

인용된 장면은 영일의 시선을 따라 진행된다. 영일의 시선에 보이
는 것은 은숙이라는 처녀의 아름다운 육체이다. 흐트러진 머리와 뽀
얀 목덜미 그리고 이불 아래 보이는 육체의 곡선미는 관능적이다. 이
관능적인 육체가 영일의 욕망을 자극한다. 영일의 시선 속에서 은숙
이라는 여성의 육체는 성적으로 매혹적인 대상으로 변한다. 여기에서

---

32) 최독견, 『승방비곡』, 범우사, 2004, 145쪽.
33) 『승방비곡』은 1927년 5월 10일에서 9월 11일까지 '영화소설'이라는 표제를 달고
『조선일보』에 연재되었다. 이 작품이 '영화소설'이었던 이유는 삽화를 대신하여
영화배우들이 소설의 장면을 재현한 사진이 삽입되었기 때문이다. 이 작품은 최
독견의 문명(文名)을 내게 한 최독견의 대표작이자 당대 인기 작품이었다. 이러한
인기를 바탕으로 이 소설은 연재가 끝난 후 영화로 다시 촬영되었다. 이구영 감독
이 1930년 2월에 촬영을 시작하였고 1930년 5월 31일에 단성사에서 개봉하여 큰
흥행을 거두었다.

여성의 몸은 남성의 시선에 의해 포착되는 아름답고 관능적인 대상으로 재발견된다.

　여성의 몸은 남성의 성적 충동을 촉발시킨다. 그런데 이 일시적 충동을 지속적인 욕망으로 전환하여 유지시키는 것은 역설적이게도 순결 이데올로기이다. 욕망은 끝까지 충족되지 않는 결여에서 비롯된다. 순결 이데올로기는 애욕에 휩싸인 남성에게 금지의 명령을 내린다. 금지의 명령을 내리는 것은 직접적으로는 처녀를 지키고자 하는 여성이지만, 영일의 경우처럼 남성 스스로의 양심이기도 하다. 더불어 당대 사회의 순결 이데올로기는 눈앞에 있는 매혹의 대상을 가지지 못하게 치단한다. 이러한 지연의 전략으로 인해 매혹의 대상은 더욱 유혹적으로 변한다. 쉽게 가지지 못하는 대상은 주체의 욕망을 고조시킨다. 순결 이데올로기는 이처럼 처녀의 육체를 쉽게 훼손할 수 없는 상태로 만들면서 처녀의 아름다움을 극대화하고 남성의 욕망을 고조시키는 역할을 담당하였다.

　영철은 자리에서 벌떡 일어났다. 침의를 입은 그대로 방문을 열고 바로 그 옆인 소희 방 있는 편으로 갔다. 방문 핸들을 돌려보앗다. 소희 방문은 굳게 잠겨 있었다. 그는 거의 앉다 싶이 엉거주춤하고 열쇠 구녕으로 한눈을 감고 한편 눈으로 방안을 드려다 봤다. 방안은 환한 불빛이 휘황한데 뜻밖에 소희가 바로 문 마즌편에 있는 응접용 테이블에 상반신을 기대고 있는 것이 보이었다. 얼굴을 저편으로 돌리어 그의 얼굴은 보이지 않으나 검은 머리 굴곡진 등으로부터 날신한 허리가 영철의 눈에 이상한 충동을 주었다.[34]

34) 함대훈, 「순정해협」, 『한국근대장편소설대계 25』, 태학사, 1988, 97쪽.

여기에서도 앞의 인용문과 마찬가지로 남성적 관음의 시선 속에 포착된 여성적 관능미가 잘 드러난다. 부잣집 도련님인 영철은 동생의 친구인 가난한 고아 소희에게 호감을 가지고 있지만 소희는 서로의 생활환경의 차이를 극복할 수 없다며 영철을 거부한다. 그러다 어느 날 소희가 병에 걸리고 영철은 요양을 핑계 삼아 소희를 데리고 금강산에 간다. 영철의 극진한 간호로 소희는 점점 몸을 회복하게 되고, 두 사람 사이는 가까워지지만, 소희는 영철을 쉽게 허락하지 않는다. 그럴수록 영철은 소희를 갈망하게 된다. 쉽게 가지지 못하는 대상인 소희는 영철의 시선 속에서 아름답고 매혹적인 대상으로 그려진다. 굳게 닫힌 문 앞에서 열쇠 구멍을 통해 들여다 볼 수밖에 없는 소희의 육체는 남성을 충동시키기에 충분한 여성미를 발휘하고 있다. 영철은 열쇠 구멍으로 소희를 관찰하면서 소희에게 문을 열어주기를 간청한다. 이 상황이 지속될수록 영철의 욕망은 커져만 간다.

이 장면은 독자들의 긴장감도 고조시킨다. 과연 소희가 문을 열어줄 것인가, 영철이 방으로 들어오면 소희는 처녀를 지킬 수 있을 것인가, 라는 호기심으로 독자들을 자극한다. 한국 대중소설은 항상 순결한 처녀를 순결 훼손의 위험에 빠뜨림으로써 긴장과 이완의 리듬을 만들어 낸다. 처녀성을 잃을 것인가 말 것인가라는 절체절명의 상황 속에서, 한편으로 독자들은 순결을 잃으면 안 된다는 윤리적인 기준에 의해 순결한 처녀가 위험에 빠진 상황에 긴장하지만, 다른 한편으로 독자들은 남성 인물의 시선에 노출된 순결한 처녀의 육체를 관음

이 작품은 『조광』에 1936년 1월부터 8월까지 연재되었다. 함대훈의 대표작이자 가장 대중적인 인기작이다. 이 작품 역시 원작의 인기를 바탕으로 영화화되었다. 1937년 신경균 감독이 연출하였다.

하며 즐긴다. 그러다가 여성이 그 위험에서 빠져나오면 이완하며 안도한다. 이러한 긴장과 이완의 리듬 속에서 독자들은 이중의 쾌락을 즐긴다. 긴장의 순간 독자들은 처녀의 육체를 관음하며, 이완의 순간 윤리의 회복에 안도한다.

처녀의 순결이 지켜져야 한다는 윤리는 처녀의 육체를 다가갈 수 없는 신성한 것으로 만들면서 처녀의 몸을 아름답고 매혹적인 대상으로 전환시킨다. 그러면서 동시에 처녀의 아름다움은 남성의 욕망을 작동시킨다. 남성의 욕망은 단지 아름다움에 대한 추구인 탐미에 그치지 않는다. 그것은 있는 그대로의 성적 충동이다. 남성의 성적 충동 앞에 순결한 처녀의 육체는 처녀성 상실의 위기에 처한다. 순결 이데올로기는 순결은 훼손되어서는 안 된다는 금지의 명령을 내리면서 남성의 욕망을 금지한다. 그러나 금지된 대상 앞에서 남성의 욕망은 더욱 고조된다. 이러한 긴장감 속에서 독자 또한 금지된 대상에 대한 욕망을 키워나가며 욕망을 고조시킨다. 순결 이데올로기는 여성의 몸을 관능화하며, 남성의 욕망을 강화시킴으로써, 오히려 에로티시즘을 자극하는 역할을 하였다.

4. 결혼하지 않은 여자, 처녀의 사회적 위치

순결 이데올로기의 금지 명령 앞에서 순결한 처녀의 신체는 아름다운 대상으로 전환된다. 이는 분명 남성의 시선에 의해 왜곡된 여성의 대상화 과정이다. 하지만 이 순간은 여성 육체의 아름다움이 실체화되는 순간이기도 하다. 순결 이데올로기는 처녀들에게 윤리적 구속이

기도 하지만, 자발적으로 처녀를 지키는 행위를 통해 사회적 주체로
자리매김할 수 있도록 하였다. 마찬가지로 순결 이데올로기는 처녀의
신체를 남성의 관음적 시선에 노출된 욕망의 대상으로 만들었으나,
동시에 여성 스스로가 자신의 신체가 가진 아름다움을 발견하는 계기
를 만들기도 하였다.

근대의 우생학은 신체를 가꾸어 아름답게 해야 한다는 관념을 형
성시켰다. 류수연은 개인의 신체를 건강하고 깨끗하게 관리하는 것이
민족과 국가의 발전을 위한 근대 주체의 바람직한 자세라는 우생학적
관점을 바탕으로 근대 미용이 발전하였다고 했다.[35] 우생학은 자신의
신체를 발견하고 그 가치를 깨달으며 육체의 아름다움을 가꾸는 여성
주체들을 탄생시켰다. 그러나 동시에 우생학은 여성의 아름다움을 통
제하는 역할을 담당하기도 했다.

여성의 육체, 특히 처녀의 신체는 아름다운 대상으로 발견되었고,
더욱 아름답게 가꾸어져야 하는 소중한 대상으로 여겨졌다. 하지만
우생학적 관점에서 그 아름다움은 훌륭한 어머니가 되기 위한 예비
단계로서만 가치가 있는 것이었다. 처녀는 순결해야 한다. 그렇기 때
문에 아름답다. 그리고 이 아름다움을 최상의 상태로 유지해야 한다.
그래야만 자유연애의 시장에서 좋은 배필을 만나 이상적인 결혼을 하
고 훌륭한 자손을 낳을 수 있기 때문이다. 처녀의 아름다움은 자유연
애와 일부일처제 결혼이라는 제도적 장치에 포섭되어야만 그 가치를
인정받았다.

---

35) 류수연, 「근대 미용과 우생학(優生學)」, 『한국학 연구』 33, 인하대 한국학연구소,
2014. 6.

재생산 영역에서 어머니의 역할을 수행하지 못하게 될 처녀의 아름다움은 사회에 쓸모없는 잉여일 뿐이었다. 순결한 처녀가 어머니가 되지 못한다면 그것은 사회에 쓸모없는 존재일 뿐이다. 그렇기 때문에 결혼을 위한 예비 수단으로서의 미용이 아니라 아름다움 그 자체만을 추구하는 미용은 사회적으로 비난받았다. 이러한 잉여적 아름다움은 허영과 사치로 표상되었다.

근대 미용술이 발달하면서 각종 미용 기술과 피부 시술이 늘어났고, 성형 수술 또한 성행하였다. 당대 신문이나 잡지에서 흥미롭게 다루고 있는 성형은 바로 '융비술(隆鼻術)'이었다. 융비술은 서구적인 외모를 통해 서구화된 근대인이 되고자 하는 여성들의 욕망을 보여주었다. 그러나 이러한 여성들의 욕망을 바라보는 사회의 시선은 비판적이었다. 조선일보 학예부 부장이자 잡지 편집자인 웅초 김규택은 「남편의 변명」[36]이라는 유모어소설을 통해 융비술 소망하는 여성들을 풍자하였다. '나'의 아내는 글자도 못 읽는 무식쟁이지만, 어디서 코를 높여주는 융비술이라는 수술이 있다는 것을 듣고 그 수술을 하고자 한다. 아내는 조카의 학자금을 위해 준비해 두었던 돈을 가져다 수술을 하지만 실패한다. 남편인 화자는 이런 아내의 행동을 한심하게 지켜보며 조롱하는 역할을 담당한다. 이 소설은 남편의 시선을 통해 어리석은 행동을 하는 아내를 놀려 먹으며 웃음을 유발한다. 이처럼 미용 기술이나 수술을 통해 아름다움을 획득하려는 여성들의 욕망은 사회에 도움이 되지 않는 사치나 허영으로 치부되었다.

순결 이데올로기는 순결한 처녀의 아름다움을 발견하게 하였고, 우

---

36) 김규택, 「남편의 변명」, 『여성』, 1937.7.

생학은 그 아름다움을 가꾸도록 권장하였으나, 그 이면에서는 재생산 영역으로 포섭되지 않는 여성성이나 여성의 섹슈얼리티 그리고 여성의 아름다움을 모두 부정하였다. 연애와 결혼을 위해 꾸미지 않고 자기 자신의 만족을 얻기 위해 아름다움을 가꾸는 여성들은 모두 허영과 사치의 대상으로 비판받았다. 이로 인해 여성의 아름다움은 다시 남성의 시선을 만족시키기 위한 도구로 전락하게 되었다. 우생학과 순결 이데올로기는 여성의 육체와 섹슈얼리티를 발견하게 하였으나 여성 스스로 그것을 향유하는 주체가 되게 하지는 않았다. 여성의 육체와 섹슈얼리티는 어디까지나 결혼이라는 제도에 포섭될 때에만 인정되는 것이었기 때문에 결과적으로 여성의 육체미와 관능미는 여성을 결혼으로 이끌어줄 남성의 시선에 의해 발견되어야 하는 대상으로만 기능하였다.

그렇다면 결혼을 통해 어머니가 될 가능성을 박탈당한 미혼의 여성들은 무엇을 할 수 있었을까. 그 가장 대표적인 경우가 바로 순결을 훼손당한 여성의 삶이다. 당대의 언론에서는 순결을 훼손당한 여성의 자살 사건을 다루면서, 순결을 지키지 못할 경우 여성이 나아가야 할 길을 죽음이라고 은연중에 제시하였다. 숙명여학교를 다니던 오봉순은 옆집 남자가 구혼의 편지를 보내지만 모른 척 한다. 그러나 남자는 포기하지 않고 오봉순의 아버지를 통해 통혼한다. 오봉순의 아버지가 풍속에 맞지 않는 결혼이라고 반대하자 남자는 오봉순과 자신은 이미 연애를 했다고 주장한다. 이를 알게 된 오봉순은 자신의 순결함과 깨끗함을 증명하기 위해 자살한다.[37] 또는 한 동네의 처녀가 갑작스러운

---

37) 「편련(片戀) 흑영(黑影)에 고민하야 순결한 결심을 입증코자 29처녀의 자살」, 『동

죽음을 당하면 분명히 연애 사건으로 인한 자살이라고 짐작하기도 하였다. 다옥정에서 한 처녀가 갑작스럽게 죽자, 그 처녀가 부모 몰래 임신을 했지만 남자에게 버림받자 자살을 했고 원한 맺힌 처녀의 시신이 집밖으로 움직이지 않는다는 괴담이 떠돌기도 했다.[38] 경찰이 조사한 결과 처녀의 시신은 벌써 수습되어 사망처리 되었지만, 사람들은 처녀의 갑작스러운 죽음을 둘러싸고 당대의 가장 전형적인 서사를 구성하고 있었다. 순결을 의심 받을 경우에는 죽음으로라도 결백을 입증해야 하고, 순결을 훼손당했을 경우에는 반드시 죽어야 한다는 것이다. 그렇기에 처녀의 자살이나 죽음은 순결 훼손 때문이라는 전형적인 이야기가 설득력 있는 소문으로 퍼져나간 것이다.

순결 훼손은 곧 죽음이라는 담론이 보편화되었던 시절, 한국 대중소설의 전형을 제공하였던 이광수의 소설은 순결을 훼손당한 여성이 살아남을 수 있는 또 다른 길을 제시하였다. 이광수의 『무정』에서 영채는 배 학감과 김현수에게 순결을 잃은 후 평양으로 가서 자살을 하려고 한다. 하지만 기차간에서 만난 병욱에게 새로운 삶의 길을 제시받는다. 영채는 근대 교육을 받고 조선 민족을 위해 일할 것을 결심한다. 영채의 서사를 통해 나타나는 것처럼 순결을 훼손당한 여성이 선택할 수 있는 또 다른 길은 바로 민족을 위한 헌신과 봉사였다.

한국 근대 대중소설에서 순결을 훼손당한 여성은 자살 아니면 민족 봉사라는 두 갈래 길 중 하나만을 선택해야 했었다. 그들에게는 자신의 여성성을 바탕으로 사적인 영역에서 연애와 결혼을 통해 행복을

아일보」, 1920.9.9, 3쪽.
38) 「정말인가 거짓말인가 다옥정 『처녀의 시(屍)」, 『동아일보』, 1920.7.2, 3쪽.

누릴 수 있는 길은 없었다. 방인근의 소설 『마도의 향불』(1932)에서 애희는 의붓어머니 숙경의 모략으로 순결을 잃지만, 사회사업을 통해 새로운 삶을 시작한다. 함대훈의 소설 『폭풍전야』(1934)에서 성희는 약혼자의 요구에 어쩔 수 없이 순결을 내주지만 약혼자의 배신으로 버림받는다. 성희는 자살을 시도하지만 실패하고 시골로 내려가 야학 활동을 하는 것을 삶의 희망으로 삼는다. 근대의 대표적인 대중소설 속에서 순결을 훼손당한 여성은 죽지 못해 사는 존재로 그려진다. 순결을 잃은 여성은 사회적으로 가치 없는 여성이기 때문에 그들의 삶은 의미가 없다. 그런 그들이 사회 속에서 의미 있는 위치를 차지하기 위해서는 민족이나 국가를 위한 헌신을 해야 했다.

　우생학을 기반으로 한 순결 이데올로기는 순결을 지킨 처녀가 훌륭한 어머니가 되는 길만을 제시하였다. 그렇기 때문에 순결을 지키지 못한 여성은 여성으로서의 책임을 다 하지 못한 죄인으로 취급받았다. 이 죄를 씻어내기 위해서는 어머니가 못 되었지만 사회를 위해 희생하고 헌신할 수 있는 길을 찾아야 했다. 그것은 교육 활동이나 봉사활동 등으로 대변되는 일들이었다. 여성의 사회적 활동과 사회봉사 활동은 충분히 가치를 인정받을 수 있는 일이다. 하지만 대중소설에서 만들어진 공인으로서의 여성 표상은 순결을 지키지 못해 현모양처의 길이 차단당한 죄인의 모습으로 그려진다. 이러한 이미지 아래에서 미혼 여성의 사회 활동은 뭔가 비정상적인 일로 여겨지게 된다. 사회 활동을 하는 미혼 여성은 결혼을 하지 못한 결함을 가진 여성이 아닐까, 하는 의심 어린 시선을 받게 되는 것이다. 순결 훼손과 민족 봉사라는 서사는 그 결함이 순결을 지키지 못한 나약함이라는 것을 보여준다.

이와 달리 노처녀 히스테리 서사 또한 존재한다. 현진건의 「B사감과 러브레터」(1925)에 대표적으로 나타나는 노처녀는 결혼할 만큼의 신체적 조건을 갖추지 못한 여성의 모습으로 그려진다. B사감은 굴비처럼 바싹 마른 몸에 군데군데 검버섯이 핀 피부를 가지고 있다. 순결을 훼손당한 여성은 자신의 몸을 지키지 못한 잘못은 있지만 아름답기는 하다. 하지만 연애조차 못해 본 채 결혼하지 못한 여성은 아름다움조차 박탈당한다. 이렇게 정상적인 삶의 경로를 걸을 수 없는 사람만이 노처녀가 된다. 그렇기에 노처녀는 비정상이고 그녀들의 히스테리는 당연한 것으로 여겨진다. 근대에 들어 강화된 노처녀 히스테리의 서사 또한 우생학을 기반으로 한 순결 이데올로기가 제시한 정상의 삶에 대한 압박이 만들어낸 또 다른 이면이다.

5. 처녀의 육체를 처녀에게로

우생학은 순결한 처녀의 신체가 훌륭한 어머니의 자질이 된다는 사실을 과학으로 제시함으로써 처녀라는 주체를 근대적으로 호명하였다. 처녀들은 자신의 신체를 소중하게 보호함으로써 사회에 기여할 가능성을 부여받았다. 처녀는 아름다운 대상이 됨으로써 동시에 그 아름다움을 철저히 보호함으로써 근대 사회에서 가치 있는 주체가 될 수 있었다. 그러나 우생학에 의해 발견된 처녀의 신체와 섹슈얼리티는 오로지 사적 영역에서의 재생산 기능에만 한정된 것이었다. 자유연애와 결혼에 의해 가정이라는 사적 영역에 포섭되지 못한 여성은 비정상이었다. 그것은 순결하지 못하거나 아름답지 못한 것으로 표상되었다. 순결하지 못한 여성은 사적인 영역에서 추구할 수 있는 행복의 가능성을 차단당하고 철저히 공적인 영역에서의 사회적 헌신으로만 그 가치를 인정받을 수 있었다. 아름답지 못한 여성은 그 자체로 가치 없는 불모의 여성으로 치부되었고 히스테리를 가진 건강하지 못한 여성으로 표상되었다. 이렇게 우생학을 바탕으로 한 순결 이데올로기는 '순결=아름다움=어머니'라는 논리 연쇄를 만들어내면서 미혼 여성의 삶이 나아갈 수 있는 다양한 가능성의 길을 차단하였다.

현재 한국 사회에서 순결 이데올로기는 표면적으로 작동하지 않는다. 하지만 일상을 살아가는 여성들에게 행실의 문제를 거론하거나, 여성의 성이 범죄에 노출되었을 때 피해자인 여성에게 책임을 묻는다거나 할 때, 여성의 몸은 남성의 욕망을 촉발시키니 여성의 몸은 스스로가 지켜야 한다는 순결 이데올로기가 작동하고 있음을 감지할 수 있다. 더 나아가 미혼 여성의 결혼 적령기가 출산 가능 시기에 맞춰 계산된다는 것에서, 여성의 신체와 섹슈얼리티를 출산 도구로 파악하여 통제하려는 우생학적 관점이 은연중에 작동하고 있음을 알 수 있다. 최근 여성 가족부에서 작성하여 배포를 시도하였다가 중단한 전국 가임여성 분포지도는 우생학적 입장에서 여성을 대하는 관점을 명확하게 보여준다. 국가적인 관점에서 여성은 출산을 위한 도구일 뿐인 것이다. 현 사회는 처녀성을 간직하라고 하지는 않는다. 그렇다고 우생학을 기반으로 한 순결 이데올로기가 우리 사회에서 사라진 것은 아니다. 이를 밝혀내어 해결하기 위해서는 여성의 섹슈얼리티를 둘러싼 우생학적 논리가 어떻게 형성되었는지, 그리고 어떤 방식으로 변형되어 현재 사회와 문화에까지 영향을 미치는지에 대한 다각도의 면밀한 고찰이 더욱 필요할 것 같다.

참/고/문/헌

1. 기본 자료

1) 신문 및 잡지

• 『매일신보』, 『동아일보』, 『조선일보』, 『별건곤』, 『삼천리』

2) 소설

• 조중환, 「장한몽」, 『매일신보』, 1913.5.13.~10.1.

• 최독견, 「승방비곡」, 『조선일보』, 1927.5.10.~9.11.

• 방인근, 「마도의 향불」, 『동아일보』, 1932.11.4.~1933.6.12.

• 함대훈, 「폭풍전야」, 『조선일보』, 1934.11.6.~1935.4.28.

• 함대훈, 「순정해협」, 『조광』, 1936.1~8.

• 이광수, 『사랑』 上, 박문서관, 1938.

• 이광수, 『사랑』 下, 박문서관, 1939.

• 김내성, 「마인」, 『조선일보』, 1939.2.14.~10.11.

2. 참고 자료

1) 논문

• 구인모, 「'무정'과 우생학적 연애론-한국의 근대문학과 연애론」, 『비교문학』 28, 비교문학회, 2000.

• 김예림, 「전시기 오락정책과 '문화'로서의 우생학」, 『역사비평』, 역사비평사, 2005.

• 류수연, 「근대 미용과 우생학(優生學)」, 『한국학 연구』 33, 인하대

한국학연구소, 2014.

- 소현숙, 「일제시기 출산통제담론 연구」, 『역사와 현실』 38, 한국 역사연구회, 2000.
- 신영전, 「식민지 조선에서 우생운동의 전개와 성격」, 『의사학』 29, 대한의사학회, 2006. 12.
- 이선옥, 「우생학에 나타난 민족주의와 젠더정치-이기영의 『처녀 지』를 중심으로」, 『실천문학』 69, 실천문학사, 2003 봄.
- 이정선, 「전시체제기 일제의 총동원정책과 '內鮮混血' 문제」, 『역 사문제연구』 29, 역사문제연구소, 2013. 4.
- 장성근, 「1920~30년대 조선 우생주의자의 유전담론 연구」, 성공 회대 석사논문, 2015.
- 한봉석, 「'정조(貞操)' 담론의 근대적 형성과 법제화-1945년 이 전 조일(朝日) 양국의 비교를 중심으로」, 『인문과학』 55, 2014. 11.

2) 단행본
- 가와무라 구니미쓰, 『섹슈얼리티의 근대-일본 근대 성가족의 탄 생』, 손지연 역, 논형, 2013.
- 가토 슈이치, 『'연애결혼'은 무엇을 가져왔는가-성도덕과 우생결 혼의 100년간』, 서호철 역, 소화, 2013.
- 고미숙, 『연애의 시대-근대적 여성성과 사랑의 탄생』, 북드라망, 2014.
- 박성진, 『사회진화론과 식민지 사회사상』, 선인, 2003.
- 서지영, 『역사에 사랑을 묻다-한국 문화와 사랑의 계보학』, 이숲,

2011.

• 최원식, 「장한몽과 위안으로서의 문학」, 『민족문학의 논리』, 창작과비평사, 1982.

• 권보드래, 『연애의 시대-1920년대 초반의 문화와 유행』, 현실문화, 2003.

• 川村邦光, 『オトメの身体: 女の近代とセクシュアリテイ』, 紀伊國屋書店, 1994.

• 몰리 해스켈, 『숭배에서 강간까지 - 영화에 나타난 여성상』, 이형식 역, 나남, 2008.

• 앙드레 피슈 저, 『우생학: 유전학의 숨겨신 역사』, 이정희 역, 아침이슬, 2009.

한국 대중소설에 나타난 관능의 승화 방식
―박계주의 「순애보」, 「진리의 밤」을 중심으로―

이정안

1. 한국 대중소설에서의 관능의 승화 문제

1938년에 출간되었던 『사랑』의 서문에, 작가 이광수는 이러한 말을 적어 넣었다.

육체의 결합과 평행해서 정신에 대한 사모를 동반하는 사랑이야말로 시작부터 인간적이라고 말할 수 있을 것이다. 그러나 한단계 높여서 육체에 대한 욕망을 전연몰각할 수 있는 사랑이 존재한다는 것이야말로 인류의 자랑이 아닐까. (중략) 사랑의 극치는 무론무차별, 평등의 사랑일 것이다. 그것은 부처의 사랑이다. 모든 중생을 전부 애인과 같이, 한 사람의 자식과 같이 사랑하는 '사랑'이다.[1]

---

1) 이광수, 「사랑」, 『이광수전집』10, 삼중당, 1963, 3쪽.

육체에 대한 욕망을 초월한 사랑, 전인류를 향한 사랑을 그려내겠다는 작가의 의도는 "인간의 숭고한 정신을 표현하려는 의도"[2]로 칭송받았고, 『사랑』은 상하권으로 출간된 1939년에 1만부나 팔릴 만큼[3] 대중들에게 큰 사랑을 받는다. 주인공의 순옥과 안빈의 사랑에는 관능이 소거되어 있으며 둘의 사랑은 중생에 대한 봉사로 이어진다.

『사랑』과 비슷한 시기에 출간되어 신드롬급 인기를 누렸던 또 다른 작품은 박계주의 「순애보」다. 박계주가 1939년 1월부터 6월까지 『매일신보』에 연재하였던 「순애보」는 초판이 나오자마자 보름 만에 모두 팔리고, 출간 이후 약 30년 동안 꾸준히 인기를 누렸던[4] 베스트셀러이자 스테디셀러였다. 「순애보」가 이처럼 높은 인기를 구가할 수 있었던 이유는 다름 아닌 "청순·숭고한 러브 스토리"[5] 덕분이었다.

관능을 그 자체로 인정하지 않고 다른 것으로 승화시키려는 시도가 이루어진다는 점은 한국 대중소설에서 발견되는 특이한 지점 중 하나이다. 특히 이광수의 『사랑』과 박계주의 「순애보」는 사적 영역에 속하는 관능을 공적 영역에 가까운 사랑으로 승화시켜 표현한 대표적인 작품들이다. 일제강점기 말에 나란히 발표된 이 두 소설에서 육체에 대한 욕망은 초월되어야 하는 것으로 그려진다.

박계주가 1948년 10월부터 1949년 4월까지 『경향신문』에 연재하였던 「진리의 밤」에서도 관능의 승화에 대한 시도가 이루어진다. 그러나 승화가 성공적으로 이루어졌던 「순애보」와는 달리 「진리의 밤」에

---

2) 김광섭, 「戊寅이 걸어온 길 其一—評論界4」, 『동아일보』, 1938.12.04.
3) 정혜영, 「1930년대 "연애소설"과 사랑의 존재방식」, 『현대소설연구』 47, 한국현대소설학회, 2011, 327쪽.
4) 구건서, 「흘러간 萬人의 思潮 베스트셀러」, 『경향신문』, 1973.04.21.
5) 위의 글.

서 관능의 승화는 실패한다. 왜 이런 현상이 발생할까? 본고는 이러한 문제의식을 바탕으로 박계주라는 한 작가의 작품 내 변화를 통시적으로 고찰함으로써 한국 대중소설에서의 관능의 승화 방식의 일면을 살펴보고자 한다.

대중소설, 그 중에서도 연애서사를 지닌 소설의 핵심은 '연애(사랑)'다. 정한숙은 대중소설이 '인간의 애정문제를 다루고 시대와 사회상을 적나라하게 묘파'[6]하는 특징을 지니고 있다고 주장하였다. 그런데 인간의 애정문제와 시대와 사회상을 서로 분리해서 생각하기란 쉽지 않다. 사랑을 사회적 관습이 반영된 상징적 코드로 바라보는 니클라스 루만에 따르면, 사랑은 단순한 감정이 아니며 오히려 사랑이라는 코드가 그에 상응하는 감정들이 형성되도록 고무하며, 사회적 소통을 가능케 하는 매체로서 기능한다.[7] 이처럼 사랑을 사회적인 코드로 파악한다면 사랑이라는 규약이 시대와 사회상에 따라서 다르게 적용될 수 있으리라고 충분히 짐작해 볼 수 있다.

본고의 주요 분석 대상인 「순애보」와 「진리의 밤」은 순결 이데올로기의 자장에서 벗어나지 못하고 있다는 점에서 대중연애소설의 전형성을 지니고 있다. 근대계몽기부터 어쩌면 지금까지도, 순결 이데올로기는 한국의 대중소설 문법에 강력한 영향력을 행사해왔다. 순결 이데올로기는 남녀 간의 사랑에서 육체성의 흔적을 지우고 성적 충동을 억제하는 규율로 작동하였다. 이 순결이라는 '강령'은 근대국가의 국민으로 포섭되기 위해서는 반드시 따라야 하는 것이었지만[8], 남녀 모

6) 정한숙, 『한국현대소설론』, 고려대학교출판부, 1977, 146~148쪽.
7) 니클라스 루만, 『열정으로서의 사랑』, 정상훈 외, 새물결, 2004, 274~275쪽.
8) 고미숙, 『연애의 시대』, 북드라망, 2014, 120~121쪽.

두에게 동등하게 강요되는 것은 아니었다. 순결은 남성보다 여성에 게 더 많이 강요되었으며, 특히 여성의 육체적 순결에 대한 강요는 처 녀성의 확인이라는 서사를 다량으로 생산했다.[9] 「순애보」와 「진리의 밤」은 둘 다 순결 이데올로기의 영향력에서 자유롭지 못한 텍스트다.

앞서 「순애보」와 「진리의 밤」에서는 관능의 승화에 대한 시도가 이 루어지는데, 그 결과는 다르다고 언급한 바 있다. 박계주가 관능의 승 화를 위해 꺼내든 두 개의 카드는 바로 낭만적 사랑과 인류애다.

인류애는 전인류에 대한 차별 없는 사랑을 의미한다. 루소는 인류 애를 '타인의 고통에 대한 동정심의 보편화'로 파악하기도 하였다.[10] 박계주의 인류애는 기독교에서 강조하는 박애주의(philanthropia)와 상통한다. 박애주의 또한 본질적으로 평등이라는 이념에 기초한 사 랑이다. 반면 낭만적 사랑은 근대 이후 대두된 삶의 동반자를 찾는 결 혼의 문제와 성과 사랑을 결합시킨 사랑이라고 정의할 수 있다. "낭만 적 사랑의 애착 속에서는 숭고한 사랑의 요소들이 성적인 열정의 요 소들을 지배하는 경향"[11]이 있으며 낭만적 사랑의 대상은 특별한 사람 (special)으로 간주된다. 니클라스 루만은 '열정적인 사랑'이라는 코드 가 시민계급에게 호소력을 갖기 위해서는 도덕 감정이 강조되어야 했 으며, 결국 이와 같은 과정을 통해 열정은 낭만적 사랑 안에 포섭되고 결혼의 전제조건으로서 기능하였다는 점을 지적한 바 있다.[12] 재크린

---

9) 이주라, 「한국 근대의 순결 이데올로기와 처녀라는 주체」, 『어문논집』79, 민족어문 학회, 2017, 63쪽.

10) 이용철, 「루소의 우정론」, 『외국문학연구』66, 한국외국어대학교 외국문학연구소, 2017, 148쪽.

11) 니클라스 루만, 같은 책, 79쪽.

12) 위의 책, 74~75쪽.

살스비 또한 낭만적 사랑에 대해 열정적인 사랑이 결혼제도와 연관된 규범적 사랑으로 '길들여진' 것으로 정의한다.[13] 인류애가 동정심에 의해 촉발되는 데 비해 낭만적 사랑은 열정에 의해 촉발되며, 인류애가 "그 대상을 가리거나 선택하지 않는 보편적 형태의 사랑"[14]인 데 비하여 낭만적 사랑은 대상을 특별한 단 한 사람으로 제한한다는 점에서 배타적인 성격을 띤다. 이처럼 성격이 달라 양립할 수 없어 보이는 낭만적 사랑과 인류애가 박계주의 두 소설에서 관능의 승화 방식으로 제시되는 것이다.

그런데 「순애보」에서는 관능의 승화 방식으로서 조화롭게 작동하던 인류애와 낭만적 사랑이 「진리의 밤」에 이르면 갈등을 빚고 텍스트 전체에 균열을 일으킨다. 바로 이러한 충돌과 균열의 발생은 한국 대중소설에서의 관능의 승화 방식의 변화를 암시한다.

2. 공존하는 낭만적 사랑과 인류애 : 「순애보」

사랑은 자아성찰, 주체형성과 밀접한 관계를 맺고 있다.[15] 사랑이라는 매체를 통해 인간은 타인과의 소통을 경험하고 자아를 성찰하거나 정립할 기회를 갖게 된다.

---

13) 재크린 살스비, 『낭만적 사랑과 사회』, 박찬길, 민음사, 1985, 33쪽.
14) 강헌국, 「이광수 소설의 인류애」, 『현대소설연구』57, 현대소설학회, 2014, 220쪽.
15) 서영채는 이광수, 염상섭, 이상의 '사랑의 서사'를 분석함으로써 사랑을 통해 이광수 소설의 등장인물이 지사적 주체로, 염상섭 소설의 등장인물이 장인적 주체로, 이상 소설의 등장인물이 탕아로서의 예술가로 거듭남을 규명한 바 있다. 이와 관련된 자세한 논의는 서영채, 『사랑의 문법』, 민음사, 2004 참조.

「순애보」에는 '나'(자아)라는 단어가 심심찮게 등장한다. '나'의 회복은 문선, 철진 등의 등장인물이 지향하는 삶의 최종적인 목표로 설정되며, 사랑은 '나'의 회복을 위한 필수조건으로서 제시된다. 여기서의 '나'란 "근로와, 봉사와, 신애와, 협력으로 이룬 인격아(人格我)"[16]를 의미한다. 이 소설은 본원적인 '나'의 존재를 상정하고, 그에 가까워지기 위한 인간의 노력을 요청하고 있는 것이다. 굳이 노력이라는 표현을 사용한 이유는, 이 소설에서 자아의 회복이 한순간의 깨달음을 통해 이루어지는 것이 아니라 실천을 통해 차곡차곡 단계를 밟아가며 이루어지는 것임을 암시하고 있기 때문이다. 작가는 이를 "인격건축"[17]이라 표현하며 "이것이야말로 참된 인생의 과정"[18]이라고 주장한다.

그런데 도대체 이 '인격아(人格我)'라는 것이 무엇인가? 「순애보」에서 제시된 자아 개념은 '인격아'와 '동물아(動物我)' 두 가지로, 이 둘은 서로 대립적인 관계에 놓여있다. 따라서 우선 '동물아'가 무엇인지를 파악함으로써 작가가 제시한 '인격아'의 정체 또한 짐작해볼 수 있다.

작가는 인간의 생활을 '횡격막 이상의 생활'과 '횡격막 이하의 생활'로 구분하고, 바로 이 횡격막 이하의 생활에 침윤된 자가 '동물아'의 소유자라고 주장한다. 횡격막 이하의 생활은 육욕과 관능에 지배당하는 삶을 뜻한다. 소설에서의 철진과 옥련, 옥련과 명석의 관계가 그러

---

16) 박계주, 『순애보』, 지식을만드는지식, 2014, 129쪽.
　참고한 단행본은 1939년 1월 1일~6월 17일 『매일신보』 연재본을 저본으로 삼은 것이다.
17) 위의 책, 329쪽.
18) 위의 책, 329쪽.

한 양상을 띤다. 철진과 옥련을 결합시킨 것은 애욕이다. 철진과 옥련
이 어떤 과정을 통해 서로에게서 애욕을 느끼게 되었는지는 소설에
명확하게 기술되어 있지는 않으나[19] 철진-옥련의 관계와 유사한 관계
인 옥련-명석의 경우, 서로가 애욕을 느끼게 된 순간이 비교적 소상
히 서술되어 있다. 철진이 신문사 일로 여러 날 집을 비우는 사이 명석
은 옥련을 찾는다. 옥련의 "아름다운 얼굴, 애교에 넘치는 웃음, 불룩
한 젖가슴, 양장한 몸맵시"[20]는 명석으로 하여금 억제하기가 힘든 "어
떤 충동"[21]을 일으킨다. 여름밤의 어둠 속에서 옥련의 몸이 명석의 몸
에 살짝 부딪히는 것으로 시작된 "뜨거운 육체의 촉감"[22]은 영화관 속
어둠을 타고 더욱 강렬하게 이어진다. 영화관 데이트 후 함께 옥련의
집으로 돌아가는 길, 어둑한 골목에서 서로의 손과 손을 맞대던 옥련
과 명석 사이에 흐르는 성적 긴장감은 옥련이 술에 취한 척하며 명석
에게 안길 때 폭발한다. 작가는 이러한 과정을 '육욕의 영역으로의 돌
진'[23]이라고 칭한다.

　이와 같은 강렬한 육체적 매혹에 이끌리는 '동물아'는 이상적인 자
아인 '인격아' 회복에 걸림돌이 된다. 그렇다면 작가는 남녀 간의 사랑
에서 발생하는 관능적인 측면을 모조리 부인하는 것일까? 꼭 그렇다
고 보기는 어렵다. 소설에서 이상적인 커플로 묘사되는 문선과 명희
와의 관계에서도 관능적인 요소는 나타난다. 소설의 초반부에는 문선

---

19) 혜순은 철진이 옥련을 상대로 바람을 피우고 있다는 사실을 식모에게 전해들을
　　뿐이다.
20) 박계주, 앞의 책, 287쪽.
21) 위의 책, 288쪽.
22) 위의 책, 290쪽.
23) 위의 책, 298쪽.

을 그리워하는 명희의 심정만이 자세히 서술되어 있고, 명희에 대한
문선의 감정은 명확히 서술되어 있지 않다. 그러던 둘은 포옹을 통해
서로의 감정을 확인하고 사랑을 약속하게 된다. 바윗길에서 내려오던
명희를 문선이 안아서 구하는 사건을 시작으로 그들은 세 번의 포옹
을 하게 된다.

> 부드러운 명희의 젖가슴이 가슴이 닿을 때, 그리고 명희의 두 팔이
> 자기의 목을 끌어안고, 그 얼굴이 자기의 얼굴을 스쳐서 자기의 어깨에
> 얹었을 때 문선은 육체의 촉감이라는 것을 감각하였다.[24]

음심에 의한 육체적 접촉이 아닌, (바윗길이 험하다는) 어쩔 수 없
는 사정으로 인한 육체적 접촉은 그들을 사랑이라는 이름으로 묶어준
다. 세 번의 포옹 이후 문선과 명희는 약수터에서 서로에게 물을 떠주
는데, 이는 "영원한 사랑을 맹약하는 잔"[25]이 된다. 무언의 언약 이후
문선과 명희는 서로를 연인으로 인식한다. 문선과 명희가 포옹을 한
후 얼마 뒤 사정을 모르는 인순이 문선에게 사랑을 고백하자, 이삼 개
월 전에는 인순에게 애인이 없다고 말했는데 이제 와서 "자기에게는
사랑을 약속한 애인이 있다는 것"[26]을 문선이 말하기 난감해하는 부
분이 이를 증명한다.

이처럼 관능에 의해 촉발된 사랑이라도 하더라도 이것이 낭만적 사
랑으로까지 이어지기 위해서는 육체성의 흔적을 최대한 많이 소거하

---

24) 박계주, 앞의 책, 113쪽.
25) 위의 책, 135쪽.
26) 위의 책, 225쪽.

고 정신적인 측면을 부각시켜야 한다. 이러한 정신적 사랑에 대한 집착은 상술한 『사랑』을 비롯하여 당대의 여타의 대중소설에서도 발견되는 부분이다. 또한 낭만적 사랑의 대상은 특별한 단 한 사람이 되어야하기 때문에 여러 사람과 육체적·정신적 관계를 맺는 사랑은 낭만적 사랑이 될 수 없다. 철진-옥련, 옥련-명석의 관계를 낭만적 사랑으로 볼 수 없는 이유가 여기에 있다. 철진은 혜순과 옥련, 옥련은 철진과 명석이라는 복수의 상대와 관계를 맺었기 때문이다. 이에 반해 문선과 명희는 오르지 상대방만을 사랑의 대상으로 삼는다.

'동물아'는 육욕에 대한 매혹과 정조관념의 폐기를 통해 형성되는 반면, '인격아'는 다음의 방법을 통해 회복된다. 우선 상대방을 위해 헌신하는 방법이 있다. 명희가 눈이 먼 문선과 결혼하여 그의 눈뿐만 아니라 손과 발이 되어주는 것이 이에 해당한다. 박계주는 혜순의 편지를 통해 이러한 명희의 헌신을 "연애 그것의 최고 수준을 지어주는 것"이자 "부부애의 본질"[27]이라고 평한다. 문선에 대한 명희의 헌신은 낭만적 사랑의 실천의 일환으로 볼 수 있다.

'인격아'를 회복하는 또 하나의 방법은 상대를 용서하는 것이다. 용서를 받은 자는 자신을 용서한 사람에게 감화되어 참회하고 개심하게 되는데, 이 또한 '인격아'를 회복하는 길이 된다. 문선이 자신에게 살인죄와 강간미수죄를 뒤집어씌우고 자신의 눈까지 멀게 한 치한을 용서한 것, 그리고 그 치한이 감화와 참회와 개심의 과정을 거쳐 스스로 법정에 출두한 것이 첫 번째 예에 해당한다. 또한 자신을 배신하고 재산마저 빼앗은 철진을 혜순이 용서하고, 그 철진이 혜순에 의해 감화

---

27) 위의 책, 552쪽.

되어 새 사람으로 거듭나 역시 자신을 배신한 옥련을 용서하며, 옥련
이 참회 끝에 스스로 수도원으로 들어가는 것도 이에 해당한다. 주로
감화, 참회, 개심의 과정을 거치는 인물들은 과거 '동물아'에 얽매어
있던 인물들임을 확인할 수 있다.

용서에서 촉발된 개심이라는 이러한 과정을 추동하는 감정을 낭만
적 사랑이라고 보기는 어렵다. 문선은 진범인 치한이 임신 중인 아내
와 병석에 누워있는 아이를 위해 구걸을 하러 갔다가 범죄를 저질렀
다고 고백하자 "붕우애와 형제애"[28]를 떠올리며 치한을 기꺼이 용서
하기로 마음먹는다. 개심한 철진의 마음이 향한 곳은 다름 아닌 고통
을 호소하는 수재민들이 모여 있는 수재 지역이었다. "노동자나 빈천
한 자나 무식한 자나 천한 자나 거지나 상노나 야만이나 할 것 없이 어
떠한 자"[29]를 보살피겠다는 마음은 차별 없는 사랑인 인류애에 가깝
다. 소설의 후반부는 새 사람으로 거듭난 철진이 수재민 구호반으로
활동하다가 결국 목숨까지 잃는 서사에 집중되어 있다.

이처럼 '인격아'의 회복은 낭만적 사랑의 성취와 그를 바탕으로 한
상대방에 대한 헌신, 상대방에 대한 용서를 통해 이루어진다. 한 때
'육욕아'에 빠져있던 사람에게도 '인격아'를 회복할 기회는 있다. 자신
의 잘못을 참회하고 인류애를 실천하면 된다. 대신 '육욕아'에 빠져있
던 사람은 다시 낭만적 사랑의 대상이 되지는 못한다. 철진이 참회를
하고 혜순을 찾아가지만 혜순에게 재결합을 거절당한 부분, 개심한
옥련이 남녀 간의 사랑의 가능성이 차단된 수도원으로 가게 되는 부

---

28) 위의 책, 174쪽.
29) 위의 책, 323쪽.

분은 이러한 맥락 하에서 설정된 부분으로 볼 수 있다.

'육욕아'에 빠져있던 사람이 낭만적 사랑의 대상이 될 수 없는 것은 그들이 스스로 정조를 폐기한 것에 대한 작가의 징벌에 가깝다. 그런데 문제는 정조를 버린 적도 없는데 낭만적 사랑의 대상도 되지 못한 자들이다. 명희에게 구애를 했던 인수, 문선에게 구애를 했던 인순이 바로 그들이다. 이들에게 사랑의 대상은 오직 명희, 문선뿐이다. 그들은 각각 명희와 문선에게 뜨거운 자신의 사랑을 고백하고, 자신과 상대가 결혼이라는 제도로도 맺어지길 희망한다. 이를 작가는 다음과 같이 처리한다. 인수의 경우 명희에게 향해있던 낭만적 사랑을 간단히 조선의 소외계층을 향한 인류애로 전환하게 만들고, 인순의 경우 그녀가 우연히 강도에 의해 살해당하게 만든다. 특히 인순이 살해당하는 시점이 인순이 문선에게 자신의 육체적 순결을 바치려고 마음먹은 때와 일치한다는 사실은 섬뜩하기까지 한 부분이다. 자발적으로 육체적 순결을 포기했거나, 포기하려고 한 자들은 죽음을 맞이하거나(철진, 인순) 섹슈얼리티가 거세되어(옥련) 버린다.

이처럼 관능을 낭만적 사랑으로 승화한 문선과 명희는 상대방에 대한 헌신과 인류애의 실천을 통해 '인격아'를 회복하는 한편, 관능을 낭만적 사랑으로 승화하지 못한 철진과 옥련은 감화, 참회, 개심의 과정을 거쳐 인류애의 실천자로 거듭나게 된다. 그러나 철진과 옥련이 죽음을 맞이하거나 섹슈얼리티가 거세된 상태로 남게 되는 것은 순결 이데올로기에 입각한 작가의 소설적 징벌로 볼 수 있다.

3. 충돌하는 낭만적 사랑과 인류애: 「진리의 밤」

「진리의 밤」 역시 주인공인 지운이 사랑을 통해 타자를 향해 나아가고 자신을 재정립하는 과정을 그려내고자 한 소설이라고 할 수 있다. 이 소설에서 제목을 통해서도 재차 강조되는 '진리'는 '사랑을 회복함으로써 "나"를 찾는 것'으로 정의된다. 즉 이 소설에서 사랑과 진리는 서로 떼어놓을 수 없는 짝패로서 등장하고 있는 것이다. 지운은 한녀와 설영이라는 두 명의 타자를 통해 급격한 의식의 변화를 겪는다. 이러한 지운의 변화는 두 명의 타자를 발견하고 사랑하는 행위를 통해 본질적인 '나'에 다가간다는 상징으로 읽히기도 한다.

누드모델로 찾아온 한녀와 설영에 대해 지운이 아는 바는 아무 것도 없다. 그녀들의 이름조차 모른다. 그럼에도 불구하고 한녀와 설영이가 지운에게 각인된 방식은 상이한데, 설영이 지운에게 관능의 길로 유혹하는 악마적인 '육(肉)'으로 각인된 데 비해 한녀는 지운을 성찰의 길로 인도하는 천사의 '상(像)'으로 각인된다. 살(flesh)을 가지고 있지 않은 상(像)은 육체보다는 관념에 가깝다. 지운이 떠올린 한녀의 상(像)은 "소녀의 상", "천사의 얼굴"[30]이라 칭해짐으로써 그것의 육체성은 소거되고 정신적인 측면은 강조된다.

한녀의 상(像)은 여성의 나체를 그리거나 조각하는 일을 업으로 삼고 있는 지운의 의식에 균열을 일으키기 시작한다. 이 후 지운은 여성의 나체를 다루던 미술가에서 방공호 속 이재민을 그리는 미술가로 변신하게 된다. 여성 나체를 다룬 미술 작품은 예술이라는 외피를 두

---

30) 박계주, 「진리의 밤」 9, 『경향신문』, 1948.10.10.

르고 검열을 피해 전시되는 '허용된 소프트포르노그래피'로 기능하기
도 했다.[31] 여성의 나체를 예술로 보는 시각과 외설로 보는 시각 중 지
운이 본래부터 가지고 있던 시각은 후자였던 듯하다. 사회에서 소외
된 약자들을 외면하고 남성의 "에로틱한 응시의 대상"[32]인 나체의 향
락만을 누리려 했던 자신에 대한 반성은, 한녀라는 타자의 상(像)이
지운에게 침투하면서부터 시작된다. 지운이 이런 의식의 변화를 이끌
어낸 목소리가 자신의 목소리가 아닌 한녀(소녀)의 목소리임을 인지
하고 있다는 점을 눈여겨 볼 필요가 있다.

이렇듯 한녀의 상(像)을 통해 시작된 지운의 자기성찰은, 한녀가 보
낸 편지에 의해 심화된다. 자신의 이름이 임한녀라는 것을 밝히고 지
운의 안부를 간단히 묻고 있는 이 편지의 특이한 점은, 한녀가 말미에
"참, 선생님은 럭키 스트라이크를 즐기시더군요."[33]라는 말을 남겨놓
았다는 것이다. 지운은 한녀의 이 말이 수수께끼 같은 말이라고 생각
하여 그 말의 진의를 알아내고자 고민하다가, 자기 안의 모순을 발견
하고 부끄러운 감정에 휩싸인다.

럭키스트라이크는 1871년부터 지금까지도 BAT에서 제조·판매하
고 있는 담배로, 해방 직후에는 '가장 좋은 양담배'로 크게 유행하였
다. 그러나 담배 자체가 생필품이 아닌 기호품인 데다가 럭키스트라
이크는 다른 담배보다 오십 원 내외가 비싼 양담배였기 때문에 '대중
들의 속물근성'을 보여주는 하나의 기표로 인식되기도 했다.[34] 지운이

---

31) 천정환, 「관음증과 재현의 윤리」, 『사회와 역사』81, 한국사회사학회, 2009, 63쪽.
32) 피터 브룩스, 『육체와 예술』, 한애경, 문학과지성사, 2000, 53쪽.
33) 박계주, 「진리의 밤」23, 『경향신문』, 1948.10.27.
34) 안정근, 「유행과 담배」, 『경향신문』, 1958.4.11.

깨달은 자기모순이란 자신이 양담배로 표상되는 미국식 자본의 침투를 비판하면서도, 실제로는 그러한 자본이 침투하는 데 일조하고 있다는 것이다. 제2차 세계대전이 끝난 이후부터 특정 국가가 다른 국가의 영토를 직접 지배하는 방식의 식민주의는 많이 사라졌지만, 경제적 · 문화적 식민주의는 여전히 진행 중인 상태였다. 일제의 직접 지배가 끝난 한반도에서 미국의 경제적 지배가 시작되었음을 지적하는 의식은 날카로우나, 실제로는 그러한 의식과 무관하게 지운은 자신이 경제적 식민화에 동참하고 있다는 사실을 한녀(소녀)를 통해 깨닫게 되는 것이다. 지운은 '위선적인 나'를 발견하고 통렬한 자기비판을 가하면서 점차 '온전한 나'에 가까워지는 기회를 갖게 된다.

지운에게 '육(肉)'으로 각인되었던 설영도 자신이 누군지를 밝히는 편지를 보냄으로써 지운의 두 번째 의식변화를 이끌어낸다. 설영의 편지는 무려 63화부터 77화에 걸쳐 연재된다. 편지에는 여학교의 수재로서 주변인들의 사랑을 듬뿍 받는 삶을 살았던 설영이 한 남성에 의해 창기로 전락하게 된 내력이 소상히 적혀있다.

설영은 창기 생활을 통해 남자란 '자기의 성욕을 만족시키기 위해서 여자를 야욕의 노예로 만드는 짐승'[35]이라는 결론에 도달한다. 비록 1947년 1월에 공창제도는 공식적으로 폐지되었지만, 공창의 폐지는 사창의 증가로 이어졌으며 매춘여성을 돕기 위한 실제적인 방안은 전혀 마련되지 않은 상태였다.[36] 설영 또한 공창제가 폐지되었지만 여성 성노동자가 공창에서 사창으로 옮겨가고 '창기'에서 '양갈보'로 명

35) 박계주, 「진리의 밤」77, 『경향신문』, 1949.01.07.
36) 양동숙, 「해방 후 공창제 폐지과정 연구」, 『역사연구』9, 역사학연구소, 2001, 208쪽.

칭만 바뀌어가는 실태를 꼬집고 있다.

당시 창기의 매춘 동기의 99%가 생활 빈곤이었음에도 불구하고, 그들은 불평등한 수입 분배로 인해 돈을 벌수가 없는 구조 속에 놓여있었다.[37] 빈곤, 성병, 사회적 차별이라는 삼중의 고통에 시달리는 창기는 사회적 약자인 동시에 그들을 지배하고 착취하려는 남성들에게 타자로서 존재한다. 그들의 육체는 약탈당하고 그들의 존재는 부정당하거나 은폐된다. 지운이 한녀의 상(像)을 통해 여성의 누드를 주제로 삼는 자신의 미술을 반성하고 소외된 인민에게 눈을 돌릴 것을 다짐하게 되는 순간에도, 소외 계층으로 빈민, 이재민, 고아, 문둥이 등을 거론할 뿐 창기를 떠올리지는 못안(않는)다. 그러나 설영의 편지는 타자로서 은폐되어왔던 설영(창기)의 얼굴을 직접적으로 드러낸 것이라고 할 수 있다.

레비나스에 따르면 타자는 나와 거리를 두고 있고, 따라서 나에게 낯선 이며, 나에게 완전히 포섭될 수 없는 타자성(alterity)을 보존하고 있는 자다.[38] 내가 완전히 파악할 수 없는 타자의 무한성은 바로 "가장 가까운 이웃의 얼굴"에 있다.[39] 이러한 타자가 지닌 얼굴은 타자가 스스로를 드러내는 방식으로서, 우리가 윤리적으로 행동하도록 호소하고 명령한다. 타자의 얼굴에 새겨진 고통에 응답하는 것이 자아의 본래적 책임이다.[40]

약하고 헐벗은 이웃인 설영이 편지라는 매체를 통해 자신의 얼굴을

---

37) 위의 글, 212쪽.
38) 엠마누엘 레비나스, 『시간과 타자』, 강영안, 문예출판사, 1996, 139쪽.
39) 김종갑, 「에로스의 시각화 그리고 축소된 시각」, 『통일인문학』65, 건국대학교인문학연구원, 2016, 227쪽.
40) 김연숙, 『레비나스 타자 윤리학』, 인간사랑, 2001, 128~137쪽.

현현하였고, 지운은 설영의 얼굴을 받아들임으로써 윤리적 책임을 지고자 한다. 설영의 편지를 읽고 충격에 빠져 자신을 되돌아본 지운은 사랑으로써 '나'를 찾기 위해 행동하기로 결심한다. 지운은 설영이 자신의 조각을 깨뜨린 대가로 주고 간 돈을 기금으로 삼아 창기갱생사업을 벌이기 시작한다.

즉 한녀와 설영 모두 지운의 자기성찰을 이끌어내며, 그 자기성찰의 결과 지운이 화가에서 사회운동가로 변신한다는 점에 주목할 필요가 있다. 박계주는 누드모델과 화가로서의 만남 속에서 발생한 관능의 문제를 인류애의 실천이라는 보자기로 덮어버리고자 한다. 그러나 관능이 낭만적 사랑 혹은 인류애로 승화되었던 「순애보」에서와는 달리, 「진리의 밤」에서 관능은 인류애라는 보자기 안에 얌전히 숨어 있지 않고 오히려 보자기를 찢고 나올 뿐만 아니라, 낭만적 사랑의 성취에 걸림돌이 되기도 한다.

「진리의 밤」에서 지운이 일찌감치 결혼 상대자로 여긴 사람은 한녀다. 한녀로 인해 질투심과 자격지심을 느껴오던 설영은 지운과 한녀가 포옹하는 장면을 목격하고는 지운이 자신을 구제의 대상으로 생각하고 있을 뿐이지 연애 혹은 결혼의 대상으로서 생각하고 있는 것이 아니라는 사실을 깨닫는다. 이에 분노와 실망을 느낀 설영은 "육체로써 지운을 정복하기로 마음먹고"[41] 안이 환히 드러나 보이는 잠옷을 입고 지운을 찾아간다.

누드모델을 자원해 설영이 지운을 찾아갔을 때는 드러나지 않았던 설영의 나체가 결국은 드러나는 것이다. 이에 반해 한녀의 옷은 소설

---

41) 박계주, 「진리의 밤」137, 『경향신문』, 1949.03.24.

에서 한 차례도 벗겨지지 않고, 따라서 한녀의 육체는 부각되지 않는다. 그러나 설영의 육체는 빈번하게 드러난다. 지운이 설영의 육체를 응시하고 있지 않을 때조차도, 작가는 설영의 육체를 묘사함으로써 독자가 관음증적으로 설영의 육체를 '보게' 만든다. 덧붙여 신문연재소설의 특징인 삽화까지 더해져 설영의 육체는 이중으로 재현된다.

헤쳐진 저고리 사이로 노출된 하얀 젖가슴을 자기 자신조차 황홀한 시선으로 한참 바라보다가 설영이는 저고리를 여밀렴도 하지 않고 두 손을 들어 뒤로 지운의 두 뺨을 잡으며 허리를 앞으로 굽혀 이마에 입맞추려 한다.[42]

이 장면은 거울 앞에서 자신의 모습을 보다가 잠든 지운에게 설영이 입을 맞추려고 하는 장면이다. 지운은 잠들어있기 때문에 설영의 '저고리 사이로 노출된 하얀 젖가슴'을 보지 못한다. 그러나 작가는 설영을 거울 앞에 세워 노출된 육체를 자기 자신'조차' 황홀한 시선으로 바라보게 만든다. '조차'는 이미 어떤 것이 포함되고 그 위에 더함의 뜻을 나타내는 보조사다. 설영 '자기 자신'을 제외하고도 설영의 육체를 황홀하게 바라보는 또 다른 시선이 존재하는 것이다. 작가, 삽화가에 의해 재현되고 응시된 설영의 육체는 독자에 의해서도 응시된다.

그리고 설영이 나체나 다름없는 상태로 지운을 찾아가기 직전에도 설영의 육체는 앞과 유사한 방식으로 기술된다.

---

42) 박계주, 「진리의 밤」44, 『경향신문』, 1948.11.23.

설영이 잠(잠이 아니라 꿈)을 깼을 때는 새벽 다섯시였다. 그는 무엇
에 놀라듯 이불을 제끼며 벌떡 일어나더니, 트렁크를 열고 원피스 같이
된 잠옷을 꺼낸다. 그리고 지금 입은 파자마를 벗어 던지고 맨몸에 새
로 꺼낸 잠옷을 입는다. 그 잠옷은 마치 신부들이 쓰는 벨과 같아서 육
체가 화안히 드려다 보인다. 갈아입고 설영이는 거울 앞에 가서 비쳐
본다. 투명 되는 천을 통하여 육체의 곳곳이 또렷하며 화려하다.
　한참동안 설영이는 자기의 화려한 그리고 요염한 육체를 자기 역시
도취된 눈으로 바라보다가 가운을 쓰고 몰래 문을 열고 밖으로 나간다.
지운의 침실에 들어가기 위해서였던 것이다.

소설 속에서는 설영의 육체를 바라보는 사람은 설영 자신 밖에 없
지만, 소설 밖에서 이미 독자들은 설영의 나체를 바라보고 있다. 앞의
인용 부분에서는 '조차'라는 조사가 쓰였다면, 본 인용 부분에서는 '역
시'라는 부사가 쓰였다는 점을 눈여겨 볼 필요가 있다.

숨겨진 비밀을 벗겨내고, 더 이상 드러낼 것일 없을 정도로 육체가
해체되는 지점에 도달해서야 카메라가 시선을 거두는 것이 포르노라
고 할 때[43], 비밀이 소멸된 설영의 육체는 포르노그래피의 대상으로서
지운 앞에 그리고 독자 앞에 서게 된다. 이 소설은 등장인물의 말과 행
동, 생각을 통해 매춘 행위를 비롯한 성의 상품화를 비판하고 있다. 또
한 여성의 성을 착취하는 남성들에게 성이 매매의 대상이 되는 현상에
대한 책임을 묻고 있다. 그러나 설영의 육체에 대한 독자와 작가의 관
음증적 시선의 공모가 이루어지게 하는 포르노그래피적 서술은 소설
에서 표면적으로 반대하고 있는 성의 상품화에 오히려 일조하게 된다.

43) 김종갑, 앞의 글, 221쪽.

‘반이나 드러난 어깨와 가슴’, ‘잘록한 허리’, ‘하이얀 두 발과 두 다리’[44] 등으로 묘사된 설영의 육체는 지운의 육욕을 불러일으킨다. 따라서 그야말로 ‘악마’적인 것이 된다. 육욕을 따르는 것은 인격아(人格我)와는 대척점에 있는 동물아(動物我)에 가까워지는 길이기 때문이다. 지운은 이러한 상황을 “‘나’를 나에게서 박탈해보려는 (악마의) 작희”[45] 라고 생각하며 가까스로 설영에게 나가달라고 부탁한다. 그러자 설영은 지운의 정곡을 찌르는 말을 하여 지운에게 충격을 안긴다.

> “역시 더렵혀진 창녀의 몸이니 애정의 대상은 될 수 없다는 말씀이지요. 구제 사업의 대상은 되어노.” (중략)
> “선민이 따로 있잖습니까. 우리는 그러한 광명을 입을 수 없는 이방인이구요.”
> “……”
> “저는 선생님이 선생님의 자신을 위해 축적하시는 도덕의 이윤이나 적선의 재료가 되려고 여기는 것은 아니에요. 그것은 제게 대한 모욕이 아니겠어요?”[46]

설영은 지운이 자신을 구제의 대상으로만 대할 뿐 낭만적 사랑의 대상으로는 간주하지 않고 금을 긋는 것을 비판한다. 설영의 편지를 받은 지운이 최초로 마리아의 집을 운영할 것을 결심하던 순간, 지운의 머릿속에 떠오른 단어는 ‘창기구제사업’[47] 이었다. 곧바로 ‘구제’라

---

44) 박계주, 「진리의 밤」140, 『경향신문』, 1949.03.27.
45) 위의 글.
46) 박계주, 「진리의 밤」141, 『경향신문』, 1949.03.29.
47) 박계주, 「진리의 밤」83, 『경향신문』, 1949.01.14.

는 말을 의식적으로 '갱생'이라는 말로 대체하지만, 지운은 무의식적
으로는 창기들을 구제의 대상으로 여겨왔던 것이다. 지운은 자신이
"창녀들을 격리환자"로 간주하며 "구호의 손을 뻗친 것"일 뿐, "그들
창녀를 배우자로 할 생각을 가져본 적은 없었다"[48]는 사실을 깨닫는
다.

　이러한 사실은 지운에게 당혹스러움으로 다가올 수밖에 없다. 우선
진정한 의미의 인류애는 "노동자나 빈천한 자나 무식한 자나 천한 자
나 거지나 상노나 야만이나 할 것 없이 어떠한 자 앞에서든지 자기는
권리가 없는 자가 되어서 그리고 우월감이 없이 그들을 자기보다 나
은 자로 대하"[49]는 것이기 때문이다. 그러나 설영의 말을 통해 지운은
자신이 설영을 비롯한 창기들을 우월자의 시선에서 바라보고 있었다
는 것을 깨닫게 된다. 이렇듯 인류애의 실천이 만인이 동등한 가치를
지녔다고 간주하고 만인에게 차별 없는 사랑을 선사하는 것이라면,
낭만적 사랑과 인류애의 실천은 충돌을 일으킬 수밖에 없다. 낭만적
사랑은 사랑의 대상을 다른 누구와도 비교할 수 없는 특별한 존재, 대
체자가 없는 유일무이한 존재로 간주하고 그에게만 헌신하는 사랑이
기 때문이다.

　낭만적 사랑과 인류애가 충돌한 상황에서, 지운은 설영을 인위적으
로 낭만적 사랑의 대상 자리에 위치시켜놓음으로써 흔들리는 인류애
를 지키고자 한다. 지운은 설영에게 결혼을 약속한다. 그러나 악마적
인 육체로서 현현한 설영과의 결혼은 결국 이루어지지 않고, 결혼식

---

48) 박계주, 「진리의 밤」142, 『경향신문』, 1949.03.30.
49) 박계주, 앞의 책, 332쪽.

당일에 신부가 뒤바뀐다는 다소 황당한 설정에 의해 지운은 한녀와 결혼한다. 이러한 황당한 결말은 관능을 낭만적 사랑 혹은 인류애로 포장하려는 시도가 실패했음을 의미한다.

지운이 한녀와 설영이라는 두 여인 사이에서 갈등하는 관계, 즉 삼각관계는 한국의 다른 연애서사담에서도 쉽게 찾아볼 수 있는 모티프에 해당한다. 이광수의 『무정』(1917)에서 영채냐 선영이냐를 두고 고민하던 이형식의 모습을 떠올려 보자. 이처럼 남주인공이 여주인공을 선택하는 문제로 갈등하는 경우, 후보자인 여주인공 중 한 명은 결함을 가진 주체, 순결하지 못한 여성으로 형상화된다.[50] 『무정』에서 이형식이 고민은 영채가 배학감에게 강간을 당해 순결을 잃음으로써 자연스럽게 해결된다. 「진리의 밤」에서는 이보다 더 극단적으로 여주인공 중 한 명은 순결한 처녀로, 다른 한 명은 창기로 설정되었다. 남주인공이 순결이 훼손된 여성 대신 처녀를 선택하는 결말은 대중소설의 문법을 충실히 따르는 것이다. 그런데 지운은 『무정』의 형식이 영채가 순결을 잃자마자 결혼 상대자 후보 목록에서 영채를 지워버린 것처럼 쉽게 설영을 지워버리지 못한다. 「순애보」의 논리대로라면 순결을 잃어버린 자는 죽음을 맞이하거나 섹슈얼리티가 거세된다. 그러나 설영은 섹슈얼리티를 유지한 채로 살아남아 지운을 고민하게 만드는 것이다.

박계주가 관능의 화신인 설영의 섹슈얼리티를 거세하거나 그녀를 죽이지 않은 이유는 무엇일까? 「순애보」에서 한 때 이른바 '육욕아'에

---

50) 이주라, 「1910~1920년대 대중문학론의 전개와 대중소설의 형성」, 고려대학교 박사논문, 2011, 63쪽.

사로잡혔던 옥련과 철진은 성적 쾌락을 위해 자발적으로 순결을 버렸다. 죽음과 섹슈얼리티의 거세는 이에 대한 작가의 단죄 방식이라고 앞서 설명한 바 있다. 옥련과 철진의 참회와 개심은 쾌락을 위해 스스로 순결을 버린 죄를 반성함으로써 이루어진다. 그러나 「진리의 밤」의 설영의 경우 자발적으로 순결을 버렸다고 보기 어렵다. 그녀의 순결은 '자기의 성욕을 만족시키기 위해서 여자를 야욕의 노예로 만드는 짐승'인 남성에 의해 훼손되었다. 지운 또한 설영이 창기의 길에 들어서는 원인이 남성들에게 있다고 인지하며, 한 명의 남성으로서 이에 대해 책임감을 느낀다. 이렇듯 설영은 순결을 훼손당하였을 뿐, 자발적으로 순결을 버리는 죄를 저지른 것이 아니기 때문에 「진리의 밤」에서는 감화 · 참회 · 개심의 메커니즘이 작동하지 않는다. 「순애보」에서는 타인의 죄를 용서하는 자가 타인을 감화시킬 수 있었다. 그러나 「진리의 밤」의 지운은 설영을 용서할 수도, 감화시킬 수도 없다. 설영은 죄인이 아닌 피해자이기 때문이다.

창기갱생사업은 설영에게서 섹슈얼리티를 거세하려는 일종의 시도로 볼 수 있을 것이다. 그러나 창기갱생사업은 실패로 돌아가는데, 이는 창기였던 설영이 섹슈얼리티가 거세된 '시민'으로서 생존하는 것이 불가능에 가까울 정도로 어려운 일임을 보여준다.

박계주가 「진리의 밤」을 신문에 연재하기 시작한 1948년은 대한민국의 헌법이 제정, 공포되던 해였다. "모든 국민은 법 앞에 평등하다"는 헌법 제11조 1항에 근거하여 여성은 남성과 동등한 법적 지위를 획득하였다. 해방기의 남한에서는 헌법이 공포되기 이전부터 여성의 인권신장을 위한 움직임이 꾸준히 존재해 왔다. 1946년 보건후생부 산하에 부녀국이 설치되어 여성들을 위한 후생사업이 진행되었으며[51], 1947년 9월에는 여성에게 참정권이 부여되었다. 또한 여성의 법 행위는 무효한 것으로 간주되었던 일제의 민법과는 달리, 해방 후 여성은 남성과 민법상으로도 동등한 지위를 얻게 되었다.[52] 이렇듯 일제 강점으로부터의 해방은 여성에게 제도적인 해방을 안겨주었다. 여성의 인권은 남성의 인권과 마찬가지로 똑같이 보호되어야 하는 것이 되었다. 민주주의를 국가의 기본 이념으로 삼은 한국은 필연적으로 '남녀동권'의 길에 근접해 갈 수 밖에 없었다.

그러나 이영미[53], 임미진[54] 등이 공통적으로 지적하고 있는 바처럼 제도적 변화의 속도를 현실이 따라가지 못했다. 여성의 섹슈얼리티를 통제하고기 히는 가부장세의 뿌리는 깊었고[55], 여성이 사회에 진출하여 생계를 유지할 수 있는 길도 지극히 제한적이었다. 그 중에서도 창기는 사회악이라는 낙인이 찍혀 새로운 삶을 도모하기 어려운 존재들이었다.[56]

지운의 창기갱생사업은 이러한 제도와 현실의 간극을 공적인 방식으로 메우고 인권의 사각지대에 있던 여성을 구제하려는 의도를 가지고 있었다. 그러나 이른바 갱생의 대상이었던 창기들은 쉽게 '갱생'되지 않고, 오히려 지운은 창기들을 이용하는 색마로 몰려 사업은 실패

51) 「열리는 남녀동등의 길」, 『동아일보』, 1946.08.29.
52) 「여자의 무능력자취급 법 대법원 신판례에서 취소」, 『동아일보』, 1947.09.24.
53) 이영미, 「성애의 시대, 여성 주체와 섹슈얼리티」, 『국제어문』33, 국제어문학회, 2005.
54) 임미진, 「해방기 여성의 생활과 섹슈얼리티의 정치학」, 『개신어문연구』37, 개신어문학회, 2013.
55) 「현대여성과 정조관」, 『경향신문』, 1948.08.01.
56) 배상미, 「성노동자에 대한 낙인을 통해 본 해방기 성노동자 재교육운동의 한계」, 『현대소설연구』55, 현대소설학회, 2014, 6쪽.

한다. 그러자 지운은 결혼이라는 개인적인 방식을 통해 설영을 구제하고자 한다. 그러나 결국 설영이 스스로 지운의 신부가 되는 것을 포기한다는 결말은 박계주가 설영으로 표상된 관능을 있는 그대로 수용하지는 못함을 보여준다.

4. 낭만적 사랑과 인류애가 사라진 자리

박계주가 1960년 『경향신문』에 연재한 「장미와 태양」에서, 남자 주인공인 춘호는 아내인 자영이 공산군과 국군 모두에게 강간을 당한 적이 있다는 이야기를 들은 후부터 자영을 멀리하고 선주라는 여성과 불륜을 저지른다. 군인에 의해 육체를 훼손당한 자영은 피해자다. 그러나 춘호는 그녀의 상처를 보듬어주기는커녕 자영의 '육체를 더러운 것'으로 간주함으로써 자영에게 2차 가해를 행한다. 소설에서 사회적 약자를 향한 인류애, 혹은 단 하나의 특별한 사람을 향한 낭만적 사랑의 형체는 더 이상 찾아 볼 수 없게 된다. 찾아볼 수 있는 것은 끝까지 살아남은 순결 이데올로기 뿐이다. 이때 순결이데올로기는 자의에 의해서든 타의에 의해서든 육체적 순결이 훼손된 여성에게 가혹한 형벌을 내린다.

그러나 낭만적 사랑과 인류애의 실종은 남성 인물에게도 도덕적 주체로서의 정립을 불가능케 하는 결과를 안겨주었다. 사랑을 한다는 것은 단순히 생리적 수준의 동요를 경험하는 것에 그치고 마는 것이 아니다. 사랑이라는 감정은 타자에 대한 환대, 연대, 공감 등의 도덕적 행동을 이끌어내기도 한다. 18세기 유럽과 20세기 초 조선에서는 동

정, 자비심, 공감, 박애주의 등 사랑과 친연적인 감정들이 이른바 도덕적 덕목으로서 강조되었다.[57]

「순애보」의 문선은 조선의 빈자를 의미하는 치한을 용서하고 농민복음학교 사업에 매진하는 방식으로 인류애를 실천함으로써 도덕적 주체가 될 수 있었다. 수재민 구호에 뛰어든 철진도 마찬가지다. 인류애의 실천을 통해 확보한 도덕적 주체로서의 위치는 여자 주인공들과의 낭만적 사랑을 완성하는 데 효과적으로 이용되었다. 「순애보」에서 인류애의 대상과 낭만적 사랑의 대상은 완전히 분리되어 있는데, 인류애를 실천하는 남자 주인공은 인류애의 대상을 이른바 계몽의 대상으로 간주하고 있다. "계몽은 인류애를 실천하는 수단"[58]으로 작용하고 있으며, 계몽에는 도덕적 장치가 내재되어 있다. 「순애보」의 계몽이 겨냥하는 인류애는 '감화'를 수반하며 계몽의 대상들은 계몽 주체에 의해 손쉽게 감화된다.

「진리에 밤」에 이르면 인류애의 대상과 낭만적 사랑의 대상과의 불일치가 일어나고, 남자 주인공의 도덕성은 의심 받게 된다. 또한 '감화'의 메커니즘이 「진리의 밤」에서는 작동하지 않는다. 따라서 남자 주인공의 도덕적 주체로서의 위치도 흔들리게 된다.

1954년에 선풍적인 인기를 끌었던 정비석의 「자유부인」을 살펴보자. 미군 부대에서 일하는 타이피스트에게 민족주의를 일깨워주려는 한글학자 장태연의 계몽 프로젝트는 양공주에 대한 성적 욕망으로 읽혀서, 장태연이라는 인물이 대학교수의 명예를 실추시킨다는 독자의

---

57) 이수형, 「1910년대 이광수 문학과 감정의 현상학」, 『상허학보』36, 상허학회, 2012, 189쪽.
58) 강헌국, 앞의 글, 220쪽.

항의를 불러일으켰다.[59] 박은미를 향한 장태연의 성적 욕망은 계몽으로의 승화를 시도하지만, 그것이 매끄럽게 이루어지지 않음으로써 장태연이라는 인물의 권위도 위태롭게 된다.

그리고 1960년대에 신문과 잡지에 연재된 손창섭의 대중소설들을 떠올려보자. 그간 한국 대중소설들에서 나타난 관능의 승화에 대한 강박이 오히려 패러디되어 나타남을 알 수 있다. 「부부」(1962)에서 남주인공은 철저히 성적 욕망에 의해 움직이는 사람으로, 여주인공인 그의 아내는 겉으로 성을 경원시하는 인물이자 자신의 남편이 민족을 위한 봉사와 같은 대의에 관심이 없는 것에 대해 불만을 가지고 있는 인물로 그려지고 있다. 그러나 표면적으로 성을 경원시하고 사회 봉사사업에 힘쓰는 아내의 태도는 오히려 아내의 내면에 은밀히 숨겨져 있는 성적욕망과 위선을 폭로하는 역할을 담당한다. 관능을 공적인 방식으로 승화하려는 시도를 하지 않는 남주인공은 작품 내에서도 밖에서도 한심하게 여겨져, 독자들은 남주인공을 가리켜 "남성에 대한 모독"[60]이라며 분개하기도 하였다.

이처럼 관능이 낭만적 사랑 혹은 인류애로 승화되지 못하는 자리에는 더 이상 존경받지 못하는 남성 인물들이 남게 되었다. 박계주의 「순애보」와 「진리의 밤」은 이와 같은 변화를 예고하는 작품이었다.

---

59) 황산덕, 「『자유부인』 작가에게 드리는 말」, 『대학신문』, 1954.03.01.
60) 손창섭, 「작가 손창섭씨의 변」, 『동아일보』, 1963.01.04.

참/고/문/헌

1. 기본 자료

- 박계주, 『순애보』, 지식을만드는지식, 2014.
- 박계주, 「진리의 밤」, 『경향신문』, 1948.10.01.~ 1949.4.23.

2. 참고 자료

1) 논문 및 기사

- 강헌구, 「이광수 소실의 인류애」, 『현대소설연구』 57, 한국현대소설학회, 2014.
- 구건서, 「흘러간 萬人의 思潮 베스트셀러」, 『경향신문』, 1973.04.21.
- 김광섭, 「戊寅이 걸어온 길 其一評論界4」, 『동아일보』, 1938.12.04.
- 김종갑, 「에로스의 시각화 그리고 축소된 시각」, 『통일인문학』 65, 건국대학교인문학연구원, 2016.
- 배상미, 「성노동자에 대한 낙인을 통해 본 해방기 성노동자 재교육운동의 한계」, 『현대소설연구』 55, 한국현대소설학회, 2014.
- 손창섭, 「작가 손창섭씨의 변」, 『동아일보』, 1963.01.04.
- 안정근, 「유행과 담배」, 『경향신문』, 1958.4.11.
- 양동숙, 「해방 후 공창제 폐지과정 연구」, 『역사연구』 9, 역사학연구소, 2001.
- 이수형, 「1910년대 이광수 문학과 감정의 현상학」, 『상허학보』

36, 상허학회, 2012.

• 이영미, 「성애의 시대, 여성 주체와 섹슈얼리티」, 『국제어문』 33, 국제어문학회, 2005.

• 이용철, 「루소의 우정론」, 『외국문학연구』 66, 한국외국어대학교 외국문학연구소, 2017.

• 이주라, 「1910~1920년대 대중문학론의 전개와 대중소설의 형성」, 고려대학교 박사논문, 2011.

_____, 「한국 근대의 순결 이데올로기와 처녀라는 주체」, 『어문논집』 79, 민족어문학회, 2017.

• 임미진, 「해방기 여성의 생활과 섹슈얼리티의 정치학」, 『개신어문연구』 37, 개신어문학회, 2013.

• 정혜영, 「1930년대 "연애소설"과 사랑의 존재방식」, 『현대소설연구』 47, 한국현대소설학회, 2011.

• 천정환, 「관음증과 재현의 윤리」, 『사회와 역사』 81, 한국사회사학회, 2009.

• 황산덕, 「『자유부인』 작가에게 드리는 말」, 『대학신문』, 1954.03.01.

• 「여자의 무능력자취급 법 대법원 신판례에서 취소」, 『동아일보』, 1947.09.24

• 「열리는 남녀동등의 길」, 『동아일보』, 1946.08.29.

2) 단행본

• 고미숙, 『연애의 시대』, 북드라망, 2014.

• 김연숙, 『레비나스 타자 윤리학』, 인간사랑, 2001.

• 니클라스 루만, 『열정으로서의 사랑』, 정상훈 외 역, 새물결, 2004.

• 서영채, 『사랑의 문법』, 민음사, 2004.

• 이광수, 「사랑」, 『이광수전집』10, 삼중당, 1963.

• 재크린 살스비, 『낭만적 사랑과 사회』, 박찬길 역, 민음사, 1985.

• 정한숙, 『한국현대소설론』, 고려대학교출판부, 1977.

• 피터 브룩스, 『육체와 예술』, 한애경 역, 문학과지성사, 2000.

텔레비전드라마에서 불륜을 다루는 방식

문선영

1. 순응과 위반 사이에서, TV드라마와 불륜

텔레비전 드라마에서 '불륜' 소재 드라마가 본격적으로 증가하면서, 논란의 중심이 된 시기는 1960년대 후반부터이다. 1960년대 중반 이후 텔레비전 드라마는 변화의 바람이 불었는데, 결정적인 이유는 TBC의 등장이다.[1] TBC의 등장으로 KBS가 생산하지 못한 각종 프로그램의 개발이 본격화되었으며, 드라마에서는 일일연속극, 연속사극, 수사극 등이 개발되었다. 또한 1969년 8월에 개국한 MBC는 TBC와 경쟁

---

1) TBC는 KBS에서 연출가, 엔지니어, 탤런트 등을 영입하고 TV드라마를 제작할 수 있는 기반을 마련한다. 또한 탤런트 전속 계약제, 탤런트 공개 모집 제도를 마련한다. 이에 이순재, 김순철, 이낙훈, 오현경 등 KBS의 많은 탤런트들이 TBC로 이동하게 된다. 개국 초기부터 TV 드라마 제작에 힘을 기울인 TBC는 단막극을 시작으로 일일극, 주말극을 통해 매일 TV 드라마를 방송할 수 있는 체제를 만든다. (신상일 · 정중헌 · 오명환, 『한국TV드라마 50년 통사』, 한국방송실연자협회, 2014, 68~69쪽.)

하며, 일일연속극 중심으로 드라마 환경을 구성하였다.[2]

MBC는 개국 드라마 대부분에서 불륜 혹은 복잡한 애정관계, 부부 윤리 문제 등을 다루었다. 그 대표적인 예는 MBC 개국 직후 방영된 〈개구리 남편〉(1969)이다.[3] 〈개구리 남편〉은 회사에 다니는 유부남(최불암)이 직장 동료인 미혼 여성(주연)과 밀애를 즐기는 불륜 이야기가 중심인 드라마이다. 1960년대 TV에서 불륜 묘사는 충격적 사건이었으며, 당시 여론은 '가정매체와 텔레비전 드라마'라는 공식을 내세워 〈개구리 남편〉을 맹비난하였다. '샐러리맨의 외도'를 공공연하게 '안방극장'에서 방영한다는 그 자체가 문제적이었던 것이다. 수많은 비난과 논란 가운데 결국 '드라마가 불륜을 조장'한다는 청와대 측 의견으로 일부 분량을 삭제하였다. 그러나 여기서 그치지 않았고 결국 '가정생활의 순결성과 건전한 생활풍조를 저해'한다며 방송윤리위원회가 방송사에 경고하여 방송이 중단되었다.[4]

〈개구리 남편〉과 같은 방송 중단 사건은 1970년대까지 계속 이어진다. 1970년대 중반은 TV 수상기 300만대를 돌파하여 보급률 40%를 넘긴 시기였다. 수상기 보급률의 증가로 방송 프로그램에 대한 관심도 높아졌다. 드라마의 경우 시청률 경쟁에 있어서 중심이었고, 그에 따른 방송 제한, 검열 등도 당연히 뒤따랐다. 1974년부터 문화공보부

---

2) KBS-TV가 1961년에 개국한 이후 1964년 12월 TBC의 전신인 D-TV의 개국으로 국영·민영방송 공존 시대로 접어들었으며, 1969년 8월 MBC-TV의 개국 이후에는 본격적인 3사 경쟁시대로 돌입하게 되었다.(마동훈, 「1960년대 초기 텔레비전과 국가」, 『한국방송의 사회문화사』, 한울, 2011, 182쪽.)
3) 정영희, 『한국 사회의 변화와 텔레비전 드라마』, 커뮤니케이션북스, 2005, 48~49쪽.
4) 오명환, 「방송 프로그램 편성 50년 변천사」, 『방송연구』 겨울호, 1995, 91쪽.

는 드라마 내용에 대해 "건전한 가치관 제시와 삶의 질의 향상"을 강조했다.[5] 이 시기 '퇴폐성 논란'으로 드라마의 조기종영 사건이 자주 발생했는데, 이러한 논란으로 조기 종영된 드라마 대부분은 '불륜' 문제를 다루고 있었다.[6]

이처럼 1960~70년대에는 중도하차 되고 내용과 편성에서 제한을 받기까지 했던 불륜 소재 드라마의 허용도가 점차 높아지기 시작한 것은 1980년대부터라고 할 수 있다.[7] 이후부터 '불륜'을 다룬 드라마는 단순히 '불건전' 이라는 이유로 비난만을 받는 것은 아니었다. 기존 통념을 벗어나려는 시도로, 도발적인 도전으로 읽혀지기도 했다. 물

---

5) 박기성, 『한국방송문화연구』, 1985, 422쪽.

6) 〈갈대〉(MBC, 1974.10.28~1975.5.) ; 남지연 극본, 표재순 연출. 김혜자, 조경환, 이 대근, 정혜선 출연. 동생을 위해 희생해 온 누이의 삶을 그린 드라마. 당시 시청률은 높았지만 불륜을 중심으로 한, 사랑의 묘사 과정이 건전하지 못하다는 이유로, '퇴폐적'이라는 비난과 함께 조기 종영됨.

〈안녕〉(MBC,1975.2.17~5.17) ; 김수현 극본, 이효영 연출. 음대 졸업반 여대생이 동기 남학생과 유부남 사이에서 갈등하는 이야기를 다룬 드라마. 박근형, 양정화, 송재호, 김미영 출연. 사회 윤리에 어긋난다는 비판으로 78회로 중단됨.

〈아빠〉(TBC, 1975. 4.14~5.18) ;나연숙 극본, 고성원 연출. 김성원, 염복순, 선우용녀 등 출연. 20대 여성과 40대 유부남의 불륜을 다룬 드라마. 가정윤리를 해친다는 지적으로 한 달 만에 중단됨.

7) 1960~1970년대 방송내용 심의는 방송윤리위원회, 각 방송사 심의실의 심의, 문화공보부의 감독 등 삼원체제로 이루어졌지만, 실제는 국가의 직접 개입에 의한 법외 통치가 강력한 영향력을 행사하였다. 1981년부터 방송윤리위원회를 대체하는 법정기구 '방송심위위원회'가 만들어지고, 언론 통폐합에 의해 TBC가 문을 닫고, KBS, MBC 두 방송사 중심의 공영체제가 수립됨에 따라 심의 결정사항의 불이행에 대한 제재는 크게 완화되었다. 또한 사회적으로 '비상계엄해제'라는 정치적 해금과 대외개방형 정책 기조, 고교생 복장, 두발 자유화(1982), 성교육 실시(1983) 등의 변화 속에서 방송사의 성담론 양상도 변화를 가져왔다. 1980년대부터 불륜드라마는 KBS, MBC 두 방송사의 경쟁구도 안에서 선택과 배제의 원칙 아래 적절히 확장되어 갔다.(백미숙 · 강명두, 「순결한 가정과 건전한 성윤리-텔레비전 드라마 성표현 규제에 대한 문화사적 접근」, 『한국방송학보』 21, 2007, 148~161쪽 참조.)

론 당시 수많은 비난을 받으며 논란의 중심에 있었다. 1980년대에도 여전히 방송을 규제하는 심의 기구는 작동했고, 성에 관련된 규제 내용은 이전 시기와 별다른 차이가 없었다. 하지만 이전 시기처럼 '불륜' 소재 자체만으로 중도하차 시킬 수 없었으며 방송사, 연출자, 작가 등 제작 주체는 방송심의라는 제한을 넘나들며 '불륜' 드라마를 통해 대중들의 욕망을 충족시키기 위한 전략들을 구상했다.[8]

이처럼 TV드라마에서 불륜은 결혼제도 안에서 지켜야 할 도덕과 매혹적인 사랑에 대한 욕망 사이를 오고가며 대중적 관심을 불러일으켰다. 또한 불륜은 가정을 위기로 몰아넣는 기제로서 탈관습적인 의미를 지닌다는 점, 시대의 변화에 따라 불륜의 내용이 달라진다는 점때문에 극적 소재로서 인기를 끌 수 있는 요인이 되었다.[9] 하지만 텔레비전은 매체 속성상 각 시대에 따른 보편적이고 안정적인 사회적 관습 안에서 소재 활용과 표현방식이 제한적일 수밖에 없다. 그러므로 TV드라마에서 불륜은 금기와 위반 사이의 아슬아슬한 줄타기를 통해 긴장과 몰입을 이끌어낸다.

이 글은 방송 심의라는 제한과 대중적 욕구/요구 사이를 조율하며 불륜 소재를 다루어 사회적 반향을 일으켰던 각 시대별 TV드라마를 살펴보고자 한다. TV드라마에서 불륜이라는 소재는 수없이 다루어왔

---

8) "텔레비전 프로그램에 대한 저질성이나 퇴폐성, 선정성, 폭력성에 대한 논란이 있어도 시청자들에게 대중적 재미와 즐거움을 준다는 점에서 윤리적 기준과 대중적 재미나 즐거움 간의 충돌은 필연적으로 나타날 수밖에 없다."(이병혜, 「텔레비전 드라마의 시청동기와 시청형태에 관한 연구-〈아내의 유혹〉을 중심으로-」, 『한국언론학보』 54, 2010, 147쪽.)

9) 원정현, 「한국사회의 가치관 변화와 TV멜로드라마의 관계연구」, 서강대학교 언론대학원 석사학위논문, 1996, 5쪽.

지만, 이 글은 〈모래성〉(1988), 〈애인〉(1996), 〈아내의 유혹〉(2008)
을 중심으로 분석하였다. 세 편의 드라마는 불륜과 관련하여 대중들
의 높은 관심과 반응을 유도했고, 한편으로는 텔레비전드라마의 윤리
성 기준으로 인해 선정성 논란이 되었던 작품들이다.[10] 뿐만 아니라
불륜 소재를 활용하는 방식에 있어서 변화의 전기를 마련하고 있기
때문에 주목할 필요가 있다. 그러므로 세 편의 드라마를 통해 각 시대
TV드라마에서 불륜 소재의 활용방식과 변화들을 살펴보는 데 유효한
지점을 마련할 수 있을 것으로 기대한다.

2. 불륜담론의 변화, 순전/불순한 사랑에 대한 물음

1980년대는 국가에 의해 엄격히 규율되고 잠재되어 있던 성 담론이
표면화되기 시작했다. 주부, 어린이, 청소년 등 수용자 계층을 특화하
는 대상 프로그램이나 보도 교양, 연예 오락, 드라마 등 방송 부문별로
신체와 성에 대한 관심과 욕망이 다양하게 분출되었다. 1986년 이후

---

10) "방송에서 선정성은 프로그램 내용이 특정한 의미를 극도로 강조하고 도덕적, 심
미적 감성을 자극하여 실제 사실보다 더 흥미롭고 중대한 것처럼 윤색하고 과장
하는 일련의 제작태도 혹은 표현양식을 의미한다. 방송의 선정주의는 포괄적으
로 성 표현, 폭력, 정치·문화적 쟁점에 대한 과장 등 다양한 방식으로 표출된다.
또한 선정성은 좁은 의미로서의 선정주의인 성적인 행위 또는 노출과 관련된 표
현으로 시청자로 하여금 불쾌감이나 혐오감을 자아내는 내용의 문제로 볼 수 있
다."(방송통신심의위원회, 『유료방송의 선정성·폭력성 기준에 관한 연구』, 방송
통신심의위원회 연구자료, 2010, 김보람, 「방송통신심의위원회의 방송에서 나타
난 선정성 심의에 관한 연구」, 한양대학교 신문방송학과 석사학위논문, 2011, 20
쪽, 재인용.)

텔레비전 드라마는 성표현의 영역에 있어 많은 변화를 시도했다. 그 중 한 가지는 혼전 성관계나 이혼을 기제로 하는 긴장과 갈등 관계에 관련된 주제를 적극적으로 다루는 것이었다. 결혼제도에 대한 기존의 통념에서 벗어나려는 시도들은 가정을 버리고 '불륜'의 사랑을 선택할 수 있다는 주제로 확장된다.[11]

　이와 관련하여 논란의 중심이 된 것은 MBC 미니시리즈 〈모래성〉이다.[12] 이 드라마는 40대 유부남 변호사와 30대 미혼녀의 불륜을 다루고 있다. 전문직 남성이 미혼의 여성에게 매혹당하고, 외도하는 이야기는 이전에도 자주 반복되었던 불륜 서사 중 하나였다. 그러나 다수의 드라마가 불륜을 일시적이고 순간적인 것으로 묘사했던 것과 비교해볼 때, 〈모래성〉은 사랑을 전제한 외도를 진지하게 접근하고 있다는 점에서 차이점을 보인다.[13] 사랑을 전제한 불륜이라는 점이 〈모래성〉의 중요하고 특별한 기제라는 사실은 드라마의 보조 인물을 통해 틈틈이 드러난다. 〈모래성〉은 주요인물인 김진현(박근형)-장현주(김혜자)부부 이외의 또 다른 부부 관계를 제시하고 있는데, 그것은 현주의 언니 영주 부부 이야기이다. 드라마는 1회부터 영주(강부자)의 바

---

11) 백미숙 · 강명두, 앞의 논문, 160~165쪽 참조.

12) 김수현 원작, 김수현 극본, 곽영범 연출, 김혜자, 박근형, 김청 출연(MBC, 1988.9.12. ~199.10.18, 총10부작)

13) 1988년 〈모래성〉에서의 불륜은 이전 드라마에서 묘사되었던 진지하지 않는, 일시적이고 순간적인 것이라 치부되었던 불륜과 비교해볼 때 당시 대중들에게 상당히 파격적이고 충격적이었다. 〈모래성〉은 이러한 불륜 이야기에 대한 대중들의 거부감을 감소시키기 위해 부유층 인물로 설정하였다는 의견도 있다.(원용진, 「장르 변화로 읽는 사회 - 인기드라마 〈모래성〉과 〈애인〉을 중심으로」, 『언론과 사회』, 1997, 115쪽 참고.)

람난 남편을 향한 거친 악담과 요란한 신세한탄으로 시작한다.[14] 그러나 영주 남편의 반복되는 외도는 이후, 진현의 불륜과 비교되면서 심각한 문제가 아닌 것처럼 여겨진다.[15] 영주 남편의 외도는 사랑을 전제하지 않는 '단순한 바람'으로 정의된다. 미니시리즈 〈모래성〉에서 당시 대중들을 고민하게 만들었던 점은 영주 부부와 차이를 가지는 진현 부부 사이에서의 불륜 사건이다.

〈모래성〉의 진현은 변호사로 일하며 경제적 풍요와 가정적 안정을 누리고 있는 40대 유부남이다. 그는 지적이고 이성적인 전문 변호인으로, 따뜻하고 다정한 남편이자 아버지로, 회사와 가정에서 좋은 평가를 받는 인물이다. 그러나 진현은 1년 넘도록 30대 미혼녀 세희(김청)의 집과 자신의 집을 교묘히 오고가는 비밀 생활을 유지하고 있다. 게다가 세희는 두 번의 임신 중절 수술을 받은 적이 있다. 이는 드라마의 첫 회부터 내연녀와 함께 해외출장을 다녀오고, 가족들의 귀국 환영을 받은 후 내연녀의 집으로 향하는 진현의 장면으로 적나라하게 제시된다.

대부분의 불륜 드라마는 배우자의 외도가 발각되는 시점을 지연시키며 긴장감을 높이는 전략을 사용한다. 가족이라는 도덕률과 사랑의 욕망 사이에서 교묘하게 줄타기하는 비밀스러운 이중생활은 불륜 드라마의 주요한 갈등의 한 축을 담당하기 때문이다. TV드라마에서 불륜이 발각되는 것을 지연시키는 것은 긴장과 재미를 극대화하려는 전

---

14) 〈모래성〉(김수현 극본, 김영범 연출) 총 10회 영상복사본, http://www.mbccni.co.kr/cscenter(이후 표기 생략)
15) 이전 시기 불륜 자체가 심각하고 비극적인 문제였지만 이 드라마에서 영주 남편의 외도는 〈모래성〉 방영 당시 이미 흔하고 식상해버린 불륜을 다루는 방식이었던 것으로 보인다.

략 중 하나이다.[16] 그러나 〈모래성〉에서 외도라는 비밀이 발각되는 것을 지연시키는 극적 재미는 중요하지 않다. 〈모래성〉의 첫 회에서 세희는 학교 선배이자 진현의 동생 진해(윤여정)에게 진현과 자신의 관계를 고백한다. 불륜 상대자의 가까운 가족이 사실을 알게 됨으로써 지연서사전략을 통한 긴장감은 느슨해진다. 진해의 말처럼 "오빠와 언니 사이에 아무런 문제가 없고, 난 새언니와 사이가 그런대도 좋은 편이고, 또 오빠의 집에 얹혀사는(1회)" 입장인 사람에게 발각이 아닌, 불륜 대상자가 자발적으로 고백하는 방식은 이전 시기 불륜 소재 드라마에서는 찾아보기 쉽지 않다.

이와 같은 전략은 〈모래성〉이 일일연속극이 아닌 총 10회의 미니시리즈라는 새로운 방식을 적용하고 있다는 점에서, 시간적 단축이 필요했기 때문이다.[17] 〈모래성〉은 불륜 사건 이전보다 불륜이 공공연하게 드러나는 이후 사건에 더 집중하고 있다. 이는 이전 TV드라마에서 불륜을 다루었던 방식과의 차이를 두고자 하는 전략 중 한 가지다. 세희의 고백은 과거 유부남과 열렬히 사랑하다 실패 경험이 있는 진해에게 자신의 사랑에 대한 진정성을 이해받고 불륜 행위에 대한 도덕적 비난에서 벗어나고 싶은 욕망에서 비롯된 것이다. 〈모래성〉에서 진현과 세희는 열정적으로 서로를 사랑하고 있다는 점에서 동일한 입장이다. 그러나 불륜 사실이 발각 된 이후 진현이 세희를 완전히 포기

---

16) 김영성, 「TV드라마에 나타난 가족 해체 위기와 치유의 미학」, 『비평문학』, 2018, 75쪽 참조.

17) 미니시리즈는 일일연속극의 비난과 한계를 극복하기 위한 목적으로 본격화되었다. 60~400회까지 장기간 방송하는 일일연속극에 비해 미니시리즈는 총 10회 정도의 분량으로 짧은 기간 방송되었다. 1987년에 시작된 MBC 미니시리즈는 최인호 소설을 각색한 드라마 〈불새〉를 첫회(총 8회) 방영한다.

하지 않으면서도 가정을 유지하고자 하는 이기적인 태도를 보이는 데 비해, 세희는 진현에게 자신의 모든 삶을 걸고 그를 기다린다. 세희의 사랑에 대한 진정성은 기존 불륜 소재 드라마에서 유부남의 경제적인 부나 사회적 지위에 의지하는 여성과는 차이를 가진다는 점으로부터 출발한다. 세희는 특별한 직업을 가지고 있지는 않지만, 부유한 집안에서 성장해서 경제적인 여유를 가지고 있다. 그러므로 스스로 경제적인 문제를 해결할 수 있을뿐더러, 테니스, 외국어 학습, 운전학원 다니기 등 삶을 여유롭게 즐기는 인물이다. 세희의 태도는 드라마 끝까지 일관된다. 이 점은 〈모래성〉이 당시 선정성 논란이 되었던 문제를 다른 관점으로 이해받고 방송 심의를 피하고자 하는 욕망과 일치된다고 할 수 있다.

〈모래성〉은 불륜을 제시하는 장면 묘사나 대사에 있어서 가족의 도덕률을 어기고 금기된 사랑에 대한 욕망을 노골적으로 재현하는 부분들이 많다. 드라마는 남편의 이중생활을 제시하기 위해 진현이 가정에 충실한 시간을 보내는 장면과 내연녀 세희와 밀회를 나누는 장면을 교차하며 반복적으로 제시한다. 이때 세희의 샤워하는 장면, 등을 노출한 침대 장면, 진현과 세희의 키스장면 등은 당시 선정성, 퇴폐성 문제로 방송심의에서 경고조치 된다.[18] 이는 평범한 가정주부 현주에 비해 도발적인 매력을 가진 내연녀에게 매혹당한 남편의 외도를 강조하기 위한 장면제시라고 할 수 있다. 불륜을 다룬 TV드라마에서 남편의 내연녀는 아내와 달리 여성성이 강조된다. 아내와 상반된 이미지의 젊은 내연녀에 대한 제시는 불륜 소재 드라마에서 극적 갈등을 일

18) 신상일 · 정중헌 · 오명환, 앞의 책, 2014, 363쪽.

으키는 데 요건이 되었고, 가정에 헌신적인 아내 입장에 선 시청자들
의 공분을 사기도 했다.[19] 또한 아내가 아닌 다른 여자에게 눈을 돌리
는 남편들의 외도의 이유를 합리화하는 지점을 마련하기도 했다. 〈모
래성〉에서도 아내와 내연녀의 대비된 장면은 반복적으로 제시되는
데, 남편 진현의 일탈적 사랑의 상대자 세희의 신체는 자주 노출된다.
1970년대 후반까지도 "사랑하는 남녀가 옷을 벗어 보이는 장면은 방
송에 부적절하고 부도덕한 것으로 제재"[20]되었던 것으로 볼 때, 〈모래
성〉의 노출 장면은 과감한 부분이라고 할 수 있다. 이 점은 여전히 '안
방극장'이라고 명명되며 가족이 함께 즐기는 텔레비전 방송이라는 조
건에 부적합하다는 지적을 받는다.[21]

〈모래성〉의 선정성은 불륜 대상자들의 신체적 접촉 장면이나 노출
장면이 주요 원인이었지만, 논란이 되었던 또 다른 한 가지는, 남편의
불륜에 대한 아내의 직접적 반응이다. 시도 때도 없이 바람을 피우는
남편을 향한 현주의 언니 영주의 심정이나 남편 진현의 불륜 사실을
알고 난 후, 아내 현주의 심정은 직절적인 대사를 통해 드러난다. 자신
의 잘못을 인정하면서도 "흔히 그럴 수 있는 일"로 치부하며 결혼 생
활을 유지하려는 남편의 태도를 향한 아내의 증오가 가득한 발언들은

---

19) 가부장적 이데올로기 안에서 결혼 후 여성은 부부간의 애정이나 관계보다는 헌신
   적 내조와 인내, 그리고 양육의 의무성만이 강조되면서 애정을 기반으로 한 정서
   는 무시된다(권명아, 『음란과 혁명-풍기문란의 계보와 정념의 정치학』, 책세상,
   2013, 340쪽.)
20) 백미숙 · 강명구, 앞의 논문, 152쪽.
21) 방송심의위원회는 "퇴폐적인 남녀의 불륜행위, 부도덕한 애정관계 등 불건전한
   소재"를 이유로 〈모래성〉에 대해 제작 관계자들에게 주의 환기 결정을 내릴 것을
   권고 받는 단호한 제재를 받았다.(문화방송, 『문화방송연지』, 삼보문화사, 1989,
   388쪽.

공감을 불러오기도 했지만, 논란이 되기도 했다.[22]

〈모래성〉은 또 다른 점에서도 사회적 이슈를 불러일으켰는데, 아내 현주가 이혼을 선택하는 결말을 통해서이다. 불륜을 다루었던 기존 TV드라마의 대부분이 아내의 이해, 희생을 통한 가정 유지라는 결말이었던 것과 비교해볼 때, 〈모래성〉의 결말은 대중들에게 신선한 충격이었다. 1980년대 현주처럼 가정주부가 남편의 불륜을 원인으로 이혼을 선택하고 독립을 하는 이야기는 흔하지 않았다. 그러므로 현주의 선택은 여성이 남편의 사랑이나 신뢰를 잃어버린 상황에서도 가정을 위해서 인내하며 희생하는 결말을 벗어나는 것이었다. 이는 부부관계에 있어서 사랑의 의미나 약속이 깨졌을 때, 여성이 자신의 삶을 독립적으로 선택할 수 있음에 대한 새로운 가능성을 제시한 것이다.

〈모래성〉은 불륜을 다루는 방식에 있어서 당시 선정성 논란의 중심이 되었다. 그러나 이 드라마는 자극적인 소재와 장면 제시 이외에 사랑의 순전함에 대한 진지한 물음을 던지고 그 해답을 풀어가는 과정을 그려냈다. 불륜을 단지 일시적인 외도가 아닌 장기간에 걸친 사랑이라는 점에서 결혼이라는 제도를 떠난 사랑의 가능성에 대해 접근하고 있다. 동시에 남편의 불륜 사실을 알게 된 아내가 가정을 유지하는 것보다 사랑과 신뢰가 깨진 결혼 생활을 파기하는 선택을 한다는 점에서도 새롭다. 이는 불륜이라는 선정적인 소재를 다루는 데 있어서 위험부담을 줄이고, 오히려 TV드라마에서 새로운 불륜에 대한 담론을 형성하는 기반이 되었다.[23]

---

22) "병신 같은 게 고양이 쥐 생각하네.", "에이즈나 걸려 죽어버려라." 등 직설적인 대사는 당시 방송심의에서 과격하고 선정적인 대사로 경고 조치된다.

23) "사회적으로 엄청난 파문을 일으킨 〈모래성〉은 제작진과 방송위원회, 시청자들

3. 불륜의 미화, 일탈적 사랑에 대한 판타지

1990년대 한국방송은 급격한 변화의 소용돌이 속에 있었다. 1991
년 민간상업방송인 SBS의 출발로 공, 민영 혼합방송체제가 시작되었
고, 1995년에는 지역민방, 케이블방송이 시작되어 다매체, 다채널 시
대를 열었다.[24] 1990년대는 과거 한국 사회에서 찾아볼 수 없을 정도
로 성담론이 폭발적으로 증가한 시기였다. 다양한 매체를 통해 성에
대한 이야기가 쏟아졌고 성을 개인의 자유와 행복과 연결시키는 성적
자유주의 담론이 확산되었으며, 무엇보다 동성애 담론이 커밍아웃을
했다.[25] 새로운 민방 SBS 개국과 더불어 텔레비전 드라마가 활발하게
제작되고 다양성을 가지게 되면서 '불륜' 소재 드라마에서도 새로운
스타일이 등장했다.[26]

1990년대 불륜 소재 드라마의 새로운 전환을 가져왔다고 알려진

의 사이의 논란 끝에 방송심의위원회 주최 간담회가 열려 시대의 변화에 따른 소
재의 확대는 인정하지만 표현상 신중을 기해서 방송해야 한다는 제재 선에서 의
견 일치를 보고, 8회 모두 방영을 무사히 마칠 수 있었다. 또한 이 드라마에서 중년
여성의 심리를 성공적으로 표출한 탤런트 김혜자씨는 그 공로를 인정받아 1988년
MBC 방송연기대상을 수상하기도 했다."(문화방송, 앞의 책, 388쪽.)

24) 이은미, 「1990년대 텔레비전 방송의 다양성 분석」, 『한국언론학보』 46, 한국언론
학회, 2001, 390쪽.
25) 주은우, 「자유와 소비의 시대, 그리고 냉소주의의 시작-대한민국, 1990년대 일상
생활의 조건-」, 『사회와 역사』, 한국사회학회, 2010, 319쪽.
26) TV 드라마 30년을 맞이한 1990년대는 드라마의 생산과 소비 차원에서 10년 공영
방송에서 고착된 획일화 현상을 탈피하고 다양성을 구현했다. 무엇보다 1991년
SBS개국으로 드라마 편수가 30% 이상 늘어났고, 이 증가에 따라 드라마 소재와
장르도 함께 확대되었다. 1995년도는 '뉴미디어 원년'을 맞아 케이블 TV가 개막
하면서 드라마 방송의 창구와 유통이 다양화되었다. 1990년대는 문화의 '민주화,
다양화, 개인화'로 압축할 수 있으며, 드라마도 그에 따라 새로운 지평을 확대하기
시작했다.(오명환, 앞의 책, 386쪽.)

드라마는 MBC 미니시리즈 〈애인〉이다.[27) 〈애인〉은 가정을 가진 30대 기혼남녀(유동근, 황신혜)의 만남과 이별을 그린 작품으로 '아름다운 불륜'이라는 말을 유행시킬 만큼 당시 사회의 '불륜 신드롬'을 불러일으켰다. 〈애인〉은 결혼한 남녀의 불륜을 성적인 관계로만 비하시키는 것이 아니라 '아름답고 순수한 사랑'이라는 긍정적 이미지를 만들어냈다는 점에서, 기존 불륜 소재 TV드라마와 구별된다. 앞에서도 살펴봤듯이 1988년 〈모래성〉에서도 불륜에 대한 사랑의 순전함의 유무에 따른 논란이 제기되었다. 하지만 가족 이데올로기 안에서 불륜은 가정을 파괴하는 원인으로 부정적 이미지로 작동된다. 〈애인〉은 결혼 씨노에서 배우자에 대한 배신, 약속 위반이라는 불륜 행위에 의해 발생되는 문제보다 순수한 사랑을 열망하는 인간적인 동경에 접근함으로써 불륜을 긍정적 이미지로 전환하는 데 성공하였다.

〈애인〉에서 조경 사업가 정운오(유동근)와 이벤트 회사 PD 윤여경(황신혜)의 만남은 놀이동산에서 우연한 사건에 의해 운명처럼 이루어진다. 각자 자녀를 데리고 놀러 온 놀이동산에서 운오는 실수로 여경의 바지에 아이스크림을 묻힌다. 자신의 실수를 아무렇지 않게 여기는 젊고 아름다운 외모의 여경의 태도에 운오는 한순간 반한다. 그들의 만남은 나란히 신호대기를 기다리며 신호등 앞에 서있던 차안에서 우연히 마주치는 사건으로 운명처럼 다시 시작된다.[28) 낭만적 사랑이 우연성을 계기로 운명적 사랑이라는 환상을 부여하듯 〈애인〉에서

---

27) 최연지 극본, 이창순 연출, 황신혜, 유동근, 이응경 출연(MBC, 1996.9.2.~1996.10.22. 총16회)

28) 〈애인〉(MBC, 최연지 극본, 이창순 연출) 총 16회 영상자료(http://vodmall.imbc.com)다시보기),이후 표기생략

운오와 여경의 만남도 낭만적 사랑의 관습 안에서 형성된다.

이외에도 〈애인〉은 유혹, 욕정 등의 부정적인 불륜의 이미지들을 벗어나 첫사랑 이미지처럼 순수한 사랑을 제시하는 낭만적 소재를 주로 사용한다. 두 사람이 데이트 하는 장소는 아름다운 자연을 전경으로 하는 경우가 대부분이다. 불륜 소재 드라마에서 비밀스러운 만남이 보장되는 은밀한 사적 장소가 배경이었던 점과 비교해 볼 때, 〈애인〉에서 두 사람의 공간은 '푸른 잔디 언덕의 하얀 벤치, 노을이 지는 풍경의 산책길, 분위기 있는 카페' 등 로맨틱한 장소들이다. 또한 두 사람의 만남은 낭만적인 음악을 배경으로 하고 있어서 마치 뮤직 비디오의 아름다운 한 장면과 같다.[29] 운오가 여경의 마음을 움직이기 위해 준비한 선물은 꽃다발, 손 편지, 머리핀, 음반 등으로 정서적 유대감을 높이는 소품들이다. 로맨틱한 풍경이나 소품들의 사용은 1992년 드라마 〈질투〉이후 유행처럼 자리 잡은 트랜디 드라마의 영향이 크다. "트랜디 드라마는 한마디로 드라마의 패션화인데 드라마의 주제, 전개, 구성 등에 시청자와 제작자 간의 유행심리와 잠재경향을 만족시키는 작품이다. 당시 트랜디 드라마는 젊은 세대에서 선호도가 높은 탤런트가 주연을 하고 도시풍의 배경, 소재 등 트랜디 아이템 자체를 작품화하였다."[30] 〈애인〉은 10~20대 중심의 트랜디 드라마의 유행을 30~40대 연령으로 확산시켰을 뿐만 아니라 남성 시청자들에까지 확장시켰다.

---

29) 배경음악 'I.O.U(I Owe You, Carry& Ron)'는 두 사람의 주제곡처럼 영상에 삽입되어 인물들의 심리적 상태, 대사 대신 사용되기도 했다. 이 배경음악의 인기로 인해 〈애인〉OST 음반판매량이 폭발적으로 증가하기도 했다. (《조선일보》, 1996. 10.22.)
30) 오명환, 앞의 책, 446~447쪽.

또한 〈애인〉에서는 두 사람의 만남에 대해 매혹적인 신체나 시선, 자극적인 장면에 집중하지 않는다. 이 드라마는 배우자 이외의 상대와 불륜 관계를 지속하는 남녀의 세세한 감정을 구체적으로 제시하는 데 중심을 둔다. 특히 남자 주인공 운오는 여경의 환경과 심정적 변화를 배려하는 따뜻한 남성으로, 이전 시기 불륜 소재 드라마의 가부장적이고 이기적인 남성과는 확실한 차이를 보인다. 운오에 비해 상대적으로 인간관계에 있어 조심성이 많은 여경이 일탈적 사랑을 실행할 수 있었던 것은 정서적 유대감을 중요시하는 운오의 태도에서 비롯된다. 여경의 남편 우혁(김병세)은 대기업에서 초고속으로 승진하고 젊은 나이에 높은 자리에 올랐지만, 사회적 성공이 가장 중요한 인물이다. 아름다운 외모, 세련된 패션 스타일, 자신의 일을 가진 여경은 부족할 것 없어 보이지만 가정에서는 정서적으로 결핍감을 느낀다. 이는 남편 우혁과의 정서적 소통이 원활하지 않기 때문이다. 여경은 아내와 아이 엄마로서만이 아니라 여성으로 사랑받기를 원한다.[31] 이러한 여경의 정서적 결핍을 충족시켜주는 것이 운오와의 만남이기 때문에 〈애인〉에서의 유부녀 여경의 외도는 단순한 일탈을 넘는 의미를 가진다.

기존의 불륜 소재를 다룬 TV드라마의 대부분이 육체적인 관계나 배우자에 대한 배신을 제시하는 데 집중한다. 하지만 〈애인〉에서는 불륜 남녀의 정서적 교감이 강조되며 육체적 관계는 상당히 제한적으로 제시된다. 〈애인〉에서 운오와 여경의 육체적인 관계에 대한 재현은 상당히 절제되어 있다. 〈애인〉에서 두 사람의 관계가 발전되는 서사

---

31) 김공숙, 『멜로드라마 스토리텔링의 비밀』, 푸른 사상, 2017, 89쪽 참고.

는 단지 정서적인 교류를 제시하는 장면에만 있지는 않다. 서로의 마음을 확인한 운오와 여경은 호텔로 들어가지만, 금기를 위반하지 않으려는 여경의 강력함에 차단된다.(5회) 이후 여경이 원하는 바가 어떤 것인지를 짐작한 운오는 자신의 별장으로 여경을 데리고 가지만, 여경이 걱정하는 점에 대해 과도한 행동을 하지 않으며 상대방을 배려하는 태도를 보인다.(8회) 두 사람의 육체적 접촉은 악수, 가벼운 포옹 정도에 그치는 경우가 많다. 키스 장면의 경우도 2번 정도인데, 그나마 운오와 여경의 엘리베이터 키스 장면은 상상 속에서 벌어지는 일로 재현된다. 실제 두 사람의 키스 장면은 후반부 이별을 결심하는 차 안에서 한 번 뿐이다. 이 키스 장면 마저도 운오, 여경의 감정적 변화를 구체적으로 제시하며 애잔하고 아름답게 연출하고 있다.

〈애인〉에서 불륜 남녀의 육체적 관계는 제한적인데 비해 부부 사이에 있어 육체적 관계는 노골적으로 제시된다. 예를 들어 하늘거리는 잠옷을 입은 아내 명혜의 잠옷 어깨끈을 내리며, 부부관계를 나타내는 운오-명혜 부부의 노골적인 성관계 묘사, 일하고 있는 우혁의 서재에 들어와 강렬한 스킨십으로 우혁을 유도하는 여경의 과감한 장면으로 제시한다.(3회) 그러나 부부사이에서의 파격적인 노출장면은 선정적이거나 퇴폐적이라기보다 당연한 것처럼 수용되고 오히려 불륜 관계에 놓인 남녀가 육체적 관계를 절제하고 순수한 사랑을 추구하는 점을 강조하는 역할을 담당한다.

〈애인〉은 유부남과 유부녀의 불륜을 아름답게 묘사하며 높은 시청률을 확보하고 대중들의 폭발적 반응을 유도했다. 그러나 결혼 제도 내에서 금기에 대한 위반을 지나치게 미화한다는 이유로 사회적 파

장을 일으키며 방송심의에서 경고조치 된다.[32] '간통 사실이 입증되
지 않았더라도 배우자에게 충실하지 않은 채 다른 이성과 교제했다면
부부간 정조의무를 위해한 것으로 위자료를 지급해야 한다'는 법원의
판결, 국감에서의 비난 등이 논란이 되기도 한다. 외도를 미화, 사회적
논란을 촉발시키고 있는 MBC 미니시리즈 〈애인〉은 10월 16일 국감에
서 논의 대상이 되기도 했다. 이날 방송위원회에 대한 문화체육공보
위 국감에서 의원들은 갈수록 심각해지고 있는 선정적 드라마의 방영
에 우려를 표시하며 〈애인〉을 대표적인 드라마로 제시했다. 〈애인〉이
'불륜을 미화하여 30~40대 주부층의 애인 신드롬을 불러일으킨'다는
점에서 사회적 폐해가 크다고 비판했다.[33]

그럼에도 불구하고 드라마 〈애인〉은 불륜에 대해 사회적 비난을 뛰
어넘는 지점을 마련한다.[34] 이 드라마는 기혼남성에 비해 기혼여성의
불륜에 대한 비난의 강도가 높았던 기존 드라마 공식을 깨고, 기혼여

---

32) 드라마 〈애인〉은 방송위원회로부터 두 차례의 경고를 받는다. "방송위는 9월 18
일 운오와 여경이 승강기 안에서 상상으로 키스하는 장면을 실제 상황으로 혼동
할 수 있게 묘사한 부분, 두 사람이 호텔에 들어가 포옹한 장면에 대해 경고조치
했다. 또한 미니시리즈 〈애인〉이 혼인의 신성함과 건전한 가족의 가치를 훼손했다
는 이유로 9일 방송위원회로부터 경고를 받았다. 방송위 연예오락심의 소위원회
는 여경과 운오의 만남을 운오의 아내가 안 뒤에도 두 사람의 관계가 이어져 운오
부부가 파경 직전에 이르고 여경과 운오가 작별의 키스를 나누는 장면 등을 경고
사유로 지적했다."(《한겨레》, 1996.10.11.)

33) 'TV드라마 〈애인〉 국감 도마에', 《경향신문》, 1996.10.17.

34) "지난 16일 문화체육공보위의 방송위원회에 대한 감사에서 TV드라마 〈애인〉을
비판한 의원들이 때 아닌 주부시청자들의 항의전화로 수난을 당했다는 후문이다.
전화를 걸어온 사람들은 몇몇 남성도 포함돼 있었으나 대부분 주부였다. 여성들
의 항의내용은 '사고방식이 너무 고리타분하다.', '그런식으로 국감해서 여성표를
얻을 수 있겠느냐.', '주부들이 그런 것 볼 재미도 없으면 무슨 낙으로 사느냐' 등이
었다.(《경향신문》, 1996.10.19.)

성의 불륜 역시 동등한 입장이라는 관점으로 문제가 제기되었다.[35] 〈애인〉에서 보여주고자 하는 불륜은 무기력해지고 일상화된 가정생활에 삶의 활력을 주는 것 또는 잃어버린 자신의 여성성/남성성을 확인하는 계기를 마련하는 촉매제 역할이다. 이들의 사랑은 결혼 여부를 떠난 사적인 감정이며, 낭만적 사랑으로 미화됨으로써 긍정적 이미지이다. 그러므로 〈애인〉에서 불륜은 가정 파괴의 의미가 약화되어 있다.[36] 따라서 시청자에게 결혼 밖에서의 사랑에 대한 판타지를 제공한다고 할 수 있다. 특히 이 점은 〈애인〉의 결말을 통해 실현된다. 두 사람은 각자의 결혼 생활을 정리하고 함께 떠날 계획을 하지만, 결국 다시 원래의 위치였던 가정으로 복귀한다. 샌프란시스코로 떠나기 전, 운오는 부인 여경(이응경)의 임신 소식으로, 여경은 회사 문제로 실의에 빠진 남편 소식을 듣고, 각자의 배우자에게 돌아간다. 이후 일상으로 복귀한 두 남녀는 첫 만남이 있었던 장소에서 우연히 마주친다. 드라마 〈애인〉은 불륜이라는 소재를 통해 특별할 것 없는, 평범한 기혼 남녀에게 일상에서 잠시 일탈하고 싶은 욕망을 낭만적 사랑이라는 이미지로 충족시켜주었다.

35) 김지영, 「TV드라마 속 혼외관계의 사회적 변천에 관한 연구: 지상파 3사를 중심으로」, 건국대학교신문방송학과 박사논문, 2016, 125쪽.
36) "〈애인〉에서 불륜 사건과 관련된 모든 일들은 가족이 아닌 친구들을 통해서 중재되고 해석된다. 〈애인〉이 시청들로부터 많은 관심과 호응을 얻을 수 있었던 요소는 불륜이 가정과 관련이 있다는 전통적 관습은 유지하되, 친구들이 이야기를 이끌어가고 가족이라는 제도보다는 당사자의 감정에 더 많이 집중했기 때문이다."(원용진, 앞의 글, 118쪽.)

4. 불륜의 다각적 활용, 복수와 응징의 수단

1990년대 후반 이후 텔레비전은 사적인 것을 공론화시키는 기폭제 역할을 했다. 비밀스럽게 이야기되었던 '성'의 문제까지도 공적 담론의 대상에 포함하기 시작한 것이다. '구성애의 아우성'(1998)과 같은 프로그램이나 다양한 형식의 토크쇼, 혹은 '부부클리닉 사랑과 전쟁-'(1999)과 같은 드라마로 인해 그동안 금기시되거나 은밀한 방식으로 이야기되었던 성 담론은 공적으로 가시화되었다.[37] 불륜에 대한 대중의 관심은 꾸준히 존재할 뿐 아니라 재현방식도 변화했다. 기존의 TV드라마에서 불륜 문제를 부부의 갈등과 화해, 이혼과 가정유지 중심으로 풀어냈다면 2000년대 이후 불륜 드라마는 응징과 복수, 내연녀에 대한 복수, 이혼녀와 미혼남의 사랑 등 다양한 방식으로 진행된다.[38] 특히 '막장드라마'에서 불륜 소재 활용은 적극적이다. 2000년대 이후 '막장드라마'에서 설정하는 '불륜'은 음란하고 선정적인 이야기를 이끌어내는 데 주요한 소재로 활용된다.[39]

---

37) 이동후, 「1990년대 미디어화와 대중의 재구성」, 『미디어와 한국현대사: 사회적 소통과 감각의 문화사』, 대한민국역사박물관 한국현대사 연구총서10, 2016, 304~305쪽.
38) 김수아, 「드라마에 나타난 사랑과 분노」, 『젠더와 문화』, 7권 1호, 2014, 149쪽.
39) 막장드라마는 갱도의 막다른 곳을 뜻하는 '막장'을 부정적으로 차용하여 표현한 것으로 '불륜, 출생의 비밀, 배신과 복수, 불치병'등의 소재가 개연성 없이 폭력적이고 선정적으로 반복 전개되는 일련의 드라마를 지칭한다. 막장드라마라는 용어 사용이 촉발된 것은 2008년 방영되었던 〈조강지처클럽〉(SBS), 〈너는 내 운명〉(KBS 1TV)에서 개연성 없는 자극성 강한 상황 설정이 반복될수록 시청률이 높아지는 이상 현상으로부터 '막장' 논란이 있었고, 이후 언론매체를 통해 '막장드라마'라는 용어가 시작되었다. (윤석진 · 정현경 · 박상완, 「텔레비전드라마의 '막장'논란에 대한 고찰- 방송통신심의위원회 심의 사례를 중심으로-」, 『한국언어문화』59집, 2016, 360쪽.

〈아내의 유혹〉은 '막장드라마'라는 용어를 확산시킨 대표적인 드라마 중 하나이다.[40] 이 드라마는 선정적이고 자극적인 상황 설정에 대한 비난을 받으면서도 저녁 일일드라마 사상 최고의 시청률을 기록했다.[41] 〈아내의 유혹〉이후 선정성, 자극성의 강도를 높이는 후속 모방작들이 줄이어 방영되며 막장드라마라는 용어가 확산되었다.[42] 〈아내의 유혹〉에서 불륜은 드라마를 전개시키는 중요한 요건이다. 이 드라마는 순종적인 가정주부 구은재(장서희)가 남편 정교빈(변우민)과 친구 신애리(김서형)의 불륜으로 인해 받은 상처를 자신이 당한 것과 같은 방식으로 복수하는 이야기이다.[43]

〈아내의 유혹〉에서 불륜은 가정을 파괴하는 동시에 복수의 도구가 된다. 남편 교빈은 남녀 관계에 진지하지 않고, 쉽게 흔들리거나 변심을 반복하는 인물이다. 교빈은 은재와 결혼 했지만 다른 여자에 눈을 돌리거나 습관적으로 외도를 한다.[44] 그러나 교빈의 집에서 그의 태도는 특별히 문제되지 않는다. 교빈의 어머니 백미인(금보라)에게 아들의 불륜은 마음에 들지 않았던 며느리를 내쫓을 수 있는, 즉 며느리를 교체할 수 있는 기회이다. 〈아내의 유혹〉에서 가정은 사랑과 신뢰

---

40) 김순옥 극본, 오세상 연출, 장서희, 변우민, 김서형, 이재황 출연(2008.11.3.~2009. 5.1. 총129회)

41) 첫 방송 12% 시청률로 시작한 〈아내의 유혹〉은 이후 방송 두 달 만에 30%넘는 시청률을 유지했으며, 은재의 복수가 시작되는 이후부터는 시청률 40%를 뛰어넘는 기록을 보였다.(연합뉴스http://m.entertain.naver.com/, 2009.1.30.)

42) 이병혜, 앞의 글, 140쪽.

43) 〈아내의 유혹〉(SBS, 김순옥 극본, 오세상 연출) 129회(http://allvod.sbs.co.kr/allvod/vodMain.do)다시보기, 이후 표기생략.

44) 1회부터 산부인과에서 낙태 수술을 받는 애인에게 수술비를 협상하다, 우연히 같은 산부인과를 예약한 은재를 피해 급히 달아나는 교빈의 장면이 제시된다. 또한 회사 비서에게 신체적 접촉을 하는 교빈의 행동이 제시된다.

라는 전제를 기반으로 하지 않는다. 가족은 경제적인 가치에 따라 그 역할과 위치가 정해진다. 가난한 처가 식구를 책임져야 하는 전업주부 은재는 가족 구도의 서열에서 하위에 속한다. 교빈이 애리와의 불륜 과정 속에서 아내 은재 보다 경제권을 쥐고 있는 아버지 정하조 회장(김동현)을 의식하는 것은 이러한 이유 때문이다. 교빈에게 결혼은 자신의 욕망을 채울 수 있는 수단이다. 현재 배우자보다 더 많은 것을 가지고 있다고 생각하는 대상이 나타나면 정이나 의리, 약속은 무의미하다. 뿐만 아니라, 욕망 실현을 방해하는 요소는 과감하게 제거한다. 〈아내의 유혹〉에서 아내 은재의 임신이 내연녀 애리와의 새로운 출발을 방해한다고 생각한 교빈은 강제로 은재에게 임신 중절 수술을 시키려하고, 바닷가에 끌고 가 죽음 직전에 이르게 하는 비윤리적 행동들을 한다. 교빈의 이러한 행동은 욕망의 대상이 바뀔 때 마다 반복된다.

"교빈 집안을 중심으로 이루어지는 불륜, 패륜을 작동시키는 힘은 모두 성공에 대한 야망이며, 이 과정에서 막말과 폭력적 행동은 표면화된다. 〈아내의 유혹〉에서 가정은 사랑과 신뢰를 기반으로 부부관계에 지켜야 할 정과 의리의 사적 관계가 아니라 성공과 야망을 위한 것으로 애정이 교환, 계약되는 공간"이다.[45] 애리는 어릴 적 함께 자란 친한 친구의 남편을 유혹하면서까지 자신의 가족 만들기에 집착한다. 애리가 설정한 '행복한 가정'은 그녀의 야망을 이루는 최종 목표다. 〈아내의 유혹〉에서 애리가 꿈꾸는 가족은 대기업 회장인 시아버지, 기업을 상속 받을 남편, 호화로운 주택, 외제 차 등 경제적인 부와 사

---

45) 박숙자, 「시기심과 고통: 자기계발 서사에 나타난 감정연구-막장드라마 〈아내의 유혹〉을 중심으로-」, 『비교문화연구』46, 2017, 33~34쪽.

회적 지위라는 충족 조건이 전제되어야 한다. 애리는 단지 경제적 부만을 추구하는 것이 아닌, 자신을 아내, 며느리로 인정해주는 행복한 가족을 꿈꾼다.[46] 〈아내의 유혹〉에서 이상적 가족 실현은 현실 불가능할 수밖에 없다. 이 드라마에서 제시하는 가족은 극단적인 두 가지 형태인데, 경제적 빈곤에 시달리면서도 사랑과 신뢰가 충만한 은재네 가족과 경제적 가치만이 우선시 되는 교빈네 가족이다. 즉 가족은 경제적인 부와 정, 의리 중에서 하나는 포기되어야 형성된다. 〈아내의 유혹〉에서 애리가 꿈꾸는 가족은 실현불가능하다. 애리에게는 행복한 가족이라는 허상을 붙든 채, 목적 달성을 위한 병적 집착만이 남는다. 애리는 자신의 야망을 이루기 위해서 수단과 방법을 가리지 않는다.

이는 〈아내의 유혹〉에서 주로 자극적이고 선정적인 장면으로 제시된다. 예를 들어 신혼여행에서 돌아와 친정에 인사 온 친구의 남편을 노골적으로 유혹하는 장면(12회), 은재가 남편 교빈과 내연녀 애리의 불륜 장면을 목격하는 자극적인 설정(11회,16회)등은 기본적으로 노출, 과도한 신체적 접촉 등을 통해 선정적으로 제시한다. 드라마에서 애리는 육체적 욕망을 표출하고 그것으로 남성을 유혹하여 자신이 원하는 것을 얻어내는, 세속적이고 속물적인 가치관을 드러내는 것에도 주저함이 없다.[47] 또한 애리는 친구의 남편을 계획적으로 유혹하였음

---

46) 애리는 교빈을 유혹하여 결혼에 성공한 이후 자신의 목적한 바를 이룬 것에 만족한다. "이제 다 내꺼예요. 당신도, 이 방도, 천지건설도."(39회) 그러나 새로운 인물로 변신하여 돌아온 은재의 복수가 시작되어 결혼생활이 조금씩 어긋나자, 그녀는 그렇지 못한 현실에 발악한다. "내가 꿈꾸던 결혼은 이게 아니라구요. 내가 제일 행복하고 내가 제일 이쁠거라고 생각했는데."(39회) 또한 다시 다른 여성에게 눈을 돌리는 교빈에게 자신의 설정해 놓은 행복한 가정을 강요한다. "쇼윈도에 내놓은 마네킹처럼 무조건 행복해야 해요."(56회)

47) 이다운, 「정형화된 혐오와 전시되는 광기」, 『한국문학이론과 비평』, 2016, 272쪽.

에도 불구하고 죄책감을 갖기보다 당당하다. "마누라로서 직무유기
야"(11회)라는 거침없는 말로 불륜의 책임을 은재에게 돌리거나, 은
재와 교빈의 침대에서 교빈과 함께 누워 있다가 들킨 이후에도 "네 부
엌이 뭐가 그리 중요하니? 네 침대도 더럽혀진 마당에"(17회) 등과 같
이 파렴치한 모습을 보인다. 또한 애리는 자신의 목적한 바가 이루어
지지 않을 때 고성을 지르거나 물건을 던지는 등 폭력적인 성향으로
분노를 표출한다. 〈아내의 유혹〉의 전반에 걸쳐서 애리는 악하고 부
정적인 인물로 묘사된다. 그러므로 교빈과 애리의 불륜관계는 부정적
인 것으로 구체화된다.

이와 관련하여 〈아내의 유혹〉은 방송통신심의위원회로부터 "불륜,
납치, 과도한 고성과 욕설, 폭력 등의 내용이 가족시청시간대에 방송
된 것"이라는 내용으로 수차례 경고를 받는다.[48] 또한 언론매체에서
도 〈아내의 유혹〉에 대한 선정성 논란은 적극적으로 논의되었다. 막
장드라마 논란이 문화, 사회, 사설 섹션에서 언급될 때, 〈아내의 유혹〉
에 대해서는 개별적인 논의보다 선정성에 대한 내용이 주로 다루어
졌다.[49] 이러한 비판적 시선에도 불구하고 이 드라마는 높은 시청률
을 올리며 인기 드라마로 기록된다. 이는 근본적으로 "방송사 및 제작
사의 시청률을 고려한 대중적 즐거움의 제공이라는 것과 텔레비전드

---

48) 방송통신심의위원회는 2008년 11월, 2009년 3월에 〈아내의 유혹〉이 방송심의에
   관한 규정 제 25조(윤리성) 제1항, 제33조(준법정신의 고취 등), 제35조(성표현)
   제1항, 제36조(폭력묘사) 제1항, 제44조(수용수준) 제2항, 제51조(방송언어) 제3
   항을 위반했다는 점으로 경고 결정한다.
49) 이지연, 「'막장드라마' 부차적 텍스트 연구: 드라마 〈아내의 유혹〉 관련 신문기사
   및 시청자 게시판 분석을 중심으로」, 이화여자대학교 정책과학대학원 석사학위논
   문, 2009, 37쪽.

라마 내용에 대한 윤리적 기준이라는 필연적 충돌에 기초"한다.[50] 텔레비전 드라마를 윤리적 기준과 사회적 영향력이라는 측면에서 봤을 때, 〈아내의 유혹〉은 비판적 시선을 벗어날 수 없다. 그러나 한편 자극적이고 선정적인 제시에 대한 시청자의 수용 태도를 생각해볼 때 드라마에 대한 평가는 단순하지 않다. 〈아내의 유혹〉이 언론 매체를 통해 "저질스러운 선정적 드라마"라고 인식되었음에도 시청자는 비판적 시선에서 벗어난 반응을 나타낼 수도 있다는 것이다.

〈아내의 유혹〉에서 대중적 호응이 가장 높았던 부분은 은재의 복수에 대한 이야기이다. 은재는 자신이 교빈과 애리에게 배신당했던 방법을 그대로 적용하여 두 사람에게 복수를 한다. 이 드라마에서 내용상 가장 자극적이고 선정적인 것은 아내가 마치 다른 사람인 것처럼 속이고 전남편을 유혹한다는 것이다. 또한 복수의 수단이 자신이 피해당했던 것과 같은 방법인 불륜을 이용한다는 것이다. 하지만 이 부분은 악인에 대한 응당한 처벌이라는 기제와 연결되어 대중들에게 악인이 죄 값을 치르는 것에 대한 기대와 관심을 극대화하는 요소로 작용한다. 불륜관계에서 "대상자는 안정적인 가정과 경제권, 성적인 욕망을 추구함으로써 타인에게 상처를 주며 가해자이자 권선징악의 대상이 된다. 또한 불륜 관계의 당사자들에게 상처받은 배우자는 가정을 수호하는 사람으로서, 응원 받아야 할 사람이자 피해자로 설정"된다.[51] 은재는 자신에게 상처를 준 상대방의 안정적인 가정에 혼란을 야기하고 가정을 파괴함으로써 복수를 성취한다. 은재가 선택한 남편

---

50) 이병혜, 앞의 글, 158쪽.

51) 김지영 · 김동규, 「TV드라마가 재현하는 '혼외관계'- 전통적 가족주의와 현대적 욕망의 충돌-」, 『커뮤니케이션이론』 13권 1호, 65쪽.

을 상대로 한 불륜은 도덕적인 비난을 피할 수 없지만 궁극적으로 그녀는 피해자이다. 그러므로 은재의 복수의 수단이 된 불륜은 대중들에게 공감을 불러일으키며 거부감을 없애는 효과를 준다. 이를 통해 〈아내의 유혹〉에서 불륜은 시청자로 하여금 자극적이고 선정적 소재나 장면이 주는 충격보다 권선징악에 대한 구조에 대해 긍정적 평가를 내리도록 작동되고 있다.[52]

5. TV드라마에서 불륜의 의미변화

TV드라마에서 불륜을 소재로 활용하는 경우는 수없이 많았다. 특히 멜로, 가족 드라마에서 불륜은 필수요소처럼 구성되었다. 불륜은 사건 전개의 중심이 되거나 캐릭터를 만들어내는 데도 활용되었다. 각 시대에 따라 TV드라마에서 불륜을 재현하는 방식은 변화하였다.

1988년 미니시리즈 〈모래성〉은 잠재되어 있던 성 담론이 표면화되고, 결혼제도에 대한 기존의 통념에서 벗어나려는 시도들이 시작되는 시점에서 방영되었다. 이 드라마는 남편과 내연녀의 밀회 장면, 내연녀의 신체 노출 등이 선정적이라는 이유로 방송심의에 오르며 논란의 대상이 되었다. 그러나 〈모래성〉은 순전한 사랑에 대한 진지한 질문을 토대로 불륜에 대한 다른 관점과 새로운 결론을 제시하는 데 중요

52) 〈아내의 유혹〉의 인기 요인 중 빠른 전개와 권선징악의 극 구조로 보는 분석이 있다. 시청자들은 비현실적이고 개연성이 부족하다는 사실, 자극적이고 선정적인 내용이 많다는 사실을 인지하면서도 악인이 처벌받는 과정에 대해 몰입하였고 긍정적 반응을 하였다. 여기서 윤리적인 문제는 중요한 문제가 아니다.(이지연, 앞의 글, 70~71쪽.)

한 계기를 마련하였다.

1990년대 성적 자유주의 담론이 확산되고, 다양한 TV드라마가 시도되는 방송환경에서 방영된 미니시리즈〈애인〉은 '아름다운 불륜'이라는 말이 유행될 정도로 사회적 반향을 불러일으켰다. 드라마 〈애인〉은 결혼한 남녀의 불륜을 성적인 관계로 비하시키는 것이 아니라 아름답고 순수한 사랑으로, 긍정적 이미지를 만들어냈다는 점에서 기존 불륜 소재 드라마와 구별된다. 그럼에도 불구하고 〈애인〉은 결혼 제도 내에서 금기에 대한 위반을 지나치게 미화한다는 이유로 방송심의에 제재조치 되었다. 하지만 〈애인〉은 불륜을 낭만적 사랑으로 미화함으로써 가정 파괴의 의미를 약화시키고, 시청자에게 결혼 밖에서의 일탈적 사랑에 대한 판타지를 제공했다는 점에서 새로운 불륜 드라마의 전환점이 되었다.

TV에서 불륜 소재를 활용하는 경우는 2000년대 이후 양적으로 더욱 증가하여 다양한 방식으로 불륜을 다루는 드라마들이 등장하였다. 그 중에서 막장드라마로 불리는 일일연속극 〈아내의 유혹〉은 선정적이고 자극적인 상황 설정에 대한 비난을 받으면서도 저녁 일일드라마 사상 최고의 시청률을 기록했다. 〈아내의 유혹〉은 아내가 새로운 인물로 변신하여 남편을 유혹하고 불륜 관계를 맺는 방식으로 복수를 한다는, 충격적이고 자극적인 내용의 드라마이다. 이러한 이유로 수차례의 방송심의 경고, 언론매체의 비판을 받았다. 그러나 시청자들은 권선징악의 구조 안에서 악인에 대한 응당한 처벌로 불륜을 수용한다. 여기서 복수의 수단이 된 불륜은 대중들에게 공감을 불러일으키며 거부감을 없애는 효과를 주었다. 또한 비록 극단적인 상황 설정이라고 할 수 있지만 가족의 균열, 가정에서의 여성의 위치나 역할 등에 대해 기존 멜로/가족 드라마에서 유지하고 있던 관습들을 전복시키는 모습을 제시했다고 볼 수 있다.

TV드라마에서 불륜은 결혼 제도 안에서 금기이며 위반에 대한 이야기를 주제로 한다. 그러므로 불륜은 각 시대의 사회문화적 변화에 따른 가족의 변화 양상을 살펴볼 수 있다는 점에서도 주목할 필요가 있다. TV드라마에서 1980년대는 전통적 가족 이데올로기의 공고함이 조금씩 균열을 일으키기 시작하며 도발적인 시도들이 이루어진 시기이다. 1990년대는 가족 안에서 남녀 입장을 동일하게 적용함으로써 새로운 전환점이 되는 불륜 드라마들이 탄생하였다. 2000년대 이후 불륜 드라마는 기존의 유지하던 가족/멜로드라마의 가족의 이미지를 전복시키고 현대사회의 가족 관계, 각 가족 구성원의 역할에 대한 의미를 되짚어 볼 수 있는 계기를 마련하고 있다. 이러한 분위기가 이어져 2010년대 이후 불륜을 다루는 방식은 보다 다양해지고 있다.

2010년대 이후는 기존의 TV드라마를 모방, 변주하는 방식으로 불륜을 재현하고 있다. 불륜의 극복과 치유에 대해 인물의 심리를 치밀하게 접근한 〈따뜻한 말 한 마디〉(SBS, 2013)나 불륜 이후 가정의 유지나 파기 등을 주목하기보다 여성 인물의 정체성 찾기에 집중한 〈세 번 결혼한 여자〉(SBS, 2013)등은 결혼제도 내에서 가족 복원이라는 결론에 치우치지 않고 불륜을 통한 가족관계에 대한 변화와 영향을 다양하게 고민해보고 있다는 점에서 주목할 만하다. 불륜의 갈등, 심리적 흐름을 섬세하게 그려낸 〈밀회〉(JTBC, 2014), 〈공항 가는 길〉(KBS, 2016)은 불륜 자체의 사건 기술 보다 인물들의 감정 변화를 설득력 있게 그려내고 있다는 점에서 살펴 볼 필요가 있다. 또한 〈이번 주 아내가 바람을 핍니다〉(JTBC, 2016), 〈품위 있는 그녀〉(JTBC,

2017) 등은 불륜을 소재로 멜로와 추리를 결합함으로써 배우자의 불륜에 대한 복수나 응징을 코믹하게 다루면서도 사랑, 가족에 대해 고민할 문제들을 제기하고 있다는 점에서 흥미롭다.

참/고/문/헌

1. 기본 자료

- 〈모래성〉(MBC, 김수현 극본, 곽영범 연출) 총 10회
- 〈애인〉(MBC, 최연지 극본, 이창순 연출) 총 16회
- 〈아내의 유혹〉(SBS, 김순옥 극본, 오세상 연출) 총 129회

2. 참고 자료

1) 논문

- 김보람, 「방송통신심의위원회의 방송에서 나타난 선정성 심의에 관한 연구」, 한양대학교 신문방송학과 석사학위논문, 2011
- 김지영 · 김동규, 「TV드라마가 재현하는 '혼외관계'-전통적 가족주의와 현대적 욕망의 충돌-」, 『커뮤니케이션 이론』 13권 1호, 2017
- 김지영 · 김동규, 「TV드라마에 속 혼외관계의 사회적 변천에 관한 연구」, 『한국방송학보』 30권 5호, 2016
- 김한영, 「갈등이 없는 곳에 드라마도 없습니다」, 『방송심의』, 1987
- 박숙자, 「시기심과 고통: 자기계발 서사에 나타난 감정연구-막장드라마 〈아내의 유혹〉을 중심으로-」, 『비교문화연구』 46, 2017
- 방송통신심의위원회, 『유료방송의 선정성 · 폭력성 기준에 관한 연구』, 방송통신심의위원회 연구자료, 2010
- 백미숙 · 강명두, 「순결한 가정과 건전한 성윤리-텔레비전 드라

마 성표현 규제에 대한 문화사적 접근」, 『한국방송학보』 21, 2007

• 원용진, 「장르변화로 읽는 사회 - 인기드라마 〈모래성〉과 〈애인〉
을 중심으로」, 『언론과 사회』, 1997

• 원정현, 「한국사회의 가치관 변화와 TV멜로드라마의 관계연구」,
서강대학교 언론대학원 석사학위논문, 1996

• 윤석진 · 정현경 · 박상완, 「텔레비전드라마의 '막장'논란에 대한
고찰 - 방송통신심의위원회 심의사례를 중심으로-」, 『한국언어
문화』 59집, 2016

• 이다운, 「정형화된 혐오와 전시되는 광기」, 『한국문학이론과 비
평』, 한국문학이론과 비평학회, 2016

• 이동후, 「1990년대 미디어화와 대중의 재구성」, 『미디어와 한국
현대사: 사회적 소통과 감각의 문화사』, 대한민국역사박물관 한
국현대사 연구총서10, 2016

• 이병혜, 「텔레비전 드라마의 시청동기와 시청형태에 관한 연구-
〈아내의 유혹〉을 중심으로-」, 『한국언론학보』 54, 2010

• 이은미, 「1990년대 텔레비전 방송의 다양성 분석」, 『한국언론학
보』 46, 한국언론학회, 2001

• 이지연, 「'막장드라마' 부차적 텍스트 연구: 드라마 〈아내의 유혹〉
관련 신문기사 및 시청자 게시판 분석을 중심으로」, 이화여자대
학교 정책과학대학원 석사학위논문, 2009

• 주은우, 「자유와 소비의 시대, 그리고 냉소주의의 시작-대한민
국, 1990년대 일상생활의 조건-」, 『사회와 역사』, 한국사회학회,
2010

2) 단행본

- 권명아, 『음란과 혁명-풍기문란의 계보와 정념의 정치학』, 책세상, 2013
- 김공숙, 『멜로드라마 스토리텔링의 비밀』, 푸른 사상, 2017
- 김영성, 「TV드라마에 나타난 가족 해체 위기와 치유의 미학」, 『비평문학』, 2018
- 문화방송, 『문화방송연지』, 삼보문화사, 1989
- 박기성, 『한국방송문화연구』, 1985
- 방송심의위원회, 『방송심의평가서』, 1988
- 신상일 · 정중현 · 오영환, 『한국 TV드라마 50년 통사』, 한국방송실연자협회, 2014
- 오명환, 「방송 프로그램 편성 50년 변천사」, 『방송연구』 겨울호, 1995
- 오명환, 『텔레비전 드라마 예술론』, 나남, 1994
- 정영희, 『한국 사회의 변화와 텔레비전 드라마』, 커뮤니케이션북스, 2005

3부
전시된 포르노그래피

3장에서는 재현의 매체인 연극과 영화를 통해 포르노그라피의 공연성과 한국적 전유 양상, 미학적 전략을 살펴본다. 「연극 〈에쿠우스〉를 통해 본 1970년대 에로티시즘 표상」(김유미)은 1975년 〈에쿠우스〉 초연 이래 에로티시즘을 은폐하고 예술성을 강조하는 형태로 이어진 비평사를 다룬다. 에로티시즘을 퇴폐적 저급문화로 간주했던 유신시대 분위기 속에서 〈에쿠우스〉는 자신의 가치를 예술성에 소구할 수밖에 없었으며, 이러한 굴절로 이후의 상연에서도 에로티시즘을 본격적으로 다루지 못하게 되었다. 에로에서 포르노로 대중의 관심이 이행해간 세기말 전환기를 조망한 「전위로서의 '포르노그라피'와 그 운명─장선우의 외설 논란 영화에 대한 소고」(박유희)는 1990년대 후반 장선우 외설 영화가 부각된 사회문화적 배경을 설명한다. 글의 관심은 이례적으로 전복적인 장선우 영화의 여성인물을 추적하며, 능동적으로 오인되기 쉬운 과잉이 허구화되는 시점에 장선우 영화가 지닌 전위성의 실패가 예견되고 있음을 예리하게 포착하는 데 이른다. 한편 「포르노─프로파간다로 본 정치, 육체, 외설」(송효정)은 동시대 한국 사회파 영화와 대척점에 놓인 불온하고 음란한 독립영화의 전위적 양상을 살펴본 글이다. 민주주의가 물신화되고 정치가 외설적 표상에 포섭될 때 불온하고 장난스러운 시도들이 계몽의 압력과 순응적 질서를 교란하는 문화적 에너지를 생성할 수 있다. 3장에서는 1970년대 이래 동시대에 이르기까지 고상한 것과 저급한 것, 예술과 외설, 상업과 비타협, 키치와 아방가르드 등 충돌하는 가치들이 어떠한 방식으로 서로를 압도하고 타협하며 실패했는가의 과정을 살펴볼 수 있다.

연극 〈에쿠우스〉를 통해 본 1970년대 에로티시즘 표상

김유미

1. 실험극장의 〈에쿠우스〉

연극 〈에쿠우스〉는 1975년 실험극장에서 초연되었다. 9.15-11.20 까지 실험극장 47회 공연으로 김영렬이 연출을 맡았다. 영국 런던에서 1973년에 초연되고 미국 브로드웨이에서 1974년에 공연되었던 것을 생각하면 거의 동시에 국내에 소개된 작품이라는 것을 알 수 있다. 1970년대 영문학자, 독문학자들을 중심으로 비교적 동시대 작품을 국내에 소개하는 작업들이 이루어졌던 시기이기에 발 빠른 소개가 가능했는데 브로드웨이에서 흥행에 성공하고 노출에 대한 이슈를 생산해 냈던 작품이라는 특수성 역시 중요하게 작용했던 것으로 보인다. 이는 동인제 극단의 성격이 약간의 변화를 필요로 했던 1970년대라는 상황을 고려해야 하는 문제이기도 하다.

1960년대 가장 활기를 띠던 동인제 극단의 방식이 1970년대에도 지속되었다. 실험극장은 그러한 동인제 방식의 대표격이었다. 그렇지만 전문극단으로 살아남으려면 동인제 방식이 지닌 한계를 극복해야 했다. 동인제 방식이란 뜻이 맞는 사람들이 모여 연극에 대한 순수한 열정으로 뭉친 집단이기에 아마추어리즘이란 꼬리표가 붙어 다녔다. 일각에서는 이런 문제점을 극복하기 위해 PD시스템이 필요하다는 주장이 나오기도 했다. 이런 변화를 요구하는 시기에 동인제 극단이 지닌 문제를 극복하기 위한 극단 나름의 자구책이 필요했던 만큼 관객이 많이 들 만한 공연 레퍼토리를 선정하는 작업은 중요하지 않을 수 없었다. 대단한 상업적인 성공을 의도하지 않더라도 관객 수가 극단의 존재를 확인, 유지시킬 수 있는 방법이었다는 점에서 민감한 문제였다. 실제 공연에서 기대 이상의 효과를 가져 온 덕분에 〈에쿠우스〉 공연이 실험극장 운영에 긍정적인 영향을 준 것은 부정할 수 없다. 극장을 접어야 할 위기를 극복하게 하고 다른 극단으로 갔던 멤버들을 다시 불러 모았던 효과를 생각하면 재정적인 측면 이상의 영향력을 발휘했다고 할 수 있다.

이 작품의 공연에 대한 당대적 평가도 나쁘지 않았다. 원작이 지닌 종교에 대한 문제제기, 정신분석학적 접근방식이 주는 흥미로움 등이 작품을 떠 받쳐 주는 힘으로 작용하여 노출 문제는 지엽적인 문제로 간주되었다. 물론 이로 인해 공연금지 처분을 받을 정도로 이슈가 되기는 했지만 평단의 반응은 이러한 금지조치에 대한 문제제기를 오히려 문제 삼았다. 브로드웨이에서는 이 작품을 둘러싼 에로티시즘 논쟁이 있었는데[1] 우리의 경우에는 그렇게 반응하지 않았다. 그 이유는

---

1) 강태경, 「브로드웨이 〈에쿠우스〉와 포르노그래피」, 『한국연극학』 32, 2007, 16-20쪽.

어디에 있을까. 물론 공연을 둘러싼 내적 외적 상황이 달랐고 노출의 정도도 달랐지만 관객의 반응에서는 비슷한 지점이 있었을 텐데 이에 대한 국내평단의 반응은 예술성 쪽에 기울었다. 1970년대 연극비평 담론을 분석하여 이 작품을 전유하는 방식에서 어떤 요소들이 이 작품의 평가에 작용했는지 그리고 그러한 작용을 하게 한 배경과 상황은 무엇인지를 살펴서 이 작품을 예술성의 관점에서 보려고 했던 이유를 밝혀보고자 한다. 결론적으로 얘기하자면 〈에쿠우스〉에 잠재된 에로티시즘은 1975년 초연 이후에도 지속적으로 소환되었으나 다른 이름으로 호명되었다. 작품성으로 인정받은 〈에쿠우스〉를 에로티시즘으로 소구할 이유가 없었을 테지만 성에 대해 개방된 시대와 환경에서도 〈에쿠우스〉의 에로티시즘이 논의되지 못하는 것은 1970년대적 담론의 영향이 한편으로는 유효했다는 의미가 된다. 결국 〈에쿠우스〉를 통해 건강하게 논의될 수 있는 에로티시즘의 가능성은 굴절되고 만다.

〈에쿠우스〉의 한국적 수용에서 눈에 띄는 부분은 에로티시즘을 배제하고 작품성에 경도되었다는 점이다. 에로티시즘의 탐닉과 배제 모두 비평담론의 특징으로 연구될만한 것이다. 에로티시즘 연구는 정치적 사회적 문제와 무관하지 않다. 서양의 경우 인쇄술의 발달로 많은 사람들이 포르노그라피를 접할 수 있게 되고 그에 따라 검열과 통제의 필요성이 촉발되었다. 그리고 포르노그라피가 절대왕정의 비판을 위한 도구로 사용되었다는 사실은 민주주의의 확산과도 연관성을 지닌다고 추정된다.[2] 〈에쿠우스〉를 통해 본 에로티시즘 연구는 우리 사

---

2) 린 헌트 엮음, 『포르노그라피의 발명』, 조한욱 역, 책세상, 1996, 424-425쪽 참조.

회 속 성 담론의 역사를 이해함으로써 우리 사회의 정치 문화적 환경을 들여다보는 하나의 방법이 될 수 있다. 이를 위해 〈에쿠우스〉를 둘러싼 평론가들의 비평 담론을 분석하여 그들이 중요하게 생각하고 지키려고 했던 가치가 지닌 당대 사회에서의 의미를 고찰해보고자 한다.

2. 〈에쿠우스〉의 흥행에 대한 1970년대 평단의 반응

〈에쿠우스〉에 대한 언급은 당대의 여러 지면에서 찾아볼 수 있는데 평론가의 관점을 중심으로 살펴보도록 하겠다. 1970년대 연극에 활력을 불어넣었던 〈에쿠우스〉에 대한 당대적 평가를 살펴보면 〈에쿠우스〉를 둘러싼 담론의 몇 가지 중요한 특징을 발견할 수 있다. 첫째는 에로티시즘 문제에 대한 언급이 대체로 없다는 점이다. 둘째는 에로티시즘의 기준이 높다는 점이다. 셋째는 〈에쿠우스〉의 작품성에 대한 긍정적 평가이다. 여기서 작품에 의미를 부여하는 평론가들마다의 기준도 드러난다.

여석기는 이 작품의 의미가 의사가 환자의 병을 치료해나가는 과정은 매우 상식적으로 진행되는데 환자의 병이 단순한 정신분석적 진단을 넘어서 현대인(문명인)의 자연과 본능에 대한 뿌리 깊은 갈등으로까지 확대시켰다는 데 있다고 했다. 또한 생의 불모를 이야기하는 이 작품이 음울하기만 한 방식이 아니라 긴장감을 주는 방식으로 쾌감을 선사한다는 점을 언급했다. 연출의 기교와 노력에 대해서는 긍정하였고 연기에 대해서는 소년 역의 강태기가 기대 이상이었지만 대체로는 고르지 못한 연기를 보여주어 유감이라고 했다. 그리고 실험극장이

15년 만에 처음 가진 전용극장의 의미를 강조하였다.[3]

여기서 노출에 대한 언급은 찾아볼 수 없다. 중요한 논점이라고 여기지 않았기 때문이겠지만 노출이 작품 속에서 결국 현대인의 자연과 본능이라는 주제 속으로 자연스럽게 수렴되었기 때문이기도 하다. 연출이 그 부분을 잘 부각시켰기 때문에 이런 긍정적 평가도 가능했을 것이지만 원작에 대한 신뢰가 바탕이 되었을 것으로 보인다. 그리고 평론가로서의 여석기에게 더 중요한 문제는 실험극장이 전용극장을 마련했다는 점이다. 연극 환경이 열악하다 보니 동인제 극단의 선두주자 격인 실험극장의 전용극장 마련이라는 결실은 평가하고 부흥해야 할 중요한 가치로 인정된다. 에로티시즘보다는 이런 현안이 한국연극에서는 더욱 중요했다는 말이다. 이는 이 작품이 연장 신청을 하지 않았다는 이유로 문제가 되어 공연정지를 당하자 이러한 조치를 취한 행정 당국을 비판하는 목소리가 커지는 데서 잘 드러난다.[4] 연장 신청하지 않은 것은 잘못이지만 여배우의 치마가 짧다는 것이 실질적인 제재의 이유였다는 점에서 노출의 검열 문제를 직접적으로 비판할 수도 있는데 그렇게 하지 않았다. 여석기 외에 이상일, 이태주, 구히서의 공연평에서도 에로티시즘 논의는 찾아볼 수 없다.

〈에쿠우스〉를 보고 에로티시즘 관련해서 논평한 평론가는 한상철이다.[5] 그런데 여기서 평론가 한상철이 생각하는 에로티시즘의 실체

3) 한국연극평론가협회편, 『70년대 연극평론자료집』(1), 화일, 1989, 27쪽.
4) 「75연극 많은 가능성 제시」, 『매일경제신문』, 1975.12.23
5) 평론가 외에 연출가 김정옥이 이 작품의 에로티시즘을 언급하기는 했는데 이 작품은 외설적 에로티시즘과 거리가 먼 청순함을 느끼게 했다고 말했다. 외설성은 예술성을 벗어날 때, 미의식을 벗어날 때 발생하는 것으로 보았다. 여기서의 에로티시즘은 그 자체로 외설성과 동의어가 된다. 김정옥, 「〈에쿠우스〉 공연과 소극장 운동」,

는 까다롭고 다다르기에 너무 먼 무엇이다. 한상철은 '한국연극의 에로티시즘'[6]이란 글에서 〈에쿠우스〉의 에로티시즘을 언급하기는 한다. 그러나 한국연극의 환경 자체가 에로티시즘이라 할 만한 것을 보여줄 상황이 아니라는 것과 그래서 그런 작품을 찾기도 힘들다고 이야기한다. 〈에쿠우스〉의 매력 포인트 하나가 남녀가 옷을 벗고 성교를 하는 장면임에는 분명하고 이것이 관객에게 충격을 주기는 했지만 결코 예술적인 에로티시즘을 창조하려는 의도가 없었다는 점에서 에로티시즘이라 말하기 어렵다고 했다. 에로티시즘을 문제삼을 수 있는 작품은 핀터의 〈티타임의 정사〉인데 번역극 속의 성을 우리 생활 속에서 소화해내지 못했다는 점이 문제라고 하면서 유일하게 에로틱한 환상을 자극한 무대로 이현화의 〈누구세요〉를 거론했다. 그러나 이 역시 장면처리의 문제로 역시 육감적이지 못했다고 평가한다. 그는 사랑과 성이 예술적으로 아름답고 진실되게 표현될 때 에로티시즘이 탄생한다고 했으며 에로티시즘은 가장 순수한 상태에서 생명을 갖기 때문에 억압 없는 성의 절대자유가 전제되지 않으면 안 된다고 했다. 무세중의 〈통 막 살〉이 이를 목적에 두었지만 이는 또 한국적 사고방식이 연기자에게 옷이라는 거짓된 문화의 구속을 가함으로써 성의 부자유한 측면을 보여주었다고 했다. 결국 〈에쿠우스〉 이외의 작품들 경우에는 에로티시즘의 의도는 있었는데 미학적으로 전달되지 못했다는 것이다.

『뿌리 깊은 나무』 1976.3, 9쪽.
6) 한상철, 『현대극의 상황과 한국연극』, 현대미학사, 2008, 76-78면. 한편 한상철이 1979년 2월 『주간조선』에 쓴 〈에쿠우스〉 평에는 에로티시즘에 대한 언급이 전혀 없다.

한상철의 논의를 보면 우선 우리나라에서는 성이 음지에 있기 때문에 환경적 측면에서 에로티시즘을 논할 상황이 못 된다는 것이다. 에로티시즘은 성이 양지에서 건강하게 논의될 수 있을 때 가능하다는 것인데 이러한 주장은 에로티시즘의 수준과 범위를 제한하는 것이다. 이를 확대 해석하면 에로티시즘은 서양에만 존재해야 하는 것일 수 있다.[7] 또한 〈에쿠우스〉의 경우에는 작품의 의도가 그것을 전제하지 않았다고 판단함으로써 논의에서 배제하고자 했다. 이 작품에 에로티시즘의 의도가 없었다고 판단한 근거를 따로 제시하지 않은 채 이렇게 단정짓는 것은 무엇을 의미하는 것일까. 평론가의 입장에서는 결과물을 보고 작품의 의도를 판단하는 것인데 공연에서 이러한 의도가 명백하게 드러났다는 의미일 수도 있지만 신문 지상에 오르내렸던 노출관련 기사들을 보면 그렇게 결론짓는 평론가들의 합심된 판단의 저변에서 작동하는 또 다른 의식이 존재하는 것으로 보인다.

그렇다면 공연을 만든 실험극장은 브로드웨이 공연과 우리의 환경은 너무도 다르다고 판단해서 처음부터 에로티시즘을 배제한 것인지, 브로드웨이 공연을 의식해서 에로티시즘으로 오해받을까 두려워 의도적으로 브로드웨이와 차별화 전략을 꾀한 것인지 등 이 작품에 대한 전략이 어떤 것이었는지와 평론가들이 그러한 의도를 긍정적으로 판단한 것은 어떤 지점에서 가능했던 것인지 살펴봐야 한다. 다시 말하자면 이 작품에 대한 에로티시즘 논의가 없었던 것은 에로티시즘

---

7) 푸코, 『성의 역사』1, 나남, 1990. 이 책을 보면 서양 사람들은 성을 담론화하여 끊임없이 드러내는 방식이었다는 점에서 푸코는 이를 담론의 선동이라고까지 표현한다. 반면 중국, 일본, 인도, 로마 등은 아르스 에로티카의 특성을 지녔는데 비의적 방법으로 성을 전수한다는 것이다. 문화권에 따라 성을 다루는 방식이 다르다는 점은 인정하지만 서양적 기준에서만 에로티시즘을 논의할 수 있다고 보기는 어렵다.

문제를 일부러 외면했거나 이 작품의 한국적 전유 과정에서 특별한 의도가 전제되었다고 할 수 있다. 이는 이 작품을 브로드웨이 공연과 상관없이 다르게 수용하고자 하는 의지의 표현이라고도 할 수 있는데 이는 작품성에 방점을 두고자 하는 의도와 어느 정도 관련될 수 있다. 이것이 공연을 만든 실험극장이나 연출가의 의도일 수도 있고 이러한 의도를 과도하게 해석한 평론가들의 의도가 부응한 것일 수도 있다. 이러한 지점은 작품성이라는 다소 애매한 단어로 설명되는데 그 심층적 맥락을 통해 작품성이 의미하는 바를 살펴볼 필요가 있다.

〈에쿠우스〉 비평을 통해 드러나는 가장 재미있는 사실은 이 작품의 가치를 인정한다는 공통점 외에 평론가들의 작품을 보는 기준이 적나라하게 드러난다는 점이다. 여석기의 〈에쿠우스〉 평론에서는 작품 전반에 대한 논의와 극장에 대한 이야기가 전부였다면 이상일의 평론에서는 또 다른 측면이 부각된다. 이상일은 이 작품이 충격적인 내용을 정갈한 양식으로 드러내어 멋스러움을 느끼게 해주었기 때문에 롱런할 수 있었던 것으로 결론짓는다.[8] 충격적인 내용은 원작에 힘입은 것이지만 주제의식을 깔끔하게 다듬어 형상화한 것은 공연의 성과로 받아들인다. 결국 충격적인 내용 안에 에로티시즘이 포함되는 것인데 그것을 정갈하게 표현하였다는 것은 지적으로 순화시켰다는 의미로 해석된다. 결국 에로티시즘을 포함한 충격은 부담스러운 것으로 인식된다는 것이다. 한상철의 말대로 그것을 제대로 소화할 수 있지 않고 그런 환경에 놓이지 않은 상태에서는 순화해서 전달하는 것이 긍정적 평가를 가져올 수 있는 요소가 된다. 또한 이상일은 여기서 현

---

8) 한국연극평론가협회편, 같은 책, 281-282쪽.

대의 이니시에이션의 거짓됨을 고발함으로써 원시로 회귀하자는 주제가 갖는 힘의 의미를 강조하고 있다. 원초성의 강조는 현대성도 드러내주는 역할을 하게 된다는 의미이다. 그런데 이 원초성과 현대성의 문제는 결국 서구연극이 동양연극을 참조했던 중요한 지점이기 때문에 1970년대 지배적이었던 서구연극의 수용과 전통 담론의 관계가 반영된 논의이다. 동시대의 서구연극이 주장했던 연극의 원시적인 힘을 찾자는 주제는 우리의 동양적 전통을 환기시키는 것이기에 〈에쿠우스〉라는 원작의 작품성을 긍정적으로 평가하는데 기여했을 것으로 추론할 수 있다.

이러한 관점은 이태주의 평론에서도 발견된다.[9] "종교적 의미, 문명 비판적인 요소, 무의식적 인간행동에 대한 정신분석학적 고찰, 생에 있어서의 파괴와 그 초월, 격정의 형태 등은 그 참신한 희곡형식(브레히트적 요소와 아르토적 요소의 조화)과 함께 연출가와 연기자들에게 커다란 연극적 과제를 안겨주었다"고 했다. 브레히트적 요소와 아르토적 요소라는 것은 이성과 감성의 조화를 연극적 수사로 풀어낸 것이다. 거시적 관점에서 보자면 브레히트적, 아르토적으로 설명될 수도 있지만 짧은 글 안에서는 맥락이 없게 느껴지기도 한다. 제의적 요소를 아르토적이라고 풀어낸 것이고 다이사트의 이성적, 비판적 관점에서 극을 바라보게 한다는 점에서 브레히트적이라고 표현한 것으로 보인다.[10] 브로드웨이 공연평에서는 이를 디오니소스와 아폴로의 대립

---

9) 이태주, 「특집 70년대 한국연극-문제작을 말한다 〈에쿠우스〉」, 『연극평론』 18호, 1979년, 47-48쪽.

10) 이태주는 영문학 전공자이기에 외국 비평에서 그러한 언급을 보고 언급한 것일 수도 있겠지만 연극이론에 대한 당대적 관심사가 자연스럽게 반영된 것으로 볼 수 있다. 이혜경의 「피터 셰퍼의 에쿠우스:극의 외적 구조와 내적 반응구조」, 『현

구도로 표현했다는 점[11]을 고려하면 이해가 쉽다. 이는 또한 이상일의 충격과 정갈함이란 표현에 대응되는 것이라고 볼 수 있다. 이는 1970년대 주요 연극이론 수용 담론이 반영된 결과라고 하지 않을 수 없다.

물론 공연자체에 대한 평가도 있다. 이 공연의 성공 이유로 연출가의 작품해석이 정확한 점, 협소한 무대공간을 잘 활용하고 밀도감 높은 동작, 조명효과 등으로 유동감을 준 점, 무대 외면상의 전환과 인물의 심리적 변화를 자연스럽게 융합시켜 극적 긴장감을 유지하도록 한 점, 중요 장면에 악센트 부여하여 리듬감 준 점, 배우들의 앙상블, 강태기의 호연을 들었다. 다양한 측면에서 공연이 긍정적이었음을 제시했지만 결국 연출의 효과를 인정한 내용이다. 그런데 이태주가 평론 서두에서 가장 강조한 것은 실험극장 소극장 개관기념으로 막을 올린 작품으로서의 의미, 1970년대 후반 연극계에 연극 붐을 일으킨 공로에 대한 연극사적 의미이다. 이는 여석기의 평가와 같은 맥락에 놓인다.

그런데 이런 평론가들의 입장과 조금 다른 견해가 있다. 외국문학 전공자의 전문가적 관점에서 쓴 권경선의 평론이다.[12] 작품만으로 보면 〈에쿠우스〉는 동시대 젊은 작가들의 작품과 공통점 없고 기성적, 구습적 작품에 가깝다고 볼 수 있지만 극장적 작가라는 매력은 인정할 수 있다고 했다. 엄격히 예술적 작품성이 뛰어난 작품으로 평가할 수 없다는 의미이다. 이는 평론가들이 원작의 작품성을 인정했던 측면과 차별된다. 권경선은 브로드웨이의 성공은 무대화의 성공이 가장

대영미드라마』 9, 1998, 79-80쪽을 보면 1984년 Chaudhuri의 에쿠우스 평 인용에 이러한 내용이 나오기는 한다.
11) 강태경, 「질풍노도 그 이후(Ⅰ): 런던 〈에쿠우스〉-전위와 저항의 연착」, 『영미문학교육』 8-2, 2004, 16쪽.
12) 권경선, 「에쿠우스가 가져다준 것」, 『한국연극』 1976년 7월호.

중요하다고 했다. 존 덱스터의 치밀한 연출과 존 내피어의 상상력 풍부한 무대의 합작이라는 것이다. 그러나 우리 공연을 보면 협소한 무대공간, 조형미 없는 무대 장치, 글 읽는 대사, 어중간한 인물 성격, 삐걱 소리 나는 몸 움직임, 방향성 없는 연출 작업에도 불구하고 흥행했기 때문에 재미있는 공연이 된 셈이라고 했다. 결국 작품성, 공연예술성은 별로 없는데 센세이셔널한 면이 관객 동원의 원동력이었다는 평가이다. 그런데 여기서도 센세이셔널의 실체를 구체적으로 밝힌 것은 아니라서 아쉽다. 그러나 연출이나 주연의 연기에 대한 호평일색에서 벗어난 극평이라서 주목을 요한다. 특히 원작이 작품성이나 실험성이 깊지 않다는 점을 분명히 지적했다는 것이 중요하다.

　여기서 〈에쿠우스〉에 대해 긍정적인 평가를 하든 부정적인 평가를 하든 에로틱한 장면에 대한 언급이 없었다는 점이 공통된다. 이 작품에서 에로틱한 부분이 상대적으로 중요하지 않을 수는 있지만 평론가들 모두 이에 대한 언급을 회피하고 있다는 점은 분석될 필요가 있다. 한상철의 말대로 에로티시즘에 대해 엄격한 잣대를 적용하면 우리의 경우에는 전제 자체가 충족이 안 되므로 에로티시즘 논의가 원천 봉쇄된다. 성에 대한 이야기를 차단해야 할 이유는 어디에 있는 것일까. 이태주는 이 작품이 연극계에 붐을 일으킨 공로를 인정한 바 있다. 평론가들의 견해에 의하면 원작이 좋고 연출이 그것을 잘 소화해서 관객들한테 인정을 받아 관객동원에 성공한 것으로 정리된다. 관객이 많이 드는 것 자체를 부정적으로 보지는 않는다. 연극은 상업적인 장르가 아니라는 전제가 오히려 관객이 많이 든 작품을 작품성이 잘 전달된 경우로 해석하게 한다. 특히 〈에쿠우스〉의 경우에는 이러한 전제가 적극적으로 적용되었다. 관객이 많이 든 것은 성에 대한 자극적 표현 때문이 아니라 작품성 때문이라는 논리로 감싸려는 것처럼 보인다. 이런 태도에는 에로티시즘을 논의했다면 초연 〈에쿠우스〉의 명성에 누를 끼쳤을 것이라는 염려가 포함되어 있다. 그렇다면 실험극장은 이 작품을 어떤 방식으로 선택하고 이해하고 무대화한 것인지 살펴보자.

3. 동시대성의 전유 방식

1960-70년대 실험극장이 지닌 위상은 작지 않다. 동인제 극단으로 시작하였지만 김동훈의 역량에 기댄 바가 크다는 점에서 동인제 극단이 지닌 원래의 의도가 잘 반영되었다고 보기 힘들지 모르지만 극단 체제가 지닌 장점을 살려 안정적인 인적 자원의 바탕 아래 레퍼토리 시스템 등 여러 가지 방식을 시도했고 그 결과도 나쁘지 않았다. 〈에쿠우스〉, 〈아일랜드〉, 〈신의 아그네스〉 등 창작극보다는 번역극에서 두드러진 결과를 낳았다는 점에서 번역극을 전유하는 실험극장만의 방식이 있었을 것으로 보인다.

실험극장 창단 시의 규약을 보면 실험무대의 구축과 이념에 찬 연극을 이 땅에 수립하는데 목적이 있음을 밝히고 있다. 또한 기본 운영 방법에서 동인작품에 우선권을 주되 외국작품의 경우 희곡작법 상 무대이론상 시도적인 작품을 선택한다고 되어 있다.[13] 이런 의도가 실제 공연에서 얼마나 잘 지켜졌는지는 공연마다 성과가 다를 수 있는데

---

13) 이미경, 「극단 실험극장사 연구」, 동국대 석사학위논문, 2002, 12쪽.

거시적으로 볼 때 실험극장에 대한 당대의 긍정적 평가를 감안하면
실험극장의 〈에쿠우스〉 선택을 불순하게 보기 어려운 측면이 있다.
김정옥의 다음과 같은 말을 보아도 이런 의도가 철저히 계산된 것이
었다고 보기 어렵다. "실험극장이 오랜 정성 끝에 마련한 소극장의 개
관기념공연이라는 점에서 연극인들이나 연극계 주변에서는 많은 관
심을 가지고 있었으나 일반 관객들에게까지 그처럼 선풍적인 화제를
불러일으키리라고는 생각되지 못했다."[14] 물론 이 말에는 전용극장 개
관 등 실험극장에 대한 신뢰가 전제되어 있기 때문에 이러한 분위기
를 객관적인 것으로 볼 수 있는가에 대한 여지가 남지만 저어도 브로
드웨이의 외설성을 수용하려고 했던 것으로 보이지는 않는다. 그것은
우리가 브로드웨이와는 전혀 다른 조건 속에 있었기 때문이다. 강태
경은 당시 이 작품이 공연되었던 극장을 둘러싼 타임스퀘어 부근 성
매매 산업의 상황, 성적인 측면을 부각한 마케팅 전략 등을 통해 이 작
품이 포르노와 크게 다를 것이 없다고 보았다.[15] 그러나 우리는 변변
한 소극장 하나 없는 상황이고 성산업을 의식한 연극은 90년대에 본
격화된다.[16]

　　그렇지만 이 작품의 화제성에 대해서는 분명히 의식했던 것으로 보
인다. 그리고 그것이 한국 관객들에게도 어느 정도 소구력이 있을 것
이라는 예측에서 나온 선택일 것이다. 이는 우선 동인제 극단이 지닌
어려움을 타개하기 위한 자구책이 필요했던 시점이었다는 이유를 들

---

14) 김정옥, 「〈에쿠우스〉공연과 소극장 운동」, 『뿌리 깊은 나무』, 1976년 3월호, 7쪽.

15) 강태경, 「브로드웨이 〈에쿠우스〉와 포르노그래피」, 『한국연극학』 32, 2007.

16) 연극 〈미란다〉가 공연음란죄로 연출자, 극장 대표에게 영장이 발부된 첫 경우에
　　해당한다. 외설연극 첫 법 심판대에, 『동아일보』, 1994. 8.27

수 있다. 실험극장사를 보면 1962년부터 아카데미즘 벗어나 전문직업 극단이 되어야 한다는 요구가 있었고 연극대중화 문제와 관련해 실험극장 단원들이 극단 산하로 옮겨갔다가 다시 실험극장으로 복귀하는 사건도 있었고 1969년 전문극단으로의 발전을 공공연히 내걸고 〈휘가로의 결혼〉 공연을 올리기도 했으며 같은 해 〈맹진사댁 경사〉를 공연해 국립극장사상 최다 관객 동원에 성공하는 대중적 역량을 보여주었다. 〈에쿠우스〉는 1973년 전용극장을 마련하면서 동인제 시스템에서 벗어나 관객동원을 더욱 신경써야 하는 지점이 최고조에 달했을 때 이루어진 선택이라는 점에서 작품의 화제성은 중요하게 기능했을 것이다.

또한 이 작품의 런던 초연이 내셔널 씨어터에 의해 이루어졌다는 것이 브로드웨이에서의 위상을 증폭시켰듯이[17] 우리한테는 브로드웨이의 유명세가 영향력을 발휘했을 것이다. 더구나 우리의 공연 주체가 실험극장이라는 점, 거기다 전용소극장 개관기념 공연이라는 점이 작품성을 너그럽게 봐주는데 기여한 측면이 있었을 것이다. 1978년 공연법시설기준령 미달로 인한 소극장 폐쇄에 대한 극계의 반응들을 통해 드러난 소극장 지키기의 의미를 보면 70년대 소극장은 단순한 공간이 아니라 젊은 연극의 의식을 상징하는 것[18]이기 때문이다. 실험극장이 대단히 실험적인 작품을 올렸다고 할 수는 없지만 새로운 연극에 대한 문제의식마저 방기했다고 보기는 어렵다.

---

17) 강태경, 「질풍노도 그 이후 Ⅱ:브로드웨이 〈에쿠우스〉2-엑소시즘의 정치학」, 『영어영문학』 51-3, 2005, 593-594쪽.

18) 이상일, 「젊은 연극과 소극장 운동」, 서연호 외, 『한국연극과 젊은 의식』, 민음사, 1979, 124-125쪽.

평론가들의 반응은 이러한 국내외적인 분위기를 반영한 것으로 보인다. 이태주가 〈에쿠우스〉에 대해 비교적 길게 서술한 평론을 보면 해외 평가를 인용한 부분이 나오는데 다음과 같다. "주간지 '타임'은 49년에 공연되었던 〈세일즈맨의 죽음〉 이래로 브로드웨이에서 이 연극처럼 관객이 자발적인 시위를 일으킨 작품은 일찍이 없었다. 한 마디로 눈부신 〈에쿠우스〉의 개가였다." "주간지 '뉴스위크'는 메마른 현대 속에서 찢겨진 앨런과 자기 연민 속에서 방황하는 다이사트가 대결하는 폭발적인 작품이다. 셰퍼는 지나칠 정도로 현대인을 직시하고 있다." "일간지 '뉴욕타임즈'는 말-예수-성-고통-채찍질-절단의 연싱직 이미지가 수인공 앨런의 자기 계시 속에서 생으로 전이될 때 지워지지 않는 영상, 소생되는 악몽의 기억이 현존이 되게 창조해 나가고 있다. 숨 막힐 듯한 추리과정 속에서 신비의 정신세계가 희생되는 최근에 본 연극 중 가장 흥미롭고 진지한 무대였다."[19]

당시 브로드웨이 〈에쿠우스〉에 대한 공연평이 호의적인 경향이 농후했던 것은 사실이지만 한 달 뒤에는 비판적인 평가로 바뀌었다고 하는데[20] 우리나라에서는 긍정적인 공연평 위주로 수용되었음을 알 수 있다. 이태주 외의 많은 평론가들이 이러한 경향을 그대로 보여주었기 때문이다. 앨런과 다이사트, 신비와 추리가 우리의 평론가들이 이야기한 광기와 이성, 즉 원시와 문명(여석기), 충격과 정갈(이상일)에 그대로 대응된다. 런던 초연 후 나온 〈에쿠우스〉에 대한 비평에는 무대에 대한 것은 비교적 긍정적이었지만 원작에 대한 부정적인 평가

---

19) 이태주, 『연극은 무엇을 할 수 있는가』, 단대출판부, 1983, 113-114쪽.
20) 강태경, 앞의 글, 588-593쪽.

는 처음부터 있었다고 하는데[21] 이에 대한 수용은 찾아보기 힘들다.[22] 앞에서 제시한 권경선의 글이 원작의 작품성에 대한 객관적 평가를 언급한 유일한 경우이다. 그렇다면 대체적으로 브로드웨이 초기 공연 평을 수용했다는 의미가 되는데 여기서 또 하나 아이러니한 것은 노출에 대한 언급은 배제되었다는 점이다. 런던 초연 당시의 공연평의 특징은 노출에 대한 언급이 없다는 점이다. 그러나 브로드웨이 공연에서는 누드를 포함한 성적인 측면이 노골적으로 홍보에 이용되기도 했고 평론에서도 이를 매우 구체적으로 다루었다. 그런데 우리는 브로드웨이 반응을 수용했음에도 불구하고 노출에 대한 언급이 없다는 것은 이 작품에 대한 한국적 전유의 특성이 아닐 수 없다.

이는 영국처럼 사회적 맥락을 중요하게 보는 것이 아니고 미국처럼 에로티시즘에 대한 수용적 분위기가 마련된 것이 아니기에 절충적 입장에서 받아들인 우리의 상황을 이해해야 함을 뜻한다. 1970년대 유신정권의 독재 아래 연극의 사회적 정치적 발언의 수위는 제한적이었다. 마당극계열에서는 풍자와 비판의 정신이 날을 세웠지만 전통의 복원이라는 대명제 아래 정권이 이를 격려하고 지원했기에 전통이 이

---

21) 강태경, 「질풍노도 그 이후(Ⅰ): 런던 〈에쿠우스〉-전위와 저항의 연착」, 『영미문학교육』 8-2, 2004, 14쪽.

22) 최중민, 「피터 셰퍼 작 〈에쿠우스〉의 한국 공연사 연구」, 중앙대 석사학위논문, 2008, 16쪽을 보면 실험극장의 김영렬 연출이 번역가인 신정옥과 영국신문과 잡지에 난 이 작품의 평을 보고 〈에쿠우스〉를 공연해야겠다고 마음먹었다고 하는데 그렇다고 하더라도 우리나라 초연의 시점을 생각하면 브로드웨이 공연에 대한 정보를 당연히 알았을 것이다. 이를 뒷받침해주는 이야기로는 김동훈 전 실험극장 대표가 당시 공연작품을 상의하기 위해 이태주 교수를 찾았을 때 여러 외국 잡지에 극평가들의 격찬으로 소개된 〈에쿠우스〉를 권유하게 된 것이 계기였다고 한데서 찾을 수 있다. 김수미, 「신에쿠우스의 탄생」, 『한국연극』 2001.3, 7쪽.

중적으로 기능하는 측면이 있었다. 1970년대 연극 비평 역시 〈연극평론〉〈우리무대〉〈현대연극〉〈드라마〉〈한국연극〉 등 전문비평지의 창간과 함께 발전하기 시작했는데 연극의 대 사회적 기능에 대해 아카데미즘적 접근 이상의 것을 보여주지는 못했다.[23] 더 나아가 대본 사전 검열과 공연금지 조치에 대한 최소한의 시대적 고민과 성찰이 보이지 않는다는 점을 비판할 수 있다.[24]

정리하자면 연극 현장에서나 이를 비평하는 입장에서나 1970년대의 사회 정치적 상황에 대한 비판은 제한적이었다. 이 가운데 연극평론이 주력한 것은 서양의 것을 우리의 전통과 어떻게 조화시키느냐 하는 과제였다. 그렇기 때문에 〈에쿠우스〉의 앨런과 다이사트의 대결 그리고 앨런이란 인물로 대표되는 원시성의 우위는 동양적인 것과 서양적인 것의 대결에서 동양적인 것의 힘을 보여주는 방식으로도 이해될 수 있는 것이다. 이 공연평에 긍정적으로 기여한 최대 공신이 앨런 역 강태기의 연기였음을 상기한다면 이러한 주제가 제대로 전달되도록 한 데서 작품의 의의가 더욱 발했던 것으로 볼 수 있다. 앨런의 원시적 힘이 합리적 힘을 능가하는 데서 발생하는 저항의 의미 역시 이러한 동양적인 것의 풍부한 의미 안에 수렴되면서 사회적 정치적 맥락에서 예민하게 생각해야 할 필요성을 불식시킨다. 원시적, 종교적인 것이 왜 동양적인 것과 동의어처럼 기능할 수 있는가 하는 것은 앞에 이태주의 공연평에서 이를 제의적인 성격과 동일시하여 아르토적인

23) 1970년대 연극평론가 그룹의 형성에 대한 연구는 다음 참고. 김윤정, 「1970년대 연극평론가들의 부상과 정전화의 시작」, 『한국극예술연구』 31, 2010.
24) 박명진, 「1970년대 연극제도와 국가 이데올로기」, 『민족문학사연구』 26, 2004, 23쪽.

것으로 보았던 1970년대적 맥락으로 설명할 수 있다. 이것이 평론가들이 마음을 모아 비슷한 의견을 견지할 수 있었던 이유이다. 1970년대 비평가들에게 한국연극의 동시대성은 매우 중요한 화두였다. 전통극에 대한 관심, 해외연극을 수용하는 문제에 대한 관심 모두 한국연극을 다른 나라의 연극들과 어깨를 나란히 할 수 있도록 만들어야 한다는 바람에서 나온 것이다.[25]

그렇다면 관객들의 폭발적인 반응은 무엇 때문이었을까. 여석기가 지적한 대로 젊은 층에 어필할 수 있는 현대적 문제의식과 감각이 있었기[26] 때문이기도 하다. 그런데 신문기사내용을 보면 일반 관객에게 미친 영향을 짐작할 수 있다. 1975년 9월 5일 초연을 앞둔 9월 3일자 공연보도에서는 매우 객관적인 정보만을 제공한다. 그러다가 12월 공연보도를 보면 3차 연장 공연 후 11월 들어 연장을 신청하지 않아 공연정지처분을 받은 사실을 각 일간지들이 비중있게 다룬다. 경향신문의 경우 이를 소극장 운동에 제동을 걸었다는 식으로 의미를 부여하기도 하고 동아일보는 강태기 인터뷰 통해 눈물로 일반인들에게 호소하는 측면까지 보인다. 1976년 3월 22일 동아일보 기사를 보면 실험극장의 〈에쿠우스〉 공연이 다시 시작된다고 알리면서 공륜의 지적 사항인 자극적인 어휘 몇 가지와 농도 짙은 신을 손질하여 22일 공연신청하게 되었는데 외설이라는 오해 받지 않을 정도로 손질하고 있지만 작품의 본질에는 아무런 손상이 없다고 김동훈 대표의 말을 전했다. 이 기사 내용은 단지 행정적인 이유 때문에만 공연정지를 당한 것이

---

25) 1970년 봄에 창간되어 1980년 겨울까지 발간된 연극평론의 주요 내용들은 이러한 담론으로 채워져 있다.
26) 「외화내빈의 가을무대」, 『동아일보』 1975.11.8

아니라 농도 짙은 장면에 대한 제재가 있었던 것을 보도해준다.

신문기사를 정리하자면 이 작품은 관객에게 홍미를 줄 만큼 작품적 측면에서 문제의식을 지녔는데 정작 심의기관은 예술을 이해하지 못하고 부당하게 제재를 하여 연극의 정당한 발전을 저해한다는 것이다. 그러나 다른 한편으로는 농도 짙은 장면이 제재의 한 원인이라는 점을 교묘히 드러내어 일반 관객들에게 호기심과 화제성을 불러일으킨다. 여기서 "작품의 본질에 아무 손상이 없다"는 것도 이중적으로 읽히는데 원래 작품성이 담보된 연극이라 예술성을 보장한다는 의미와 공륜의 검열을 피하기 위해 노력하지만 관객들을 실망시키지 않겠느라는 홍보 전략으로 볼 수 있다. 평론가들의 작품성에 대한 인정 담론과 언론을 통해 대중적으로 자극된 노출 홍보 사이의 간극은 결국 〈에쿠우스〉 관람이 연극과 예술을 위하는 행위를 전제하여 우리에게 허락된 에로티시즘을 안전하게 향유할 수 있게 해주는 기제로 작동하게 한다.

또 다른 한편으로 생각해볼 수 있는 것은 노출에 대한 검열과 정치에 대한 검열의 상관관계이다. 풍속에 대한 통제는 사상에 대한 통제를 정당화할 수 있는 구실이 되었다.[27] 영화의 경우 유신정권기 검열의 범주는 매우 넓어서 '절망'이나 '퇴폐'도 '용공'이 될 수 있었다.[28]

---

27) 60년대 중후반부터 정치적 검열이 문화예술에도 강력하게 작동한다. 이에 대한 단적인 예로 반공법으로 기소되었던 유현목에게 음란죄도 적용하여 반공법 위반이 무죄로 판명났음에도 음란죄를 유죄로 처벌한 경우를 들 수 있다. 조준형, 음란과 반공의 결합:유현목의 경우, 웹진 『민연』 53, 2015.9. http://rikszine.korea.ac.kr/front/article/humanList.minyeon

28) 박유희, 「박정희 정권기 영화검열과 감성재현의 역학」, 『역사비평』 2012년 여름호, 45쪽.

〈에쿠우스〉 작품의 성격 상 노출에 대한 검열이 정치적 검열을 대신한다고 말하기 어렵지만 관극을 통해 검열에 대한 반감을 표현할 수 있다는 점에서 노출 역시 이중적으로 관객에게 기능했을 가능성을 배제할 수 없다. 노출은 자극적 호기심을 주는 요소이면서 반항의 심리를 반영할 수 있는 일거양득의 효과를 관객에게 줄 수 있기 때문이다. 이 작품이 관객동원에 성공한 것도 이러한 측면과 무관하지 않다. 물론 이 바탕에는 평론가들의 담론, 한국연극의 동시대성에 대한 열망이 깔려있다. 강태경은 브로드웨이 공연이 전위 연극의 상업적 전유라고 했는데 우리의 경우에는 현대 서양연극의 동양적 수용을 통한 동시대성에 대한 전유, 더 나아가 연극보호 운동적 전유라고 해야 할 것이다.

4. 〈에쿠우스〉들의 변형과 지속

우리가 〈에쿠우스〉를 전유한 방식은 에로티시즘과 관련이 없는 것처럼 포장되었지만 이 작품은 에로티시즘의 관점에서 해석될 수 있는 작품이다. 주인공 앨런은 사회적 가정적 금기와 억압에 대한 자신만의 방식으로 말 에쿠우스와 하나가 되는 독특한 세계를 구축한다. 앨런과 말과의 관계를 집약적으로 드러내주는 장면 두 가지를 들어 설명해 보겠다. 첫 번째는 아버지의 증언에서 등장하는 것으로 앨런이 말을 숭배하는 광경을 목격한 내용이다.

앨런 마룻바닥에 엎드린다.

다이사트 : 뭐라고요?

프 랑 크 : 분명히 그렇게 들었습니다. 지금도 기억에 생생한 걸요.
　　　　　칭클창클입니다.

앨런 고개를 들고 영광스럽게 두 손을 높이 쳐든다.

앨　　런 : 그는 말하기를 "보라-나는 그대에게 나의 오직 하나의
　　　　　아들 에쿠우스를 주겠노라!"

다이사트 : 에쿠우스?

프 랑 크 : 그렇습니다. 틀림없어요. 몇 번이고 되풀이 합니다. "나의
　　　　　오직 하나의 아들 에쿠우스" 이렇게 말입니다.

(중략)

다이사트 : 아, 그리고?

프 랑 크 : 주머니에서 끈을 꺼내더니 고리를 만들어 입에 끼우더군요.

앨런 가상적인 끈으로 자기 자신에게 굴레를 씌워 뒤에서 잡아끈다.
그러고 나서 한 손으로 옷걸이를 집어 들었어요. 나무 옷걸이던데, 그
러고선-.

다이사트 : 자신을 매질하기 시작했죠?

앨런, 마임 동작으로 자기를 치기 시작한다. 점점 속도와 포악함이
더해간다. (〈에쿠우스〉 82-84면)

　말의 사진을 보며 의식을 행하거나 자갈을 물고 자신을 매질하는
것은 종교적인 행위의 변용이지만 그것이 마조히즘적인 성격으로 드
러난다는 것에 주목할 필요가 있다. 억압이 욕망을 낳고 그 욕망이 폭
력과 죽음을 경험하게 하며 이를 통해 신성에 도달할 수 있는 본질적
체험이 에로티시즘이라고 했을 때 앨런의 말을 통한 합일의 추구는
에로티시즘적 성격을 그대로 드러내준다. 바타이유의 에로티시즘에

는 폭력과 죽음, 그로 인한 쾌락과 신성이 모두 포함되기 때문이다. 욕망과 두려움, 짙은 쾌락과 고뇌를 긴밀히 연결하는 감정은 종교적 감정과 다르지 않다고 설명한다.[29] 앨런이 한 밤중에 알몸으로 너제트를 타고 들판을 달리는 장면은 너제트가 에쿠우스가 되어 앨런이 신과 하나가 되는 에로티시즘의 절정에 해당한다.

> 갈기털이 채찍처럼 나부낀다. 다리 위로 옆구리로!
>
> 알몸!
>
> 알몸!
>
> 나는 알몸이다! 알몸!
>
> 나를 느끼는가! 네 몸 위에! 네 몸 위에! 네 몸 위에!
>
> 네 몸 안에 들어가 있고 싶다!
>
> 너와 일심동체가 되고 싶다. 영원히 영원토록!
>
> 에쿠우스, 너를 사랑해!
>
> 자! - 데려가 다오!
>
> 우리를 하나로 만들라! (126-127면)[30]

이렇게 앨런에게 있어 구원은 에쿠우스와 하나가 되어 자신을 묶고 통제하는 속박에서 벗어나는 것이다.[31] 물론 말이 앨런에게 억압기제

---

29) 바타이유, 『에로티즘』, 조한경 역, 민음사, 2009, 20-43쪽 참조. 바타이유는 에로티즘이란 용어를 사용했는데 이 논문에서는 같은 개념을 설명하는데 에로티시즘이란 용어를 사용했다. 학술적인 측면에서 좀 더 보편화된 용어를 사용한 것이다.

30) 피터 셰퍼, 『에쿠우스』, 신정옥 역, 범우사, 2009. 신정옥은 초연 〈에쿠우스〉의 대본 작업을 한 번역가이기도 하다. 1975년에 출간된 『현대영미희곡』1에 실린 그녀의 번역본이 초연 대본으로 보이는데 범우사 판과 거의 같다.

31) 강준수, 「에쿠우스에 나타난 억압구조」, 『현대영어영문학』59-2, 2015, 12쪽.

로 바뀌면서 분노와 폭력으로 말의 눈을 찌르게 되는데 이러한 폭력
의 증폭은 억압의 강도에 따라 예정되어 있었던 것이기도 하다. 다이
사트는 이러한 앨런과 대조되는 모습을 보여준다. 단조로운 일상 속
에서 다이사트가 갈구하는 구원의 대상은 고대 그리스 문명이다. 그
러나 그가 꾼 꿈의 내용은 아이러니하게도 그의 구원의 대상이 그에
게 정작 구원의 역할을 해주지 못한다는 것을 드러낸다. 꿈에서 그는
그리스의 대제사장이 되어 소년소녀들로 이루어진 희생제물을 바치
는데 폭력적이기도 한 종교적 행위가 지닌 합일의 경지를 몸으로 직
접 경험하는 데서 오는 환희 대신 자신의 일에 대한 반성적 상징으로
만 기능한다. 앨런의 환희와 해방감에는 성적인 측면이 내포되어 있
는데 다이사트의 경우에는 환희와 해방감은커녕 죄의식만 강조되어
있다. 그리스 시대의 제의를 가져와 설명한 방식이 여전히 중요하기
는 한데 이 부분이 장면화되지 않은 채 설명되기 때문에 관객들에게
전달되는 효과는 반성적인 것에 그친다.

이러한 다이사트의 이성적 측면이 이 작품을 지배하게 됨으로써 앨
런이 보여준 에로티시즘의 가능성은 축소된다. 이상일의 평가 "작가
셰퍼의 함정은 성적 금기를 종교적 죄책감으로 연결하고 조절당한 본
능이 자연을 배반하고 그래서 세속성이 신성 감정을 욕되게 하는 그
너무나 뚜렷한 드라마투르기의 명징성"[32] 때문이라는 것도 같은 맥락
으로 읽힌다. 앨런이 말과 하나가 되는 장면은 원초적 성본능 표출이
라기보다 말의 절대화, 신비화에 대한 갈망이라고 한 것[33], 에쿠우스

---

32) 이상일, 「주제의 근원성과 연극의 보편성」, 『공간』 통권 101호, 1975.10.11., 88쪽.
33) 신정옥, 「에쿠우스에 나타난 소외의식」, 『veritas』 2권, 1981, 49쪽.

와 합일되는 초월행위를 통해서 그리스도처럼 자신의 삶의 주인이 되
는 자유를 향유하는 자기 정체성을 찾으려는 게 궁극적 목적이라는 플
렁커의 말을 인용하면서 성적 측면은 부수적인 것으로 해석한 경우[34]
도 다이사트를 중심으로 한 전체적인 주제를 고려했을 때 나올 수 있
는 해석이다. 그리고 이러한 해석은 이 작품의 초기 연구에서 더욱 두
드러진다. 그리고 이는 런던이나 브로드웨이에서 작품의 도식성을 논
할 때 나왔던 내용들인데 이것이 성적인 측면을 배제하고 작품성을
보도록 부추기는데 기여했다는 점이 우리나라 공연의 특성과 함께 드
러난 연구의 특성이기도 하다.

  그렇다면 1970년대 이후의 〈에쿠우스〉 무대에서는 이러한 에로
티시즘이 어떤 방식으로 드러났을까. 초연 이후 주목받았던 〈에쿠우
스〉 공연은 1990년 김아라 연출의 〈에쿠우스〉, 2001년 한태숙 연출
의 〈에쿠우스〉, 2004년 김광보 연출의 〈에쿠우스〉라고 할 수 있다. 가
장 최근의 공연으로는 2014년 이한승 연출의 〈에쿠우스〉도 언급할 수
있는데 작품의 해석 면에서는 새로운 것이 없지만 노출의 측면에서는
논의해볼 만하다.

  김아라 연출 작품에서는 정상/비정상의 문제를 제기함으로써 70년
대 공연의 브레히트/아르토적 작품성을 90년대 버전으로 세련화한
다. 다이사트란 인물에 집중하여 주제적 측면의 성과로 이어지게 했
다는 점, 그것이 90년대 포스트모더니즘적인 문제제기와 상통한다는
점이 긍정적 평가를 받도록 한 요인이다. 앨런 캐릭터가 다이사트를
압도하는 효과는 유지한 채 주제의식에 이르도록 했다는 점에서 1970

---

34) 한상옥, 「의미를 찾는 인간: 셰퍼의 다이사트」, 『신영어영문학』 13, 1999, 79-80쪽.

년대적 해석의 업그레이드라 할 만했다. 이 작품에 대한 평론가 이태주의 비평에는 에로티시즘에 대한 언급 없이 김영렬 연출과의 비교를 통한 공연적 측면에 대한 분석만 있다. 그런데 연출가 김광림의 공연평에서는 에로티시즘이 언급된다. 김광림은 원작에서 공들여 묘사한 말과 인간의 숨막히게 몰아가는 성적 분위기, 앨런과 질의 성교장면, 다이사트와 앨런 사이의 묘한 애정 등 전체적인 흐름으로 드러나는 에로티시즘은 대충 표현하고 한국 관객을 위한 맞춤형으로 앨런과 질의 성교 장면을 다소 맥락 없이 직관적으로 제시함으로써 원작의 의도를 배반했다는 점을 문제 삼았다.[35] "물론 '에쿠우스'에서 보여주려는 것이 에로티시즘은 아니다. 그러나 이 연극에서 에로티시즘이 주된 소재로 쓰여지고 있음은 부인할 수 없다. 아직은 에로티시즘이 무대예술로서 정착되지 않은 우리 현실에서 이와 같은 접근 방식은 관객과의 현실적 관계를 고려할 때 목표에 이르는 한 단계로서 효과적인 방편이라고 여겨진다. 그렇지만 원작을 어디까지 왜곡할 수 있는 것인지 또는 관객과의 의사소통을 위해 자신의 예술관을 어느 선까지 양보할 수 있는지에 대해서는 또 다른 논의가 있어야 할 것이다." 인용문이 말해주듯 김광림은 사각링을 제거한 김아라 연출의 시도와 효과는 칭찬했지만 에로티시즘의 표현에 있어서 한국적 상황에 타협한 측면은 비판한다. 속옷만 입은 앨런과 질의 정사 장면은 원작 못지않게 충격을 주었지만 그것이 전체 맥락에서 과도하게 두드러지면서 이 작품의 전체적인 에로티시즘을 희생했다는 점에서 쉽고 간단하게 에로티시즘을 처리했다는 불만을 읽을 수 있다. 좀 더 섬세하게 복잡하

---

35) 김광림, 「작가의 의도를 적절히 배반한 공연」, 월간 『객석』 1990. 11, 247쪽.

게 다뤄줬어야 했다는 아쉬움이기도 하다.

김광림의 평론은 〈에쿠우스〉 공연에 대해 에로티시즘을 언급한 거의 유일한 글이라는 점에서 의미가 크다. 김아라의 〈에쿠우스〉에 와서 이렇게 언급이 되었다는 것은 이 공연에서 이러한 특성이 존재했다는 것을 반증하는 것이다. 원작의 에로티시즘이 공연에서 얼마나 잘 구현되었는지에 대해 불만족스러울 수 있어도 그런 측면에 대한 연출가 나름의 전략이 있었다는 것, 그리고 그것을 중요하게 다루었다는 것은 언급할 가치가 있다는 것이다. 에로티시즘 표현에 대해 미학적 수준을 요구할 수도 있게 되었기 때문이다. 그러므로 이 자체로 무척 고무적이다. 김아라 연출의 〈에쿠우스〉 공연을 본 입장에서 김광림의 아쉬움에 충분히 공감하지만 김아라의 전략이 관객들에게 에로티시즘을 쉽게 부각하는 방법이었다는 점에서 나쁘지 않은 선택이었고 원작을 왜곡하는 수준으로까지는 여겨지지 않는다. 원작의 에로티시즘을 잘 섬겨주지 못한 덕분에 김광림의 평처럼 1막 끝 부분 앨런과 말의 성적으로 고조된 흥분 상태가 덜 감동적이었을 수 있지만 말들의 의상에서는 전신 비로드의 70년대와 확연히 구분되도록 노출이 많았고 말과의 성적 교감도 추상적이지만 작품의 의도를 이해할 만큼은 충분히 표출되었다. 물론 질의 노출 수위가 꽤 높았다는 점에서 앞 장면 말과의 성적인 분위기가 상쇄되기는 했지만 에로티시즘적 성격을 하나로 분명하게 각인시킬 수 있었다. 더구나 소극장에서 공연되었기에 관객들은 숨 막히는 에로티시즘을 충분히 공유할 수 있었다. 초연의 특성에서 확인했듯이 한국적 상황에서 이 공연의 목적이 에로티시즘이 될 수 없다는 점은 당연하다. 그러나 에로티시즘이 폭발해야 하는 부분에서는 그것을 드러내줘야 하는 것도 당연하다. 그리고 실제 공연에서는 당시의 관객 이해도에 부합하는 정도에서 그러한 측면이 부각되었다. 그러나 평론가들은 이렇게 논의할 수 있는 문제를 논의하지 않았다는 점에서 70년대적 담론의 연속에 놓여 있다는 특징을 문제적이라고 이야기할 수 있다.

2001년 한태숙의 〈에쿠우스〉 공연은 작품에 대한 새로운 해석으로 관심을 모았다. 다이사트를 여자 의사(박정자)로 바꾸고 헤스더를 남자 판사(한명구)로 바꾸면서 섹슈얼리티의 문제를 젠더의 문제로 변화시켰다. 새로운 시도라는 점에서는 인정되지만 단순히 인물의 성을 바꾸는 방식으로 작품 전체에 대한 새로운 해석이 구현되지 않는다는 문제가 남는다.[36] 이 공연에서는 앨런과 질의 노출은 원작과 동일한 수준으로 표현된다. 그러나 전라의 노출을 감행했음에도 그 효과는 크지 않았다. 앨런의 파워는 여의사 다이사트의 기에 눌려버렸고 대극장의 거리는 앨런과 질의 정사를 후경화하면서 맥 빠지는 장면으로 만들었다.[37] 젠더의 힘이 에로티시즘의 가능성을 온전히 차단한 경우에 해당한다.

2004년 김광보의 〈에쿠우스〉는 연극열전 시리즈로 공연되었다는 점이 중요하다. 연극 관객의 저변을 확장하기 위한 기획으로 건강한 대중성을 표방하기에 보수적 해석이 선택될 수밖에 없다. 다만 다이사트가 동경하는 신화의 세계를 앨런이 아닌 말들로 표현했다는 점에서[38] 앨런과 다이사트가 아닌 말들에 방점이 찍혔고 말들의 역동성을 강조한 무대였다는 점에서 새로움이 있다. 그런데 더 중요한 것은 그

---

36) 심정순, 「몸과 젠더를 바꾸면 무슨 일이 일어날까」, 『한국연극』 2001. 3. 90쪽.
37) 김유미, 「예술의 전당 무대에서 표현된 나신들」, 『공연과 리뷰』 32, 2001, 111쪽.
38) 최중민, 앞의 글, 61쪽.

말들이 여성적으로 그려졌다는 점이다. 앨런과 질의 노출수위나 정사 장면의 뜨거움이 연극열전에서는 배제되어야 할 에로티시즘이다. 남성이 연기하는 말들이 지닌 여성성의 표현은 이성애에 대한 대안적 섹슈얼리티의 가능성을 암시한다는 점에서[39) 새로운 선택이 지닌 의미가 분명해진다. 물론 앨런과 말의 사랑, 다이사트의 불구의 부부관계를 중심으로 한 동성애적 해석은 브로드웨이 초연 때부터 있어왔고 국내 공연평에서도 이러한 측면을 언급한 바 있지만[40) 이는 한태숙 공연에 국한되는 내용이 아니라 〈에쿠우스〉란 작품 전체에 해당되는 것이다. 그러나 김광보의 〈에쿠우스〉 공연에서 그러한 동성애 코드가 실제로 얼마나 두드러졌는지는 의문이다. 건강한 대중성을 위해 일반 관객들에게는 매우 암시적으로만 전달되었을 가능성이 크다. 앞에서 언급한 심정순의 평론에서도 동성애의 화두가 공연 전체에 다층적으로 전면적으로 재구성되지 않고 두 장면에만 국한되었다는 것, 미적 품위를 손상시키지 않으면서 감정적 클라이막스를 창출했다는 것으로 암시적이었음을 짐작할 수 있다. 김광보가 스스로 연극열전 〈에쿠우스〉에서 자기가 할 수 있는 최대치의 대중성을 표방했다고 하면서 어느 평론가가 이렇게 신파 〈에쿠우스〉 처음 본다는 말에 대해서 어느 정도 수긍하고 있음을 볼 때도[41) 동성애 코드가 전면화되지 않았음을 알 수 있다.

결국 1975년 초연 〈에쿠우스〉를 비롯해 90년대, 2000년대 〈에쿠

---

39) 심정순, 「호머섹슈얼리티의 대안적 미장센」, 『한국연극』, 2004. 4, 36쪽.
40) 김방옥, 「한태숙과 박정자의 에쿠우스」, 『21세기를 여는 연극』, 연극과 인간, 2003, 384-385쪽.
41) 김광보 정혜원, 「진행형의 삶과 열정 그리고 연극 사이에서」, 『공연과 리뷰』 44, 2004. 3, 106-107쪽.

우스〉에서도 에로티시즘을 정면에서 다루지 못했다. 제의적=아르토적=동양적 특성으로 혹은 정상/비정상의 지적인 주제, 섹슈얼리티가 아닌 젠더의 문제, 동성애의 대중적 소구 정도로 변형해서 다루었다. 노출의 정도와 에로티시즘이 비례하지도 않았다. 한태숙 연출의 〈에쿠우스〉에서 전라 연기를 보였지만 에로티시즘과 거리가 멀어졌다. 2014년 이한승 연출의 〈에쿠우스〉에서도 앨런의 역동적인 전라연기를 선보였고 이것이 중요한 연출 콘셉트였지만 동적인 노출이 충격적이기는 했어도 에로티시즘이 잘 구현되었다고 보기는 어렵다. 오히려 90년대 김아라 연출 작품에서 에로티시즘의 가능성이 가장 높다 김광림은 그것을 부분적으로 언급했다. 지적인 주제로 귀결된다고 해도 그 과정에서 성적인 억압에 대한 표현이 잘 이루어졌으면 에로티시즘의 구현을 논의할 수 있다. 여기서 에로티시즘에 대한 막연한 거부감을 읽을 수 있다. 특히 공연예술에서 에로티시즘은 대중적 상업성으로 오해받을 수 있기에 예술성을 강조하려다 보면 에로티시즘 자체를 억압하게 되는 경향이 생긴다. 이론적으로 에로티시즘이 예술성과 양립 가능하다는 점, 연극에서도 대중성이 필요하다는 점을 인정함에도 불구하고 실제 비평 담론에서는 그것이 적용되지 않는다는 특징을 〈에쿠우스〉에서 발견할 수 있다. 1970년대 이후 〈에쿠우스〉들의 에로티시즘에서도 여전히 1970년대에 논외로 했던 측면이 반복된다. 물론 1970년대와 다른 맥락에서 이겠지만 김아라의 〈에쿠우스〉에서도 논의가 배제되었다는 것은 시대의 변화에도 불구하고 지속되는 이유가 있다는 잠정적 결론을 내리게 한다. 이는 에로티시즘 논의 자체가 연극의 발전이나 정체성 정립에 도움이 되지 못한다는 의식이 작용했기 때문이다.

5. 에로티시즘의 속화

에로티시즘 논의가 별로 소득이 없었던 것은 그 이후의 상황에서도 잘 드러난다. 〈에쿠우스〉의 한국적 전유에서 에로티시즘은 배제되었지만 실험극장은 관객들의 사랑에 에로티시즘이 유관하다고 보았다. 1982년에 '연극과 에로티시즘'이란 제목으로 심포지엄을 개최했던 것도 이러한 분위기를 이어나가 에로티시즘을 예술적이면서 대중적으로 살리고 싶었기 때문이다. 〈티타임의 정사〉〈라 롱드〉 등 몇 편의 에로티시즘 시리즈 연극을 개막하면서 유민영, 정진수, 이중한이 발표를 했는데[42] 과잉노출이나 선정적인 연극장면에 대한 논의가 거의 없어서 핵심을 피해간 듯한 인상을 주었다는 보도[43]를 보면 실험극장의 의도가 제대로 반영된 것 같지는 않다. 휴머니티의 강조를 위해 폭력이 제 2의 테마로 등장하는 것처럼 인간 본연의 정서를 위해 에로티시즘이 불가피하므로 에로티시즘=저질이라는 등식을 불식시켜 성인사회의 관심사를 연극을 통해 제시해줌으로써 성인관객을 유도하겠다는 것이 심포를 주최한 실험극장의 의도이다.[44] 연극 생태계를 흐리는 선정적인 연극과는 차별되면서 일반관객의 호응도를 얻을만한 소재를 탐색하기 위한 방책이었지만 그것이 제 2의 〈에쿠우스〉와 같은 결과로 이어지지는 못했다. 1982년 11월 17일부터 성심리를 다룬 작품으로 1921년 베를린 초연에서 공연정지를 받았던 금기의 무대 〈라롱드〉(아더 슈니츨러 작)가 초연되는데 역시 성과는 미흡했다. 눈요깃

---

42) 『한국연극』 1982년 8월호에 심포지엄 내용이 실려 있다.
43) 「연극과 에로티시즘 심포」, 『동아일보』 1982.7.6.
44) 「막 오른 성인연극」, 『경향신문』 1982.7.2.

감에 머물렀다는 평가[45]를 보면 공윤의 심의과정부터 난항을 겪는다는 보도에도 불구하고 실제 공연은 부실했음을 알 수 있다.

에로티시즘을 전면에 내세운 공연들은 연극계의 불황을 타개하기 위한 안간힘 등, 부정적으로 인식되었다. 오히려 관객 동원에 성공한 작품은 그 다음 해 1983년 〈신의 아그네스〉에서였다. 이 작품도 성적 금기를 다루지만 노출이 없다. 그러므로 실험극장의 건강한 의도는 에로티시즘으로 구현되기는 힘든 성질의 것이었다. 〈라 롱드〉란 작품의 완성도는 에로티시즘을 전면에 내세움으로써 오히려 더 박한 점수를 받았을 가능성이 농후하다. 1990년대로 오면 노출연극이 연극 생태계를 어지럽히는 문제로 부상하여 더욱 부정적인 표상으로 기능한다. 이 때 정진수 등이 저질연극추방실천위원회를 만들어 정통 에로극의 참 모습을 보여주겠다는 의지를 다지기도 하지만 퇴폐노출연극에 대한 선긋기 이상의 의미로 발전하지 못했다. 그리고 90년대 쟁점이 되었던 〈매춘〉〈불의 가면〉〈햄릿 머신〉을 둘러싼 노출문제는 외설시비로 넘어가버린다.[46]

결국 〈에쿠우스〉의 에로티시즘은 무척 불편한 존재였음을 드러내준다. 〈에쿠우스〉의 한국적 전유는 원작이 지닌 에로티시즘의 성격, 브로드웨이 공연에서 적나라하게 드러났던 포르노에 가까운 에로티시즘을 의식하지 않으려 했다는 특징을 지닌다. 그러한 전유는 1975년 〈에쿠우스〉 공연이 동시대 연극에 대한 한국적 수용이라는 주류

---

45) 「에로티시즘 연극의 대표작 실험극장서 공연중인 라롱드」, 『동아일보』, 1982. 11.30.
46) 이에 대한 자세한 논의는 이진아, 「한국연극 무대 위에 재현된 섹슈얼리티」, 『한국연극학』 39, 2009. 참조

비평 담론 안에 포섭되었기 때문에 가능했다. 서양 연극의 보편주의
를 그대로 내재화한 결과는 아니라는 뜻이다. 1970년대 동시대 연극
에 대한 한국적 수용이라는 문제는 중요하다. 그러나 이러한 담론이
주류를 차지할 수 있었던 또 다른 배경에는 유신 정권기 문화정책의
영향이 놓여 있다. 민족적인 것이 곧 국가적인 것으로 치환되면서 평
론가들은 민족문화수립을 위한 국가 지원의 분위기에 순응하고 정치
적으로 예민한 문제들에 침묵하고 아카데미즘의 장 속으로 들어가 버
린 것이다. 에로티시즘에 대한 논의의 배제 역시 이러한 맥락에서 이
해할 수 있다. 에로티시즘을 정치적인 문제보다 하급의 것으로 간주
하여 이러한 논의의 배제가 왜 중요하냐고 묻는 것은 온당하지 않다.
그렇다면 1970년대 이후의 경우에는 어떻게 해석해야 하는가. 이는
연극의 존재이유를 예술적 가치에서 찾아야만 하는 연극 외적인 환경
과 관련된다. 80년대 에로영화의 성행과 90년대 연극계에서도 시작된
노출을 앞세운 상업 연극들과 차별화되어야 했기 때문이다.

〈에쿠우스〉는 현재까지도 지속적으로 공연되기는 하지만 1970년
대 보여줬던 소구력과 비교하면 영향력은 현저히 떨어진다. 1970년
대 비평 담론 속에서 전유되었던 지점이 그 당시에는 의미가 컸고 원
작이 지닌 에로티시즘적 요소와 노출관련 검열/홍보의 상황이 맞물려
관객들을 고무시키는 효과가 발생했다. 그러나 그 이후에는 연극 환
경이 변화되었고 노출이 노골화되는 연극들이 등장하면서 에로티시
즘에 대한 논의는 또 다른 관점에서 힘들어지게 되었다. 90년대에는
상업극이 본격화된다. 그러므로 예술성을 저해하는 저질 상업극으로
서의 노출과 외설연극에 대한 방어뿐만 아니라 산업으로서의 연극에
대한 인식변화에 따라 예술성을 견지하는 작업이 힘들어지면서 연극

이라는 예술의 정체성을 유지하기 위해 고군분투해야 했다. 그러므로 〈에쿠우스〉를 통한 에로티시즘 연극에 대한 논의의 활성화가 이루어졌다면 90년대 외설시비를 좀 더 생산적으로 수용할 수 있지 않았을까 하는 생각은 의미가 없을 것이다. 그럼에도 불구하고 앞으로 공연될 〈에쿠우스〉가 다른 관점에서 해석될 수 있기를 기대해본다. 청년 앨런을 위한 〈에쿠우스〉로.

참/고/문/헌

1. 기본 자료

• 『경향신문』, 『매일경제신문』, 『동아일보』, 『한겨레』

• 『연극평론』, 『한국연극』, 『70년대 연극평론자료집』 Ⅰ, Ⅱ

• 권경선, 「에쿠우스가 가져다준 것」, 『한국연극』 1976년 7월호

• 여석기, 「말에 들린 소년: 〈에쿠우스〉」, 『여성동아』 1975년 11월호

• 이상일, 「주제의 근원성과 연극의 보편성」, 『공간』 통권 101호, 1975.10.11.

• 이태주, 「특집 70년대 한국연극-문제작을 말한다 〈에쿠우스〉」, 『연극평론』 18호, 1979년.

• 한상철, 「현대의 명작」, 『주간조선』 1979.2.25.

2. 참고 자료

• 강준수, 「에쿠우스에 나타난 억압구조」, 『현대영어영문학』 59-2, 2015.

• 강태경, 「질풍노도 그 이후(Ⅰ): 런던 〈에쿠우스〉-전위와 저항의 연착」, 『영미문학교육』 8 (2), 2004.

• 강태경, 「질풍노도 그 이후 Ⅱ:브로드웨이 〈에쿠우스〉2-엑소시즘의 정치학」, 『영어영문학』 51 (3), 2005.

• 강태경, 「브로드웨이 〈에쿠우스〉와 포르노그래피」, 『한국연극학』 32, 2007.

- 김광림, 「작가의 의도를 적절히 배반한 공연」, 월간 『객석』 1990. 11
- 김광보·정혜원, 「진행형의 삶과 열정 그리고 연극 사이에서」, 『공연과 리뷰』 44, 2004. 3.
- 김방옥, 『21세기를 여는 연극』, 연극과 인간, 2003.
- 김수미, 「신에쿠우스의 탄생」, 『한국연극』 2001.3
- 김유미, 예술의 전당 무대에서 표현된 나신들, 『공연과 리뷰』 32, 2001.
- 김윤정, 「1970년대 연극평론가들의 부상과 정전화의 시작」, 『한국극예술연구』 31, 2010.
- 김정옥, 「〈에쿠우스〉 공연과 소극장 운동」, 『뿌리 깊은 나무』 1976.3
- 린 헌트 엮음, 『포르노그라피의 발명』, 조한욱 역, 책세상, 1996
- 바타이유, 『에로티즘』, 조한경 역, 민음사, 2009.
- 박명진, 「1970년대 연극제도와 국가 이데올로기」, 『민족문학사연구』 26, 2004.
- 박유희, 「박정희 정권기 영화검열과 감성재현의 역학」, 『역사비평』 2012년 여름호
- 서연호 외, 『한국연극과 젊은 의식』, 민음사, 1979.
- 신정옥, 「에쿠우스에 나타난 소외의식」, 『veritas』 2, 1981.
- 심정순, 「몸과 젠더를 바꾸면 무슨 일이 일어날까」, 『한국연극』 2001.3
- 심정순, 「호머섹슈얼리티의 대안적 미장센」, 『한국연극』, 2004. 4
- 이미경, 「극단 실험극장사 연구」, 동국대 석사학위논문, 2002.

- 이진아, 「한국연극 무대 위에 재현된 섹슈얼리티」, 『한국연극학』 39, 2009.
- 이태주, 『연극은 무엇을 할 수 있는가』, 단대출판부, 1983.
- 이혜경, 「피터 셰퍼의 에쿠우스:극의 외적 구조와 내적 반응구조」, 『현대영미드라마』 9, 1998.
- 정호순, 「1970년대 극장과 연극문화」, 『한국극예술연구』 26, 2007.
- 최중민, 「피터 셰퍼 작 〈에쿠우스〉의 한국 공연사 연구」, 중앙대 석사학위논문, 2008.
- 푸코, 『성의 역사』 1, 이규현 역, 나남, 1990.
- 피터 셰퍼, 『에쿠우스』, 신정옥 역, 범우사, 2009.
- 하효숙, 「1970년대 문화정책을 통해 본 근대성의 의미 : 문예중흥 5개년 계획과 새마을 운동을 중심으로」, 서강대학교 석사학위 논문, 2001.
- 한상옥, 「의미를 찾는 인간: 셰퍼의 다이사트」, 『신영어영문학』 13, 1999.
- 한상철, 『현대극의 상황과 한국연극』, 현대미학사, 2008.
- Irving Wardle, "Shaffer's variation on a theme", *The Times*, 1973. 7. 27

전위로서의 '포르노그라피'와 그 운명
−장선우의 외설 논란 영화에 대한 소고−

박유희

1. 장선우 영화와 '포스트 담론'[1]

한국영화계에 '포스트모더니즘'이라는 수식어를 달고 등장한 첫 영화가 장선우 감독의 1991년 작 〈경마장 가는 길〉이었다. 이 영화는 1990년 문학계에 포스트모더니즘 논쟁을 일으킨 하일지의 동명소설을 원작으로 함으로써 '포스트모더니즘 영화'로 홍보되었다. 그리고 이 영화가 기존에 없던 파격적인 내용과 형식을 선보였다는 것이 인

---

1) 본고에서는 논의를 편의를 위해, 1980년대 말 소련의 페레스트로이카와 독일의 통일 이후 세계 질서가 전(全)지구적 자본주의로 재편되고, 디지털 기술로 인해 매체 환경의 패러다임이 바뀌는 시기 이후를 '포스트 시대'로, 그 시기에 대두한 포스트모더니즘, 포스트구조주의, 탈냉전 담론 등 여러 갈래의 논의는 포괄하여 '포스트 담론'이라 칭한다. 한국영화계에서 '포스트 담론'이란 주로 1980년대 말 이후의 영화를 대상으로 그 새로움을 부각시키며 함의를 묻는 것으로서 '코리안 뉴 시네마', '코리안 뉴웨이브', '포스트 코리안 뉴웨이브' 등의 호명과 그것을 둘러싼 논의들을 포함한다.

정되면서 '포스트모더니즘 영화'로 호명되었다. 이때 '포스트모더니즘'이라는 것은 다분히 저널리즘적인 용어였고 특정한 사조나 양식을 가리키는 엄밀한 술어는 아니었다. 그 함의에는 기성 예술의 가치와 질서에 대한 전복적인 관점과 혁신의 수사학으로부터 자본주의에 의한 상품화와 대중화, 그리고 디지털 기술에 의한 정보매체의 변화를 예술이 적극적으로 수용하는 경향까지 폭넓게 포함되었다.

그렇다고 해서 〈경마장 가는 길〉을 두고 사용된 '포스트모더니즘'이라는 용어가 본래의 함의에서 벗어난 것이라고는 할 수 없다. 포스트모더니즘이란 매우 탄력적인 술어이기 때문이다. 세계영화사에서는 초기 영화의 실험에서부터 모더니즘이 나타나기 시작했고, 이러한 실험 정신은 이후 고전 할리우드 영화에 대한 반동으로서의 '예술영화', '작가주의 영화', '언더그라운드 영화' 등에 계승되었는데, 이를 통틀어 모더니즘 영화라고 한다. 그런데 이러한 모더니즘의 경향은 실험적이고 전위적인 영화 계열에서만 단선적으로 전개되지 않았다. 그것은 상업영화에 수용되기도 했고, 모더니즘 영화에서도 상업영화의 형식을 차용하거나 패러디하기도 했다. 그리고 그러한 경향은 20세기 말에 이를수록 심화되었다. 따라서 포스트모더니즘 영화란 모더니즘 영화의 본질적 실험성을 계승하면서 그것들을 더욱 명시적으로 보여주는 영화들과 모더니즘의 징후를 차용한 상업영화들, 상업영화의 형식을 재전유한 모더니즘 영화를 모두 가리킨다.[2] 그리고 포스트모더

---

2) '포스트모더니즘 영화'에 대해서는 주진숙, 「포스트모더니즘과 영화」, 김욱동 편, 『포스트모더니즘과 예술』, 청하, 1991, 231-261쪽; J.호버만, 「후기 아방가르드 영화」, 서인숙 옮김, 권택영 편, 『포스트모더니즘과 문화』, 문예출판사, 1991, 327-350쪽 참조.

니즘 예술의 특징으로 거론되는 자기반영성, 상호텍스트성, 혼성모방 등은 영화에도 마찬가지로 나타난다.

이상으로 보건대 장선우의 영화를 두고 '포스트모더니즘 영화냐? 아니냐?'를 새삼 논하는 것은 소모적인 일일 것이다. 본고에서 주목하는 것은 '포스트모더니즘 영화'라는 말이 장선우의 〈경마장 가는 길〉을 계기로 한국영화계에 등장했는데, 그 영화가 장선우의 이른바 '섹스 3부작'[3]의 첫 편이었다는 점이다. 장선우 감독은 1986년 〈서울 황제〉로 데뷔한 이후 2002년 〈성냥팔이 소녀의 재림〉까지 10편의 장편 극영화[4]를 연출한다. 그는 세 번째 장편 〈우묵배미의 사랑〉(1993)까지 1980년대 후반 이후 한국영화를 주도하는 새로운 영화[코리안 뉴시네마]의 '사회파 리얼리즘 감독'[5]으로 호명되다가 이듬 해 〈경마장 가는 길〉을 내놓으면서부터 '영화 형식을 혁신하는 전위적인 감독'[6]

---

3) 〈경마장 가는 길〉, 〈너에게 나를 보낸다〉, 〈거짓말〉을 일컬어 장선우 감독의 '섹스 3부작'이라고 한다. 이에 대해서는 이대현, 「장선우, 〈거짓말〉의 앞과 뒤, 그리고 거짓말」, 『투덜이의 영화세상』, 다할미디어, 2000, 38-50쪽 참조.
4) 10편은 〈서울황제〉(1986), 〈성공시대〉(1988), 〈우묵배미의 사랑〉(1990), 〈경마장 가는 길〉(1991), 〈화엄경〉(1993), 〈너에게 나를 보낸다〉(1994), 〈꽃잎〉(1996), 〈나쁜 영화〉(1997), 〈거짓말〉(1999), 〈성냥팔이 소녀의 재림〉(2002)이다.
5) 장선우 감독이 이러한 평가를 받는 것에는 그가 감독으로 데뷔하기 전에 평론가로 활동하면서 발표한 글들이 '리얼리즘'을 키워드로 하는 영화운동과 연관되어 있기 때문이기도 하다. 그러한 글로는 장선우, 「열려진 영화를 위하여」, 서울영화집단 편, 『새로운 영화를 위하여』, 학민사, 1983, 305-322쪽; 장선우, 「민중영화의 모색」, 『실천문학』 1985년 봄호(통권6호), 실천문학사, 1985.4, 147-157쪽; 등등 여러 편이 있는데, 장선우는 이 글 들에서 '민중', '민족', '열린 영화' 등을 키워드로 하는 영화 실천 이론을 내세우곤 했다. 또한 그는 "민중 삶에 기반을 둔 민족예술 창조"를 목적으로 하는 '민족예술인 대중조직'의 성격을 띠는 한국 민족예술인 총연합(민예총)에 이장호, 장길수, 정지영, 박광수, 신승수, 김현명 등과 함께 발기인으로 참여하기도 했다.(《매일경제》, 1988.11.26.)
6) 고종석, 「고종석이 만난 사람2: 영화감독 장선우-우묵배미에서 경마장까지」, 『월간

으로 평가되기 시작한다. 이후 그는 영화를 내놓을 때마다 논란을 생
산하며 '코리안 뉴웨이브'와 '포스트 코리안 뉴웨이브'에 모두 이름이
거론되는 감독이 된다.[7]

특히 그의 필모그래피에서 뜨거운 이슈가 되었던 것은 〈경마장 가
는 길〉을 비롯해 〈너에게 나를 보낸다〉(1994), 〈나쁜 영화〉(1997),
〈거짓말〉(1999)과 같은 영화들이었다. 이 영화들은 기존 영화의 임계
를 넘어서는 과감한 표현을 통해, 외설과 자유의 한계에 대해 논란을
야기하고, 아예 '포르노그라피'를 표방하기도 하여 국가의 검열제도에

사회평론』 1992년 5월호, 1992.5, 사회평론사, 178-187쪽; 조희문, 「1994 영화계:
임권택, 정지영, 장선우」,『공연과리뷰』 2호, 현대미학사, 1995.3, 87-95쪽; 이정하,
「장선우, 한국영화와 모험」,『영화와 글쓰기』, 부키, 1997, 96~143쪽; 이정하, 「나
쁜 작가가 본 나쁜 영화의 나쁜 감독 장선우」,『초등우리교육』 91, 초등우리교육,
1997.9, 141-149쪽; 김시무, 「리얼리즘과 모더니즘의 경계를 넘어: 장선우 감독의
작품세계」,『공연과리뷰』 12호, 현대미학사, 1997.7, 39-50쪽; 김수남, 「[한국영화
의 쟁점들] '좋은 감독'의 패배주의인가? '나쁜 감독'의 선정주의인가? 아니면 '열린
영화'의 모험주의인가?: 장선우 감독의 〈나쁜 영화〉」,『공연과리뷰』 13호, 현대미학
사, 1997.9, 20-30쪽; 등등 평론 참조.
7) 장선우 감독이 코리안 뉴웨이브의 대표주자 중 하나로 호명된 것은 1996년 제1
회 부산국제영화제를 통해서였다.(이효인 편,『Korean New Wave: Retrospectives
from 1980 to 1995』, The 1st Pusan International Film Festival, 1996, 88-98쪽) 이
후 '코리안 뉴웨이브'라는 말이 보편화되면서, '포스트 코리안 뉴웨이브'라는 말도
파생된다.(문재철,「영화적 기억과 정체성에 대한 연구: 포스트 코리안 뉴웨이브 시
네마를 중심으로」, 박사학위논문, 중앙대학교 첨단영상대학원, 2002) 한편 동일한
시기의 영화를 두고 '세기 전환기의 텍스트'라는 명칭도 사용된다.(주유신,「한국영
화의 성적 전환에 대한 연구: 세기 전환기의 텍스트를 중심으로」, 박사학위논문, 중
앙대학교 첨단영상대학원, 2005) 그리고 이 모든 논의는 한국영화에서의 포스트
담론을 형성하게 된다.('코리안 뉴웨이브'를 비롯한 포스트 담론에 대해서는 김소
연,「민족영화론의 변이와 '코리안 뉴웨이브' 영화담론의 형성」,『대중서사연구』 12
호, 대중서사학회, 2006.6, 287-318쪽 참조) 이때 장선우의 영화 중 1990년대 초반
까지의 텍스트는 '코리안 뉴웨이브'로, 1990년대 후반의 텍스트는 '포스트 코리안
뉴웨이브'로 불리기도 하는데, 이는 장선우 영화가 1990년대 이후 한국영화사에서
새로운 경향을 대표하고 있음을 다시 한 번 말해준다.

반기를 든다. 그리고 그 영화들을 둘러싼 논란은 동시기 하일지, 마광수, 장정일 문학에 대한 '외설 시비'[8]와 맞물리며 한국에서의 '포스트' 담론의 여러 양상 중 하나가 된다. 따라서 1990년대 장선우 감독이 내놓은 영화를 둘러싼 논란을 살펴보고 그 텍스트를 들여다보는 것은 포스트 시대 한국영화의 동향을 살펴보는데 유용하다.

이에 이 글에서는 1990년대 장선우의 영화 중 외설 논란이 되었던 영화를 중심으로 그것을 둘러싼 논란을 추적하고 해당 영화의 의미를 분석하고자 한다. 이를 위해 당시 신문자료를 중심으로 외설 논란의 추이를 고찰하고, 논란이 되었던 영화들에 공통적으로 등장하는 파격적 여성인물에 주목하여 장선우 외설 영화의 시대적 의미를 밝혀보고자 한다. 이를 통해 1990년대에 가장 문제적인 감독 중 하나였던 장선우의 영화세계가 새로운 차원에서 조명되고, 나아가 1990년대 이후 현재에 이르는 한국영화 동향의 한 맥락이 조망되기를 기대한다.

2. 1990년대 전위로서의 '포르노그라피'

한국에서 '포르노그라피'[9]라는 말이 등장하는 것은 1970년대이다.

---

8) 1992년 마광수 교수가 소설 『즐거운 사라』 때문에 외설·음란 혐의로 출판사 사장(청하출판사 대표 장석주)과 함께 구속되었고, 1997년 장정일의 소설 『내게 거짓말을 해봐』 또한 음란물로 기소되어 작가가 징역 10개월을 선고받았다. 그리고 같은 해 알리시아 스테임베르그의 『아미티스타』도 음란물로 지정, 출판사는 출판등록 취소 명령을 받았으며, 박재호 감독의 〈내일로 흐르는 강〉은 당시 두 남자가 키스하는 장면이 문제가 되어 청소년관람불가 판정을 받는 등 1990년대에 이르러 외설 시비가 많이 일어났다.
9) 현재 국어사전 외래어 표기로는 '포르노그래피'가 맞으나, 1990년대 전반까지 신문

1973년 12월5일자 《동아일보》에서는 "『차탈레이 부인의 연인』이나 헨리 밀러의 『북회귀선』이 '포르노그라피'로 떨어지지 않는 이유는 이들 작품이 현상을 이상적으로 아름답게 묘사, 고양된 감정으로 승화시킬 수 있는 힘을 지니고 있기 때문"이라는 기사가 나온다. 여기에서 '포르노그라피로 떨어진다'는 표현은 '포르노그라피'가 저질 음란물이라는 의미로 쓰이고 있음을 말해준다. 이후 '포르노그라피'는 주로 '포르노'의 형태로 해외 토픽을 전할 때 간헐적으로 사용되다가 1980년대에 들어서며 그 빈도수가 계속 증가한다. 전 세계적으로 성 담론이 활성화되고, 한국의 신문지면이 확대되면서 그러한 소식을 전하는 기사도 늘어났으며, 비디오 매체가 보편화되면서 포르노의 유통을 국가가 통제하기 힘든 상황이 되어간 데 이유가 있었다.[10] 또한 한국에서도 〈애마부인〉(1981) 이후 '에로티시즘 영화'가 성행하며 음란물에 대한 관심이 고조되었던 것도 이유였다.[11]

1990년대에 가면 데이빗 린치의 〈광란의 사랑 Wild at Heart〉(1990)이나 〈블루벨벳 Blue Velvet〉(1992)과 같은 실험적인 할리우드 영화에서 포르노그래피가 영토를 획득하고 있음이 지적된

에서 '포르노그라피'로 표기되었으므로, 일반적인 의미로 쓸 때에는 '포르노그래피'로 쓰되, 당대의 맥락을 중요시할 때에는 작은따옴표 안에 '포르노그라피'로 쓴다.

10) "포르노 밀수 급증", 《동아일보》, 1981.2.19.: "늘어가는 비디오 이용", 《동아일보》, 1980.4.11.: "비디오 문화 건전 육성 시급하다", 《경향신문》, 1983.1.25.: "10代 포르노 본 적 있다 60%", 《경향신문》, 1988.11.16.: "비디오 문화 40%가 부정적", 《동아일보》, 1988.11. 15.: "비디오용 국산영화 저질 졸속 제작 문제", 《매일경제》, 1989.7.29.: "저질 비디오테이프 범람", 《동아일보》, 1989.4.25.: "비디오 전성시대/ 재벌사 시장 선점 각축", 《경향신문》, 1990.12.19.

11) "원색 표현 지나치다/ 영화인들 자각해야", 《동아일보》, 1982.11.9.: "민중 내세운 외설", 《경향신문》, 1985.5.8.: "한국영화 성 묘사 지나치다", 《동아일보》, 1988.7.5.: "영화 성 표현 어디까지인가", 《동아일보》, 1989.11.30.

다.[12] 근대 이후 상업적 저질 하위문화의 대표가 되었던 포르노그래피가 포스트모더니즘의 혼성모방 속에서 기성예술의 위계와 경계에 대해 전복성을 가지며 예술에 수용되기 시작한 것이다. 한편 인터넷을 통해 포르노가 확산되는 것에 대한 우려도 등장하기 시작하는데,[13] 이러한 우려는 1994년 인터넷상용화와 함께 현실화되어 간다. 다시 말해 1990년대는 '포스트'라는 깃발 아래 또 한 번의 막을 수 없는 조류가 몰려오고 있는 시기였다.

이때 프랑스에서 누보로망을 전공하고 돌아온 작가 하일지가 신춘문예나 문예지 추천과 같은 정식 등단을 거치지 않고 600여 페이지에 달하는 소설 『경마장 가는 길』을 발표한다. 이 소설은 긴 길이에도 불구하고 서사의 골격이 단순한데, 대부분이 성애 묘사로 채워져 있어서 발간되자마자 '포르노' 논란에 휩싸인다.[14] 한편에서는 포스트 시대의 새로운 내용과 형식을 보여주는 소설로 고평하는가 하면, 다른 한편에서는 한국의 현실에 맞지 않는 이식적인 외래종 소설로 비판한다. 그런데 장선우 감독이 "목적의식 없는 일상적 묘사를 통해 리얼리즘을 확장"하겠다는 포부를 밝히며 이 소설을 영화화하겠다고 나선다.[15] 그리고 이 영화는 "쾌락문화 속 지식인의 허영과 에고이즘을 풍

12) 안정숙, "근대는 끝났는가/ 포스트모더니즘론 ⑤〈영화〉할리우드 상업영화에 묻어 상륙",《한겨레신문》, 1990.10.9.
13) "신종 PC포르노가 몰려온다",《경향신문》, 1992.6.11.
14) "『경마장 가는 길』예술이냐, 외설이냐/ 잘 만든 문제작…포르노 논란",《경향신문》, 1991.12.27.
15) "장선우 감독 포스트모더니즘『경마장 가는 길』영화화 눈길",《한겨레신문》, 1991.8.11.

자한 영화"[16]로 공감을 이끌어내며 흥행에 성공한다.[17] 결과적으로 장
선우 감독은 민족 · 민중의 구호와 리얼리즘이라는 아젠다의 시효가
끝나가는 시점에서 '포스트모더니즘'이라는 구호 아래 적나라한 성애
묘사를 통해 포스트 시대의 선편을 쥔 셈이었다.

　그렇다면 그 선편이 왜 하필이면 파격적 성애였을까? 한국영화사에
서 성애영화는 1960년대 후반에 대두하였다. 그러나 국가 차원의 통
제로 인해 자율적으로 전개되지 못하다가 1980년대 초반에 다시 터져
나오게 된다. 〈애마부인〉으로 상징되는 1980년대 성애영화는 1970
년대 검열의 통제와 억압으로 인해 왜곡되고 정향된, '매우 한국적인
도착(倒錯)'을 보여주는 소프트 포르노그래피 형태를 띤다.[18] 이후 이
러한 영화들은 비디오 매체 시장과 맞물리며 활황을 누리게 된다. 다
시 말해 1980년대 비디오 매체는 개인적인 공간에서 향유되는 밀실의
스펙터클을 활성화하며 성적(性的) 이미지의 패러다임을 동영상 포
르노그래피로 바꾸어놓는 동시에 대중화했다. 따라서 1980년대에 성
(性) 담론은 외향적으로 발설되고 공론화되지 못하는 '외설'의 형태
로 이미 문화의 저변을 구성하고 있었다. 또한 그것은 사회변혁의 구
호와 계몽적 엘리티즘 아래에 저류하고 있었기 때문에 한국 사회 특
유의 모순과 불일치를 구성하고 있기도 했다. 섹스에 집착하면서 그

---

16) "지식인 허영 꼬집기 관객 동감",《한겨레신문》, 1991.12.21.: "쾌락문화 속 지식인
　　에고이즘 묘사",《동아일보》, 1991.12.28.

17) 이 영화는 그다지 대중적 관심을 얻지 못했던 원작소설이 일약 베스트셀러 권에
　　진입할 정도로 흥행에 성공한다. -《한겨레신문》, 1992.1.31.

18) 1960~70년대 외설 검열과 왜곡된 재현의 관계에 대해서는 박유희, 「검열이라는
　　포르노그래피: 〈춘몽〉에서 〈애마부인〉까지 '외설' 검열과 재현의 역학」,『대중서
　　사연구』 21권 3호, 대중서사학회, 2015, 95-145쪽 참조.

것을 그럴 듯한 말로 위장하고 합리화하는 지식인의 허위를 풍자하고 있는 〈경마장 가는 길〉은 이러한 1980년대의 모순을 폭로하는 성격을 띤 것이었다. 그리고 이것은 인터넷이 상용화되고, 전지구적 자본주의화가 궤도에 오르며, 그야말로 포스트 시대가 본격화되는 1990년대 중반 홍상수의 지식인 풍자 영화로 이어지게 된다.

그런데 장선우 감독은 지식인 풍자 영화를 선구적으로 만들었으면서도 홍상수 영화와 같은 자기반영적 궤도를 따라가지 않는다. 그는 보다 과격한 외설의 세계를 쫓는다. 그는 구도영화를 외장으로 한 자기고백[19]인 〈화엄경〉(1993)을 거쳐 '본격 포르노그라피'를 표방하는 〈니에게 나를 보낸다〉(1994)를 내놓는다. "영화의 제작과정에서부터 노골적이고 대담한 성 묘사를 놓고 화제를 모았던 이 영화에 대해 공륜에서는 정식 심의에 앞서 김동호 위원장과 심의 관계자들이 비공식 시사회를 갖고 '기존 잣대로는 도저히 심의할 수 없는 작품'이라는 견해와 함께 자발적 재편집을 유도하는 '이례적인 배려'를 한다. 이에 따라 제작사인 기획시대 측은 일부 장면을 '순화'해 다시 편집, 심의를 신청했고 결국 비속어 대사를 삭제하고 애니메이션 부분에서 노골적 성 묘사를 줄이는 것"[20]으로 영화 상영이 허가된다.

개봉 이후 이 영화는 역시 뜨거운 논란의 중심에 놓이게 된다. "기

---

19) 〈화엄경〉은 고은의 동명소설을 영화화한 것으로, 엄마를 찾아나서는 소년 선재가 지혜와 깨달음을 얻는 과정을 보여주는 구도영화이자 로드무비이다. 여기에서 1980년대의 최고 가치였던 평등의 이념은 공(空) 속에 무화되고 결국 주인공은 거리의 소년이라는 일상으로 돌아오게 된다. 이 영화에서도 엄마를 비롯한 여성들에 대한 갈망과 편력이 중요한 화소로 작용하며 상상력의 기저를 이룬다.

20) 고미석, "외설 시비 영화 〈너에게 나를 보낸다〉 공륜 심의 통과", 《동아일보》, 1994.9.26.

존의 국산 에로물과는 다른", "한국영화사의 일대 사건", "〈파리의 마지막 탱고〉에 버금가는 수작", "사회적 통념에 아랑곳없이 무차별적인 성적 묘사를 시도함으로써 한국영화의 또 다른 공간을 넓힌 것"이라는 호평과 "지적인 속물주의로 가득 찬 영화"[21], "자신을 패배하고 타협한 80년대 세대라고 고백하는 가시 돋친 자해극"[22]이라는 혹평이 갈리는 가운데, 이 영화는 개봉하여 12일 만에 9만5천명의 실적을 올리고,[23] 당해 한국영화 흥행 2위에 오른다.[24] 그리고 비디오시장에서도 인기를 끌어[25] 2차 수익을 창출함으로써 실질적으로 최고 흥행작이 된다. 게다가 같은 해 장선우 감독은 대한민국 문화예술상까지 수상한다.[26]

이 영화가 개봉한 1994년은 "에로물 열풍" 내지 "에로틱 무비 해빙 현상"[27]이 다시 한 번 일어난 해이다. 인터넷 상용화로 인해 현실적으로 외설물 통제가 불가능해진 데다 규제 완화에 대한 기대 심리가 작용했기 때문이다. 여전히 "우리 정서와는 다른 성윤리를 확산시키는 것은 시기상조라는 반대론자들"이 있었으나 웬만한 외설 영화는 이미 불법 비디오로 유통되어 볼 사람은 다 보았기 때문에 새로울 게 없다

21) 임범, "장선우 감독 〈너에게 나를 보낸다〉 내일 개봉 화제/ 통념 깬 파격적 성 표현 한국 관객 수용할까",《한겨레신문》, 1994.9.30.
22) 정성일, "너에게 나를 보낸다",《한겨레신문》, 1994.10.7.
23)《한겨레신문》, 1994.10.14.; 이 영화는 〈애마부인〉에 이어 "신인 여배우 정선경의 외설스러운 전라 연기와 실연에 가까운 섹스 연기"로 제작 때부터 화제(《경향신문》, 1995.1.13.)가 되었다. 이 영화로 정선경은 "충무로의 신데렐라"가 된다.(《경향신문》, 1994.12.30.)
24) "작년 최고의 히트방화 〈너에게 나를 보낸다〉",《경향신문》, 1995.1.13.
25) "비디오시장에도 '나를 보낸다'",《한겨레신문》, 1995.1.20.
26) "대한민국 문화예술상 수상자 선정",《경향신문》, 1994.10.18.
27) "영화계 에로물 열풍",《경향신문》, 1994.11.4.

는 분위기였다.[28] 국내 영화사들은 과거 외설 시비로 수입이 금지되었 던 〈데미지 Fatale Damage〉(1992), 〈파리에서의 마지막 탱고 Ultimo Tango a Parigi 〉(1972) 등에 대해 재심해줄 것을 공연윤리위원회 에 신청한다. 이때 장선우 감독이 "포르노그라피를 표방한 코믹 애정 물"[29]을 만들어 내놓음으로써 이번에도 성 담론을 통해 포스트 시대 첨단의 시의성을 선취한다. 이 영화를 계기로 저널리즘에서 '포르노' 라는 용어의 사용 빈도가 급증하고, 이 영화의 주인공이었던 여균동 감독은 아예 '포르노맨'이라는 제목으로 영화 촬영에 들어간다.[30]

3. '포르노그라피', 그 외설의 이중성

1994년에 장선우 감독의 영화 〈너에게 나를 보낸다〉가 '포르노그라 피'로 호명되면서, 1980년대까지 대표적인 저질 하위문화의 함의를 지녔던 포르노그래피는 탈경계, 탈위계의 전복성을 띠게 된다. 그러 나 2000년대가 되면서 그것은 범세계적인 자본의 논리로부터 자유롭 지 못하게 된다. 장선우 감독의 영화를 중심으로 포스트 시대에 외설 이 전복성을 가지게 되는 맥락과 그것이 다시 자본의 논리 아래 재배 치되는 과정을 〈나쁜 영화〉(1997)와 〈거짓말〉(1999)을 둘러싼 논란 을 중심으로 추적해 보자.

---

28) "에로 외화 대거 해금 대기",《경향신문》, 1994.8.12.
29) "너에게 나를 보낸다",《경향신문》, 1994.12.2.
30) "여균동 감독 새 작품 〈포르노맨〉 촬영 준비",《경향신문》, 1994.10.21.

3.1. 검열과의 전쟁과 프레임의 변화

음성적으로 유통되고 하위문화로 분류되던 포르노그래피, 또는 성애영화를 대한민국 문화예술상까지 수상한 엘리트 감독[31]이 양지로 가져왔을 때 그것은 그 자체로 탈경계, 탈위계의 전복성을 가질 수밖에 없다. 그리고 그것이 '사회 통념'이나 '건전한 양식'을 명분으로 하는 국가의 검열제도와 충돌할 때 또 다른 차원의 전복성을 지니게 된다. 장선우 감독의 성애영화는 그러한 차원에서 끊임없이 전복을 추구한다. 포르노그래피는 '외설'이라는 이유로 금지되는 것이다. '외설(猥褻)'이란 성적으로 음란하고 난잡하다는 것으로 포르노그래피와 동의어로 통용되지만, 그 기저에는 부끄러워하며 삼가고 조심하는 데가 없다는 뜻이 들어 있다. 이는 영어에서 'pornography'와 함께 외설을 가리키는 단어 'obscene'이 무대에서 보여서는 안 될 것을 드러냄을 가리키는 것과 상통한다. 따라서 포르노그래피는 '표현의 자유'와 언제나 상충할 수밖에 없다.

1997년에 장선우 감독은 〈나쁜 영화〉로 "다시 전선에 서게 된다."[32] 제목에서부터 반항과 전복의 의도가 두드러지는 이 영화는 파격적인 형식과 내용으로 "장선우 감독의 필름 사고"[33]라고까지 일컬어지며, 심의에서 '등급 외(外) 판정'을 받는다. 이에 대해 장선우 감독은 〈나쁜 영화〉는 "우리 현실을 과장이나 왜곡 없이 담은 영화작품"으로 나

---

31) 장선우 감독의 대외적 정체성을 구성하는 요소는 예술가, 서울대 운동권 출신의 엘리트 감독, 문화이론가라는 것이었다.
32) "장선우, 다시 전선에 서다",《한겨레신문》, 1997.8.12.
33) "장선우 감독 필름 사고, 〈나쁜 영화〉 무삭제 소설",《한겨레신문》, 1997.8.22.

쁜 영화보다 "더 나쁜 현실을 고발"[34]한 것뿐이라며 "그러한 청소년들이 일부인지 많은 사람들의 문제인지는 성인 관객이 영화를 보고 판단해야 한다."고 반박한다.[35] 결국 제작사는 "윤간 장면, 미성년자인 술집 접대부를 상대로 손님이 변태 행위를 하는 장면, 비디오방과 화장실의 오럴섹스 장면 등 노골적인 부분 6분가량을 삭제하고 재심의를 요청하여 성인용으로 상영 허가"를 받게 된다.[36]

이 사건에서도 결국 문제되었던 것은 '외설'이었다. 이 영화에 나오는 가출 청소년들의 문란한 생활부터 충격을 던졌으며,[37] 그것을 우발적 다큐멘터리 형식을 빌려 생생하고 흥미롭게 촬영하는 영화의 태도가 문제시되었다. 1997년은 필름에 대한 사전검열에 대해 위헌 판결이 난 이듬해로, 1976년부터 검열을 담당했던 '공연윤리위원회'(이후 공윤)가 폐지되고, 등급부여 기능만 하는 '한국공연예술진흥협의회'(이후 공진협)가 설치된 해이다. 이러한 분위기 속에서 전반적으로 표현의 수위가 높아지고 기존 임계의 확장에 대한 요구도 거세진다.[38]

---

34) "〈나쁜 영화〉 더 나쁜 현실 고발", 《매일경제》, 1997.8.2.
35) "예술이냐…외설이냐…정답 없는 잣대논쟁", 《동아일보》, 1997.7.25.
36) "부분수정 끝 심의 통과 오늘 개봉/ '훈계' 받고 햇빛 본 〈나쁜 영화〉", 《경향신문》, 1997.8.2.; "〈나쁜 영화〉 더 나쁜 현실 고발", 《매일경제》, 1997.8.2.
37) 〈나쁜 영화〈에 출연한 청소년들을 뉴스가 추적하기도 했다. -《동아일보》, 1997.8.19.
38) 당시 대선후보였던 이회창, 김대중, 김종필에게 물었을 때 온도 차이는 있었지만 세 사람 모두 기존의 행정 검열을 폐지하고 전문가에 의한 등급제 내지 자율적 심의, 그리고 시장경제에 맡길 것을 주장했다.("대선후보에게 듣는다/ 영화 만화 음란 논란", 《한겨레신문》, 1997.8.6.) 이러한 대선 후보들의 입장은 당시 여론이 어떠했는지를 짐작케 한다. 또한 〈나쁜 영화〉는 1997년 10월에 열린 제2회 부산국제영화제에서 무삭제 상영됐고, 장윤현 감독의 〈접속〉과 함께 넷팩상을 수상했다.(《한겨레신문》, 1997.10.20.) 그리고 동경국제영화제에서는 아시아영화상을 수상한다.(《경향신문》, 1997.11.10.) 이는 영화계의 여론을 대변한다고 할 것이다.

그러나 '공진협'은 인력 구성이나 재정 측면에서 '공윤'과의 차이가 뚜렷하지 않았고, 등급심의제도에는 '상영등급보류' 규정이 있었기 때문에 표현의 자유를 주장하는 제작 측과 검열의 갈등 요인은 여전히 남아 있었다.[39] 또한 청소년들이 음란물을 제작한, 이른바 '빨간 마후라 사건'으로 여론이 발칵 뒤집히고, 모방 비디오가 양산되었던 시기이기도 하다. 이러한 분위기 속에서 이현세의 만화『천국의 신화』가 집단 혼음과 짐승과의 교접 장면 때문에 음란 혐의로 검찰에 기소되었고, 작가 장정일은『내게 거짓말을 해봐』로 구속되었다. 그리고 동성애를 다룬 왕가위의 영화 〈부에노스아이레스 春光乍洩 〉(1997)에 대해서도 수입 불가 결정이 내려졌다.[40] 그러니 이러한 때 장선우 감독이 내놓은 〈나쁜 영화〉는 다시 한 번 검열과의 전쟁을 선포한 것이나 다름없었다.

그러나 이 전쟁은 '한 감독과 국가제도와의 싸움'이라는 국내 프레임에 국한되지 않는다. '세계영화계의 권위와 영화계의 지성' 대(對) '시대착오적이고 야만적인 검열'의 대결로 양상이 달라진다. 1997년은 젊은 아웃사이더를 다룬 영화, 〈트레인스포팅 Trainspotting〉(영국, 1996), 〈증오 La Haine〉(프랑스, 1995), 〈크랙시티 Ma 6-T Va Crack-Er〉(프랑스, 1997) 등이 유럽 유수 영화제에 출품되어 화제가 되었던 해이다. 〈나쁜 영화〉 또한 베를린영화제 비경쟁포럼 부문에 출품되고,[41] 프랑스 아비뇽영화제에서 호평[42]을 받으며, "분출구 못 찾은 젊

---

39) 배수경, 「한국영화검열제도의 변화」, 김동호 외, 『한국영화정책사』, 2005, 504-507쪽.
40) "왕가위 영화 〈부에노스 아이레스〉 수입 불허", 《동아일보》, 1997.7.14.
41) "미국영화 올해도 베를린 점령할까", 《동아일보》, 1998.2.16.
42) "장선우 감독 〈나쁜 영화〉 佛 아비뇽영화제서 호평", 《동아일보》, 1998.8.5.

음의 증오와 절규를 그리는 세계영화의 트렌드"[43]에 놓이게 된다. 〈나쁜 영화〉에 적용된 이러한 프레임은 세기말 현상과 맞물리며 지속되어 1999년 〈거짓말〉에서도 유효하게 작용한다.

3.2. 외설의 전복성과 자본의 논리

〈거짓말〉은 장정일의 『내게 거짓말을 해봐』를 원작으로 한 영화로, 원작부터 외설 논란에 휩싸인 것은 물론 작가가 음란죄로 구속되는 초유의 사태를 빚은 문제작이었다. 이 영화는 사전검열이 위헌 판결을 받고 등급심의제도로 전환된 이후, 두 번이나 등급보류판정을 받은 최초의 영화이다. 1999년 7월13일 영상물등급위원회 영화등급소위는 〈거짓말〉을 심사했으나 결론을 내리지 못했다가, 사흘 뒤에 열린 2차 회의에서 결국 '등급보류판정'을 내린다.[44] 그런데 이 영화가 해외에서는 호평을 받고 있고, 그 대표적인 증거로 베니스영화제에서는 본선에까지 진출했다는 소식이 들리면서, 등급보류에 대한 여론의 압력이 거세진다.[45] 이때 장선우 감독은 〈나쁜 영화〉 때처럼 자진삭제 같은 건 하지 않겠다며 강경한 태도를 취하는데,[46] 결국 8월9일 등급보류 결정이 확정되어 〈거짓말〉은 3개월 동안 극장 상영이 불가능해

43) "크랙시티(감독 장 프랑코스 리쳇, 95분 미개봉) 분출구 못 찾은 젊음의 증오와 절규", 《동아일보》, 1997.12.24.
44) "장선우 신작 〈거짓말〉 상영될까", 《동아일보》, 1999.7.16.; "영화 〈거짓말〉 등급보류 판정", 《경향신문》, 1999.7.20.;
45) "장선우 감독 〈거짓말〉 외국서 호평", 《매일경제》, 1999.7.8.; "영화 〈거짓말〉 베니스영화제 본선 진출/ 장선우 감독 작품…국내선 등급보류판정 받아", 《한겨레신문》, 1999.7.26.
46) "명백한 검열, 자진 삭제 않겠다", 《동아일보》, 1999.7.26.

진다.[47] 그러나 이 영화가 베니스영화제에서 화제를 불러일으킨 것에 힘입어 등급보류 기간은 2개월로 단축된다.[48] 이에 두 달 후 제작사는 원판에서 지루한 성애 장면 5분 정도를 삭제하고 가림 처리한 수정판을 재심의용으로 제출하지만,[49] 〈거짓말〉은 다시 등급보류 판정을 받는다.[50]

　이러한 〈거짓말〉 사건이 있었던 1999년도 외설 관련 사건이 만만치 않게 많았던 해이다. 우선 대중을 집단적 관음증 환자로 만든 'O양 비디오 사건'이 터져, 불법 동영상의 인권 침해 위험이 표면화되었다. 여기에 한 여자 연예인이 자신의 성 편력을 책을 통해 공개하면서 프라이버시권에 대한 논란이 일기도 했다.[51] 이 해에 김대중 정부가 들어서며 '영상물등급위원회'(이후 '영등위')가 발족하여 등급심의제도가 정착했으나, 여전히 '등급보류규정'만 있고 '등급 외(外) 영화 전용 상영관'[52]이 없었기 때문에 실질적으로는 행정 검열이 폐지되지 않은 상태였다. 이러한 분위기 속에서 스탠리 큐브릭의 유작 〈와이

---

47) "〈거짓말〉 상영불가 확정",《한겨레신문》, 1999.8.10.; "〈거짓말〉 3개월 등급보류", 《매일경제》, 1999.8.12.
48) "〈거짓말〉 등급보류기간 2개월로 단축",《경향신문》, 1999.9.28.
49) "〈거짓말〉 등급 다시 신팅/ 신씨네 원판 부분 삭제 수정판 제출",《경향신문》, 1999.10.19.
50)《한겨레신문》, 1999.10.27.
51) "서갑숙 수기 파문 확산/ 검찰 음란성 내사에 '표현의 자유' 논란",《경향신문》, 1999.10.26.; "서갑숙 씨 성 고백서 파문/ 외설-용기있는 고백 뜨거운 논란",《동아일보》, 1999.10.25.; "서갑숙 씨 잇단 성체험서 논란/ 성 공론화인가, 성 상품화인가",《한겨레신문》, 1999.10.26.
52) '영화등급심의제도'를 도입하고 '포르노 전용 극장'을 세워야 한다는 주장(《한겨레신문》, 1992.11.5.)은 1990년대 초부터 제기되었으나, '전용극장'은 실현되지 않았다.

드 아이즈 셧 Eyes Wide Shut〉(1999)이 개봉에 난항[53]을 겪고, 〈노랑
머리〉(1999)가 등급보류판정을 받았으며, 〈거짓말〉은 두 번에 걸친
등급보류판정을 받은 것이다. 그런데 한편으로는 근친상간을 다룬 영
화 〈폴라X Pola X〉(1999), 섹스에만 몰두하는 남녀를 그린 〈샤만카
Szamanka〉(1996)가 개봉[54]한다. 이는 영등위의 흔들리는 심의 기준
을 드러내는데, 거부할 수 없는 조류와 관계가 있다고 할 것이다.

1999년 베니스국제영화제 집행위원장 알베르토 바르베라는 "이
번 베니스영화제에서 지속적으로 화제가 될 주제는 이 시대의 성"
이라고 밝힌다. 그리고 이 해 베니스영화제에는 성적 표현 수위
가 높은 영화들, 즉 스탠리 큐브릭 감독의 유작 〈아이즈 와이드 셧〉
을 비롯해 프레더릭 폰테인의 〈포르노그래픽 어페어 Une Liaison
Pornographique〉(1999), 그리고 장선우의 〈거짓말〉이 경쟁부분에 오
른다. 이에 힘입어 〈거짓말〉에 대한 관심은 더욱 고조되고 재심의에
의 압력도 강해진다. 그런데 그러는 사이 〈거짓말〉이 사이버공간에서
불법으로 대량 유포되는 사건이 발생한다.[55] 그러자 1999년 12월29
일 '영등위'는 소위원회를 열어 〈거짓말〉에 '18세 이상 관람가' 등급을
부여하고 국내 상영을 허용한다. 그리고 "자진삭제 같은 건 하지 않겠
다"[56]던 감독의 큰소리가 무색하게, "미성년자인 여고생임을 알 수 있
게 하는 성애 장면은 모두 삭제"[57]된 버전으로 2000년 1월8일 〈거짓

---

53) 《한겨레신문》, 1999.11.5.
54) "세기말 영화 섹스 마지막 비상구", 《동아일보》, 1999.8.27.
55) 《동아일보》, 1999.11.30.; "영화 〈거짓말〉 불법 복제 'O양 비디오' 방불/ 인터넷 통
해 급속 확산", 《동아일보》, 1999.12.8.;《한겨레신문》, 1999.12.3.
56) "명백한 검열, 자진 삭제 않겠다", 《동아일보》, 1999.7.26.
57) "〈거짓말〉 국내상영 허용", 《한겨레신문》, 1999.12.30.

말〉은 개봉된다.[58] 부산국제영화제에서 무삭제 버전으로 공개했고, 불법 동영상으로 나돌기도 했던 까닭인지 이 영화는 합법적인 국내 개봉에서는 성공하지 못한다. 그러나 해외영화제에서 주목받은 덕분에[59] 20개국에서 이미 40만 달러의 판매실적을 올리고 있었다.[60]

〈거짓말〉 사건은 이제 영화를 통해 저항해야 할 상대가 대한민국의 행정적 검열이 아님을 보여주는 것이었다. 심의의 판단 상위에는 유럽영화제가 있었다. 되돌아보면 그것은 해방 이후부터 계속된 것이기는 했다. 그런데 그것보다 더 강력한 것은 자본의 논리였다. 세계영화제의 권위라는 것도 자본의 논리에 종속되는 면이 커지고 있었다. 게다가 통제할 수 없는 디지털 매체 환경이 자본의 논리와 시너지 효과를 내고 있었다. 이에 등급 논란이 되었을 때 그 영화는 오히려 대중의 관심을 얻게 되어 흥행에 성공하는 메커니즘이 명백하게 드러났다. 〈거짓말〉이 부산국제영화제에서 공개되었을 때 최고의 화제를 불러일으키며 암표가 10만원에 거래되고,[61] 〈노랑머리〉는 등급보류판정을 받은 덕분에 흥행에 성공한 것은 그러한 예에 해당한다. 이후 제작사는 그것을 충분히 인식하고 마케팅에 전략적으로 이용하게 되었다. 검열에 저항할 필요가 없을 때 장선우 감독이 내놓은 외설의 전복성은 오히려 자본의 논리 안에서 활용된다. 새천년이 되면서 국제영화제가 담보해주었던 전복성의 승인도, 그리고 엘리티즘의 권위도 경제논리 속으로 흡수된다.

---

58) "〈거짓말〉 1월 8일 개봉/ 하지만 검열은 계속된다",《한겨레신문》, 1999.12.31.
59) 〈거짓말〉은 베니스국제영화제 비평가 주간, 모스크바국제영화제 파노라마 부문, 밴쿠버국제영화제, 런던국제영화제 등에 초청되었다.-《한겨레신문》, 1999.6.25.
60) "〈거짓말〉 20개국서 40만달러 판매실적",《경향신문》, 1999.11.26.
61) "〈거짓말〉 최고 인기…암표 10만원까지",《동아일보》, 1999.10.22.

4. 자기반영성⁶²⁾과 과잉으로서의 여성

장선우의 영화는 전위가 되려 하는 자기 부정의 차원에서 일관성을 지닌다. 그리고 그러한 자기 부정을 통한 진화를 잘 보여주는 요소가 여성인물이다. 다시 말해 '현실'보다는 '영화 자체에 대한 탐구' 안에서 자기참조적인 장선우 영화의 행보는 파격적인 여성인물의 전개에서 잘 드러난다. 그리고 그러한 여성인물의 의의와 한계를 고구함으로써 장선우 영화의 정체성을 보다 잘 들여다 볼 수 있다.

4.1. 여성인물을 통한 부정과 전복

장선우 감독의 1996년 작 〈꽃잎〉은 다음과 같이 시작된다. 김추자의 '꽃잎'이 배경음악으로 깔리는 가운데, 광주 다큐멘터리 화면이 2분 동안 제시되고, 소녀가 오빠 친구들 앞에서 노래하던 과거 화면과 오빠 친구들이 기차를 타고 소녀를 찾아 떠나는 화면이 이어진다. 이때 지도를 들여다보던 한 오빠는 지도를 보는 체하며 옆에서 애무하는 남녀를 엿본다.⁶³⁾ '광주'에서 사라진 소녀를 찾아다니는 대학생의 관음증적 시선, 이것은 1980년대에 대한 장선우 영화의 시선이다.

---

62) 자기반영성(self-reflexivity)은 예술이 자기 매체의 고유한 위상에 관심을 두는 창작태도를 일컫는 폭넓은 개념이다. 이 글에서는 현실보다는 영화 자체에 대한 탐구 안에서 자기참조적인 장선우 감독의 작가적 행보를 설명하기 위해 이 용어를 사용한다.

63) 〈꽃잎〉에 대한 분석은 박유희, 「[한국영화표상의 지도] 누이:〈사랑에 속고 돈에 울고〉에서 〈꽃잎〉까지」, 『웹진 민연』 통권 42호, 고려대학교 민족문화연구원, 2014.10, http://rikszine.korea.ac.kr/

그런데 장선우 감독이야말로 시나리오 작가, 평론가, 영화운동가로 1980년대 문화운동의 중심에 서있었다는 것을 생각하면, 그 시선은 자기와 자기의 시대를 향한 것이 된다.

장선우의 영화에는 언제나 이러한 부정과 전복의 시선이 들어있다. 그런데 그것은 무엇보다도 자신의 영화를 향한 것이다. 그는 전위가 되려하는 자기 부정의 차원에서 일관성을 지니며, 그러한 부정이 자기 영화의 맥락 안에서 자기 영화에 대한 역설적 참조를 전제로 하고 있다는 점에서 자기반영적이다. 그는 〈우묵배미의 사랑〉을 개봉하면서, 〈경마장 가는 길〉을 연출할 때, 〈나쁜 영화〉를 내놓으면서도, '리얼리즘의 확장'을 이야기하는데, 그가 말하는 리얼리즘의 개념이 자의적인 것은 그러한 자기반영성에 기인한다. 요컨대 장선우 영화는 현실을 반영하기보다는 영화 형식에 우선적으로 몰두하는 가운데 현실과의 관계를 탐구한다. 그리고 그것이 잘 드러나는 것이 여성인물의 변화 과정이다. 다시 말해 그의 영화에서 일관되게 등장하는 게 있다면 그것은 기성의 정조관념을 벗어나는 여성인물이다. 데뷔작인 〈서울황제〉에서부터 〈거짓말〉에 이르기까지 그의 영화에는 퇴폐적이고 문란하거나, 불륜에 아랑곳하지 않고, 성애에 적극적인 여성들이 등장하곤 했다. 이는 논란이 되었던 영화, 〈경마장 가는 길〉, 〈너에게 나를 보낸다〉, 〈거짓말〉에서 두드러지는데, 그러한 여성인물들은 장선우 영화에서는 일관되지만, 한국 성애영화의 역사에서 볼 때에는 전복적인 면이 있다.

한국영화사에서 성애영화가 부각된 시기는 1960년대 말, 1980년대, 1990년대 후반이다. 1960년대 말에는 서구 섹스혁명의 영향을 받으며 과감한 성애영화가 등장한다. 1968~69년에 〈내시〉, 〈내시2〉,

〈벽 속의 여자〉, 〈장미의 성〉 등 외설 시비가 일었던 영화들이 줄지어 개봉한다. 마침 정부의 문화통제가 강화되고 있던 때라 이 영화들은 단속과 검열의 도마 위에 올랐다. 그러나 그때까지 영화의 외설 문제가 특별히 부각된 적이 없었기 때문에 외설 검열이 독립적으로 이루어진 선례도 없었다. 반공법 위반과 연루하여 음란물제조죄가 적용된 〈춘몽〉의 판례가 유일한 것이었다. 그러다보니 검열 당국이 단속과 규제를 하면서도 일관된 잣대를 마련하지 못하며 우왕좌왕하는 새 불륜, 동성애, 수간 등 과감한 성애 표현이 노출된다. 그리고 그것을 행하는 여성인물들은 자신의 욕망에 충실하다. 자신의 사랑을 맞친 왕을 죽이는 〈내시〉의 '자옥'(윤정희), 떳떳하게 유부남과 정사를 나누는 〈벽 속의 여자〉의 '미지'(문희), 동성애자 남편을 증오하며 딸이 사랑하는 남자와 자신이 기르는 개에 집착하는 〈장미의 성〉의 '병희'(문정숙)는 모두 그러한 인물들이다.

그러나 그러한 인물들은 1970년대를 지나면서 점점 더 영화에 등장하지 못했다. 나날이 강고해지는 검열은 자유로운 성애 표현을 할 수 있는 여지를 없앴고 표상될 수 있는 여성인물의 이미지도 한정되어 갔다.[64] 1970년대 중반 청년영화를 통해 새로운 가능성을 지닌 도시의 여성들이 등장하기는 했다. 그러나 1976년 대마초 사건으로 청년문화 주역들의 손발이 묶이면서, 새로운 가능성은 개화하지 못한 채 여성인물들은 관습적 멜로드라마의 틀 안에 상경 처녀의 도시 수난을 전시하는 영화들 안으로 정향된다. 1970년대 청순가련형 호스티

---

64) 1970년대 호스티스영화에 대해서는 박유희, 「박정희 정권기 영화 검열과 감성 재현의 역학」, 『역사비평』 99호, 역사비평사, 2012.5, 42-90쪽 참조.

스는 이러한 맥락에서 등장한 인물이었다. 그리고 1980년대에 들어서
며 '에로영화' 속 여성인물은 '엠마누엘'을 1970년대식 마초이즘의 시
선으로 전유한 '애마부인'과 같은 '육체파 자유부인'으로 표상된다.[65]
프랑스 포르노그래피의 역사를 연구한 캐스린 노버그의 분류를 참고
하자면, 1970년대 말 '호스티스 영화'의 주인공은 '희생자 유형', 1980
년대 초 '-부인' 시리즈의 주인공은 '정숙녀 유형'이라고 할 수 있을 것
이다.[66] 그리고 1994년 장선우 감독의 〈너에게 나를 보낸다〉와 〈거짓
말〉에 '자유사상가 유형((libertine whore)'에 근접하는 인물이 등장하
는 것이다.[67]

---

65) 1960~70년대 외설 검열과 왜곡된 재현의 관계에 대해서는 박유희, 「검열이라는
포르노그래피: 〈춘몽〉에서 〈애마부인〉까지 '외설' 검열과 재현의 역학」, 『대중서
사연구』 21권3호, 대중서사학회, 2015. 95-145쪽 참조.

66) 캐스린 노버그는 포르노그래피에 등장하는 여성인물을 크게 정숙한 창녀, 희생
자적 창녀, 자유사상의 창녀로 분류한다. -캐스린 노버그, 「자유사상의 창녀: 마
르고에서 쥘리에트까지 프랑스 포르노그라피 속의 매춘」, 린 헌트, 헌트 편, 『포
르노그래피의 발명: 외설성과 현대성의 기원 [The Invention of Pornography],
1500~1800』, 조한욱 옮김, 상지사, 1996, 275-308쪽 참조.

67) 이러한 여성인물형은 1960년대 말에 맹아를 보이기는 했으나 1970년대를 거치
며 억압되었고, 왜곡된 형태로 정향되었다. 그래서 1980년대 에로영화 속 여성인
물의 표상은 분열적인 구조를 보인다. 예컨대 머리로는 가부장 이데올로기를 준
수하기 위해 애쓰는데 몸은 성욕을 주체하지 못해 일탈을 한다든가, 전근대적 인
습의 병폐를 폭로한다는 명분으로 여성의 육체와 수난이 전시되는 것이다. 전자
에는 〈애마부인〉과 같은 영화가, 후자에는 〈이조여인잔혹사 물레야 물레야〉(이두
용, 1983), 〈자녀목〉(정진우, 1983), 〈어우동〉(1985), 〈씨받이〉(임권택, 1986) 등
과 같이 〈이조여인잔혹사〉(신상옥, 1969)를 잇는 '토속적 에로티시즘 영화'가 해
당될 수 있을 것이다.

4.2. 전위적 대응으로서의 과잉

〈너에게 나를 보낸다〉의 정선경(정선경)과 〈거짓말〉의 와이(김태연)는 기존의 여성 캐릭터를 뒤엎기에 충분하게 '사악한 여자들'이다. 〈너에게 나를 보낸다〉의 정선경은 자신의 욕망에 따라 남자를 찾아와 능동적으로 섹스를 주도하고 자신의 필요에 따라 그의 집에 머물며 그를 사역한다. 그렇다고 그러한 행위가 어떤 이념이나 명분을 향하지 않는다. 그것은 그 자체로 쾌락과 자기만족을 위한 것이다. 그녀는 정숙함을 비웃으며 물질주의의 관점에서 평등을 지향한다. 그녀는 성복과 마찬가지로 돈이나 출세의 욕망에도 충실하다. 그래서 그녀에게 일정한 만족을 주는 상대라면 동거남, 동거남의 친구, 색마, 옷집 주인을 가리지 않는다.

〈거짓말〉의 와이는 열여덟 살 여고생이다. 그녀는 친구가 좋아하는 조각가 제이(이상현)와 폰섹스를 하고 그를 찾아와 첫 경험을 한다. 강간당하기 전에, 스무 살이 되기 전에 처녀 딱지를 떼어버리기 위해서이다. 그리고 사도마조히스트인 제이에 이끌려 서로를 구타하며 탐닉하는 세계로 들어서게 된다. 처음에는 수동적이던 와이는 점차 그러한 섹스에 빠져들며 관계를 주도하기에 이른다. 그리고 제이와의 사이를 반대하는 오빠를 오토바이 사고로 죽게까지 만든다. 그러면서도 그녀는 제이에 집착하지 않고, 오빠가 죽었으니 이제 집으로 돌아갈 수 있다며, 매달리는 제이를 남긴 채 홀연히 떠난다.

이러한 캐릭터는 장선우의 데뷔작인 〈서울황제〉의 김마리(오수미)와 〈성공시대〉의 성소비(이혜영)에서부터 발견할 수 있다. 그런데 〈서울황제〉의 김마리는 예수를 통해 퇴폐적인 지난 삶을 뉘우치며 한 아이의 어머니가 된다. 〈성공시대〉의 성소비는 문란한 여자이기는 했어도 김판촉(안성기)을 만나 '진정한 사랑'을 꿈꾸지만 김판촉의 배신 때문에 자본과 쾌락 이외에는 믿지 않는 사람이 된다. 두 인물이 귀결되는 지점은 반대지만, 두 인물의 행동에는 세상을 구원한다거나 진정한 사랑을 믿는 것과 같은 목적의식적이고 계몽적인 계기가 있다. 그러한 점에서 김마리와 성소비는 1980년대 여성인물의 맥락에 놓인 캐릭터이다.

그런데 김마리에서 성소비를 거쳐 정선경과 와이에 이르는 과정을 보면 장선우 영화 속의 인물이 계몽성을 탈각하는 방향으로 전개되었음을 알 수 있다. 우선 김마리에서 성소비로의 변화가 그러하다. 그리고 〈우묵배미의 사랑〉에서는 모성성을 저버리고 사랑을 선택하는 민공례(최명길)가 그 사랑에 실패하면서 〈경마장 가는 길〉의 J(강수연)로 이어진다. J는 명석하지는 않지만 철저하게 이기적이고 세속적인 여자이다. 그런데 명석하다는 것이 무엇인가? 두뇌가 논리적으로 명쾌하고 지성적이라는 뜻일 것이다. 그러나 포스트 시대에 들어서면서 그러한 논리와 지성은 더 이상 미덕이 아니게 된다. 이제 국면의 이익에 따른 재빠른 계산이 지혜이고 현명함이 된다. 〈경마장 가는 길〉은 얼핏 보면 맹추와 같은 J의 면모를 풍자하는 듯하지만, 실상 그 풍자의 칼날은 결국 R(문성근)을 향하고 있다. 그래서 마지막에 "J야, 넌 어떻게 그렇게 됐니? 그 가짜를 가지고 어떻게 살아가려고…"라고 R의 독백이 더 가련해 보이는 것이다. 이후 〈화엄경〉에서는 주인공 선재(오태경)가 아버지의 유언에 따라 삶의 희망, 존재의 근원, 그리고 지상의 마지막 여자로서 엄마를 찾아 나서지만, 어머니(원미경)의 존재조차 그림자임을 깨달으면서 부정된다. 그래서 그 다음에 장선우의 필모그래피가 〈너에게 나를 보낸다〉, 〈나쁜 영화〉, 〈거짓말〉로 이어지고, 이념이나 윤리에 발을 담고 있지 않은 듯한 인물들이 등장하는 것은 주목할 만하다.

〈너에게 나를 보낸다〉의 정선경과 〈거짓말〉의 와이에서도 자기반영적 진화의 흔적은 발견된다. 작가가 된 은행원의 입을 통해 "직공이 엉덩이 하나로 영화배우가 되는 시대"라는 대사가 나오고, 운전수가 된 작가의 입을 통해 소설 쓰는 일보다 운전수가 더 행복하다며 그것은 "이제 더 이상 꿈꾸고 싶지 않거든요."라는 말이 발화될 때, 정선경은 "가변적이고 불확정적인 시대"의 전도된 가치를 제유하며 대상화된다. 이에 비해 〈거짓말〉의 와이는 18세라는 나이만큼이나 과거의 외상으로부터 자유로우며, 〈나쁜 영화〉의 오토바이족만큼이나 순간의 쾌락에 몰입한다.

최원식은 조정래의 『태백산맥』에 대한 평론 중 정하섭과 소화의 '연애'를 그리는 대목에 대해 이렇게 갈파한 바 있다. "이런 남자도 있는가?"[68] 필자는 장선우 영화의 여성인물에 대해 같은 질문을 던지고 싶다. "이런 여자도 있는가?" 『태백산맥』은 리얼리즘 소설이므로, 전형성과 핍진성을 중시하는 리얼리즘의 잣대로 볼 때 그러한 질문이 나옴직 하지만, 장선우 감독의 영화에 대해서는—비록 감독 자신이 '리얼리즘'이라고 표방하기는 했어도—그러한 질문을 곧바로 들이댈 수는 없다고도 할 수 있을 것이다. 그러나 그것이 전형적인지 아닌지, 핍진한지 아닌지를 따지기 전에 인물의 허구성이 차지하는 자리를 따져볼

68) 최원식, 「역사적 진실과 문학적 진실: 『태백산맥』을 읽고」, 『창비87』(부정기간행물), 1987.7.1.; 최원식, 『소수자의 옹호: 실제비평 1981~97』, 자음과모음, 2014, 65-66쪽에서 재인용.

필요는 있을 것이다.

〈너에게 나를 보낸다〉와 〈거짓말〉에 나오는 여성인물이 한국영화사에서 이례적으로 도발적이고 전복적인 것은 사실이다. 그런데 그들의 행동은 여성주체의 능동적 선택으로 설명하기에는 언제나 넘치는 부분이 있다. 여성인물이 피동적으로 순종하고 기존 질서에 순치되는 부분은 쉽게 비판적인 시선에 포착되지만, 넘치는 부분은 흔히 능동적인 것으로 오인되기 쉽다. 그러나 그것 또한 여전히 여성에게 그러한 넘침을 기대하는 시선에 포획된 허구의 표상이다. 장선우의 필모그래피로 볼 때 그 시선은 넘침을 기대하는 쪽으로 전개되어 왔다. 그리고 그 기대의 시선은 전위를 추동하는 하나의 요인이 되었다. 그것이 대중과 공감대를 형성했을 때 그것은 대중적으로 용인될 수 있는 포스트 시대의 첨단을 드러냈다. 그러나 공감대가 깨졌을 때 그것은 포스트 시대에 대한 장선우의 전위적인 대응으로 남는다. 〈성냥팔이 소녀의 재림〉에 등장하는 게임 캐릭터는 여성인물의 허구성이 도달한 지점, 그리고 그 전위성이 대중과 공감하지 못한 지점을 보여준다. 그리고 그것은 '1990년대 한국 포스트 영화'의 끝을 알리는 것이었다.

5. 포스트 시대 '전위'의 운명

근대 이후 상업적 저질 하위문화의 대표 격이었던 포르노그래피는 1990년대에 이르러 포스트모더니즘의 혼성모방 속에서 기성예술의 위계와 경계에 대해 전복성을 가지며 예술에 수용되기 시작한다. 이때 장선우 감독은 〈경마장 가는 길〉을 통해 포스트 시대 새로운 한국

영화의 선편을 쥐게 되고, 1994년 〈너에게 나를 보낸다〉를 통해 '본격 포르노그라피 영화'를 표방하여 한국영화사에서 의미 있는 변곡점을 찍게 된다. 그렇다면 '민족·민중의 구호와 리얼리즘이라는 아젠다의 시효가 끝나가는 시점에서 장선우 감독이 쥔 선편이 하필이면 왜 포르노그래피였을까?' 본고에서는 이 질문에 대한 해답을 찾는 과정에서 포스트 시대 한국영화의 동향을 포착할 수 있다고 보고, 1990년대 장선우의 영화를 둘러싼 외설 논란을 추적하고 해당 영화의 의미를 분석했다.

그 결과 1990년대 장선우 영화의 포르노그래피 표방과 외설 누란의 유발은 그 자체가 1980년대와 변별되는 포스트 시대의 전위적 실천이었음을 알 수 있었다. 1980년대에 성(性) 담론은 외향적으로 발설되고 공론화되지 못하는 '외설'의 형태로 이미 문화의 저변을 구성하고 있었다. 그런데 그것은 1980년대 사회변혁의 구호와 계몽적 엘리티즘 아래에 저류하고 있었기 때문에 한국 사회 특유의 모순과 불일치를 구성하였다. '포스트모더니즘 영화'를 표방하며 등장한 〈경마장 가는 길〉은 섹스에 집착하면서 그것을 그럴 듯한 말로 위장하고 합리화하는 지식인의 허위를 풍자함으로써 바로 그러한 모순과 불일치를 폭로하는 성격을 띤 것이었다.

그런데 장선우 감독의 전위적 실천은 여기에 머물지 않는다. 그는 〈경마장 가는 길〉을 통해 지식인 풍자 영화의 선편을 쥐었으면서도, 홍상수 영화와 같은 자기반영적 궤도를 따라가지 않고, 보다 과격한 외설의 세계를 쫓는다. 1980년대 문화운동이론가이자 리얼리즘 감독으로 분류되었던 장선우 감독이 음성적으로 유통되고 하위문화로 분류되던 포르노그래피를 양지로 가져왔을 때 그것은 그 자체로 탈경계, 탈위계의 전복성을 가지는 것이었다. 아울러 그것은 '사회 통념'이나 '건전한 양식'을 명분으로 하는 국가의 검열제도와 충돌하면서 또 다른 차원의 전복성을 지니게 된다. 장선우 감독은 기존의 한계를 넘어서는 묘사로 끊임없이 부정과 전복을 추구하는 동시에 외설 논란을 유발하며 검열과의 싸움을 이어나간다.

그런데 그의 영화에 들어있는 부정과 전복의 시선은 무엇보다도 자신의 영화를 향한 것이었다. 그는 전위가 되려하는 자기 부정의 차원에서 일관성을 지니며, 그러한 부정이 자기 영화의 맥락 안에서 자기 영화에 대한 역설적 참조를 전제로 하고 있다는 점에서 자기반영적이다. 그는 〈우묵배미의 사랑〉을 개봉하면서, 〈경마장 가는 길〉을 연출할 때도, 그리고 〈나쁜 영화〉를 내놓으면서도, '리얼리즘의 확장'을 이야기하는데, 그가 말하는 리얼리즘의 개념이 자의적인 것은 그러한 자기반영성에 기인한다.

그의 영화에서 일관되게 등장하며 자기반영적 행보를 잘 보여주는 요소를 꼽자면 그것은 기성의 정조관념을 벗어나는 여성인물이다. 데 뷔작인 〈서울황제〉에서부터 〈거짓말〉에 이르기까지 그의 영화에는 퇴폐적이고 문란하거나, 불륜에 아랑곳하지 않고, 성애에 적극적인 여성들이 등장하곤 했다. 그러한 여성인물들의 행동은 필모그래피의 후반으로 갈수록 이전 영화의 한계를 넘어서는 양상으로 전개된다. 그래서 〈너에게 나를 보낸다〉와 〈거짓말〉에 이르면, 어떤 명분이나 의미를 추구하지 않고 자신의 쾌락과 만족을 위해 적극적으로 섹스를 주도하고 정숙함을 비웃으며 물질주의의 관점에서 평등을 지향하는 여성인물이 등장한다. 이러한 인물들은 한국영화사에서는 이례적으로 도발적이고 파격적인 유형임에 틀림없다.

그런데 그들의 행동은 여성주체의 능동적 선택으로 설명하기에는 언제나 넘치는 부분이 있다. 여성인물이 기성 규범에 순종하고 기존 질서에 순치되는 부분은 쉽게 비판적인 시선에 포착되지만, 넘치는 부분은 흔히 능동적인 것으로 오인되기 쉽다. 그러나 그것 또한 여전히 여성에게 그러한 넘침을 기대하는 시선에 포획된 허구의 표상이다. 장선우의 필모그래피로 볼 때 그 시선은 넘침을 기대하는 쪽으로 전개되어 왔다. 그리고 그 기대의 시선은 전위를 추동하는 하나의 요인이 되었다. 그것이 대중과 공감대를 형성했을 때 그것은 대중적으로 용인될 수 있는 포스트 시대의 첨단을 드러낸다. 그러나 공감대가 깨졌을 때 그것은 포스트 시대에 대한 장선우의 전위적인 대응으로 남는다. 〈성냥팔이 소녀의 재림〉은 여성인물의 허구성이 도달한 지점, 그리고 그 전위성이 대중과 공감하지 못한 지점을 보여준다. 새천년이 되면서 국제영화제가 담보해주었던 전복성의 승인도, 그리고 엘리티즘의 권위도 경제논리 속으로 흡수된다. 〈성냥팔이 소녀의 재림〉의 실패는 이제 한국형 블록버스터의 시대가 열렸으나, 그 주류 영화 시장에 장선우 영화와 같은 전위의 자리는 더 이상 없음을 알리는 것이었다.

참/고/문/헌

1. 기본자료

• 〈서울황제〉(1986), 〈성공시대〉(1988), 〈우묵배미의 사
  랑〉(1990), 〈경마장 가는 길〉(1991), 〈화엄경〉(1993), 〈너에게
  나를 보낸다〉(1994), 〈꽃잎〉(1996), 〈나쁜 영화〉(1997), 〈거짓
  말〉(1999), 〈성냥팔이 소녀의 재림〉(2002) 등의 영화
• 《동아일보》,《경향신문》,《매일경제》,《한겨레신문》등 신문자료
• 한국영상자료원 KMDB

2. 참고자료
1) 논문 및 비평

• 고종석, 「고종석이 만난 사람2: 영화감독 장선우-우묵배미에
  서 경마장까지」,『월간 사회평론』1992년 5월호, 사회평론사,
  1992.5.
• 김수남, 「[한국영화의 쟁점들] '좋은 감독'의 패배주의인가? '나
  쁜 감독'의 선정주의인가? 아니면 '열린 영화'의 모험주의인가?:
  장선우 감독의 〈나쁜 영화〉」,『공연과리뷰』13호, 현대미학사,
  1997.9.
• 김수현, 「〈꽃잎〉에 나타난 영상미학과 각색의 원리」,『문학과영
  상』10권 1호, 문학과영상학회, 2009.
• 김시무, 「리얼리즘과 모더니즘의 경계를 넘어: 장선우 감독의 작
  품세계」,『공연과리뷰』12호, 현대미학사, 1997.7.

• 문재철, 「영화적 기억과 정체성에 대한 연구: 포스트 코리안 뉴웨이브 시네마를 중심으로」, 박사학위논문, 중앙대학교 첨단영상대학원, 2002.

• 박유희, 「박정희 정권기 영화 검열과 감성 재현의 역학」, 『역사비평』 99호, 역사비평사, 2012.5.

_____, 「[한국영화표상의 지도] 누이:〈사랑에 속고 돈에 울고〉에서 〈꽃잎〉까지」, 『웹진 민연』 통권 42호, 고려대학교 민족문화연구원, 2014.10, http://rikszine.korea.ac.kr/

_____, 「'검열'이라는 포르노그래피: 〈츈몽〉에서 〈애마부인〉까지 '외설' 검열과 재현의 역학」, 『대중서사연구』 21권 3호, 대중서사학회, 2015.

• 이대현, 「장선우, 〈거짓말〉의 앞과 뒤, 그리고 거짓말」, 『투덜이의 영화세상』, 다할미디어, 2000.

• 이윤종, 「한국 에로영화와 일본 성인영화의 관계성: 〈애마부인〉을 중심으로 본 양국의 1970-80년대 극장용 성인영화 제작관행」, 『대중서사연구』 21권 2호, 대중서사학회, 2015.

• 이정하, 「나쁜 작가가 본 나쁜 영화의 나쁜 감독 장선우」, 『초등우리교육』 91, 초등우리교육, 1997.

• 이현진, 「1980년대 성애영화 재평가를 위한 소고」, 『현대영화연구』 18호, 한양대학교 현대영화연구소, 2014.

• 장선우, 「민중영화의 모색」, 『실천문학』 1985년 봄호(통권6호), 실천문학사, 1985.4.

• 정사강 · 김훈순, 「한국영화의 여성 재현: 성매매에 대한 이중적 시선」, 『미디어, 젠더 & 문화』 13, 2010.

- 조희문, 「1994 영화계: 임권택, 정지영, 장선우」, 『공연과리뷰』 2호, 현대미학사, 1995.3.
- 주유신, 「한국영화의 성적 전환에 대한 연구: 세기 전환기의 텍스트를 중심으로」, 박사학위논문, 중앙대학교 첨단영상대학원, 2005.
- 최병학, 「장선우 감독의 영화 〈성냥팔이 소녀의 재림〉」, 『지식인의 자기 발견: 현대사상과 영화 이야기』, 브레인코리아, 2003.

2) 단행본
- 강준만 외, 『시사인물사전 11: 부드러운 파시즘』, 인물과사상사, 2000.
- 권택영 편, 『포스트모더니즘과 문화』, 문예출판사, 1991.
- 김동춘 외, 『자유라는 화두: 한국 자유주의의 열 가지 표정』, 삼인, 1999.
- 김동호 외, 『한국영화정책사』, 나남출판, 2005.
- 김선아, 『한국영화라는 낯선 경계: 코리안 뉴웨이브와 한국형 블록버스터 시대의 국가, 섹슈얼리티, 번역, 영화』, 커뮤니케이션북스, 2006.
- 김소연, 『실재의 죽음: 코리안 뉴웨이브 영화의 이행기적 성찰성에 관하여』, 도서출판b, 2008.
- 김시무, 『영화예술의 옹호』, 현대미학사, 2001.
- 김욱동 편, 『포스트모더니즘과 예술』, 청하, 1991.
- 문학사연구회 편, 『소설 구경 영화 읽기』, 청동거울, 1998.
- 문학산, 『10인의 한국 영화감독』, 집문당, 2004.

- 민족영화연구소 편, 『민족영화 1』, 도서출판 친구, 1989.
  _____, 『민족영화 2』, 도서출판 친구, 1990.
- 서울영상집단 편, 『변방에서 중심으로: 한국 독립영화의 역사』, 1996.
- 서울영화집단 편, 『새로운 영화를 위하여』, 학민사, 1983.
- 송낙원 외, 『한국영화 기술의 역사: 1980~2008년』, 커뮤니케이션 북스, 2008.
- 연세대학교 미디어아트연구소 편, 『한국 뉴웨이브의 정치적 기억: 〈아름다운 청년 전태일〉과 〈꽃잎〉』, 연세대학교출판부, 2007.
- 영화언어편집위원회 편, 『영화언어1: 1989년 봄에서 1995년 봄까지, 이론, 텍스트분석, 비평』, 시각과언어, 1997.
- 영화언어편집위원회 편, 『영화언어2: 1989년 봄에서 1995년 봄까지, 시론, 산업, 제도, 비평』, 시각과언어, 1997.
- 이정하, 『영화와 글쓰기』, 부키, 1997.
- 이효인 편, 『Korean New Wave: Retrospectives from 1980 to 1995』, The 1st Pusan International Film Festival, 1996.
  _____, 『한국의 영화감독 13인』, 열린책들, 1992.
- 장정일, 『너에게 나를 보낸다』, 미학사, 1992.
  _____, 『내게 거짓말을 해봐』, 김영사, 1996.
- 조선희, 『클래식 중독: 새것보다 짜릿한 한국 고전영화 이야기』, 마음산책, 2009.
- 최창봉·강현두, 『우리방송 100년』, 현암사, 2001.
- 하일지, 『경마장 가는 길』, 민음사, 1990.
- 한국영상자료원 편, 『한국영화사 공부 1980~1997』, 이채, 2005.

- 다니엘 세르소, 『에로티시즘과 영화 Erotisme et Cin ma』, 지명혁 역, 푸른사상, 2008.
- 린 헌트 편, 『포르노그래피의 발명: 외설성과 현대성의 기원 The Invention of Pornography, 1500~1800』, 조한욱 역, 상지사, 1996.
- 안드레아 드워킨, 『포르노그래피: 여자를 소유하는 남자들 [Pornography: Men possessing Wonem]』, 유혜연 역, 동문선, 1996.
- 조지 레이코프, 『프레임 전쟁』, 나익수 역, 창비, 2007.
- 한스-티즈 레만, 『포스트드라마 연극』, 김기란 역, 현대미학사, 2013.

포르노-프로파간다로 본 정치, 육체, 외설

송효정

1. 키치와 아방가르드

근래 사실주의적 사회영화들에서 사실성, 역사, 그리고 정치적 올바름이란 굳건한 미덕으로 자리매김하는 것으로 보인다. 광장과 법정은 최근 한국 영화에서 민주적 가치와 정의가 탐문되는 상징적 장소가 되었다. 광우병 촛불집회(2008)와 광화문 촛불집회(2016-2017)를 경유한 광장의 정치는 공론장에서의 정치적 올바름에 대한 갈망을 담은 사회파 영화 내지 실화 소재 영화를 통해 반영되어 왔다. 사법정의와 헌법적 가치에 대한 갈망은 법정영화에서 빈번히 재현되고 있다. 이러한 영화들은 정치에 무관심했던 세속적 인간의 자각과 변화를 통한 계몽의 기획을 보여준다. 〈변호인〉(2013)에서 〈택시운전사〉(2017) 그리고 최근 〈1987〉(2107)까지가 이러한 경향의 작품들이다.

정치를 소재로 했지만 이들은 주류 상업영화적 기획 속에서 세심하게 조율된 내러티브 기반의 캐릭터 중심 영화들이며 사실상 탈정치적 영화들이다. 권력의 외설성이 드러나는 장면의 위험성을 뭉개기 위해 이들은 신파성, 코미디, 가족주의를 끌어들이는 공통점을 갖는다. 또한 정의의 좌절과 변혁의 패배를 회고적으로 돌아보는 애도의 방식으로 관객들에게 감성적으로 파고드는 경향을 보인다. 이들은 민주주의와 헌법적 가치에 대한 정동적 열망을 동력으로 삼는 경향을 통해 비폭력과 질서를 강조하는 합의 가능한 시민적 상식의 가치를 상업적 동력으로 삼아 이를 공감의 가치로 포장한다. 이러한 태도 속에서 급진주의에 대한 부정, 혁명, 전복, 교란의 기피, 이들을 질서로 다스리려는 소프트한 계몽의 태도가 감지되는 것도 사실이다.

근래에 나는 IMF 이후 한국 영화의 사회적 상상력에 대한 학술발표를 통해 혁명에 대한 열망이 억압되고 코뮌에 대한 상상력이 부재한 채 이타주의적 공감을 요청하는 사회파 영화가 대두되고 있음을 살펴볼 기회가 있었다. 당시 나는 한국 사회에서 천만 관객을 기록한 사회 영화의 대척점에서 검열 및 표현의 자유 논쟁과 연관된 영화들을 겹쳐 보았다. 〈자가당착〉(2010)까지의 2000년대 이후 곡사형제의 괴란한 영화와 미술과 영화의 경계에서 작업하는 정윤석의 근작 〈밤섬해적단 서울불바다〉(2017)와 같은 작품이다.

사실주의와 정치적 올바름에 긴박된 전자의 것들은 유기적인 것과 비장한 것이라는 한 쌍의 변증법적 조합을 세련된 상업성으로 위장할 줄 안다는 점에서, 예이젠시테인과 소비에트 내러티브 영화미학의 '세속적' 후계자들일지도 모른다. 단일한 주인공을 거부하며 집단을 영화의 주인공으로 내세운 역사적이고도 정치적인 드라마 〈1987〉을 떠올리면 더욱 그러하다. 대개 이들은 지난 보수정권 시기에 검열에 대한 사고를 내면화하여 이를 웰메이드의 외견으로 은폐한다. 이러한 영화에서 중요한 것은 내용, 즉 민주주의와 헌법적 가치의 상식적 지평이다. 한편 표현의 자유와 관련된 논쟁을 일으켰던 후자의 작품들은 정치적 소재에 편향된 프로파간다의 외양을 지닌 듯하지만 실상 교육하고 깨닫게 하며 거리를 두는 방식에는 관심이 없다. 곡사의 영화는 더더욱 내용보다 형식에 관심을 두는 아방가르드의 맥을 잇고 있으며, 정윤석의 작품은 프로파간다를 표방하여 프로파간다를 공격하는 작품이다.

클레멘트 그린버그는 예술의 결과를 모방하는 키치(Kitsch)와 예술의 과정을 모방하는 아방가르드(Avant Garde)를 구분하였다. 그는 키치를 보편적 문해력의 산물이자 대중들의 도시화 및 산업주의와 함께 만들어진 대량생산품으로 보고 그 결과라 할 수 있는 할리우드 영화를 비롯한 대중예술을 허깨비로 보았다. 키치는 문화의 타락이자 아카데미화 된 시뮬라크라(simulacra)를 원료로 사용하며, 무감각을 환영하고 북돋운다. 키치는 스스로를 팔지만 그럼에도 거대한 판매장치가 키치를 위해 만들어져 있다. 물론 키치에도 다양한 수준이 있어, 일부는 참된 가치를 추구하는 자들에게 위험스러울 만큼 높은 수준의 것도 있지만 근본적으로 키치란 기만적인 것이다.[1]

오늘날 사회파 영화는 이런 의미에서 키치 같은 것이다. 사실주의적 재현의 권능을 신뢰하는 사회파 영화들은 사실/허구의 분할선을 모호하게 뭉개면서 허구적으로 재현된 이미지들을 제시하며 사실

1) 클레멘트 그린버그, 「아방가르드와 키치」, 『예술과 문화』, 조주연 역, 경성대학교출판부, 2004, 13-33쪽 참조.

의 유일성에서 이데올로기적 메시지의 정당성을 찾는 방식으로 시장에 적극적으로 참여한다. 상식, 민주주의, 정의에 대해 경건하며 공손한 태도를 보이는 이러한 영화들은 관객의 몰입을, 이해와 참여를 요청한다. 기본적으로 시장과 자본에 무심한 독립영화로 제작된 후자의 작품들이 품은 태도 즉 장난, 조롱, 부조화, 교란은 앞선 상식의 영화들에서는 찾을 수 없는 가치이다. 아방가르드 경향에 가까울 후자의 영화들은 내용(정치)의 급진성보다 형식의 급진성에 관심을 둔 채 시장의 시뮬라크라를 폐기하며 혁명과 폭동의 무질서한 에너지 쪽으로 선회한다.

2. 사회파 영화와 정치적 외설

바디우는 「현재의 이미지」에서 오늘날 민주주의가 보편적 찬가가 되었으며, 대의제 민주주의와 이것의 헌법적 조직화가 우리의 정치 생활의 무조건성을 구성한다고 보았다. 혁명의 이념이 부재하게 된 이후로 우리의 세계는 시장 민주주의라는 합의적이고 외설적인 이미지 하에 살게 되었으며 민주주의 자체가 물신화되고 있다는 말이다. 그렇기에 오늘날 유일하게 급진적인 비판은 민주주의에 대한 정치적 비판이며, 이러한 비판을 이끌어낼 수 없는 한 이미지들로 가득한 유곽에 머물고 말 뿐이라는 것이다.[2]

---

2) 알랭 바디우, 「현재의 이미지」, 『오늘의 포르노그라피』, 강현주 역, 북노마드, 2015, 18-19쪽 참조.

그는 장 주네의 희곡 『발코니』에 등장하는 유곽과 봉기(혁명)의 관계를 이미지와 실재의 관계로 해석한다. 여기서 문제는 민주적이고 시장적인 세계의 이미지들(유곽의 이미지들)이 지닌 미묘한 유연성과 매력적인 외설성 뒤에 숨은 벌거벗은 권력이 그 자체로는 이미지를 갖고 있지 않다는 점이다. 더욱이 이 권력은 우리를 이미지로부터 해방시키기는커녕 오히려 이미지에 힘을 부여한다.

근래의 사회적 영화에서 이러한 외설의 이미지들은 고문실(〈변호인〉, 〈남영동 1984〉, 〈1987〉)과 금장로(〈택시운전사〉, 〈화려한 휴가〉)로 대표된다. 그리고 이들을 극복하는 더 민주적인 개혁의 이미지로 법정과 광장을 제시하며 헌법과 민주주의를 강조한다. 하지만 그 배후에 있는 벌거벗은 권력의 이미지를 관객은 알지 못한다.

더 민주적인 개혁이란 모두에게 편안하고 안전한 개혁, 바디우 식으로 말한다면 '포르노그라피적이지 않은' 제안이다. 따라서 유일하게 위험하고 급진적인 비판은 민주주의에 대한 비판에서 나와야 한다. 팔레스타인 문제에 개입했던 장 주네는 사르트르를 반유대주의라는 비난이 두려워 이스라엘을 옹호하는 겁쟁이라고 비판한 바 있다. 장 주네는 생애를 통해 이스라엘과 프랑스인과 비폭력저항주의의 편에 서지 않고, 팔레스타인과 알제리인과 블랙 팬서의 반란에 지지를 보냈다.

상식의 지평에서 이루어지고 있는 듯 보이지만, 합리적 민주주의와 정치적 올바름에 대한 계몽적 기획을 내장한 오늘날의 사회파 영화들은 웰메이드로 포장된 채 정치의 심미화에 기여하고 있는 건 아닌가. 주제에 대한 공감이 요청을 넘어선 강요가 될 때 정치적 올바름이 도덕적 순결성을 요청하는 종교가 되고 있지 않은가. 이러한 질문을 던

져볼 시점이 되었다.

발터 벤야민은 2차 대전 당시 정치의 심미화를 꿈꾸었던 파시즘의 대안으로 예술의 정치화를 선언한 바 있다. 벤야민에 의하면 기술복제 시대의 예술작품은 '원본성, 일회성, 진품성'의 물질적 특성을 지닌 아우라적 권위를 상실하게 되었다. 본래 종교적 제의와 밀접한 연관을 가지던 예술의 특성인 아우라의 몰락으로 예술의 사회적 기능에 변화가 초래되었는데, 본래 가지고 있던 종교적 가치가 해체되고 예술의 정치적 기능이 등장한 것이다. 예술의 새로운 사회적 기능인 정치적 기능에 대항하는 예술의 기능으로 벤야민은 예술의 정치화로 맞서는 공산주의를 예로 언급한다.[3] 독일 파시즘의 예술 활용에서 정치의 심미화의 전형을 볼 수 있다면, 푸돕킨이나 베르토프 같은 소비에트 아방가르드 작품에서는 예술의 정치화의 전형을 찾을 수 있다. 벤야민 역시 대중문화에 대한 무관심과 무기력에 상응하는 코뮤니스트 멜랑콜리의 상태를 벗어나 파시즘의 정치의 미학화에 맞서 적극적으로 미학의 정치화를 실현해야 한다고 보았다.

3. 포르노와 프로파간다

"포르노그라피는 사물이 아닌 주장의 이름이다."[4]

---

3) 발터 벤야민, 「기술복제시대의 예술작품」, 『발터벤야민 선집 2』, 최성만 역, 길, 2015, 18-19쪽.
4) Walter M. Kendrick, *The Secret Museum: Pornography in Modern Culture*, University of California Press, 1987, p.31.

이 글에서 나는 전시의 영화가 아니라 경험의 영화, 공감의 영화가 아니라 수행의 영화를 기대하며, 합의 가능한 가치를 품은 시민사회라는 가상을 넘어서기 위해 포르노그래피와 프로파간다를 기능적으로 정의하며 사용할 것이다.

포르노그래피는 혁명과 같은 정치적 상상력과 밀접한 관련을 맺고 있다. 린 헌트에 의하면 근대 초기 유럽에서 포르노그래피는 대부분 섹스의 충격을 이용해 종교적·정치적 권위를 비판하기 위한 수단이었다. 특히 교회, 국가, 세속경찰과 대립하던 작가, 화가, 판화가 들이 포르노그래피를 만들어 왔다. 포르노그래피의 작가들은 이단자, 자유사상가, 난봉꾼 등 위험한 무리에서 나왔다.[5] 칸토로비츠는 여전히 왕의 신체에 정치적 정당성이 부여되던 구체제 변동기에, 왕의 신체를 세속화하는 포르노그래피가 정치비판에 동원될 수 있었다고 본다. 이러한 경우, 단순히 국왕 혹은 왕족의 성적 음탕과 무절제를 보여주는 것만으로는 부족하며 정치 과정 자체가 육체와 성에 유비될 수 있는 의미론적 자질을 지녀야 한다고 보았다.

근대 프랑스 혁명기 때 '발견'된 포르노가 보여준 정치적 외설성은 68혁명 세대의 성혁명이 보여준 음란의 근대성과 내재적 연관관계를 맺고 있다. 한편 68혁명은 프랑스의 낭테르 대학에서 〈빌헬름 라이히와 성본능〉이라는 강연회로 인한 대학교 당국과의 투쟁이 도화선이 되어 일어났다. 68혁명의 다음과 같은 강력한 모토들은 모두 급진적인 성 혁명적 선언으로 보인다. "아무 구속 없이 즐긴다." "금지하는

5) 린 헌트, 「외설, 그리고 근대성의 기원, 1500년부터 1800년까지」, 『포르노그래피의 발명』, 전소영 역, 알마, 2016, 27쪽.

것을 금지한다." "섹스를 할수록 나는 더욱 혁명을 하고 싶어진다."

(한편 제프리 슈나프는 '군중 포르노(mob porno)'라는 용어를 사용했는데, 이는 바디우적 의미의 포르노그라피적인 것과 대조적인 개념이자 유곽의 시뮬라르크와 유사한 의미로 보인다. 그는 군중의 정치적인 움직임이 파노라마 사진을 통해 이탈리아 파시즘이나 미국의 대중정치에 포르노적인 스릴을 불러일으키며 활용되는 양식을 지칭한 바 있다.[6] 천만 관객을 동원한 한국의 사회파 영화들이 활용한 대규모 군중 신이 보여주는 감성 경험은 어쩌면 이러한 군중 포르노가 제공하는 것과 가까울 것이다.)

근대적 의미의 프로파간다 역시 혁명의 산물이다. 러시아 혁명 이후 전위로서의 정치와 예술에서 프로파간다는 매우 중시되었다. 프로파간다란 일반적으로 사상이나 가치의 전파를 통해 여론에 영향을 미치려는 시도이자 반대하는 자에게 행하는 여러 형식의 대중적 설득으로 정의된다. 소련에서는 프로파간다의 매체 중 특히 영화의 경우에 주목했다. 레닌이 모든 예술 가운데 가장 중요한 예술은 영화라 한 말은 잘 알려져 있다. 그는 대중이 영화를 장악하게 되면 대중계몽의 가장 강력한 수단의 하나가 될 것이라고 판단했다. 즉 영화가 테일러시스템에 이용됨으로써 자본주의적 착취의 수단이 되는 것에 대항하여 역으로 영화를 사회주의 권력이 효율적으로 활용할 수단으로 여겼던 것이다.

---

6) 제프리 T. 슈나프 , 「대중 포르노그라피」, 『대중들』, 제프리 T. 슈나프 · 매슈 튜스 편, 양진비 역, 그린비, 2015, 38-42쪽 참조.

4. 검열의 외연; 국가보안법과 영화등급심의제

우회로를 돌아왔다. 곡사형제의 〈철의 여인〉(2008, 단편), 〈자가당착: 시대인식과 현실참여〉(2010, 장편), 그리고 정윤석의 〈호치민〉(2007, 단편), 〈밤섬해적단 서울불바다〉(2017, 장편)는 왕의 신체를 세속화하는 포르노그라피이자 영화를 프로파간다의 수단으로 보는 작품들이다. 지난 10년간 이적, 음란, 불온을 시비해 온 역사에서, 이들은 모두 의도적으로 조야한 미장센과 B급 정서를 표방하고 있는 반문화적, 반상식적, 반민주적, 반웰메이드 작품들이다. 이 작품들은 성부 혹은 국가라는 비인격적 개념과 왕(혹은 지도자)이라는 인격적인 개념을 어떠한 방식으로 사고하는가를 보여준다.

우선 두 개의 사건을 붙여 본다.

(1) 2011년 8월 14일 〈자가당착〉은 영등위로부터 제한상영가 등급을 받는다. 제한상영가 등급은 있지만 실질적 제한상영관이 없던 현실에서 사실상 상영금지 처분과 다름없는 등급이었다. 반사회적, 반윤리적, 반국가적 내용을 포함하고 있으며 특별 계층에 대해서 경멸적 혹은 모욕적 표현을 사용하고 있었고, 개인의 존엄을 해치는 수준이 극심하다는 이유에서다.

제작 측에서 재심을 요구했으나 9월 22일 두 번째 제한상영가 등급을 받았다. 앞선 등급판정이 정치적 사유, 즉 영화적 주제의 불온함에 의한 것이었다면, 이번에는 폭력성을 들고 나왔다. 특정인의 목을 자르고, 국가지도자의 비하폭력 등을 의도적으로 보여준다. 마네킹의 목을 쳐 선혈이 낭자한 장면에선 실제처럼 느껴져 특정인의 살인 장면이 연상되어 인간의 존엄을 훼손한다.는 등 개인의 존엄을 윤리적으로 위반하는 폭력성과 자극성이 큰 이유가 되었다. 두 차례의 등급결정에서 결정적인 장면은 특정인과 연관된 폭력적이고 음란한 장면이었다.

하나는 유력 여성 정치인으로 연상될 법한 여인의 목을 치는 참수 장면이고, 다른 하나는 속옷 입은 여성이 남자 석고상(분수대 아기처럼 생긴)의 성기를 만지는 장면이다. 이에 2012년 11월 1일 영화인들, 문화연대, 민주사회를 위한 변호사모임과 함께 제한상영가 취소를 위한 행정소송에 들어가게 되었다.

2013년 두 차례의 재판 끝에 5월 10일 법원 1심 판결에서 원고 측이 승리하였고, 작품은 제작된 지 5년의 시간이 흐른 2015년 극장 개봉하였다.

영화 〈자가당착: 시대인식과 현실참여〉

(2) 박정근은 대학을 중퇴하고 아버지의 사진관을 물려받아 운영하는 사진사였다. 그는 권용만(이후 밴드 '밤섬해적단' 멤버) 등과 함께 인디레이블 '비싼트로피'를 운영하기도 하였다. 그는 2012년 1월 조선민주주의인민공화국의 선전용 SNS 102개를 리트윗하고 '우리민족끼리'에 올라온 혁명가 등 30여 건을 트위터를 통해 유포했다는 이유로 국가보안법 찬양 및 고무 죄로 구속되었다. 여기에 박정근이 직접 작성

한 트윗 103건도 국가보안법 위반 혐의를 받았다. 박정근은 실제 자신의 트위터에 "김정일 카섹스", "김정일 가슴 만지고 싶다" 등 김정일 우상화에 대한 희화화의 트윗을 올리기도 했다.

검찰이 구형한 혐의는 북한을 조롱하는 내용의 트윗을 올린 것이 아니라 '우리민족끼리'의 트윗을 그대로 리트윗했기에 이적표현물 내용을 전파하였다는 것에 맞추어졌다. 이 사건은 트위터에서 게시물을 리트윗한 행위로 구속된 세계 최초의 사건으로 기록되었다.

재판에서 박정근 측은 자신이 예전에 반(反)조선노동당을 내세우던 사회당 당원이었으며 북한 정권을 조롱하고 풍자하기 위해 리트윗한 것이라고 주장했다. 해학적이 의미로 온린 농담성 트위디임을 입승하는 것이 변호의 관건이었다. 2012년 11월 1심 결과 박정근에게는 징역 10개월과 집행유예 2년이 선고되었다. 판결의 요지는 '이적행위에 대한 미필적 인식'이 인정되므로 이적행위의 목적도 인정된다는 것이다. 이에 대해 박정근 측과 검사 모두 항소하였다. 그리고 최종적으로는 2013년 8월 28일 상고심에서 박정근은 무죄혐의를 받았다.

영화 〈밤섬해적단 서울불바다〉의 후반부는 박정근의 국가보안법 위반 사건 및 재판 과정을 일부 다루고 있으며, 지난 2017년 8월 24일 개봉하였다.

영화 〈밤섬해적단 서울불바다〉

5. 불온하고 장난스런 노이즈

곡사형제의 영화는 전통적 예술론, 즉 동일성의 원리 혹은 '연민과 공포'를 야기하는 예술의 본질과는 거리가 멀다. 그들은 〈이 사람을 보라〉(2001), 〈반변증법〉(2001), 〈시간의식〉(2002). 〈정당정치의 원리〉(2003), 〈자본당 선언: 만국의 노동자의 축적하라〉(2003) 등 초기 작에서부터 프롤레타리아 계급성에 충실한 영화를 만들어 왔다. 〈자살변주〉(2007), 〈임계밀도〉(2007), 〈Digression/Degression〉(2009) 등 실험적 단편은 이미지와 노이즈를 임계점까지 밀고 나가는 아방가르드한 작품이었다. 위 두 경향을 뒤섞어 극단으로 몰아붙인 작품이 〈고갈〉(2008)이다.

이후에 나온 〈철의 여인〉(2008)과 〈자가당착: 시대인식과 현실참여〉(2010)는 얀 스반크마예르(Jan Svankmajer)의 아방가르드적인 초현실주의 애니메이션을 연상시키는 작품으로 실사, 애니메이션, 이미지 실험이 결합된 작품이다. 스톱모션, 콜라주, 실사, 의도적인 화면 스크래치 등이 활용되었다. 〈철의 여인〉에서는 여성 마네킹이 주인공이며 정황상 특정 정당의 상징적 여성 정치인의 얼굴이 등장한다. 〈자가당착〉에서는 경찰 마스코트인 포돌이 마네킹이 주인공이어서 정권의 심기를 불편하게 했으며, 이 작품에도 역시 특정 정당의 상징적 여성 정치인이 등장한다. 두 편의 작품에는 쥐의 탈 내지 쥐 인형이 등장하기도 한다.

정윤석은 다큐멘터리 형식을 통해 국가와 사회의 공공성과 개인의 행동권을 탐문해 온 감독이자 아티스트이다. 영화와 미술의 경계에서 실험적인 작품들인 〈호치민〉(2006), 〈별들의 고향〉(2010), 〈먼지들〉(2011) 등을 작업해 왔다. 장편 다큐멘터리 〈논픽션 다이어리〉(2013)는 지존파, 삼풍백화점, 국가적 살인, 문민정부 등을 키워드로 삼아 1990년대가 어떠한 시대였는가를 반추하는 작품이다. 정윤석은 2011년부터 6년간 밤섬해적단 공연 기록에 타이포그라피, 80-90년대 반공주의 푸티지, 북한 활극영화, 그래픽 이미지를 뒤섞은 〈밤섬해적단 서울불바다〉를 만들었다. 이 작품은 초기 실험적 단편 〈호치민〉과 연관성이 깊다. 이는 한대수 9집 〈고민〉 수록곡인 '호치민'을 문자 위주로 시각화한 작품이다.

곡사의 〈철의 여인〉 전반부에 여성 마네킹은 폐쇄된 공간 속에서 여러 자극을 받는다. 텔레비전에서는 1980년대 하드바디적인 육체성이 과시되고, 서가에는 혁명과 불온에 대한 서적들이 늘어서 있다. 그 중에서 한 책이 서가에서 떨어지자 마네킹은 그 책을 집어 들어 그 안에 꽂힌 옷본을 보고 재봉틀을 돌리기 시작한다. 여기서 마네킹에게 자극을 주고 어떠한 행동을 촉발하게 한 계기가 된 책은 빌헬름 라이히의 『성혁명』이다.

정윤석의 〈호치민〉은 한대수의 동명 곡에 과감한 타이포그래피와 간단한 이미지를 입힌 뮤직비디오 같은 단편이다. 한대수의 파격적인 (?) 랩이랄까 내레이션으로 진행되는 '호치민'은 하나의 코드만으로 진행되는 데스메탈 곡이다. 공산주의, 프롤레타리아, 제국주의 등 큼직한 문자 타이포가 뜨지만 곡은 특정한 의미로 수렴되지 않는다. 마지막에 'You're a ~'로 반복되는 엔딩 부분에 제시되는 구엔아이콱, 판추치린, 구엔타트랑, 트란바람 등은 호치민이 정권의 사찰을 피해 사용한 가명들이다. 또한 청량리, 빨대기, 신발대 등은 한대수가 어감이 좋아 활용한 무의미한 단어들이다. 여기에 손문, 장개석, 박정희, 정태춘이 뒤섞인다. 제국주의와 미국에 맞선 공산주의 혁명가 운운하는 견고한 의미보다 가명들, 빨대기, 박정희, 정태춘이 혼재되어 버리는 기이한 뒤섞임 속에서 의미는 교란되고 엄숙주의가 조롱되고 있다. 한편 〈철의 여인〉에도 벽에 걸린 명예의 전당에 마르크스와 체 게바라 등 혁명가의 합성사진들 중에 박정희의 얼굴이 놓여 있는데, 이러한 맥락도 〈호치민〉의 노선과 유사한 것으로 볼 수 있을 것이다.

영화 〈철의 여인〉　　　　　　　　　영화 〈호치민〉

　　보다 근작들에 주목하면 〈자가당착〉의 주인공 포돌이에게는 하반신이 없다. 작품의 전반부는 포돌이가 자신의 하체를 조립하려 하는데 끊임없이 쥐떼들이 나타나 이 작업을 방해하는 과정으로 진행된다. 포돌이는 자신의 방에서 포르노를 보며 자위하는 장면을 어머니에게 들키게 되는데, 이때 포돌이에게는 하체가 없기에 그는 자신의 성기를 상상지체로 감각한다. 한편 이후에 왜소한 성기 모양을 갖춘 하체를 조합한 포돌이 앞에 불타는 남근을 지닌 인물이 등장하기도 한다. 또한 〈자가당착〉은 유력 여성 정치인의 목을 베는 장면을 넣었는데 이 장면은 앞선 〈철의 여인〉에도 등장한 바 있다. 흥미로운 점은 영화 검열 과정에서 작품의 성적 불온성보다는 특정 정치인을 연상시키는 인물에게 가해지는 정치적 불온성이 더 적극적인 시비에 붙여졌다는 사실이다.

한편 정윤석의 〈밤섬해적단 서울불바다〉는 우파에게 종교 교리처럼 받아들여지는 가치를 조롱하는 작품이다. 가장 대표적인 모독의 대상이 되는 것은 우파의 상상력 속에서 종북주의의 상징인 김정일이다. 작품에는 김정일을 의도적으로 조롱하기 위한 격상의 표현들이 난무한다. 밴드 밤섬해적단은 노래 가사를 통해 민주주의와 진리를 내세우는 북한의 정치와 기독교의 논리를 비난하기도 한다.

영화 〈자가당착: 시대인식과 현실참여〉   영화 〈밤섬해적단 서울불바다〉

이질적인 사물의 조합으로 만들어지는 곡사 영화의 경이로움과, 사운드와 이미지의 과감한 충돌을 보여주는 정윤석 영화 형식의 미덕까지 지면에서 다루기는 어려울 듯하다. 다만 여기서는 이들의 작품이 오늘날 사회파 영화의 대척점에서 보여주는 바에 대해 주목하며 잠정적인 마무리로 나가겠다.

온건한 정치성과 공감 가능한 상식의 지평을 존중하는 상업적 사회파 영화와 달리 곡사와 정윤석의 작품들은 불온, 음란, 혁명의 뉘앙스를 이미지와 노이즈의 조합으로 보여주는 도발의 영화이다. 이러한 도발로 인해 작품은 제작 과정에서 표현의 자유 논쟁 시비에 붙여지거나, 제작 이후 제도적 검열에 걸려들었다. 상업적 검열 과정을 내면화하여 외설의 이미지를 소비하는 웰메이드 영화와 다른 지평에서 이들은 포르노그라피, 프로파간다의 형식이 지닌 열기와 에너지를 제어하지 않고 밀고 나간다. 〈자가당착〉은 국가 존엄의 이미지와 공권력의 상징을 희화화함으로써 제한상영가를 받았다. 〈밤섬해적단 서울불바다〉는 제도적인 영화 검열과 다른 차원에서 벌어지는 사상에 대한 제한과 검열에 대한 도발을 다루고 있다.

안전하고 위생적인 상업적 정치영화들이 교양 있는 시민의 영화가 되고 광장에서는 질서와 비폭력주의가 존중되어 왔다. 상식과 질서를 만들어내는 저변에서 제어되지 않는 에너지와 역동성을 지닌 실험들이 이루어져 왔으며, 이러한 불온하고 장난스러운 노이즈와 이미지가 이른바 '유곽의 이미지들'에 저항하며 우리 시대 표현의 자유와 검열에 대한 논쟁의 저변을 확장해 왔음을 기억해야 할 것이다.

참/고/문/헌

1.기본자료

- 김곡, 〈고갈〉(2008)
- 김곡, 김선, 〈철의여인〉(2008)
- 김선, 〈자가당착:시대정신과 현실참여〉(2010)
- 정윤석, 〈호치민〉(2007)
- 정윤석, 〈논픽션 다이어리〉(2013)
- 정윤석, 〈밤섬해적단 서울불바다〉(2017)

2. 참고자료

- 클레멘트 그린버그, 「아방가르드와 키치」, 『예술과 문화』, 조주연 역, 경성대학교출판부, 2004.
- 알랭 바디우, 「현재의 이미지」, 『오늘의 포르노그라피』, 강현주 역, 북노마드, 2015.
- 발터 벤야민, 「기술복제시대의 예술작품」, 『발터벤야민 선집 2』, 최성만 역, 길, 2015.
- Walter M. Kendrick, *The Secret Museum: Pornography in Modern Culture*, University of California Press, 1987.
- 린 헌트, 「외설, 그리고 근대성의 기원, 1500년부터 1800년까지」, 『포르노그라피의 발명』, 전소영 역, 알마, 2016.
- 제프리 T. 슈나프, 「대중 포르노그라피」, 제프리 T. 슈나프·매슈 튜스 편, 『대중들』, 양진비 역, 그린비, 2015.

4부
에로의 놀이화

4장은 디지털 시대의 신기술들의 출현에서 비롯된 유희적 측면의 에로티시즘을 살폈다. 「한국 에로영화의 새로운 감각-〈젊은 엄마〉 시리즈를 중심으로」(이현경)은 2000년대 후반 IPTV의 영화 VOD서비스에서 새롭게 부상하고 있는 에로 영화의 특징을 주목한 글이다. 대중적 호응이 높은 공자관 감독의 〈젊은 엄마〉 시리즈에서 최근 에로영화의 특징을 찾고 있다. 탄탄한 이야기 구성방식을 통해 성적 판타지를 생산하는 디지털 시대의 에로영화의 생존 전략을 확인할 수 있을 것이다. 「연애, 섹스, 게임」(송치혁)은 한국사회의 공적담론에서 은폐되었던 섹스가 2010년대 이후 텔레비전 예능 프로그램을 통해 공공연하게 발화되는 현상을 파악하였다. 이 글은 예능 프로그램 〈마녀사냥〉에서 연애와 성이 리얼리티라는 형식을 통해 생산되는 방식을 분석한다. 〈마녀사냥〉은 청년의 연애, 성에 대한 욕망과 취향을 파악할 수 있다는 점에서 의미가 있다. 「여성향 연애 시뮬레이션 게임의 로맨스 서사와 여성-체리츠(Cheritz) 사의 〈네임리스(Nameless)(2013)를 중심으로」(한상윤)는 하이퍼텍스트의 새로운 양식인 비주얼 노블 형식에 초점을 두고, 여성향 연애 시뮬레이션 게임에 나타나는 에로티시즘의 특징을 발견하였다. 메타 서사적 시점, 복수의 서사 경험 등을 특징으로 하는 여성향 게임을 통해 디지털 시대의 에로티시즘의 의미과 가능성을 발견할 수 있을 것이다. 최근 에로티시즘은 IPTV, 리얼리티 예능, 시뮬레이션 게임 등과 결합하여 다양한 놀이 문화로서 기능하고 있다. 또한 단순한 유희를 떠나 기존 대중서사에 대한 도전, 전복 등 의미를 생산하고 있다. 4장은 테크놀로지 시대에서 에로티시즘의 작동방식이 변화된 한 측면을 확인할 수 있다.

한국 에로영화의 새로운 감각
─〈젊은 엄마〉 시리즈를 중심으로─

이현경

1. IPTV 시대와 에로영화의 접점

1.1. IPTV[1] 시대의 콘텐츠

IPTV 시대의 에로영화는 형식적으로 극장 개봉을 하고 있을 뿐 가

---

1) 'IPTV(Internet Protocol Television)'는 인터넷으로 실시간 방송과 다양한 콘텐츠를 소비할 수 있는 시스템을 지칭한다. 모니터, 키보드, 마우스를 이용한 기존 인터넷 TV와 달리 텔레비전 수상기와 리모컨을 이용한다. TV를 보면서 인터넷 검색, 홈뱅킹, 게임, 홈쇼핑 등 다양한 활동을 할 수 있다. VOD 서비스는 기존에도 있었지만 채널 기반의 방송은 2007년 시작되었다. "인터넷 멀티미디어 방송법(IPTV 사업법)에서 'IPTV'는 "인터넷 멀티미디어 방송"으로 정의된다. 이는 "광대역통합정보통신망을 이용하여 양방향성을 가진 인터넷 프로토콜 방식으로 일정한 서비스 품질이 보장되는 가운데 텔레비전 수상기 등을 통하여 이용자에게 실시간 방송프로그램을 포함하여 데이터, 영상, 음성, 음향 및 전자상거래 등의 콘텐츠를 복합적으로 제공하는 방송"으로 정의된다. 현재 국내에는 SK의 'Btv', KT의 '올레TV', LG의 'U+ tvG' 등 세 가지가 서비스 되고 있다. (위키백과, 다음백과, 네이버 지식백과 'IPTV' 항목 참고)

장 핵심적인 판로는 인터넷 파일 다운로드 사이트와 IPTV의 영화 VOD 서비스 시장이다. IPTV 보급이 일반화 되는 시점인 2009년 연구에 의하면, 이용자 수는 급격히 늘어나고 있으며 VOD 서비스 이용 빈도가 특히 빠르게 증가하는 것으로 나타났다. 매체 유사성 관련해서는 IPTV가 케이블TV, 위성방송에 비해 인터넷과 유사성이 높다고 인식하는 것으로 조사되었다. IPTV 이용 콘텐츠에 대한 다중응답 분석 결과는 해외영화(18%), 국내 드라마(17.3%), 연예오락(13.8), 국내영화(12.8), 다큐멘터리(6.8%), 스포츠(4.8%) 순으로 드러났다. 향후 IPTV가 주목해야 할 콘텐츠 유형으로는 영화(14.6%), 드라마(10.9%)가 가장 높게 나타났다.[2] 이 연구 이후 벌써 10년 가까운 시간이 흐르는 동안 IPTV의 보급률이 가파르게 높아졌고 콘텐츠 다양화가 빠르게 이루어지고 있다.

영화는 더 이상 극장 스크린만을 위한 소비재가 아니며, 극장으로 관객의 발길을 끄는데 실패했거나 아예 스크린을 염두에 두지 않고 제작된 영화도 충분히 다른 활로를 찾아 이익을 산출할 수 있는 시대가 되었다. 이런 새로운 흐름의 중심에 IPTV 서비스가 자리 잡고 있다. 한때 주춤했던 에로영화 제작, 소비는 IPTV를 기반으로 다시 활성화되고 있다. 영상물등급심사를 받기 위해 극장 개봉을 하고는 있지만 그야말로 간판만 내거는 요식행위일 뿐이다. 1980년대 성행하던 에로영화는 1990년대에는 에로비디오 시장으로 영역을 바꿔 생존을 이어갔다. 가정용 비디오기기(VCR)의 광범위한 보급은 이러한 판도 변화

2) 설진아, 봉미선, 「IPTV 수용자의 이용행태와 서비스 만족도에 대한 연구」, 한국언론정보학보, 2009.5. 2009년 이전 IPTV 관련 논문들은 기술적인 문제, 정책연구, 방통 통신 시장 전망 등의 문제를 주로 다루었다.

에 가장 큰 영양을 미치게 된다.

16mm 필름으로 촬영된 에로비디오의 전성시대는 1990년대 중반부터 후반까지이다. 에로비디오는 극장 상영은 애초에 염두에 두지 않고 비디오대여점을 주 판매처로 제작되었다. 1995년 에로비디오 전문제작사인 '한시네마타운'에서 내놓은 〈젖소부인 바람났네〉는 에로비디오 중 초대박 히트작이다. 이 영화는 제작자이자 주연배우인 한지일의 능력을 입증하는 한편 진도희라는 에로비디오 스타를 탄생시켰다. 이후 아류작까지 포함 수십 편의 에로비디오 시리즈가 나오게 된 길을 열어준 영화로, 제목은 1980년대 에로영화의 대표격 〈애마부인〉(정인엽, 1982)을 패러디한 것이다.[3]

에로비디오가 성행하던 1990년대에는 극장용 에로영화가 침체기에 접어들었다. 1990년대 극장용 에로영화는 장선우 감독의 〈너에게 나를 보낸다〉(1994), 〈거짓말〉(1999) 등이 흥행에 성공한 정도이다.[4] 이에 반해 에로비디오는 1990년대 중반 이후 최고의 전성기를 맞이하

---

3) 한동안 이런 유형의 제목 패러디가 유행했다. '00부인' 시리즈가 대표적으로 〈자라부인 뒤집어졌네〉, 〈만두부인 속터졌네〉 등 무수한 아류작들이 쏟아졌다. 제목 패러디의 또 다른 유형은 히트한 상업영화를 비트는 것이다. 이 유형에는 〈접촉〉, 〈공동섹스구역 JSA〉, 〈브라자 휘날리며〉 등이 있다. 〈용의 국물〉은 텔레비전 사극 드라마의 제목을 살짝 바꾼 경우다.

4) 장선우 감독 영화에 대한 평가는 '포스트 시대 성애 관련 영화' 혹은 '전환기적 포르노' 등이 있다. 박유희는 장선우 감독의 포르노그래피 표방과 그가 내놓은 성애 관련 영화들은 그 자체가 1980년대와 변별되는 1990년대의 전위였다고 정의한다. (박유희, 「장선우의 외설 논란 영화를 통해 본 포스트 시대 한국영화의 동향」, 『드라마연구』 48권, 한국드라마학회, 2016. 225쪽) 이윤종은 장선우의 에로비디오는 1980년대 한국영화의 에로성과 21세기의 포르노화 된 일상을 연결시키는 교량 역할을 한 '전환기적 포르노'라고 규정한다. (이윤종, 「장선우와 에로비디오-1990년대 한국의 전환기 포르노 영화」, 『대중서사연구』 제22권 4호, 대중서사연구회, 2016. 143쪽)

게 된다. 성장세에 정점을 찍은 해인 1995년 에로비디오는 월 평균 30
여 편이 출시되었고 시장점유율은 약20%, 시장규모는 약 450억 원이
었다.[5] 하지만 1990년대 말 에로비디오는 패러디물에 의존하는 졸속
제작과 비슷한 내용의 반복으로 점차 관객을 식상하게 만든다. 그마
저도 인터넷의 놀라운 진화에 밀려 극장용 에로영화든 비디오용 에로
영화든 유명무실해졌다. 불법이고 합법이고 여부를 따질 겨를도 없이
포르노물은 인터넷이라는 거대한 가상의 그물망을 통해 안방과 전 세
계를 접속시켰다.

   2000년대 이후 급속히 냉각된 에로비디오 시장을 대체할 새로운
감각의 에로영화들이 출현하게 된다. 2000년대 에로영화는 1980년
대 에로영화, 1990년대 에로비디오와는 다른 감각을 장착하고 있다.
소재가 다양해지고 이질적인 장르 관습도 차용되며 남녀 캐릭터에도
큰 변화가 생긴다. 에로영화 감독이라는 자의식을 갖고 영화를 만드
는 감독도 본격적으로 출현한다. 에로영화의 새로운 기수를 자처하며
〈이천년〉(2000)이라는 에로영화로 데뷔한 봉만대 감독, 〈젊은 엄마〉
시리즈라는 에로영화의 신기원을 마련한 공자관 감독이 대표적이다.
공자관 감독은 에로영화계에서 일한 경험을 바탕으로 에로영화를 찍
는 내용을 다룬 색다른 자기반영적 에로영화 〈색화동〉(2007)으로 이
름을 알린 후 '젊은 엄마' 시리즈의 서막을 올린 〈젊은 엄마〉(2013)를
연출한다. 이후 '젊은 엄마' 시리즈는 에로영화의 가장 대표적인 브랜
드가 된다. 이 글에서는 2010년대 한국 에로영화의 대표적 브랜드인

---

5) 유병호, 「한국에로비디오의 변천과 발전방향에 관한 연구」, 명지대 문화예술대학
   원 문헌정보학과 석사논문, 2004. 25쪽.

'젊은 엄마' 시리즈의 특징을 중심으로 최근 에로영화의 경향과 변화 양상을 추적해 보고자 한다.

1.2. 에로영화의 개념

여기서 다루는 에로영화는 심의를 거쳐 극장에서 개봉한 영화를 대상으로 한다. '에로영화'라는 단어는 매우 모호하다. '에로영화'라는 말이 사용되기 시작된 것은 1969년도경 섹스영화의 미학을 논의하기 시작하면서부터였는데 1981년 〈뻐꾸기도 밤에 우는가〉(정진우), 1982년 〈애마부인〉(정인엽)이 나온 이후 급격히 사용빈도가 높아졌다. 한동안 에로영화는 19금 섹스영화를 가리키는 장르명칭으로 받아들여진다.[6] 한국 에로영화가 일본 성인영화의 영향을 받은 것으로 평가하기도 하는데, 일본은 1960년대 '핑크 영화' 1970~80년대 '로망포르노'라는 성인영화 장르를 일찌감치 분화시켜 고유한 시장을 널리 형성하고 있었다.[7] 섹스영화, 에로영화, 성애영화, 성인영화, 포르노 등은 용어가 헷갈릴 수 있지만 일반적인 통념에 따라 생각보다는 잘 구분하고 있는 걸로 보인다. 미국에서 에로영화는 '선정영화(exploitation movies)'란 범주에 들어간다. 선정영화는 일반적으로 완성도는 낮지만 특정한 사회집단과 관련해 '화제'가 되는 특이한 주제나 내러티브를 이용함으로써 특정한 관객층을 목표로 삼는 영화를 지

---

6) 박유희, 「'검열'이라는 포르노그래피」, 『대중서사연구』 제21권 3호, 대중서사연구회, 2015. 130쪽.

7) 이윤종, 「한국 에로영화와 일본 성인영화의 관계성: 〈애마부인〉을 중심으로 본 양국의 1970~80년대 극장용 성인영화 제작관행」, 『대중서사연구』 제21권 2호, 대중서사연구회, 2015. 94~100쪽.

칭할 때 쓰인다.[8] 선정영화의 소재가 '성'에 국한되지는 않지만 성적
인 소재가 많은 편이며 이런 영화들은 특별히 'sexploitation'이라는 용
어로 통용된다. 섹스영화는 성적 수위가 높은 장면들이 포함된 외화
를 소개할 때 많이 사용되던 용어로 현재는 거의 쓰이지 않는다. 에로
영화와 포르노를 구분할 때 흔히 적용하는 잣대는 실제 성행위가 이
루어졌는지 화면에 성기 노출이 되는지 여부다. 포르노에 해당하는
영화는 심의를 통과할 수 없기 때문에 개봉도 불가능하고 합법적으로
는 유통도 금지되어 있다. 에로영화는 성행위 장면이 과하게 묘사되
었어도 그것이 가짜(페이크)라는 것을 전제로 제작, 소비된다.[9] 성인
영화 역시 에로영화와 유사어로 사용되고 있으며 변별점은 두드러지
지 않는다.

　포르노의 역사에서 포르노그라프라는 단어는 매춘에 관련된 저작
을 지칭하기 위해 1769년 브르타뉴의 레스티프가 처음 사용했다고 한
다. 1896년에 이르면 이 단어는 사회 질서에 혼란을 가져오고 미풍양
속을 위반하는 저작을 의미하는 것으로 변형되었다.[10] 초기 포르노는
광장에 드러내길 꺼려하는 성행위를 묘사한 글이나 그림을 지칭하는
용어로 정치적인 선동성이 내포되어 있었지만 그런 기능은 초기에 사
라졌다. 포르노가 여전히 금지의 영역에 놓여있는데 비해 에로영화는

---

8) 수잔 헤이워드, 『영화사전』, 이영기 외 역, 한나래, 2012. 206~212쪽.
9) 작년(2016년) 전주국제영화제 개막작인 〈러브 Love〉(가스파 노에, 2015) 같은 경
　우는 실제 성행위의 전 과정이 다 보이나 감독, 배우, 영화제 측 모두 포르노라고 규
　정짓지는 않았다. 하지만 포르노라고 생각한 관객들이 거부감을 표시하고 포르노
　와 무엇이 다른지 질문을 던졌다. 감독은 자신의 영화가 포르노가 아닌 까닭은 키
　스, 임신, 사랑이 있기 때문이라는 개인적인 견해를 밝힌 바 있다.
10) 린 헌트, 『포르노그라피의 발명』, 조한욱 역, 책세상, 1996. 375쪽.

검열이라는 장치를 적당히 통과하면 얼마든지 합법적으로 소비될 수 있다는 차이가 있다. 1980~90년대 에로영화에 담긴 '성'의 양상이나 '의미'와 비교하면 2000년대 이후 에로영화, 특히 IPTV로 소비되는 에로영화에 담긴 '성'을 둘러싼 담론은 상당히 큰 차이가 있다고 보인다.

2. 한국 에로영화의 전환점, 〈색화동〉

무수한 에로영화가 쏟아져 나오고 있지만 그 중에서도 주목할 감독은 공자관[11]이다. 사멸해 가는 에로비디오 산업에 직접 종사한 경험을 갖고 있는 공자관 감독은 자신의 체험을 바탕으로 〈색화동〉이라는 이색적인 영화를 만들었다. 이전에 만든 에로비디오 영화를 제외하면 〈색화동〉은 공자관 감독의 데뷔작이다.[12] 제작자는 김조광수로 청년필름 작품이라는 점도 주의해 볼만 하다. 에로영화 산업계에 대한 희화화, 감독으로서 정체성에 대한 고민, 에로영화 미학에 대한 질문 등이 담긴 상당히 유쾌하고 문제적인 영화다. 영화를 만드는 것에 대한 자기반영적 영화이자 씨네필로서 많은 영화들에 대한 오마주가 담겨 있다. 아마도 브라이언 드 팔머 감독의 데뷔작 〈필사의 추적 *Blow Out*〉(1981)을 염두에 두고 만들었던 게 아닌가 싶다. 두 작품 사이의 유사성은 상당히 높다.

공자관 감독은 에로영화계에 입문한 뒤 이필립 감독의 조연출로 작

---

11) 공자관 감독: 1972년 생. 단국대 영화화 졸업. 〈색화동〉(2007), 〈젊은 엄마〉(2013), 〈허풍〉(2013), 〈뽕 2014〉(2014), 〈친구엄마〉(2015), 〈친구엄마: 비하인드 더 씬〉(2016)-친구엄마를 찍은 사연을 담은 다큐, 〈특이점이 온 영화〉(2016)

12) 비디오용으로 만들었던 영화들은 〈깃발을 꽂으며〉, 〈만덕이의 보물상자〉, 〈이쁜 이〉, 〈로또걸〉, 〈이태원 버스〉 등이 있다.

품 활동을 시작했다. 〈5분의 기적〉, 〈오빠의 불기둥〉, 〈욕정의 웨딩
드레스〉를 연출한 이필립 감독은 공자관 감독의 '사수'이자 '스승'이
다. 에로비디오 시장이 한창 호황이던 시절, 두 사람은 클릭영화사에
서 감독과 조감독으로 한 팀이 되어 〈새됐어〉, 〈바다속의 자전거〉, 〈동
거〉 등 여러 히트작을 만들었다. 클릭영화사를 나와 유호프로덕션을
거쳐 성인화보영상 등을 찍던 이필립 감독은 현재 케이블 채널에서
재연프로그램을 연출하기도 했다.[13] 공자관 감독은 이 시절의 경험을
바탕으로 〈색화동〉의 시나리오를 쓰고 직접 연출하여 데뷔하게 된다.
〈색화동〉은 감독지망생 진규가 우여곡절 파란만장 사연을 거쳐 에로
영화 감독으로 데뷔하는 이야기다.

  영진위 시나리오 공모 결과를 기다리고 있는 영화과 졸업생 진규의
자취방 놓인 비디오테이프 〈죠스 *Jaws*〉,(스티븐 스필버그, 1975), 〈졸
업 *The Graduate*〉(마이크 니콜스, 1967), 〈말콤X *MalcolmX*〉(스파이
크 리, 1992) 등의 목록에서 장르영화와 주제의식 있는 영화를 다 아
우르고 싶은 감독의 욕망이 읽힌다. 진규가 찾아가는 에로영화사와
충무로 주류 영화사 벽에 걸린 포스터만 비교해도 그의 이상과 현실
이 얼마나 차이 나는지 알 수 있다. 비디오와 포스터를 대비하는 방식
으로 상황을 간결하게 설명하는 신에서 감독의 유머감각과 센스를 엿
볼 수 있다. 에로영화사에는 〈귀신이 싼다〉, 〈어린 처제〉, 〈조폭 아가
씨〉 등의 포스터가 걸려 있고, 에로영화 제작사 소속의 베테랑 감독
히트작은 〈미안하다 사정해서〉, 〈발기에서 생긴 일〉 등이다. 돈이 궁

---

13) 강병진, "[감독VS감독] 〈색화동〉 공자관 감독, 스승 이필립 감독을 만나다". 『씨네
    21』, 2007.11.22.

한 진규는 에로영화사 조감독으로 입사하고 어마어마한 업무를 처리한다. 촬영스케줄 작성, 배우 섭외, 장소 섭외, 스토리보드 작성, 장비 운반까지 그의 업무는 영화의 전 영역이다. 촬영스케줄도 살인적인데 하루에 보통 30신을 찍어야 한다. 영화에서 감독 역으로 나오는 배우의 대사인 "우리니까 찍지 김기덕도 머리에 쥐나서 못 찍는다."라는 말이 허풍은 아니다. 〈올드 보이〉를 패러디한 〈올 누드보이〉는 천신만고 아슬아슬한 줄타기를 하며 겨우 진행되지만 진규의 고뇌는 깊어진다.

영화의 흐름상 정말 중요한 장면을 빼버리려는 감독과 이를 반대하는 진규는 갈등하게 되고, 옛 여자 친구까지 동원해서 장소를 섭외하는 비참한 상황에 이른다. 진규는 열심히 자신이 생각하는 에로 미학을 설명하지만 감독은 엉뚱한 상상만 들려준다. 게다가 주연여배우와 우연히 함께 보낸 하룻밤은 진규에게 부담으로 다가오고 설상가상 자신의 시나리오를 도용한 친구가 입봉 했다는 소식까지 들린다. 죽고 싶은 심정인 진규에게 서광처럼 충무로 영화사에서 미팅 제의가 들어온다. 〈지금, 만나러 갑니다〉 영화 포스터가 걸린 충무로 사무실은 이전 에로영화, 제작사와는 분위기부터 다르다. 하지만 연출 제의가 아닌 시나리오 아이디어만 100만원에 사겠다는 제안에 더 큰 실망을 하게 된 진규는 거절하고 돌아선다. 영화의 마지막은 껄끄러웠던 에로영화 주연배우와 화해한 진규가 자신의 작품을 촬영하는 장면이다.

공자관 감독은 연출 의도에서 "내 인생의 가장 드라마틱하고 인상적인 순간이 있었다면 그건 에로영화를 했던 스물다섯에서 스물일곱까지 삼 년 동안이었던 것 같다. '임금님 귀는 당나귀 귀'라는 우화의 주인공처럼 누군가에게 미치도록 그 삼 년 동안의 이야기를 하고 싶었다. 에로영화계에 종사하는 사람들은 성을 상품화하는 것으로 밥벌이를 하는 사람들이지만, 그들이 가진 성에 대한 편견과 억압만큼이나 그들도 사회의 편견과 가식, 이중적인 잣대로 상처받으며 살아가고 있었다."라고 솔직한 심경을 밝히고 있다. 〈색화동〉의 제작은 공자관 감독이 몸담고 있던 클릭영화사가 개점휴업 상태일 때 이승수 영화사 대표가 자신들의 이야기를 영화로 만들어 보면 어떠냐고 제안을 하면서 현실화된다. 2005년 8월 시나리오를 쓰기 시작해 2006년 영화는 완성되었고 2006년 서울독립영화제에 초청되는 성과도 냈지만 극장 개봉은 불발되었다. 그러던 중 청년필름이 〈색화동〉이라는 영화에 주목하고 개봉까지 성사된다.[14] 〈색화동〉은 한국 에로영화의 발자취를 따라가고자 할 때 꼭 짚어 볼 영화다.

3. 〈젊은 엄마〉 시리즈의 의미

'젊은 엄마' 시리즈는 총 6편이 개봉되었다. 공자관 감독이 연출한 〈젊은 엄마〉의 홍행으로 속편 제작이 이어졌다. '젊은 엄마' 시리즈는 1편만 공자관 감독 연출이고 나머지는 각 편마다 감독이 다르다. '젊은 엄마' 시리즈는 골든타이드픽쳐스에서 제작했다.[15] 공자관 감독과 골든타이드픽쳐스는 '젊은 엄마'라는 한국 에로영화의 브랜드를 만들

---

14) 공자관, 「독립영화 쇼케이스: 색화동」, 『독립영화』, 한국독립영화협회, 2008. 1.
15) 〈젊은 엄마〉(공자관, 3013), 〈젊은 엄마2〉(노성수, 2014), 〈젊은 엄마3〉(채길병, 2015), 〈젊은 엄마: 내 나이가 어때서〉(김일종, 2015), 〈젊은 엄마4〉(김효재, 2016), 〈젊은 엄마: 디 오리지널〉(정도수, 2016)

었다. 공자관 감독은 인터넷 게시판에 올라온 '야설'을 각색하여 〈젊은 엄마〉 각본을 완성했다. TV드라마 '사랑과 전쟁'에 정사신을 넣은 것 같다는 평에 대해 공자관 감독은 '사랑과 전쟁' 애청자라고 밝힌다. 공자관 감독은 에로비디오물을 만든 것을 비롯해 케이블 채널에서 '블라인드 스토리 주홍글씨'를 연출하였으며, 3D 성인영화, 성인 게임용 실사 영상 등도 제작했다. 〈젊은 엄마〉는 최소 수십만 명이 유료 서비스를 이용했을 것으로 추정된다. IPTV와 케이블 VOD, 웹 다운로드, 웹 모바일 스트리밍 서비스를 합쳐 30만뷰를 기록했다고 한다.

　영화를 전공하고 꾸준히 에로영화를 연출해 온 공자관 감독과 더불어 골든타이드픽처스의 양건의 대표는 '젊은 엄마' 시리즈를 계발한 또 다른 주인공이다. 양건의 대표는 2011년까지 SBS 콘텐츠부에 근무했다. 소비자들이 원하는 콘텐츠에 대해 분석하고 예측하는 능력을 갖출 수 있는 이력이다. 골든타이드픽처스는 에로영화 제작 외로도 다양한 사업을 하고 있다. 외화수입, Kpop 뮤비와 다큐도 제작하고 있으며 에로가 아닌 상업영화도 만들었다. 〈살인캠프〉(이상빈, 2015), 〈무수단〉(구모, 2015) 등이 골든타이드픽처스에서 제작한 영화들이다. 공자관 감독과 양건의 대표의 경력을 보면 그들이 만드는 에로영화가 단발적인 흥행을 염두에 둔 게 아니라 좋은 에로영화를 만들겠다는 확고한 의지에서 출발했다는 걸 알 수 있다. 공자관 감독은 에로영화를 "중2소년의 다양하고 풍부한 욕망을 표현하는 것이다."라고 정의한다. 양건의 대표는 흥행 비결로 "탄탄한 스토리"를 강조한다. 두 사람의 인터뷰 등을 살펴보면 에로영화에 대한 고민과 숙고를 짐

작할 수 있다.[16] 개성 있고 탄탄한 에로영화를 만들겠다는 의욕과 열
의로 만들어진 영화가 '젊은 엄마' 시리즈이고, 시리즈의 성공 요인은
에로영화에 대한 주관이 뚜렷한 제작진들이 의기투합했다는 데 있다.

3.1. 남녀 캐릭터의 변화

⟨젊은 엄마⟩의 등장은 한국 에로영화계에 일대 사건이다. 벗기기에
급급하고 스토리의 인과관계를 찾을 수 없는 그렇고 그런 에로영화들
과 차별되는 신선한 면을 보여줬다. 에로영화라는 근본 취지에 맞게
대략 10분에 한 번 정도 정사신이 나오고 이를 유발하기 위해 뜬금없
는 상황전개가 없지 않지만 전체적으로 스토리의 완결성을 갖추고 있
다. '젊은 엄마' 시리즈의 가장 두드러진 특징은 남녀 캐릭터의 변화에
서 찾을 수 있다. 제목에서 알 수 있듯 20대 남성과 젊은 엄마가 남녀
주인공으로 나오는데 이들은 구체적인 직업을 갖고 있거나 하고 싶은
일이 있다. 에로영화에서 직업 등 현실생활은 추상적으로 처리되거나
주변부 이야기로 밀려나는 경우가 많은 걸 떠올리면 차별되는 지점이
다.

특히 젊은 남성은 아직 학생이거나 취업준비생이어서 사회 입사가
이루어지지 않은 반면 '엄마'들은 경제활동을 하며 일정 수준의 자산
을 갖고 있는 인물들이다. 이 시리즈의 스토리에는 성적 호기심이 왕
성한 20대 초반의 남성이 연령대가 높은 여성에게 성적인 지식과 기

---

16) 공자관 인터뷰, 「공자관으로 산다는 것… 더 야하게 뻗치지 않게」, 『한겨레』, 2017.
   8. 3; 양건의 인터뷰, 「에로는 에로일 뿐? 쓸데없이 잘 만들어야 쓸 데 생기죠!」,
   『브릿지 경제』, 2015. 8. 7.

술을 전수받는 이야기가 포함되어 있다. 이런 이야기는 과거 에로영
화의 주요 소재 중 하나로 세계적으로 공전의 히트를 친 〈개인교수
Private Lessons〉(앨런 마이어슨, 1981)가 대표적인 사례였다. 하지만
'젊은 엄마' 시리즈는 성적 전수에는 크게 비중을 두지 않는다. 시대의
변화와 함께 성 경험 연령도 낮아지고 성 지식도 개방적인 사회가 되
다 보니 그런 전수는 큰 의미가 없는 것 같다. '젊은 엄마'에서 더 두드
러지게 눈에 띄는 현상은 가족이라는 금기에 대한 도전이다. 〈젊은 엄
마〉는 장모와 성적 결합에서 나아가 가족을 이루는 결말에 도달한다.
〈젊은 엄마3〉 역시 새엄마와 성적 결합을 이루고 마지막에는 가정을
꾸린다. 굉장히 도발적인 결말이고 가족관계에 대한 기존의 도덕률을
넘어서는 지점이다.

[사진1] 영화 〈젊은 엄마〉 포스터

[사진2] 영화 〈친구엄마〉 포스터

〈젊은 엄마〉의 남자주인공은 사귀던 대학 후배가 임신을 하자 결혼

을 하고 처가에 신혼살림을 차린 후 자연스럽게 장모가 운영하는 레스토랑 일을 돕게 된다. 그런데 아이를 출산한 지 얼마 되지 않아 어린 아내가 가출하자 남자주인공과 젊은 장모 둘이 아이를 키우게 된다. 처음 후배의 엄마를 보는 순간부터 남자주인공은 그녀에게 매력을 느꼈던바 둘만의 생활은 위태롭게 전개된다. 영화 중간에는 남자의 첫사랑이었던 과외선생님도 등장해서 살짝 삼각관계를 형성하지만 그건 이야기를 펼치기 위한 전략이고 본론은 남자와 장모를 벗어나지 않는다. 이런저런 아슬아슬한 고비를 넘기며 생활하는 두 사람이 본격적으로 가까워지는 계기는 잠시 아이를 잃어버렸다가 되찾은 경험을 공유하는 것이다. 몇 시간 만에 아이를 찾긴 했지만 둘은 없어진 아이를 찾는 엄마, 아빠의 역할을 하게 된다. 아이를 함께 키우는 일은 부부가 나눌 수 있는 가장 밀착된 경험이다. 아이를 잃어버린 고통과 아이를 되찾은 기쁨을 함께 나눈 두 사람은 명실상부 아이의 부모가 된다. 이 영화의 시작과 끝은 같다. 단 시작 장면에서는 의미를 정확히 알 수 없지만 끝에서는 명확해진다. 딸이 낳은 아이와 두 사람 사이에 낳은 아이 둘을 키우며 단란한 가정을 이룬 모습이다.

〈젊은 엄마3〉의 남자주인공은 고등학교를 갓 졸업한 20살이다. 성인 남성이라기보다는 아직 소년인 주인공은 어느 날 아버지가 데려온 새엄마를 보고 당황한다. 너무 젊은 새엄마가 부담스럽고 아버지의 일방적인 행동에 반감이 생긴 것이다. 남자 주인공은 소설을 쓰는 것이 꿈이고 대학은 갈 필요 없다고 생각하고 있다. 늘 바쁜 아버지는 아들을 훈계할 여유도 없을 지경이다. 매일 카페에 가서 지나가는 사람들을 관찰하고 집에서는 책을 읽는 남자주인공은 우연한 기회에 새엄마도 소설을 좋아한다는 사실을 알게 된다. 새엄마에게 냉랭하게 대

했지만 실은 엄마의 정을 그리워하는 외로운 소년이다. 새엄마 역시 바쁜 남편 때문에 혼자 있는 시간이 길어지고 자연 두 사람은 가까워 진다. 함께 외출도 하고 문학에 대해 이야기를 나누고 마치 대학생 연인들처럼 생활한다. 둘의 관계는 더 깊어지고 결말은 파격적이다. 마침내 장편소설을 출간한 남자주인공은 일약 베스트셀러 작가가 되고 새엄마는 아이를 임신한다. 더 놀라운 장면은 아들, 아버지, 새엄마가 모두 함께 사는 모습이다. 끝부분에서 설명을 생략하였다가 마지막 장면에서 셋의 관계가 밝혀진다. 아들과 새엄마는 부부가 되었고 아버지(전남편)는 전신마비 상태로 휠체어에 앉아서 둘의 보살핌을 받고 있다. 에로영화가 아니라면 사회적 이슈가 될 만한 스토리다.

〈젊은 엄마〉, 〈젊은 엄마3〉의 결말은 일반적인 윤리관에서 벗어난다. 장모-사위, 아들-새엄마의 단순한 불륜도 아니고 가정을 이루고 아이도 낳는다는 설정은 파격을 넘어 전복적이다. 에로틱한 장면을 반드시 보여줘야 한다는 조건이나 열악한 제작환경 등 에로영화에는 제한이 많다. 제작비가 많이 투자된 상업영화에 비해 에로영화가 우위를 점할 만한 부문이 많지 않은데 이런 발칙한 상상이 허용된다는 점은 에로영화가 품고 있는 잠재력이라 할 수도 있겠다. '젊은 엄마'라는 제목으로 나오진 않았지만 공자관 감독의 〈친구엄마〉도 '젊은 엄마' 시리즈와 묶어서 살펴 볼 필요가 있다. 애초 '젊은 엄마' 시리즈를 탄생시킨 공자관 감독은 〈젊은 엄마〉만 연출했고 나머지 시리즈는 모두 다른 감독들이 연출을 했다. 공자관 감독은 밀크픽쳐스라는 제작사를 차리고 〈친구엄마〉를 연출했다. 감독, 내용 등으로 보아 〈친구엄마〉(2015)는 '젊은 엄마'의 연장선에 있다.

〈친구엄마〉에 대한 네티즌 평은 호평 일색이다. 웰메이드 에로영화라는 평이 대다수다. 〈친구엄마〉의 호평은 에로영화지만 멜로영화가 주는 감동이 있다는 점에서 비롯된다. 수위가 높은 정사신을 완화시키고 좀 더 현실적인 디테일을 추가하면 극장 개봉과 흥행을 염두에 둔 상업적 멜로영화로 전환이 가능해 보이는 작품이다. 대학생인 남자주인공의 생생한 학교생활이나 미묘한 심리묘사는 감정을 건너뛰고 정사신 연출에 집중하는 다른 에로영화와 차별되는 면이다. 방학을 맞이한 남자주인공은 속초에 사는 친구 집으로 무작정 여행을 떠난다. 매일 술을 마시는 아버지도 싫고 자신의 구애를 무시한 여자 선배에게도 화가 난 남자주인공은 서울에서 멀리 떨어진 곳으로 가기로 작정한다. 〈친구엄마〉는 현장 로케이션 촬영이 대부분이다. 바닷가에 자리 잡은 친구네 집과 속초의 풍광은 영화의 사실감을 높여주고 새로운 이야기를 펼칠 수 있는 무대 역할을 한다. 친구엄마와 연인이 되어 방학을 보내고 서울로 돌아온 남자주인공은 친구엄마를 잊어버린다. 입대 환송회 자리에서 속초 친구는 남자주인공에게 엄마가 아직도 널 그리워하고 있다고 알려준다. 친구의 말에 화들짝 놀란 남자주인공은 자신도 친구엄마를 그리워하고 있었다는 사실을 새삼 깨닫고 밤거리를 달려 속초로 향한다. 친구는 "그래도 난 널 아버지라고 부르진 않을 거야."라는 역설적인 말로 둘의 관계를 인정하고 축복한다. 이런 설정 역시 에로영화가 아니라면 전개되기 어려운 파격적인 상황이다.

3.2. 성적 판타지의 차별화

'젊은 엄마' 시리즈의 또 다른 특징으로는 유행하는 소품이나 용어 사용, 구체적인 이름을 들어 인용되는 소설이나 음악, 새로운 형식 시도 등이 있다. 카톡, 페이스북 등 SNS로 소통하고 주제 사라마구의 소설, 다이앤 아버스의 사진이 언급되는 등 세태의 변화와 문화적 소양이 적절히 뒤섞여 있다. 〈젊은 엄마2〉, 〈젊은 엄마4〉에는 취업을 갈망하는 취준생과 웹툰 작가를 꿈꾸는 재수생이 등장한다. 이들은 5포 세대, 88만원 세대라고 자조 섞인 말을 하기도 한다. '젊은 엄마' 시리즈는 이와 같이 20대 청년의 고민이 많이 반영되어 있다. 〈젊은 엄마2〉는 취준생의 절박함과 타임루프 형식이 조화되는 독특한 형식의 에로영화다. 몇 년 째 취업을 준비 중인 남자주인공은 길에서 파는 골동품을 우연히 구매하면서 이상한 일을 겪게 된다. 주인공은 힘들게 취업에 성공하는데 그가 들어간 회사는 대행 서비스를 하는 곳이다.

 애인 대행 일을 하게 된 남자주인공은 자고 나면 똑같은 상황이 펼쳐지는 타임루프를 겪게 된다. 이런 반복을 통해 처음에는 사소한 애로 사항을 해결하던 주인공은 점차 한 가족의 비밀을 알게 된다. 부모님을 안심 시켜 드리기 위해 애인 대행 서비스를 찾게 되었다는 여자와 여자의 부모님은 알 수 없는 미스터리한 분위기를 갖고 있다. 여자는 누군가와 은밀한 거래를 하고 부모님의 관계도 평범해 보이지 않는다. 결국 여러 차례 반복을 통해 남자주인공은 여자가 실은 자살을 하기 위해 약물을 구입하는 것이며 부모도 대행 서비스를 하는 사람들이라는 걸 알게 된다. 자살 전 마지막으로 자신의 생일날 가족들과 행복한 추억의 한 장면을 연출해 보고 싶었던 여자가 꾸민 일이었다. 몇 번의 반복으로 실체의 퍼즐이 맞춰지고 남자는 여자를 위험에서 구하게 된다. 에로영화라는 점을 빼고 보면 보통 SF 영화의 설정과 다르지 않다.

〈젊은 엄마4〉도 현장 로케이션 위주로 촬영된 영화다. 섬을 배경으로 대학생이 된 고향 친구들이 방학을 맞아 오랜 만에 모이면서 이야기가 시작된다. 명문대 의대에 다니는 친구도 있고 대학 진학을 포기하고 웹툰 작가의 꿈을 키우는 친구도 있다. 이 영화는 인물들의 관계가 다소 복잡하다. 혼자 딸을 키우는 엄마와 아들을 키우는 아빠가 연인관계인 속에서 아이들도 '썸'을 타고 주인공이 좋아하는 여자와 주인공을 좋아하는 여자가 따로 있는 등 남녀관계의 여러 양상을 두루 펼쳐놓았다. 친구엄마가 알고 보니 과거 에로비디오 여배우였다는 사실을 알게 되는 에피소드에서는 에로영화의 변천사를 짚어주는 유머가 느껴지기도 한다. 대학생들이 흔히 하는 게임, 농담 등이 등장하고 진로에 대한 이들의 고민이 자주 언급되어 에로영화지만 청춘성장영화 같은 느낌이 많이 든다.

'젊은 엄마' 시리즈는 여러 가지 면에서 새롭고 신선한 에로영화지만 성적 판타지를 자극하는 방식은 크게 과거와 다르지 않다. 훔쳐보기와 속옷 패티쉬 등은 이전에도 흔한 소재였다. 강간, 매춘 등은 거의 등장하지 않고 자발적인 성적 관계가 주를 이룬다. 전반적으로 정사신의 수위가 매우 높지는 않다. 에로영화이다 보니 정사신이 자주 등장해서 수위가 높다고 느껴질 수 있지만 요즘 대중매체에서 다뤄지는 노출이나 표현수위를 고려하면 심한 정도는 아니다. 이 시리즈의 특징은 정사신 부분을 스킵 하면서 영화를 봐도 무리가 없다는 점이다. 보통 에로영화는 스토리 부분을 넘기고 정사신만 보는 경우가 있는데 이 영화들은 반대로 보아도 될 만큼 스토리가 풍부하고 서정적인 요소가 있다는 뜻이다.

정사장면은 관습적인 화면으로 채워지는 경우가 많다. 과열된 사운드, 습한 공기, 신체의 클로즈업 등이 표현된다. 이런 정사신에서 새로운 점은 화면의 구성방식보다 정사로 초래되는 인물의 변화에 있다. 앞에서 보았듯 〈젊은 엄마〉, 〈젊은 엄마3〉은 장모, 새엄마와 새로운 가족을 꾸리게 된다는 결론에 닿게 된다. 〈젊은 엄마4〉, 〈친구엄마〉는 20대 초반의 남자주인공을 성장하게 한다. 특히 〈친구엄마〉는 남자 대학 신입생이 갖고 있는 성적 판타지와 성적 경험을 통한 변모를 여실히 보여준다. 예쁘고 육감적인 여자 선배를 포르노 배우로 상상하며 온갖 성적 판타지를 꿈꾸거나 포르노물 수집에 밤을 새우고 친구들과 진한 성적 농담으로 허세를 부리던 주인공은 친구엄마와 진짜 성관계를 맺고 새로운 세상을 경험한다. 육체적 쾌감에 빠진 주인공은 친구엄마에 대한 감정을 사랑이라고 느끼지만 이 또한 오래 가지 못한다. 방학이 끝나고 본래의 생활로 돌아간 주인공은 성숙해진 모습으로 꿈에 그리던 여자 선배와 연애도 하게 되고 친구엄마는 잊는다. 하지만 군 입대를 앞둔 친구의 항의를 받은 남자주인공은 친구엄마의 존재를 되살려낸다. 그리고 그녀에 대한 감정이 사랑이라는 걸 인정하며 영화는 마무리된다. 〈친구엄마〉는 성 경험이 없는 남성의 성적 판타지와 성 경험을 통해 남성으로서 자신감을 갖게 되는 변모 과정이 상당히 설득력 있게 그려지고 있다. 성적 판타지만을 보여주기 위한 에로영화가 아니라 성적 판타지와 현실을 적절히 결합시키고 있다는 것이 장점이다.

3.3. 에로티시즘과 가족의 함수 관계

1980년대 한국 영화시장에 '부인' 시리즈가 대유행을 했고, 1990년대 중반 에로비디오 시장에는 '부인' 시리즈를 패러디한 영화들이 대거 쏟아져 나왔다. 〈애마부인〉은 15편 이상의 속편이 제작되었으며 〈젖소부인 바람났네〉는 '애마부인'을 패러디한 대표적인 에로비디오다. 1990년대 중반부터 약 10년 정도 융성하던 에로비디오 시장은 인터넷의 보급과 함께 순식간에 무너졌다. 진짜 포르노 영화를 구할 수 있는 문이 열리자 에로영화는 시시한 볼거리로 전락했다. 진짜에 대한 갈망은 에로영화 시장의 판도를 바꾸었다. 완전히 소멸된 것 같았던 에로영화의 불씨는 2000년대 중반부터 다시 살아나기 시작했고 '젊은 엄마' 시리즈는 에로영화의 인기를 견인했다. 무수히 많은 에로영화가 제작되는 현실에서 '젊은 엄마' 시리즈는 확고한 브랜드로 자리 잡았다. 포르노에 비하면 시시하게 여겨졌던 에로영화의 부활과 과거 쇠퇴의 이유가 동일하는 점은 아이러니다. 성적 환상을 유발하고 성적 흥분을 고조 시키는 기능이 있으면서 풍부한 이야기도 있는 영화에 대한 수요가 다시 살아난 것이다.

에로영화 제목에 엄마, 누나, 처제, 형수 등이 들어간 것은 근친상간이라는 금기를 넘는 쾌감을 자극하기 위해서다. 가족 관계로는 엄마, 누나지만 실은 혈연관계는 아닌 것으로 밝혀지는 것이 대부분이다. 1980년대 '부인'시리즈에 내포된 의미는 누군가의 아내로 정숙하게 살아야 할 여성이 성적 욕망을 갖는다는 점이다. 부인이라는 단어 속에 이미 사회적인 속박이 담겨 있는 셈이다. 부인의 타이틀을 깨고 욕망을 실천하는 여성은 자신에게는 솔직하지만 위험한 인물이었다. '애마 부인' 시리즈는 시간이 가면서 속박에 대해 자유로워지는 경향이 있다. 부인 시리즈가 중년 남성의 성적 판타지를 자극한다면 엄마 시리즈는 청년 세대의 성적 판타지 혹은 여성의 성적 판타지와 더 가깝다. '엄마'는 부인과는 전혀 다른 뉘앙스의 단어다. '젊은 엄마' 시리즈에서 주목할 점은 20대 청년이 젊은 엄마와 성적으로 결합한다는 점이다. 새엄마거나 친구엄마지만 이들 여성들이 엄마의 자리에 있는 것은 맞다. '젊은 엄마' 시리즈에서 엄마와 아들의 관계는 단지 타부의 경계를 넘는다는 것 이상으로 새로운 대안가족관계를 형성하게 된다.

'젊은 엄마' 시리즈의 아들들은 대개 아버지와 둘이 살고 있다. 엄마의 보살핌 없이 자라서 외로운 인물들이다. 영화에서 엄마가 밥을 차려주는 장면이 자주 등장한다. 〈젊은 엄마〉에서 장모는 사위에게 밥을 차려 주고, 〈친구엄마〉에서 친구 엄마는 아들 친구에게 밥을 차려 준다. 1인 가구가 늘어나고 독립해서 사는 젊은 세대가 흔해진 요즘 엄마가 차려주는 집밥은 당연한 것이 아니다. 엄마라는 성적 판타지의 대상과 밥을 해주는 이상적 엄마의 모습이 다 담겨 있는 게 '젊은 엄마' 시리즈의 '엄마'다.

4. 에로영화의 현주소: 〈특이점이 온 영화〉, 〈지워야 산다〉

에로영화가 성행하는 현재 에로영화의 퇴보와 사멸을 걱정하는 목소리들이 들린다. 〈맛있는 섹스 그리고 사랑〉(2003)으로 에로영화도 극장용 영화가 될 수 있다는 걸 보여준 봉만대 감독은 19금 영화 은퇴를 선언했다. 내용을 자세히 보면 진정한 은퇴가 아니라 에로영화가 제대로 대접받고 제대로 된 에로영화를 만들 수 있는 날까지 잠정 은퇴한다는 의미지만 그의 선언은 에로영화 감독의 애환을 일깨워준다.[17] 봉만대 감독이 아쉬워하는 바대로 에로영화에 대한 관객의 선입견이 문제인지 작품 자체의 재미나 완성도 문제인지는 밝히기 어렵지만 에로영화를 굳이 극장에서 볼 필요는 없다는 생각이 일반적이긴 하다. 그렇기 때문에 IPTV는 에로영화의 구원투수 같은 역할을 했다. IPTV는 지역기반 케이블 채널보다 콘텐츠 양이 압도적으로 많고 웹 다운로드 서비스보다 접근성이 좋다. 거실에 앉아 손쉽게 콘텐츠를 검색하고 선택할 수 있는 환경이 마련된 것이다.

[사진3] 영화 〈특이점이 온 영화〉 포스터 [사진4] 영화 〈지워야 산다〉 포스터

IPTV가 광범위하게 보급되면서 에로영화 산업에 투입되는 자본도 많아졌다. 종류를 구별하기도 어려울 만큼 비슷비슷한 에로영화가 쏟아져 나오고 있다. 장모, 엄마, 누나, 처제, 형수 등 금기에 해당하는 여성 인물은 모두 제목으로 소환되었다. 엄마도 젊은 엄마, 친구엄마, 엄

---

17) 봉만대 감독 인터뷰, 『주간동아』, 2017.11.29.

마 친구가 다 동원되고 이제는 러시아 엄마, 일본 엄마 등 다국적 엄마들이 나오고 있다. 아빠, 오빠가 붙은 제목이 별로 없는 것은 에로영화 주 소비층이 남성이라서 그럴 것이라 추정할 수 있다. 그보다 더 근본적으로는 엄마, 누나에 대한 금기의 압력보다 아빠, 오빠라는 관계에 함축된 억압의 강도가 낮기 때문일 것이다.

공자관 감독이 연출하거나 제작한 최근작 두 편에는 현재 한국 에로영화의 한계와 지향점이 모두 담겨 있다. 〈특이점이 온 영화〉(공자관, 2017, 밀크픽처스), 〈지워야 산다〉(이기호, 2017, 밀크픽처스)가 그 두 편이다. 〈특이점이 온 영화〉는 총 3개의 에피소드로 구성된 옴니버스 형식의 영화다. 1화는 '내 아내의 치유법'으로 SM이 소재로 등장한다. 『그레이의 50가지 초상 심연』을 영화 내에서 직접 언급할 정도로 감독은 참고 텍스트로 염두에 둔 것 같다. 2화는 동성애를 다룬 '비누향기', 3화는 '특이점이 온 가족'이라는 막장 드라마다. 특히 3화는 막장 드라마의 모든 요소가 등장한다. 이야기 끝에 밝혀지는 가족의 진실은 겉보기와 실상은 다 다르다는 것이다. 누나가 사실은 엄마였고, 우유 배달하는 옆집 아저씨가 진짜 아빠고, 엄마는 성전환을 해서 남자가 되었다. 아들은 며느리라며 캐릭터가 그려진 등신대 인형을 들고 나온다. 에로영화보다는 포르노에 더 적합한 소재로 보이는 SM, 동성애를 다룬 점이나 사실은 모두 가짜였다는 '병맛'식 결론은 기존 공자관 감독의 영화와 다른 분위기다. 에로영화에 '병맛'을 결합한 새로운 시도다.

〈지워야 산다〉의 남자주인공은 허정민이다. 에로영화의 취약한 점은 인지도 있는 배우들이 출연을 꺼린다는 점인데 허정민이 주인공으로 출연한 것은 이례적이다. 에로영화이긴 하나 수위는 매우 낮은 편이며 주연인 허정민의 안정된 연기 덕분에 전체적인 퀄리티가 높다. 개봉 당시에는 스릴러, 코믹으로 분류되어 있다. 편의점 알바를 하면서 취업을 준비하고 있는 남자주인공은 '혼술'을 하다 우발적으로 '몸캠'을 하게 된다. 간밤에 한 일이 무언지도 기억 못 하는 주인공은 청천벽력 같은 통지를 받게 된다. 자위 장면을 담은 영상을 인터넷에 유포하겠으니 돈을 보내라는 협박문자이다. 이때부터 돈을 구하기 위한 주인공의 필사의 노력이 펼쳐진다. 친구에게 빌리고 현금 서비스를 받고 가불을 하고 온갖 수단과 방법을 다 써보지만 영상을 지우는 일은 점점 요원해진다. 협박범은 계속 더 큰 돈을 요구하고 협박의 강도도 세진다. 지워야 사는 처지가 된 주인공은 완전히 지우는 것은 불가능하다는 걸 알고 자살을 계획한다. 그러다 '생즉사 사즉생'의 결단을 내리고 협박범에게 정면으로 맞선다. 자신의 카톡에 등록된 모든 사람들을 단톡방으로 초대해 자신의 영상을 보내고 자신의 어리석음을 반성하고 곤경을 솔직하고 털어놓은 것이다. 뜻밖에도 지인 다수는 격려의 말을 건넸고 다수는 톡을 열어 보지 않고 퇴장했다.

〈특이점이 온 영화〉, 〈지워야 산다〉는 대표적인 에로영화 제작사인 밀크픽처스가 선보인 최근작들로 공자관 감독이 연출하거나 제작한 작품들이다. 이 두 편에서 최근 에로영화계가 부딪힌 한계와 새로운 시도를 엿볼 수 있다는 점이 흥미롭다.

참/고/문/헌

1. 기본 자료

- 〈젊은 엄마〉 공자관 감독, 골든타이드픽처스 제작, 2013.
- 〈젊은 엄마2〉 노성수 감독, 골든타이드픽처스 제작, 2014.
- 〈젊은 엄마: 내 나이가 어때서〉 김일종 감독, 골든타이드픽처스 제작, 2015.
- 〈젊은 엄마3〉 채길병 감독, 골든타이드픽처스 제작, 2015.
- 〈젊은 엄마4〉 김효재 감독, 골든타이드픽처스 제작, 2016.
- 〈젊은 엄마: 디오리지널〉 정도수 감독, 골든타이드픽처스 제작, 2016
- 〈친구엄마〉 공자관 감독, (주)밀크픽처스 제작, 2015.
- 〈특이점이 온 영화〉 공자관 감독, (주)밀크픽처스 제작, 2017.
- 〈지워야 산다〉 이기호 감독, (주)밀크픽처스, 키노키호 제작, 2017.

2. 참고 자료

- 강병진, 「[감독VS감독] 〈색화동〉 공자관 감독, 스승 이필립 감독을 만나다」, 『씨네21』, 2007.11.22.
- 공자관, 「공자관으로 산다는 것... 더 야하게 뻔하지 않게」, 『한겨레』, 2017. 8. 3.
- 공자관, 「독립영화 쇼케이스: 색화동」, 『독립영화』, 한국독립영화협회, 2008. 1.
- 린 헌트, 『포르노그라피의 발명』, 조한욱 역, 책세상, 1996.

• 마르쿠제, 『에로스와 문명』, 김인환 역, 나남, 1989.

• 박유희, 「'검열'이라는 포르노그래피」, 『대중서사연구』 21(3), 대중서사연구회, 2016.

• 박유희, 「장선우의 외설 논란 영화를 통해 본 포스트 시대 한국영화의 동향」, 『드라마연구』 48, 한국드라마학회, 2016.

• 봉만대, 「인터뷰 봉만대」, 『주간동아』, 2017.11.29.

• 설진아 봉미선, 「IPTV 수용자의 이용행태와 서비스 만족도에 대한 연구」, 『한국언론정보학보』, 2009.5.

• 수잔 헤이워드, 『영화사전』, 이영기 외 역, 한나래, 2012.

• 양건의, 「에로는 에로일 뿐? 쓸데없이 잘 만들어야 쓸 데 생기죠!」, 『브릿지경제』, 2015. 8.7.

• 유병호, 「한국에로비디오의 변천과 발전방향에 관한 연구」, 명지대 석사논문, 2004.

• 이윤종, 「장선우와 에로비디오-1990년대 한국의 전환기 포르노영화」, 『대중서사연구』 22(4), 대중서사연구회, 2016.

• 이윤종, 「한국 에로영화와 일본 성인영화의 관계성: 〈애마부인〉을 중심으로 본 양국의 1970~80년대 극장용 성인영화 제작관행」, 『대중서사연구』 21(2), 대중서사연구회, 2015.

• 조르주 바타유, 『에로티즘』, 조한경 역, 민음사, 2009.

연애, 섹스, 게임

송치혁

1. '썸'과 '그린라이트'의 연애학

언제부터인가, 연애와 섹스는 자연스러운 연결 관계를 갖게 되었다. 20세기 내내 한국사회의 공적담론에서 은폐되었던 섹스(性)가 텔레비전을 통해 공적인 발화의 기회를 얻게 된 것은 분명 이질적인 일이다. 교육으로서의 성, 기혼남녀의 성이 텔레비전을 통해 화제가 된 적은 있지만 20, 30대의 미혼남녀들의 섹스가 자연스러운 웃음의 소재로 활용되는 것은 보수적일 수밖에 없는 방송의 특성상 불가해한 현상으로 보이기까지 한다.[1] 그럼에도 섹스는 2010년대에 들어 연애와

---

1) 텔레비전이 갖는 보수성은 한국 방송의 역사와도 관련되어 있다. 애초부터 방송은 중산층 이상의 지식인들을 대상으로 탄생한 것이었고 불특정다수에게 전파가 용이한 미디어의 특성상 사회적인 통념에 민감하게 반응해야하기 때문이다. 자세한 내용은 이영미, 「1950년대 대중적 극예술에서의 신파성의 재생산과 해체」, 『한국문학연구』 34, 동국대학교 한국문학연구소, 2008, 100~101쪽 참조.

분리되어 설명될 수 없는 관계가 되었고 방송 미디어를 통해 끊임없이 환기되었다.

방송을 비롯한 공적담론에서 섹스에 대한 자연스러운 언급이 가능해진 것은 그리 오래되지 않았다. 텔레비전은 언제나 공익을 선도하고 사회질서를 안정시켜야할 미디어였기에 섹스는 물론 연애 역시 음란하고 저속한 것으로 다루어져왔다. 직접적인 언급이 금지된 것은 당연하거니와 공공성과 계도성에 어긋난다고 보이는 프로그램은 정권의 표적이 되었기 때문에 섹스는 마치 불가침의 영역처럼 여겨져왔다. 비단 섹스의 문제뿐만 아니라 연애 역시 사회계도의 측면에서는 저속의 상징과도 같았다. 미혼 남녀의 연애가 텔레비전을 통해 방송된다는 것은 정권의 견제는 물론 시청자들의 반발을 살 수 있는 것이었다.

이러한 흐름 속에서 2013년부터 2015년까지 종합편성채널 JTBC에서 방송된 〈마녀사냥〉은 연예인과 칼럼니스트 등을 섭외하여 연애의 시작에서부터 섹스에 이르기까지의 연애를 솔직하게 다루어내며 큰 인기를 얻었다. 진행자들이 섹스에 대한 잡담을 자연스럽게 소화해내는 것과 더불어 시청자들이 보낸 사연을 성적인 농담(섹드립)을 섞어가는 것이 프로그램의 방향이었다. 섹스는 거북하거나 혐오스러운 것이 아닌 아름다운 연애의 과정으로 그려졌다. 〈마녀사냥〉이 촉발한 변화는 한국 예능프로그램의 역사에서 돌출 지점이었으며 동시에 사회적으로도 독특한 현상을 이끌었다는 점에서 주목을 요한다.

반면 한국 예능프로그램의 역사에서 섹스는 물론 연애가 주목을 요했던 경우는 찾아보기 힘들다. 강태영과 윤태진은 한국 예능프로그

램을 가요, 코미디, 퀴즈쇼, 토크쇼, 게임, 경연으로 분류했다.[2] 이들은
1950년대부터 1990년대까지 한국 예능프로그램을 총체적으로 다루
고 있지만 새롭게 등장한 연애 관련 프로그램을 따로 분류하고 있지
않고 있다. 전규찬과 박근서[3]는 한국의 예능프로그램을 정부의 태도,
방송주체의 대응, 시청자의 반응 등으로 다양하게 논의했다. 하지만
예능프로그램의 전반적인 특성에 대한 분석을 중심으로 논의를 전개
하고 있기에 연애 예능프로그램에 대한 독자적인 논의는 찾아보기 힘
들다.

　이처럼 예능프로그램의 역사적 논의에서 연애와 섹스는 예이저인
것으로 다루어졌고 〈마녀사냥〉이 가져온 새로운 분위기는 돌출적인
현상처럼 보였다. 앞서 언급했듯이 〈마녀사냥〉이 가져온 성담론의 활
성화는 분명 특기할만한 현상이었다. 이에 따른 논의는 크게 두 가지
로 볼 수 있는데 신자유주의 사회에서 연애의 문제와 젠더 분류에 따
른 성담론의 보수성이 그것이다. 김정영　이성민　이소은[4]과 이명원[5]
의 논의가 전자라면 김주은[6]의 논의는 후자에 속한다. 이와 같은 분석
은 '88만원 세대'라는 신조어의 등장과 함께 신자유주의시대의 청년
이 서있는 좌표를 경유하는 것과 궤를 같이 한다.[7] 이들은 공통적으로

---

2) 강태영 · 윤태진, 『한국 TV 예능 · 오락 프로그램의 변천과 발전』, 한울아카데미,
　 2002, 92~138쪽.
3) 전규찬 · 박근서, 『텔레비전 오락의 문화정치학』, 한울아카데미, 2003.
4) 김정영 · 이성민　이소은, 「'나'의 성장과 경험으로서 연애의 재구성」, 『미디어, 젠더
　 & 문화』 29(3), 한국여성커뮤니케이션학회, 2014.
5) 이명원, 「연애 불가능의 풍속」, 『문화과학』 69, 문화과학사, 2012.
6) 김주은, 「탈주하는 섹슈얼리티? 재영토되는 성담론: 〈마녀사냥〉을 중심으로」, 『여/
　 성이론』 31, 도서출판여이연, 2014.
7) 엄기호, 『이것은 왜 청춘이 아니란 말인가』, 푸른숲, 2010, 144~163쪽.

불능에 빠진 청년들의 연애를 신자유주의의 토대에서 일어난 후기 근대적 개인성의 실천으로 지적한다. 때문에 〈마녀사냥〉이 보여준 섹스에 대한 자유로운 태도는 재영토화의 방식으로 남성중심 성담론으로 봉합[8]되는 특성을 보여준다. 결국 청년세대의 연애와 섹스는 사회적 경제적 조건과도 결부[9]되어 있다는 것이다.

하지만 논의의 대부분이 비평의 수준에서 이루어지고 있고 청년세대의 경제적 조건을 집중된 나머지 한국 예능프로그램의 전반적인 흐름이 고려되고 있지 않다는 점에서 한계를 보이고 있다. 기실 〈마녀사냥〉이 불러일으킨 사회적 현상이 일회적인 이벤트를 넘어 연애담론의 지형도를 변화시켰다는 점에서 사회적으로 결여의 위치에 서있던 청년들의 연애가 실상 다른 방향에서 성립되고 있는 것은 아닌지 돌아볼 필요가 있다는 것이다. 중요한 것은 섹스를 대하는 청년들의 태도가 무엇을 경유하여 어디로 향하고 있는지에 대한 통시적인 시각이다. 섹스 자체에 대한 소비보다 동시대 청년들이 연애에 대해 가지는 태도, 즉 일상에서 겪는 연애의 '리얼'한 감각을 텔레비전의 예능프로그램이라는 방식으로 어떻게 소비하고 있느냐의 문제로 보아야 한다는 것이다.

이 글은 〈마녀사냥〉 이후 청년세대의 연애와 섹스를 텔레비전 예능프로그램이 어떠한 태도로 다루고 있는지를 살펴보고자 한다. 이를 위해 미혼 남녀의 연애를 다룬 한국의 예능프로그램을 취합 정리하여 그 변천을 짚어내고 〈마녀사냥〉과 함께 섹스와 연애의 담론지형이

---

8) 김주은, 앞의 글, 232쪽.
9) 김정영 이성민 이소은, 앞의 글, 75~76쪽.

어떻게 변화하는지를 살펴보는 것이 목적이다. 섹스를 둘러싼 청년세대의 감정적 재질서화[10]를 통해 달라진 연애의 지형도를 가늠할 수 있을 것이다.

2. '사랑의 역사'로서의 텔레비전

텔레비전에서 청년의 연애가 그려진 것은 그리 오래된 일은 아니다. 주지하다시피 텔레비전 예능프로그램에서 가장 중요한 것은 공연성이었다. 오락과 여가를 주목적으로 하는 텔레비전 예능프로그램이 공영성을 가져야한다는 것은 일견 모순처럼 보이지만 국가주도 상업성의 결과로 태어난 한국 방송의 특성상 자연스러운 것이다.[11] 박정희 정권 내내 오락과 퇴폐의 경계를 넘나들던 예능프로그램이 소재의 선택에서부터 압력을 받는 것은 당연한 결과이기도 하다. 인기 코미디 프로그램이 조기종영 등의 피해를 보았던 것도 공영성의 잣대를 필요에 따라 적용시키던 정권의 영향력 때문이다. 이러한 상황에서 미혼 남녀의 연애나 섹스를 소재로 삼는다는 것은 불가능에 가까운 것이다. 선행연구들의 분류에서 연애 예능프로그램이 주목을 못 받게 된 것은 한국 예능프로그램이 갖는 태생적인 조건에서 비롯된 것이기도 하다. 연애라는 소재는 언제든지 퇴폐로 지적받을 수 있는 가능성을 가지고 있었다. 일반인들이 자신의 연애를 사실적으로 드러낸다는 것

---

10) 앤소니 기든스, 『현대 사회의 성 사랑 에로티시즘』, 배은경 황정미 옮김, 새물결, 1996, 80쪽.
11) 강태영 윤태진, 앞의 책, 55쪽.

은 그 자체로 정권의 표적이 될 만한 위험성을 지니고 있는 것이다.

그렇게 보자면 연애가 텔레비전 예능프로그램의 주된 관심사로 떠오른 시기가 언제인가의 문제는 흥미롭다.

〈표 1〉 미혼남녀의 연애를 소재로 한 지상파 예능프로그램 목록[12]

	프로그램 제목	방송사	방송시기
1	사랑 만들기	SBS	1992
2	사랑의 스튜디오	MBC	1994~2001
3	TV 미팅 청춘은 아름다워	SBS	1994
4	이브의 성- 사랑의 힘	MBC	1999
5	남희석 이휘재의 멋진 만남	SBS	1999~2000
6	자유선언 오늘은 토요일 - 서바이벌 미팅	KBS	1999~2001
7	행복남녀	KBS	2000
8	접속 해피타임	KBS	2000
9	러브게임- 클럽싱글즈	SBS	2000
10	기분좋은 밤- 결혼할까요	SBS	2000~2001
11	목표달성 토요일- 애정만세	MBC	2000~2002
12	야한 밤에 - 노총각 파티	KBS	2000
13	야한 밤에- 러브콘티	KBS	2001~2003
14	강호동의 천생연분	MBC	2002~2003
15	리얼로망스 연애편지	SBS	2004~2006
16	산장미팅 장미의 전쟁	KBS	2005

---

12) 이 목록은 강태영 · 윤태진, 앞의 책, 162~554쪽의 프로그램 정리표를 기준으로 작성한 것이다. 강태영 · 윤태진은 1999년까지의 목록만 정리했기에 2000년 이후 제작 방송된 프로그램은 직접 조사 정리한 것이다.

17	좋은 사람 소개시켜줘	KBS	2005~2006
18	스친소 서바이벌	MBC	2008~2009
19	골드미스가 간다	SBS	2008~2010
20	짝	SBS	2011~2014
21	우리 결혼 했어요	MBC	2012~2017
22	마녀와 야수	KBS	2015
23	썸남썸녀	SBS	2015
24	미안하다 사랑하지 않는다 -남사친 여사친	SBS	2017
25	잔혹하고 아름다운 연애도시	SBS	2017
26	로맨스 패키지	SBS	2018

위의 표는 한국 텔레비전 방송에서 미혼 남녀의 애정을 다룬 지상파 예능 프로그램을 정리한 것이다.[13] KBS 설립이후 공영 텔레비전방송 초창기에는 남녀 간의 애정을 다룬 예능 프로그램은 찾아보기 힘들었다. 앞서 언급했듯이 공영성이라는 정권의 자의적 기준에서 자유로울 수 없었던 예능프로그램의 특성상 퇴폐의 가능성을 가지고 있는

---

13) 이 글은 연애 예능프로그램을 한국사회의 관념 안에서 통용되는 청춘 이성 남녀의 일대일 관계를 다룬 것으로 보고 있다. 한국사회에서 텔레비전이 가지는 미디어적 특성을 고려할 때 "생산과 재생산의 지속적 과정 속에서 사회 구조를 유지하는 수단"이 되어야만 한다. (존 피스크, 『텔레비전 문화』, 곽한주 옮김, 컬처룩, 2017, 65쪽) 즉 사랑이나 연애, 섹스의 예능화는 기성 질서의 관념 속에서 이루어지는 '만남-연애-결혼'의 계열화를 통해 가능했다는 것이 이 글의 입장이며 분류의 기준이다. 따라서 연인들 간의 파국을 관찰카메라를 통해 실험하는 〈연애불변의 법칙〉이나 짜여진 대본을 통해 동거의 가상성을 그린 〈나는 펫〉, 감정적 교류 보다 스펙과 자본의 유무, 특정조건을 중요 기준으로 삼는 〈미스매치〉, 〈이론상 완벽한 남자〉 등은 본 표에서 제외되었다. 또한 재혼이나 중년의 연애를 다룬 〈님과 함께〉, 〈불타는 청춘〉 등의 프로그램도 역시 포함되지 않았다. 이러한 프로그램들은 추후 가상, 관찰, 자본 등의 키워드를 통해 또 다른 논의로 이어지길 기대해본다.

연애는 자연스럽게 제작에 있어서 고려대상이 아니었다. 섹스의 문제
는 더욱 자명했다. 보수적인 사회 분위기 상 섹스를 공적 미디어에서
발화하는 것은 불가능에 가까운 일이었다. 부부생활에서 생기는 문제
를 상담형식으로 풀어내는 프로그램이 더러 존재하긴 했지만 미혼의
청춘 남녀가 출연해 연애와 섹스에 대한 프로그램을 진행한다는 것은
어려운 일이었다.

　연애가 예능프로그램의 주요 소재로 등장한 것은 1992년이었다.
SBS에서 방송된 〈사랑 만들기〉는 미혼 남녀들이 게임과 야영을 통해
공개미팅을 표방했다.[14] 연예인이 아닌 평범한 미혼남녀가 연애를 전
제로 짝짓기를 진행하는 것이 〈사랑 만들기〉의 진행방식이었다. 이와
함께 MBC에서 방송된 〈사랑의 스튜디오〉 역시 대학생 및 직장인 남
녀를 스튜디오로 초청하여 퀴즈와 게임을 통해 짝을 이루는 진행을
선보였다.[15] 이 두 프로그램의 등장은 연애 예능프로그램의 본격적인
시작을 알리는 것이었다. 〈사랑의 스튜디오〉의 성공과 함께 미혼남녀
들의 짝짓기가 이들의 적극적인 사랑 표현과 함께 실제 커플로 연결되
는 과정을 살펴보는 것이 짝짓기 프로그램이 가진 중요한 특징이다.

　〈사랑 만들기〉가 처음 방송된 1992년은 트렌디 드라마가 최초로 방
송된 해이기도 하다. 신세대 청년들의 사랑이 텔레비전드라마에서 새
로운 감각으로 그려지며 전방위적인 감각의 전환을 예고했다.[16] PD가
밝히고 있듯이 〈사랑 만들기〉는 청춘남녀의 짝짓기 "과정을 통해 시

---

14) 「청춘남녀 미팅프로 MC 변신」, 『동아일보』, 1992.8.2.
15) 「강심장 젊은 남녀가 펼치는 공개 짝짓기」, 『동아일보』, 1995.1.5.
16) 이영미, 『요즘 왜 이런 드라마가 뜨는 것인가』, 푸른북스, 2008, 21쪽.

청자들에게 젊은이들의 발랄한 모습과 사고방식의 단면을 보여"[17] 주는데 주력하고 있었다. 따라서 연애 예능프로그램의 제작의도와 함께 이를 바라보는 시선은 짝짓기를 통해 신세대의 적극적이고 긍정적인 태도에 머무르게 된다. 트렌디드라마가 그랬듯이 예능프로그램이 그려내려 했던 것은 청년들의 신선한 연애 양상이다. 이때 저속성을 탈피해주는 것은 청년들의 수평적 관계에서 오는 건전한 연애이며 결혼을 통해 성공적으로 사회에 안착할 수 있다는 믿음이다.

짝짓기는 이후 연애 예능프로그램의 기본적인 구조가 되었다. 〈표 1〉에서 볼 수 있듯이 2000년대까지 활성화되는 지상파의 연애 예능프로그램은 일반인, 혹은 연예인을 섭외하여 짝짓기를 좀 더 다양한 형태로 바꾸어 놓은 것이다. 이 때 집중되는 것은 만남의 주선을 통해 결혼의 과정으로 이어지는 사회적인 형태이다. 연애 예능프로그램에서 보여주는 짝짓기는 사적인 행위인 연애를 개방된 공적 미디어로 투사시키는 과정을 띄고 있다. 그런 점에서 짝짓기를 위시한 연애 예능프로그램은 공영성을 다분히 의식하여 연애=결혼이라는 사회적인 공식의 재연을 포기하지 않았고 이러한 흐름이 끊이지 않고 이어지는 것은 자연스러운 현상이다. 2000년대 이후로 넘어가면서 여행, 게임, 관찰 등의 요소가 혼합되어 연애 예능프로그램의 종류가 다양하게 늘어났지만 근본적 구성이 짝짓기라는 점은 변하지 않는다.

한편 2000년대 이후 케이블 채널의 부상은 연애 예능프로그램의 급격한 변화를 가져왔다.

---

17) 「젊은이의 발랄한 짝짓기」, 『동아일보』, 1992.8.30.

〈표 2〉 미혼남녀의 연애를 소재로 한 케이블 및 종편 예능프로그램 목록

	프로그램 제목	방송사	방송시기
1	아찔한 소개팅	Mnet	2006~2012
2	상상연애대전	JTBC	2012~2013
3	마녀사냥	JTBC	2013~2015
4	로맨스가 더 필요해	tvN	2014
5	오늘밤 어때	TRENDY	2014
6	로맨스의 일주일	MBC every1	2014~2017
7	나홀로 연애중	JTBC	2015
8	5일간의 썸머	JTBC	2015
9	솔로워즈	JTBC	2016
10	하트 시그널	채널A	2017~2018
11	나만 빼고 연애중	SBS plus	2017
12	내 사람 친구의 연애	Mnet	2017
13	어쩌면 오늘은 선다방	tvN	2018
14	러브캐처	Mnet	2018
15	연애의 참견	KBS Joy	2018
16	로맨스 튜토리얼	OGN	2018

위의 표에서도 볼 수 있듯이 케이블 및 종편채널을 통해 방송된 연애 관련 예능프로그램은 사뭇 다른 양상을 보인다. 일반인들의 일 대 다 미팅을 자극적이고 선정적인 편집으로 연출한 〈아찔한 소개팅〉을 제외하면 케이블 및 종편채널에서 연애 예능프로그램이 대두되는 시기는 2010년 이후이다. 실험적인 파일럿 프로그램들(〈상상연애대전〉, 〈솔로워즈〉)를 논외로 친다면 새로운 연애 예능프로그램을 이끄는 것은 단연 〈마녀사냥〉이다. 〈마녀사냥〉은 기존의 짝짓기 구성을 벗어나 현실 연애의 다양한 상황들을 진행자들의 토크를 통해 풀어간

다. 진행자들은 섹스 역시 연애의 자연스러운 과정임을 강조하며 현실적 연애의 조언을 아낌없이 풀어낸다. 〈표 1〉에서 볼 수 있듯이 지상파의 연애 예능프로그램은 섹스를 은폐시킨 연애의 양상을 주로 다루고 있다. 〈우리 결혼했어요〉의 경우 미혼의 연예인들에게 가상의 짝짓기를 통해 연애가 생략된 가상결혼을 그리고 있다. 생략된 결혼으로 대체되면 섹스는 물론 스킨십이 시도되는 것조차 조심스럽게 다뤄진다.

　그렇게 보자면 〈마녀사냥〉의 섹스에 대한 솔직한 발화는 케이블과 종편이라는 좀 더 자유로운 방송 환경 속에서 가능해진 것임을 알 수 있다. 또한 이들이 발화하는 섹스가 혐오감 없이 시청자들에게 받아들여질 수 있는 것은 연애의 한 양태로 자연스럽게 받아들여질 감정적 구조가 마련되었다는 의미이기도 하다. 이는 리얼리티가 예능프로그램의 촉발된 변화이기도 하다. 연애 역시 예능프로그램의 소재로 채택되면서 리얼리티를 중시하는 방향으로 다루어졌다.[18] 〈마녀사냥〉이 기존의 연애 예능프로그램과 다른 점은 섹스를 다룬다는 사실에만 있지 않다. 〈마녀사냥〉은 섹스를 청년세대의 것으로 인식하는 동시에 이를 결혼이 아닌 연애의 현실적인 문제 속에서 촉발되는 것으로 다룬다. 즉 기존의 연애 예능프로그램들이 사회적으로 구축된 '만남-연애-결혼'의 계열화를 짝짓기를 통해 반영하고 있다면 〈마녀사냥〉은 '만남-섹스-연애', 혹은 '만남-연애-섹스'라는 계열화로 이를 변주하면서 재조직하고 있는 셈이다. 시청자들이 〈마녀사냥〉에 열광했던 것

18) 홍지아, 「리얼리티 프로그램의 서사전략과 낭만적 사랑의 담론」, 『한국방송학보』 23(3), 한국방송학회, 2009, 573쪽.

은 연애가 가진 현실성을 기존의 관념과는 다른 토대에서 인식하고 있었기 때문이다.

이는 곧 2010년 이후 청년세대가 겪는 연애의 조건이 달라졌음을 의미한다. 결혼과 출산이 정상적인 절차로 여겨지던 시대가 지나갔으며 경제적 조건과 현실적 제약에 따라 결혼에 대한 시도 자체가 생존/낙오의 영역으로 이동했음을 의미한다.[19] 따라서 청년세대에게 연애는 결혼에 이르는 과정이 아니라 경쟁을 통해 생존과 낙오를 가르는 경계선과도 같다. 짝짓기를 생략한 상담과 조언 형태의 토크쇼 형식이 연애 예능프로그램으로 가능했던 것은 생존의 영역으로 연애가 수용되었기 때문이라고 할 수 있다. 연애는 생존의 얼굴을 하고 있는 셈이다. 따라서 〈마녀사냥〉이 시청자들의 호응을 이끌어낼 수 있었던 것은 연애를 낭만에서 생존으로, 즉 분석을 통해 해부될 수 있는 영역으로 이동시켰기 때문이다. 그런 점에서 〈마녀사냥〉은 기존 연애담론이 가지고 있는 현실적 제반 조건들이 청년세대를 중심으로 변화해가고 있다는 징후적인 흔적에 가깝다.

정리하자면 연애 예능프로그램은 텔레비전 드라마가 주는 잘 만들어진 이야기가 주는 효과를 넘어 현실의 관계에서 이루어지는 미묘한 감정을 해석하고 인지하는 방향으로 발전해왔다. 특정한 현실성을 담지 하는 예능프로그램의 장르적 특성[20]상 시청자들이 텔레비전을 통해 보고자 했던 것은 사회와 현실에 기대어 있는 현실적 연애 경험의 공유이다. 〈마녀사냥〉의 등장은 이 경험에 대한 시청자들의 관념이

---

19) 김홍중,『사회학적 파상력』, 문학동네, 2016, 269쪽.
20) 전규찬·박근서, 앞의 책, 71쪽.

전환점을 맞이했다는 의미라고도 볼 수 있다. 결국 텔레비전이 연애 예능프로그램을 통해 구축한 '사랑의 역사'는 연애와 결혼의 경계에서 섹스라는 방법론을 통해 현실을 가늠하는 방향으로 이동해왔던 것이다.

3. 이야기된 섹스, 연애의 재구축

〈마녀사냥〉의 등장은 가장 사적인 영역인 섹스가 공적인 미디어를 통해 발화된 불온함에 가까웠다. 〈마녀사냥〉이 쏟아낸 섹드립과 진행자들을 통해 그려진 연애의 지형도는 시청자들의 관심을 이끌어냈고 인터넷 등을 통해 청년세대에게 큰 호응을 끌어냈다.[21] 실제 이 프로그램에 반응했던 시청자들은 20~30대의 미혼 청년들이었다. 이들은 자신들이 직접 겪는 섹스의 애로사항을 직접적인 조언을 통해 해결하고 싶어 했고 이를 위해 프로그램에 직접 출연하여 솔직한 경험담을 공유하기도 한다.

흥미로운 점은 〈마녀사냥〉이 다루는 섹스가 독립적인 것처럼 보이지만 기실 연애의 문제에서 비롯된 고통에 가깝다는 사실이다. 연애의 최전선에 위치한 20~30대의 청년들이 겪는 가장 현실적인 문제, 즉 연애의 성공여부와 관련된 조언의 형태를 취하고 있다는 것이다.

---

21) 「'마녀사냥' 3.7% 자체 최고 시청률 경신 '대세 입증'」, 『파이낸셜뉴스』, 2014.1.18.

〈표 3〉〈마녀사냥〉의 코너 구성

1	너의 곡소리가 들려 → 그린라이트를 켜줘 → 마녀재판
2	너의 곡소리가 들려 → 그린라이트를 켜줘 (이원 생중계) → 그린라이트를 꺼줘
3	너의 곡소리가 들려 → 그린라이트를 켜줘 (이원 생중계) → 너의 톡소리가 들려

위의 표는 〈마녀사냥〉의 프로그램 구성 변화를 정리한 표이다. 〈마녀사냥〉은 크게 1부와 2부로 나누어 진행되었다. 남성 출연진으로 이루어진 진행자들이 1부는 라디오 부스를 연상시키는 세트에서 토크를 통해 진행된다. 2부는 다른 출연자들과 방청객을 초청하여 스튜디오에서 진행된다. 1부와 2부는 각기 다른 구성을 취하고 있지만 연애에 대한 조언을 기초로 하고 있다는 점에서 동일하다. 구성과 주제가 유동적이던 〈마녀사냥〉이 초창기에 사회적인 화제가 될 수 있었던 것은 섹스를 공적으로 발화했다는 사실 때문이다. 하지만 프로그램이 장기적인 생명력을 획득할 수 있었던 것은 섹스가 청년세대가 맞닥뜨리는 연애의 곤란함을 정면에서 돌파했기 때문이다.

〈사진 1〉〈마녀사냥〉 6회

〈사진 2〉〈마녀사냥〉 6회

위의 사진은 〈마녀사냥〉 6회 중 '그린라이트를 켜줘'의 한 장면이다. 사연 신청자는 직장 상사의 행동이 그린라이트가 맞는지를 묻고

있는데 반해 진행자들은 직장 상사의 신체 스타일을 상상하며 자신들
의 경험에 비추어 주관적인 해답을 내놓는다. 종영 때까지 계속된 '그
린라이트를 켜줘'는 〈마녀사냥〉의 주된 형식이자 근간을 이루는 코너
이다. 즉 '시청자의 사연-진행자들의 농담-사연에 대한 피드백'이 〈마
녀사냥〉의 전체를 아우르는 구성인 셈이다. 섹스 역시 이러한 상황에
서 오는 곤란함의 한 종류일 뿐이다. 〈사진 2〉는 스킨십 시도에 어려
움을 겪는 사연자의 해답을 거리를 지나가는 일반인에게 직접 물어보
는 '이원생중계'의 한 장면이다. 사진에서도 볼 수 있듯이 여성 청년은
스킨십의 시도에 있어 솔직하게 표현하는 것이 중요하다면서 자신의
경험을 이야기한다. 이 발언을 들은 진행자들이 과도하게 기뻐하는
모습은 섹스가 은밀한 개인의 영역에만 속하지 않음을 회화화시킨 형
태로 표현하는 것이라 볼 수 있다. 스튜디오 안에서의 나누어지는 은
밀한 섹스가 거리로 나가 수많은 타인들과 마주치는 순간 섹스가 가
지고 있는 의미는 변하게 된다. 기실 〈사진 1, 2〉 뿐만 아니라 종영까
지 〈마녀사냥〉은 일관적인 구성으로 프로그램을 진행해나갔다. 프로
그램의 인기가 높아질수록 '이원생중계'가 확대되면서 섹스는 모두의
문제로 전환되었다. 스튜디오 안에서 이루어지는 사적 경험담의 전방
위적인 공유는 나의 섹스가 모두의 연애로 바뀌는 순간에 대한 〈마녀
사냥〉만의 해석인 셈이다.[22]

〈마녀사냥〉이 이야기하는 섹스는 연애의 현실을 경유하는 것이다.
이는 곧 섹스에 있어서 중요한 것은 썸과 그린라이트를 통해 끊임없

---

[22] 이러한 흐름이 시청자들의 폭발적인 호응으로 이어지면서 영화나 텔레비전드라
마에 등장하는 캐릭터의 연애방식을 분석하는 코너 '마녀재판'이 '그린라이트를
꺼줘'로 대체되었던 것은 당연한 수순이다.

이 연애의 가능성을 타진해야한다는 사실이다. 〈사진 1, 2〉와 같이 은밀한 개인의 연애를 공적 미디어의 장으로 끌고 나왔다는 것은 불확실한 연애의 양상을 좀 더 객관적으로 이해해야 한다는 것을 의미한다. 흥미로운 사실은 객관적인 인식의 근거가 섹스라는 점이다. 섹스가 진행자들에 의해 능력을 과시하는 도구가 되거나 연애에서 중요한 조건으로 여겨지는 것도 이 때문이다. 진행자들이 서로의 성기 크기나 지속 시간을 비교하는 것은 섹스를 통해 연애의 성패를 가를 수 있다는 사실을 의미한다.

때문에 자신의 능력을 끊임없이 과시하는 것만이 섹스의 불안으로부터 주체를 구제할 근거를 제공한다. 〈마녀사냥〉이 그리는 섹스는 계발되어야할 '자기의 영역'[23]이지만 동시에 타인의 인정을 경유해야만 완전해지는 영역이 된다. 연애의 불확실성과 섹스의 불안은 자기계발을 통해 극복되어 타인에게 전시되어야하는 영역으로 진입한다. 청년세대에게 섹스가 감정보다 합리성으로 해석되어야하는 이유도 이 때문이다.

따라서 섹스는 필수적으로 계발되어야하는 연애의 테크닉이며 동시에 해석이 가능해야하는 과학의 영역[24]에 위치하게 된다. 나를 불안감에서 해소시켜주는 것은 해석되어야할 타인의 인정이다. 〈마녀사냥〉에서 보이는 감정을 토대로 하는 연애를 분석 가능한 이성의 영역으로 끌고 오는 것은 불안정함이 주는 공포를 해소하기 위함이다. 때

---

23) 에바 일루즈, 『사랑은 왜 아픈가』, 김희상 옮김, 돌베개, 2013, 16~17쪽.
24) 이때의 과학은 자연과학이라기보다는 수많은 통계자료와 개인의 경험을 경유한 사회과학에 가깝다. 베스 L. 베일리, 『데이트의 탄생』, 백준걸 옮김, 앨피, 2015, 30~31쪽.

문에 섹스는 나의 문제가 아닌 모두의 문제여야만하며 비로소 해석이
가능한 분석대상이 될 수 있는 것이다.

썸과 그린라이트에 대한 고민에서 자유로워질 수 없는 것은 자기
증명의 유예, 즉 불안정한 감정적 상태가 지속되기 때문이다. 〈마녀사
냥〉이 강조하듯 연애하는 주체는 자기계발을 통해 나의 성장을 완성
해가는 실천을 통해 경험을 가져야만 한다.[25] 하지만 불투명한 상대의
주변을 배회하며 끊임없이 진심을 확인하고 싶어 하는 나의 욕구는
자기증명에 대한 의도적인 지연에 가깝다. 이는 곧 상대와의 관계에
거리를 확보함으로써 감정적 우위를 확보하기 위함이며 이를 통해 안
전한 상태를 유지하고자 하는 욕구가 담겨있다. 따라서 나의 성장은
타인의 인정을 통해서만 가능해진다.

몰입하는 연애의 가능성은 끊임없이 유예되어야하며 이를 통해 나
는 안전한 영역에 머무를 수 있다. 공적 미디어를 통해 불특정 다수에
게 공유되는 보편적인 연애의 경험은 주체의 불안을 무마시키는 효과
를 가져 오며 가장 안전한 방법으로 불안정한 '나'의 위치를 끊임없이
확인하려는 시도에 가깝다. 썸과 그린라이트를 통해 해석되는 연애는
주체를 감정권력[26]의 작동을 유리하게 전환시키기 위한 또 다른 돌파
구다. 해석과 분석을 통해 감정권력의 우위에 서려는 욕망, 이 욕망은
현실적 기반 위에서 청년세대가 연애를 선택하는 방법이기도 하다.[27]

---

25) 김정영·이성민·이소은, 앞의 글, 74쪽.
26) 에바 일루즈, 앞의 책, 206쪽.
27) 그런 면에서 〈마녀사냥〉은 육체적 매력과 지적능력, 경제적 기반을 과시하는 짝짓
 기 예능프로그램의 그것과는 다르다. 연애의 피드백에 있어서 이런 요소들이 중
 요하게 작용하긴 하지만 그것보다 중요한 것은 연애의 해석을 통해 획득한 합리
 적 판단이 감정권련의 우위를 실제적으로 확보해줄 수 있다는 믿음이다.

결국 〈마녀사냥〉 이후 연애/섹스에 대한 담론은 자본주의 이후의 세계 속에서 '나'의 위치를 탐색하려는 시도에 가까워진다. 때문에 가장 사적이고 개인적인 섹스는 과감하게 텔레비전 안으로 끌어들일 수 있었던 것은 사회적 분위기의 변화와 더불어 질서에 대한 위반과 안전에 대한 욕구가 〈마녀사냥〉 이후 섹스를 경유한 연애담론의 변화를 보여주고 있다.

4. 게임화하는 연애

주지하다시피 2010년대의 한국 사회에서 연애와 섹스는 청년세대에게 있어 해석이 필요한 과학의 영역에 자리 잡고 있다. 불투명한 감정의 영역인 연애를 해석 가능한 이성의 질서 속으로 몰아넣는 것은 사회적인 변화와 함께 청년을 둘러싼 근본적인 환경이 유동하고 있음을 말해주고 있다. 실질적으로 이러한 변화 속에서 청년들이 연애를 향유하는 방식 역시 근본적인 변화를 겪고 있다. 〈마녀사냥〉에서 자유로운 섹스의 경험을 공유하던 청년의 연애가 이후 게임화를 통해 새로운 국면을 열어가는 양상은 매우 흥미로운 현상이다.

위의 사진은 JTBC의 예능 프로그램 〈나홀로 연애중〉[28]은 미혼 연예
인들을 스튜디오로 초청하여 분리된 공간을 제공하고 미리 제작된 영
상을 시청하며 연애 상황에서 흔히 일어날 법한 상황을 설정해 선택
지를 고르는 UI(User Interface)를 제시한다. 〈사진 2〉에서처럼 출연
자들은 스튜디오에서 비디오를 시청하다가 특정한 상황이 되면 주어
진 선택지를 통해 화면 속 인물과의 연애를 시도한다. 〈나홀로 연애
중〉이 제시하는 UI의 화면구성처럼 연애는 객관식 문제처럼 선택 가
능한 확실성의 영역에 위치하게 된다. 화면 속 인물은 모두가 보고 있
는 것이지만 동시에 개인에게만 보이는 은밀한 장면이기도 하다. 출
연자들은 자신이 옳다고 생각하는 선택을 하고 이에 따라 미리 연출
된 상대의 반응을 보게 된다. 비디오 게임의 한 장면을 차용하여 만들
어진 〈나홀로 연애 중〉의 UI는 누구나 겪을법한 연애의 상황을 객관
적인 방식으로 전환시켜 독특한 의사소통의 장을 형성해낸다.

　게임은 몰입과 선택을 통한 자기 서사화의 미디어지만, 한편으로
플레이어의 외부자적 위치가 끊임없이 환기되는 메타적인 미디어[29]
이다. 화면을 통해 구성된 UI는 실제 영상을 기초로 하고 있음에도 출
연자들과 직접적인 관계를 맺지 않는다. 화면 속 인물은 스튜디오에
등장하지 않으며 오로지 화면 속에서만 존재한다. 플레이어로 초청된
출연자들은 스튜디오 안의 서로와 소통할 뿐 화면 속 대상과는 소통
하지 못한다. 〈나홀로 연애 중〉의 UI는 연애에 대한 몰입을 플레이어

---

28) 〈나홀로 연애 중〉은 2012년 방송된 〈상상연애대전〉의 후속작이다. 하지만 〈상상
　　연애대전〉은 연애고수라고 자칭하는 남성 출연자들이 자신의 연애 실력을 과시하
　　는 형식을 취하고 있다는 점에서 〈나홀로 연애 중〉과는 다른 결을 보인다.
29) 아즈마 히로키, 『게임적 리얼리즘의 탄생』, 장이지 옮김, 현실문화, 2012, 128쪽.

의 시점에서 요구하면서 커뮤니케이션의 방향을 연애 상대가 아닌 불특정 다수의 플레이어들에게로 이동시킨다.

게임화된 연애를 통해 플레이어가 느끼는 경험은 실제 연애를 통해 얻을 수 있는 것과는 다른 커뮤니케이션의 경험이다. 〈나홀로 연애 중〉에서 특정한 문제가 제시된 이후 각각의 출연자들이 자신의 연애 경험을 공유하고 답을 내놓는 장면은 화면 속 연애 이야기 보다 이것이 환기시키는 출연자(플레이어)의 경험이 중요해진다. 게임을 통한 연애의 메타적 경험은 곧 주체(플레이어)의 이야기를 분리해내어 또 다른 의사소통 장을 형성한다.[30] 〈나홀로 연애 중〉에서 활용한 게임이란 결국 UI의 구성을 통해 가상의 이야기에 몰입하게 만드는 것이기도 하지만 특정한 커뮤니케이션의 장을 형성하여 플레이어 간의 경험을 연결시키기 위함이다.

〈사진 4〉 〈마녀사냥〉의 〈너의 톡소리가 들려〉   〈사진 5〉 〈로맨스가 더 필요해〉의 〈썸톡고시〉

〈사진 4, 5〉는 스마트폰의 등장으로 대중화된 SNS(카카오톡 등)를 활용한 〈마녀사냥〉과 〈로맨스가 더 필요해〉의 장면이다. 두 프로그램 모두 기존의 토크쇼 방식을 차용하고 있긴 하지만 특정한 연애의 상

---

30) 아즈마 히로키, 앞의 책, 129쪽.

황을 설정하고 출연자와 방청객, 시청자의 참여를 유도한다. 〈로맨스가 더 필요해〉는 가상의 상황을 상정하여 이에 가장 적확한 대답을 출연자들이 고른다면, 〈마녀사냥〉은 한층 더 나아가 실제 연애에 대한 고민을 가진 일반인을 스튜디오에 출연시켜 사연을 듣고 그에 맞는 상세한 해결책을 스튜디오 안에서 공유한다. 이때 소통의 매개가 되는 것은 직접적인 만남이나 통화가 아닌 SNS(카카오톡)다. SNS를 통해 출연자는 물론 다수의 방청객, 시청자가 동시적으로 같은 문제를 공유하게 된다. 일종의 소셜게임[31]과 같은 형태로 이루어지는 커뮤니케이션이다.

무수한 개인들이 직접적으로 커뮤니케이션을 교환하는 새로운 구조는 게임을 통해 형성되는 것이다. 이때 현실적인 연애 이야기는 내용보다는 형식을 통해 재구성된다. 예컨대 썸남에게 SNS를 보낼 시 이모티콘의 유무와 물음표의 개수에 따라 달라지는 미묘한 발화의 분위기를 어떻게 구분해내어 선택할지에 대한 문제가 더 중요해지는 것이다. 연애의 소셜게임적 구성은 커뮤니케이션의 양상을 직접적으로 화면에 담아냄으로써 무수한 개인들의 이야기를 보편적인 이야기로 치환시키는 경험을 제공한다. 이때 게임은 개인이 사회적 관계를 상상하는 방법이자 사회와 연결되는 특정한 장을 형성하는 매개가 된다. 게임을 통해 수많은 개인이 같은 감정을 공유하게 되면서 나의 연애는 곧 보편의 경험으로 치환된다. 게임화하는 연애는 주체(플레이

---

31) "소셜 네트워크 게임은 페이스북(Facebook), 싸이월드와 같은 소셜 네트워크 서비스의 '관계'를 맺고 형성해가는 과정을 '게임'으로 풀어낸 서비스를 말한다." 이동엽, 「심리학적 도구 '5요인 성격 특성'에 의한 소셜 게임 연구」, 『만화애니메이션 연구』 29, 2012, 131쪽.

어)로 하여금 무수히 많은 개인의 이야기를 연결시키는 매개이며 동시에 현실을 지각하는 또 다른 방법을 제공하고 있다.

이제 연애는 주체와 대상의 관계를 통해 성립되는 것이 아니라 수많은 주체들의 관계를 통해 성립되는 것이 되었다. 앞서 〈마녀사냥〉이 보여주는 연애에 대한 태도는 타인과의 관계를 재구성하기보다 나의 영역을 지키기 위함이었다. 이러한 태도는 무엇보다 SNS와 같이 새로운 커뮤니케이션을 매개로 극단적으로 좁혀진 타인과의 거리, 곧 사적인 핵심이 충돌하는 위험을 피하게 해준다.[32] 이성적이고 합리적인 해석의 행위는 두려움을 없애고 극단적으로 좁혀진 타인과의 거리를 재구성해내는 새로운 연애 방식이라고 할 수 있다. 그런 면에서 게임화하는 연애는 나를 '플레이어'라는 객관적 위치로 이동시키는 손쉬운 사랑의 방법론을 보여준다.

이제 사랑은 달라졌다. 때문에 〈마녀사냥〉이 촉발시킨 청년의 섹스는 결혼은 배제되었지만 연애의 낭만은 존재하는 특정한 공간을 생성한다. 다만 독해와 해석의 과정을 거치며 불확실함의 공포를 줄여야만 입성할 수 있는 공간이라는 점에서 독특함을 갖게 된다. 때문에 감정적인 영역이었던 연애와 섹스는 이성과 합리성의 영역으로 전이되어 공략법이 존재하는 게임의 방식으로 전유된다. 극단적으로 좁혀진 개인의 거리를 피하고 안전한 위치에서 개인의 욕구를 해소하기 위해 연애와 섹스조차 규격화된 문화상품으로 등가시키려는 요구이기도 하다.

---

32) 오사와 마사치, 『전자 미디어 신체』, 오석철 · 이재민 옮김, 커뮤니케이션북스, 2013, xiii쪽.

연애라는 개인의 서사가, 보편적인 모두의 이야기로 치환되는 것은 모든 것이 불안정하게 구축된 현재에서 나의 위치를 해석 가능한 영역으로 옮기기 위한 몸부림에 가깝다. 신자유주의에 따른 현대성의 경험으로 요약되었던 〈마녀사냥〉은 기실 사회에 대한 청년세대의 태도와 더 깊은 관계를 맺고 있다. 섹스의 쾌락 이후 각자 분리된 공간에서 보편적인 해답을 찾아가는 게임의 형태로 연애가 변모한 이유는 연애의 불능을 새로운 방식으로 돌파하려는 청년세대의 사회적 욕망이 투영되었다고 볼 수 있다. 섹스는 이 경험 안에서만 그 의미를 갖게 된다. 이제 청년들의 섹스와 연애는 어디쯤에 위치해있는가. 이에 대한 후속 논의가 필요한 시점이다.

참/고/문/헌

1. 기본 자료

• 〈마녀사냥〉 〈나홀로 연애중〉 〈로맨스가 더 필요해〉

2. 참고 자료

1) 논문

• 김정영 · 이성민 · 이소은, 「'나'의 성장과 경험으로서 연애의 재
구성」, 『미디어, 젠더 & 문화』 29(3), 한국여성커뮤니케이션학회,
2014.

• 김주은, 「탈주하는 섹슈얼리티? 재영토되는 성담론: 〈마녀사냥〉
을 중심으로」, 『여/성이론』 31, 도서출판여이연, 2014.

• 이영미, 「1950년대 대중적 극예술에서의 신파성의 재생산과 해
체」, 『한국문학연구』 34, 동국대학교 한국문학연구소, 2008.

• 이명원, 「연애 불가능의 풍속」, 『문화과학』 69, 문화과학사, 2012.

• 이동엽, 「심리학적 도구 '5요인 성격 특성'에 의한 소셜 게임 연
구」, 『만화애니메이션연구』 29, 한국만화애니메이션학회, 2012.

• 홍지아, 「리얼리티 프로그램의 서사전략과 낭만적 사랑의 담론」,
『한국방송학보』 23(3), 한국방송학회, 2009.

2) 단행본

• 강태영 · 윤태진, 『한국 TV 예능 · 오락 프로그램의 변천과 발전』,
한울아카데미, 2002.

• 김홍중, 『사회학적 파상력』, 문학동네, 2016.

- 엄기호, 『이것은 왜 청춘이 아니란 말인가』, 푸른숲, 2010.
- 이영미, 『요즘 왜 이런 드라마가 뜨는 것인가』, 푸른북스, 2008.
- 전규찬 · 박근서, 『텔레비전 오락의 문화정치학』, 한울아카데미, 2003.
- 아즈마 히로키, 『게임적 리얼리즘의 탄생』, 장이지 역, 현실문화, 2012.
- 오사와 마사치, 『전자 미디어 신체』, 오석철 이재민 역, 커뮤니케이션북스, 2013.
- 베스 L. 베일리, 『데이트의 탄생』, 백준걸 역, 앨피, 2015.
- 앤소니 기든스, 『현대 사회의 성 사랑 에로티시즘』, 배은경 황정미 역, 새물결, 1996.
- 에바 일루즈, 『낭만적 유토피아 소비하기』, 박형신 권오헌 역, 이학사, 2014.
- 에바 일루즈, 『사랑은 왜 아픈가』, 김희상 역, 돌베개, 2013.
- 존 피스크, 『텔레비전 문화』, 곽한주 역, 컬처룩, 2017.

여성향 연애 시뮬레이션 게임의
로맨스 서사와 여성
-체리츠(Cheritz) 사의 〈네임리스(Nameless)〉
(2013)를 중심으로-

한상윤

1. 로맨스 서사와 여성향 연애 시뮬레이션 게임

대중문화를 이야기함에 있어 게임은 이제 빼놓을 수 없는 중요한 영역이 되었다. 국내 게임 산업은 꾸준하게 성장하고 있으며[1], e스포츠는 한국 젊은 층의 한 문화로 자리 잡았다.[2] 또한 인터넷 개인 방송

---

[1] 한국 콘텐츠 진흥원(www.kocca.kr)에서 제공한 통계 자료에 따르면, 국내 게임 산업의 연간 전체 매출액은 2010년 약 7조 4천3백11억원의 규모에서 2016년 약 11조 3천4백58억원의 규모로 꾸준히 증가하였다.(「2011년 4분기 콘텐츠산업 동향분석보고서(게임산업편)」, 한국 콘텐츠 진흥원, 2012.4.26.; 「2016년 4분기 콘텐츠산업 동향분석보고서(게임산업편)」, 한국 콘텐츠 진흥원, 2017.5.8)

[2] "일반 국민들의 취미활동 전반과 e스포츠에 대한 인식을 조사한 결과, 'e스포츠를 매우 잘 알고 있다(13.4%)', '대략적으로 알고 있다(34.8%)'고 답한 비율이 전체의 48.2%를 차지했다. e스포츠를 취미활동으로 즐기고 있다는 응답자의 비율은 거의 절반에 가까운 45.1%에 달했다. e스포츠에 대한 이미지는 ▲스트레스 해소에 도움이 되고 ▲자기만족이 있으며 ▲재미있는 콘텐츠로 인식하고 있는 것으로 나타났다." (「국내 e스포츠 산업 규모, 1년 새 15% 증가」, 한국 콘텐츠 진

컨텐츠의 상당 부분 역시 게임 방송이 차지하고 있다. 이처럼 경제적, 문화적 측면에서 게임이 막대한 영향력을 갖는 만큼 2000년대부터 인문학 분야에서도 게임과 관련된 연구가 꾸준히 이루어져 왔다. 그러나 인문학 분야에서의 게임 연구는 아직 많이 부족한 실정이다.[3]

이에 본고는 국내 '여성향 연애 시뮬레이션 게임' 분석을 시도함으로써 게임 연구의 저변을 넓혀 보고자 한다. 일본어로 '오토메(乙女) 게임'이라고도 불리는 여성향 연애 시뮬레이션 게임은 "오토메(여성)를 타깃으로 하고 있으며, 여성 주인공을 채용하여 이성간의 연애를 소재로 하는 컴퓨터, 게임기, 휴대전화용 게임의 통칭"[4]이다.[5] 플레이어의 능숙한 컨트롤이 중요한 여타 게임과는 달리 대부분의 작품이 간단한 마우스 클릭이나 키보드 조작으로 장면을 넘기며 스토리를 읽는 형식으로 진행되기 때문에 넓게는 '비주얼 노블'[6]에 포함된다. 본

홍원, 2017.11.27., http://www.kocca.kr/cop/bbs/view/B0000138/1834883.do?menuNo=200831, 접속일자-2018.4.19.)

3) 2010년에 조사된 한 연구에 따르면 학술지에 발표 된 게임 관련 논문 총 272편 중 사회과학분야의 논문은 237편(87.1%)였던 반면, 인문학 분야의 논문은 35(12.9%)에 불과하다. (전경란, 「게임연구에 대한 메타분석」, 『사이버커뮤니케이션학보』 제27권 제3호, 140쪽.)

4) 印旵妃, 「여성 서브컬처를 통한 여성 연구-오토메 게임 〈박앵귀〉를 중심으로」, 고려대 석사논문, 2015, 19쪽.

5) 남성 인물간의 연애 이야기를 다룬 BL물의 경우도 '여성향 게임'으로 지칭하는 경우가 많으나, 본고에서는 이성간의 사랑을 다룬 연애 시뮬레이션을 지칭하는 용어로 사용하고자 한다.

6) '비주얼 노블'은 Visual과 Noble의 합성어로 텍스트를 중심으로 한 게임장르를 일컫는다. 초기에는 텍스트에 단순한 이미지가 부가적으로 삽입되던 정도였으나 기술의 발달하면서 다채로운 이미지, 음악, 동영상 등이 추가되어 하이퍼미디어로 나아가는 추세를 보인다. (이소희, 「하이퍼텍스트로서의 비주얼 노블 연구」, 한양대 석사논문, 2016, 10쪽.)

고에서는 많은 제작자나 소비자들이 이를 게임으로 인식한다는 점,[7] 플레이어의 행위를 통해 다양한 결말에 이른다는 본질은 여전히 게임적이라는 점[8]에 중점을 두어, 여성 주인공의 연애 서사를 다룬 작품들을 '여성향 연애 시뮬레이션 게임(이하 '여성향 게임')'이라는 명칭으로 지칭하고자 한다.

일찍부터 애니메이션이나 게임 문화가 발달했던 일본에서는 흔히 '미연시(미소녀 연애 시뮬레이션 게임)'라고 불리는 남성용 연애 시뮬레이션 게임이 성인 남성을 겨냥한 일종의 포르노로 소비되며 시장을 형성해 왔다.[9] 그러나 국내의 게임 시장, 특히 최근 중요하게 떠오른 국내 모바일 게임 시장은 실제 수요가 청소년층에 집중되어 있어 적극적으로 남성용 연애 시뮬레이션 게임을 개발하기에는 검열이나 규제 등의 위험 부담이 따른다.[10] 반면 여성향 게임은 서사적 측면에서 여전히 남녀 간의 사랑 이야기를 기본으로 하며 하이틴 소설이나 순

---

7) 체리츠의 〈덴더라이언〉과 〈네임리스〉는 온라인 게임 유통 시스템인 '스팀 (STEAM)'에서 유통되고 있으며, 인터넷 커뮤니티나 기사, 블로그 등에서도 해당 유형의 비주얼 노블 작품들을 '여성향 게임'이라는 용어로 일컫는 경우가 많다.

8) 아즈마 히로키는 게임이란 이야기를 '리셋 가능한 것으로서' 그리는 미디어이기 때문에 결국 그 본질이 복수의 이야기를 만들어내는 메타 이야기적 시스템에 있다고 보았다. (아즈마 히로키, 『게임적 리얼리즘의 탄생』, 장이지 역, 현실문화, 2012, 93-94쪽.)

9) 위의 책, 152쪽.

10) 일본에서는 미연시 관련 문화가 오래됐기 때문에 미연시 장르를 즐기는 30~40대 이용자들이 많다. 반면 국내의 경우는 성인 이용자들보다는 실제 이용자층이 청소년에 몰려있다. 따라서 청소년이 미연시물을 이용할 경우 추가적인 규제 이슈에 몰릴 것으로 예상해 업계에서 남성을 타깃으로 한 연애 시뮬레이션 게임의 제작을 꺼리는 분위기이다. (박수형, 「미연시, 국내선 왜 안되나」, 『ZDNet Korea』, 2013.5.18. http://www.zdnet.co.kr/news/news_view.asp?artice_id=20130518092001&type=det&re=, 접속일자-2018.4.19.)

정 만화 등과 같은 로맨스 서사물의 계보를 잇는다.[11] 이런 특징으로
인해 여성향 게임은 심의 규정의 문제나 수요자층의 확보 면에서 성인
남성을 주 대상으로 한 연애 시뮬레이션 게임보다 자유롭다. 그리하여
현재 국내 연애 시뮬레이션 게임 시장에서는 여성향 게임이 주류를 차
지하고 있다. 그러나 지금까지 국내의 여성향 게임은 영향력 있는 시장
을 형성하고 있는 데에 비해 학문적 고찰이 거의 이루어지지 못하였다.
이소희가 「하이퍼텍스트로서의 비주얼 노블 연구」[12]에서 네오앨리스
사의 여성향 게임 〈구운몽〉(2014)을 다루고 있긴 하나, 작품 안에 삽입
된 미니게임이 어떤 유희적 효과를 주는지에 초점을 맞추고 있기 때문
에 논의가 구체적인 작품의 분석으로 나아가지는 않는다. 이에 본고에
서는 국내 여성향 게임에 대해 분석을 진행해 보고자 한다.

　분석의 접근 방식은 다양할 수 있겠으나,[13] 비주얼 노블 형식을 취
하고 있는 여성향 게임은 시스템의 조작보다는 텍스트의 독해를 통한
즐거움의 창출을 지향하는 성격이 강하기 때문에 본고에서는 서사 연
구의 차원에서 논의를 진행해 나갈 것이다.[14] 그러나 게임의 시스템적

---

11) 여성 서브컬처를 연구한 印旦妃의 논문에서도 일본의 오토메 게임을 소녀 소설,
　　만화와 같은 계보에 놓고 있다. (印旦妃, 앞의 글, 21-39쪽.)
12) 이소희, 앞의 글.
13) 대표적으로 게임의 텍스트에 초점을 맞춘 '내러톨로지'적 시각과 게이머의 참여
　　와 상호작용에 초점을 맞춘 '루돌로지'적 시각이 있다. 2000년대 초반 이 두 시각
　　사이에서 한창 논쟁이 벌어졌으나 양측 모두 일정한 한계를 가지고 있어 뚜렷한
　　결론을 내리지 못하였다.(윤태진, 「게임문화연구의 새로운 쟁점들」, 『게임과 문화
　　연구』, 커뮤니케이션북스, 2008, 207-213쪽.) 윤태진은 양측의 주장이 모두 확장
　　될 필요가 있다고 하며 추가적으로 장르 연구, 게이머 문화연구, 게임의 시공간 연
　　구의 개념을 제시한다. (위의 글, 214-220쪽.)
14) 일본에서 (협의의) 미소녀 게임은 〈시즈쿠〉(1996)의 등장을 계기로 오히려 복잡
　　한 게임성을 제거하는 방향으로 발전되어오며 이야기 미디어로서 소비되는 경향
　　을 띠었다고 한다. (아즈마 히로키, 앞의 책, 156-160쪽.)

특징과 그것을 플레이하는 플레이어의 존재를 배제한 서사 분석은 기존의 서사물과 다른 여성향 게임 서사의 특징과 효과를 적절하게 서술할 수 없다. 따라서 본고는 아즈마 히로키가 제안한 '환경 분석적 독해' 방법을 일부 참고하여 여성향 게임에 접근해 보고자 한다.

환경 분석적 독해 방법이란 "이야기와 현실 사이에 환경의 효과를 끼워 넣고 작품을 독해"[15]하는 방법을 이야기한다. 이때 말하는 '환경'이란 범박하게 말하자면 쌍방향적 미디어의 등장으로 인해 이야기가 무수하게 생산되면서도 동시에 손쉽게 해체되어 버리는 오늘날의 미디어 환경을 말하는데, 리셋·리플레이 되며 이야기가 수시로 달라지는 게임의 경우가 대표적인 예이다.[16] 여기에서 중요한 점은, 그러한 환경의 효과로 인해 하나의 서사 범주를 벗어난 '플레이어의 시점', 즉 메타 서사적 시점이 적극적으로 열리게 된다는 사실이다. 그리하여 아즈마 히로키는 이야기를 메타적인 시선에서 소비하는 화면 밖 플레이어(독자)의 시야를 적극적으로 고려의 대상에 넣어야 하며, 그렇게 함으로써 작품의 심층적 의미를 읽어낼 수 있다고 보았다.

아즈마 히로키의 논의는 남성용 미소녀 연애 시뮬레이션 게임과 라이트노벨만을 대상으로 하고 있지만, 여성향 게임 역시 남성용 미소녀 연애 시뮬레이션 게임과 많은 부분 유사성이 있는 만큼 환경 분석

---

15) 위의 책, 119쪽.
16) 아즈마 히로키가 이야기하는 '환경'이란 본문에서 언급한 '미디어의 환경'뿐만 아니라 '상상력의 환경'까지 포함되어 사실 훨씬 복잡한 양상을 띤다. 현실에 기반을 두었던 자연주의적 문학의 상상력과 달리 오타쿠 문화의 상상력은 데이터베이스화 된 인공의 환경에 의거하고 있다는 것이 '상상력의 환경'과 관련된 주요 내용이다. 그러나 이 지점은 본고의 논의 범주를 넘어서기 때문에 여기에서는 다루지 않았다. 아즈마 히로키의 이론적인 논의 전반에 대해서는 위의 책, 17-116쪽 참조.

적 독해 방법의 참고는 유용할 것이라 생각된다. 이는 게임을 서사 중심의 시각에서 바라볼 때 발생하는 한계를 보완하는 하나의 방법이 될 수 있을 것이다.

가장 눈에 띄는 여성향 게임의 특징은, 단선적인 시간관을 바탕으로 하나의 이야기를 제공하는 출판 로맨스물과 달리 플레이어에게 '복수(複數)의 서사 경험'을 제공한다는 점이다. 여성향 게임의 플레이어는 언제든 작품 안의 시간을 되돌려 새로운 방향으로 서사를 이끌어갈 수 있으며, 플레이의 반복을 통해 작품 속 여러 명의 남성 인물들과 모두 연애를 즐겨보는 것이 가능하다. 즉, 플레이어는 하나의 작품 안에서도 다양한 연애 이야기를 즐길 수 있는 것이다.

그런데 최근의 작품 중에는 단순히 여러 가지 연애 서사를 제공하는 차원을 넘어서 좀 더 적극적으로 게임의 시스템적 특징을 활용하는 작품들이 등장하고 있다. 가령, 시간을 되돌린다든가, 플레이를 반복하며 여러 명의 남성 인물들을 공략하는 플레이어의 행위를 '타임리프'나 '평행우주' 등의 설정을 통해 메타적으로 서사 내부에 재현하는 것이다.[17] 이 경우 작품 속 주인공의 시선은 시스템을 컨트롤하는 현실 속 플레이어의 시선으로 확장되며 특별해 보이지 않던 연애 이야기에 새로운 차원의 의미가 발생한다. 작품 외부에서 발생하는 여성향 플레이어의 다중적인 서사 경험이 작품 내의 서사와 관계를 맺으며 새로운 의미를 발생시키는 양상을 살펴봄으로써 디지털 서사의 하나인 비주얼 노블 장르의 새로운 가능성을 찾아볼 수 있을 것이다.

---

17) 아즈마 히로키는 메타 픽션적 설정의 형태로 게임의 시스템과 플레이어의 존재 방식을 유난히 명확하게 표현하고 있는 작품군을 다른 미소녀 게임들과 구분하여 '메타 미소녀 게임'이라고 부른 바 있다. (위의 책, 168-169쪽.)

한편, 여성향 게임은 플레이어에게 복수의 서사 경험을 제공한다는 점 외에도 '여성' 게이머를 대상으로 한다는 특징이 있다. 최근에는 경향이 많이 변해가는 추세이긴 하나 그동안 많은 게임 회사들이 대상으로 삼는 소비자층은 남성이었고, 이에 게임을 즐기는 여성이 느끼는 젠더적 불편함들은 분명히 존재해 왔다.[18] 이런 상황에서 여성향 게임은 남성과 대비되는 '여성의 욕망'이라는 범주를 설정하고 내세우며 소비 주체를 구분하고 있는 만큼, 여성향 게임과 여성 주체의 문제 역시 여성향 게임을 살펴보는 데에 빠져서는 안 될 중요한 부분이다.

이상의 점을 염두에 두고 본고는 체리츠 사의 작품을 연구 대상으로 다루어 보고자 한다. 2012년 창립된 체리츠 사는 여성 게이머를 위한 게임을 제작하는 대표적인 제작사로, 현재까지 PC용 게임인 〈덴더라이언〉(2012)과 〈네임리스〉(2013), 그리고 모바일 게임인 〈수상한 메신저〉(2016)를 발표하였으며 현재 신작 〈더 썸〉을 개발중이다. 체리츠 사의 작품은 로맨스 서사를 기반으로 하면서도 게임 시스템과 플레이어의 관계에 대한 인식을 바탕으로 여러 가지 유의미한 시도를 보여주는 것이 특징이다. 본고에서는 체리츠 사의 세 작품 중 가장 서사적인 성격이 강한 〈네임리스〉를 중심으로 게임의 시스템적인 특징

---

18) 〈어이쿠 왕자님〉을 통해 인디/동인게임을 플레이하는 여성들을 살펴본 장민지, 윤태진의 연구에서 남성중심적 시각이 내재된 〈프린세스메이커〉의 여성 플레이어들이 느낀 젠더적 불편함을 확인할 수 있다. (장민지, 윤태진, 「미소년을 기르는 여성들」, 『미디어, 젠더&문화』 제19권, 2011, 157-160쪽.) 또한 여성 게이머에 대한 전경란의 한 연구에서는 〈월드오브워크래프트〉, 〈리니지〉 등과 같은 남성적 유형의 게임에서 고 레벨 여성 게이머들은 자발적으로 자신을 배제하거나, 남성 게이머로 가장하거나, 비자발적으로 성별 스테레오 역할과 타협하고 있음을 알 수 있다. (전경란, 「여성 게이머의 게임하기와 그 문화적 의미에 대한 연구」, 『사이버 커뮤니케이션 학보』 제22호, 2007, 102-106쪽.)

과 여성 취향의 로맨스 서사가 맞물려 어떻게 작품 내적, 외적으로 새
로운 의미를 만들어낼 수 있는지 알아볼 것이다.

2. 여성향 연애 시뮬레이션 게임의 특징

　독서 경험이 중시되는 시나리오 분기형 게임은 일본에서 먼저 발달
하기 시작하였다. 그 전신은 1972년 윌리엄 크로서가 개발한 텍스트
어드벤처였는데, 주어진 상황에서 어떤 행동을 할지 독자가 직접 입
력하는 방식으로 진행되는 텍스트 어드벤처는 프로그램의 문장 해석
능력의 한계나 버그 등과 같은 문제점이 있었다.[19] 이에 일본의 에닉
스 사에서 최초로 객관식 선택지를 도입하여 〈홋카이도 연쇄살인-오
호츠크로 사라지다〉(1984)를 개발하였다. 이후 비주얼 노블 게임은
과도기를 거쳐 애니메이션 풍의 이미지 위에 플레이어의 선택과 관련
된 텍스트를 출력시키고, 성우의 목소리나 기타 사운드를 통해 생생
함을 더하는 형태로 자리 잡게 되었다.[20] 이런 형식의 게임 장르가 여
성 취향의 연애물로 확대되어 만들어진 것이 여성향 게임이다. 일본
의 경우 2005년 이전의 로맨스물 시장이 소녀 소설이나 만화 중심이
었다면 그 이후는 게임, 애니메이션을 중심으로 성장하였는데,[21] 국내
여성향 게임의 등장도 비슷한 흐름 안에 놓여 있다고 볼 수 있다.
　우리나라에서 여성향 게임은 일본의 서브컬처 문화에 익숙한 오타

---

19) 이소희, 앞의 글, 10쪽.
20) 더 구체적인 비주얼 노블의 발달 과정에 대해서는 위의 글, 10-16쪽 참조.
21) 印旦妃, 앞의 글, 32쪽.

쿠 여성들의 취미로 시작되었다. 1990년대 후반 일본 대중문화의 개
방 및 인터넷의 발달에 따라 일본의 애니메이션 문화가 우리나라에도
많은 영향을 미쳤는데, 연애 시뮬레이션 게임 역시 일본의 오타쿠 서
브 컬처와의 관련 속에서 국내에 수용되었던 것이다. 그러나 오타쿠
에 대한 부정적인 사회적 인식으로 그것을 즐기는 소비자층은 한정될
수밖에 없었고, 그에 따라 국내의 여성향 게임 시장은 비교적 최근까
지도 "음지에서 나름 활발한"[22] 정도의 시장으로만 인식될 수 있었다.
하지만 오타쿠에 대한 사회적 인식의 변화와 더불어 그 시장성에 주
목하게 되면서 2010년대 이후에는 소규모 동인이 아닌 기업이 적극적
으로 작품 제작에 참여하기 시작하였다. 그리하여 현재는 손쉽게 접
근할 수 있는 모바일 앱 시장을 중심으로 급속하게 수요가 늘어가는
추세이다. 이제 오타쿠적 서브 컬처 문화는 기존의 소녀 문화와 혼융
되며 점차 소수 문화의 경계를 넘어 큰 존재감을 드러내고 있다.[23]

---

22) "일단 이쪽 문화를 즐기는 분들이 굉장히 민감한 건 익히 알고 있습니다. 그리고
이 분야에서도 꾸준히 수요가 있는 건 압니다. 일단 '구운몽'은 수익을 주목적으
로 한 게임은 아닙니다. 음지에서 나름(?) 활발한 이 문화가 양지로 나오는 건 쉽
지 않습니다. 그러나 우리 '구운몽'을 기점으로 이런 게임들이 많이 나와주었으
면 좋겠어요. 그런 의미에서 더 의욕이 차올랐던 것도 있습니다." (양영석, 「[인터
뷰]누나들의 욕망을 담았다! 여성향 연애 어드벤처, '구운몽'」, 『인벤』, 2014.2.14.,
http://www.inven.co.kr/webzine/news/?news=104226, 접속일자-2018.4.19.)

23) 이해를 돕기 위해 일본의 오토메(乙女) 문화에 대해 간략히 정리해 보도록 하겠
다. 메이지 시기부터 형성되기 시작한 소녀 계층과 그 문화는 1970년대 중후반 여
성의 사회 진출의 가속와 함께 크게 확대되었다. 히무로 사에코, 아라이 모토코 등
과 같은 여류 작가의 소녀 소설 작품이 일대 붐을 일으켰고, 소녀 만화 역시 비슷
한 시기 르네상스를 맞이하였다. 한편으로는 1975년 12월 21일 개최된 제 1회 코
믹 마켓을 계기로 소년애 취향이 커뮤니티 내에서 급속히 퍼져나가기도 하였다.
그리하여 1980년대에는 초등학생부터 성인까지 아우르는 독자층이 형성되었으
며, 그 취향은 이성애에서 소년애 까지 포괄하는 양상을 보인다. 그러한 와중에
1990년대를 지나며 기존 소녀 소설이나 만화의 관습을 벗어난 판타지적 설정의

국내 여성향 게임의 첫 시작은 〈러브〉 시리즈로, 공략 하고 싶은 남성 캐릭터에 맞추어 화장하고 옷을 입는 형태의 PC게임이었다. 그러나 PC패키지 시장의 침체와 함께 여성향 연애 시뮬레이션 게임은 저연령층 여성 게이머들을 타깃으로 한 약간의 플래시 게임만이 등장하였을 뿐 거의 찾아볼 수 없게 되었다. 그러던 중 BL장르의 동인 제작 게임 〈어이쿠! 왕자님:호감가는 모양새〉(2007)가 화제를 일으키며 여성향 게임 소비자의 수요를 확인시켜 주었고, 2012년에는 본격적으로 여성향 게임을 전문 제작하는 게임 회사 체리츠가 등장하여 〈덴더라이언〉(2012)을 출시한다.[24] 실험적인 장르였던 만큼 회사가 제작한 경우에도 대기업보다는 중소기업들을 중심으로 발매되는 경향을 보이며 이후에도 체리츠 사의 〈네임리스〉(2013), 그리고 네오엘리스 사의 〈구운몽〉(2014) 등이 발매되었다. 본격적으로 시장이 활발해진 계기는 모바일 시장에서의 흥행이다. 모바일의 경우 대표적으로 Day7의 〈일진에게 찍혔을 때〉(2016)가 애플 앱스토어 무료 게임 순위 1위에 오르며 여성향 게임 시장에 대한 관심을 불러일으킨 바 있으며,[25] 체리츠의 〈수상한 메신저〉(2016) 역시 60여 개국에서 250만 다운로

작품이나 보이즈 러브만을 전문으로 하는 레이블 등이 등장, 여성 서브 컬처 문화가 발달하며 공고해진다. 과거에는 이러한 문화를 즐기는 많은 오타쿠 여성(오토메)들이 그것을 드러내기 꺼려하였으나 2000년대 이후에는 여성 서브 컬처 문화가 양적으로 성장하며 일상에서도 쉽게 볼 수 있는 흔한 문화가 되었다. 이상에 서술한 일본의 오토메 문화 변화 과정은 印旦妃, 앞의 글, 21-34쪽의 내용을 정리한 것이다.

24) 문재희, 「러브에서 구운몽까지, 한국 오토메 게임은 어떤 길을 걸었나」, 『게임포커스』, 2014.5.15., http://gamefocus.co.kr/detail.php?number=34043. (접속일자-2018.4.19.)

25) 「모바일 인기 게임 어플 순위(4.11기준)」, 『이데일리』, 2016.4.11., http://www.edaily.co.kr/news/NewsRead.edy?SCD=JE61&newsid=01876166612615136&DCD=A00506&OutLnkChk=Y. (접속일자-2018.4.19.)

드를 달성하며 영향력을 넓혔다.[26] 이 외에도 국내 여성향 연애시뮬레이션 게임 시장은 매력적인 시장으로 떠오르며 많은 업체들이 작품을 출시하고 있다.

[그림 1] 〈네임리스〉의 게임화면 ①

[그림 2] 〈네임리스〉의 게임화면 ②

그렇다면, 과연 출판 로맨스물과 다른 여성향 게임의 특징은 무엇인가. 서사 내용상 여성향 게임은 기존 로맨스 서사물의 계보를 잇는다. 하지만 여성향 게임은 시각적 이미지와 청각적 효과를 이용할 뿐만 아니라, 저장(세이브)과와 불러오기(로드) 및 복수의 결말 시스템을 갖추고 있어 인쇄물을 기반으로 하는 기존의 로맨스 서사물과는 전혀 다른 형태의 서사 경험을 제공한다. 구체적으로 살펴보면, 여성향 게임은 [그림 1]과 같이 화면 안에 인물들의 일러스트와 함께 텍스트가 제공되는 형태로 게임이 진행된다. 텍스트를 넘기며 읽어나가다 보면 주인공의 행동에 관한 선택지가 등장하는데([그림 2]), 이때 플레이어는 자신의 마음에 드는 남성과의 연애가 성공적으로 이루어질

---

26) 이혁진, 「글로벌 성공 신화 '수상한 메신저', 체리츠 이수진 대표를 만나다」, 『게임포커스』, 2017.2.1., http://gamefocus.co.kr/detail.php?number=67567. (접속일자-2018.4.19.)

수 있도록 선택지를 선택해 나아가면 된다. 만약 자신이 선택한 선택지의 결과가 마음에 들지 않을 경우 미리 저장해 둔 시점으로 돌아가 이전과 다른 선택지를 선택하는 것도 가능하다. 이런 방식으로 플레이어는 남성 인물과 여러 결말을 맞이할 수 있으며, 게임을 다시 시작하여 새로운 남성과의 로맨스를 즐길 수도 있다. 이처럼 하나의 작품 안에서 하나의 완결된 이야기만을 읽을 수 있었던 기존의 로맨스물과 달리 여성향 게임에서는 하나의 작품 안에서 여러 남성들과 다양한 형태의 연애 이야기를 즐길 수 있다.

그런데 여기에서 중요하게 짚어보아야 점은, 여성향 게임의 이러한 시스템적 특징이 필연적으로 주체성의 분화를 요구한다는 것이다. 전술하였듯, 여성향 게임은 플레이어가 다양한 가능성의 세계를 경험할 수 있도록 여러 갈래로 분화된 서사를 갖추고 있다. 그리고 많은 경우 특정 조건을 만족해야 얻을 수 있는 수집품이나 일러스트, 숨겨진 이야기 등을 통해 시스템 내 전체 서사의 독해를 적극적으로 유도하기도 한다. 플레이어 역시 그러한 사실을 잘 알고 있으며, 실제로 작품 안에 구비되어 있는 여러 개의 서사를 적극적으로 즐긴다. 그러나 한 편으로 플레이어는 그러한 사실을 잠시 지운 채 지금의 이야기가 유일한 운명적 사랑의 이야기인 것처럼 몰입해야 한다. 즉, 시스템적인 차원에서의 경험과 서사적 차원에서의 경험 사이에 모순이 발생하는 것이다. 그렇기 때문에 플레이어에게는 이러한 모순을 유연하게 받아들일 수 있는 능력이 요구되고, 동일성을 기반으로 한 근대적 독서물의 소비 주체는 이 지점에서 더 이상 유효하지 않게 된다.[27]

---

27) 아즈마 히로키는 이러한 기술에 대해 '해리적'이라고 부른 바 있으며, 시스템적으

　사실 게임 내의 개별 서사들은 여타 로맨스물과 크게 다르지 않으며, 일반적인 통념의 여성상을 재현하는 경우도 많다. 그리하여 전체적인 인상은 오히려 낭만적 사랑이라는 이름 아래 가부장적 이데올로기로 회귀하는 것처럼 보이기도 한다. 그러나 전술한 게임의 시스템적 특성 및 그로 인해 발생하는 새로운 형태의 독서 경험을 고려한다면 이야기는 달라진다.

　여기에 대해 두 가지 측면에서 살펴볼 수 있다. 하나는, 여성향 게임의 시스템과 플레이어의 경험이 작품의 내용적인 측면에 어떻게 관계할 수 있는 가이다. 물론 각 등장인물과의 연애 이야기 전달에만 주력하여 시스템적 특징이 서사에 큰 영향을 미치지 않는 작품들도 많다. 하지만 최근에는 시스템적인 특징을 십분 활용하여 서사를 구축해 나아가는 작품들 역시 등장하고 있다. 가령, 여러 명의 남성 인물을 공략하는 현실 속 플레이어의 경험을 타임리프나 평행우주 등의 설정을 통해 서사 안에 재현하는 것 등이 그것이다. 이러한 유형의 작품들은 작품 밖 플레이어의 존재를 작품 안에서 직·간접적으로 드러내는데, 이는 결과적으로 한 여성과 한 남성의 운명적 사랑이라는 낭만적 판타지에 균열을 내고 새로운 애정 관계의 가능성을 열어놓는다.

　그리고 또 하나는, 여성향 게임이 제공하는 복수의 서사 경험이 작품 밖의 플레이어에게 어떠한 의미가 될 수 있는가이다. 여성향 게임의 플레이어는 취향별로 유형화된 여러 남성 인물들을 가상의 연애 상대로 소비 해 나가며 다양한 남녀 관계의 양상을 경험할 수 있다. 그

로는 바람기의 욕망을 부추기면서도 시나리오상으로는 '운명'이나 '순애'가 강조되는 노벨 게임은 해리의 감각을 강화하도록 만들어져 있다고 하였다. (아즈마 히로키, 『동물화하는 포스트모던』, 이은미 역, 문학동네, 2007, 145쪽.)

런데 사랑이란 곧 자신의 자아실현과도 밀접한 관련이 있다는 점을 생각해 본다면,[28] 그것은 한편으로 게임이라는 가상현실적 매체를 통해 다양한 형태의 자신을 체험해 보는 행위이기도 하다. 그렇기 때문에 개별 서사의 내용과 별개로 여성향 게임을 플레이한다는 것은 주체적인 행위가 될 수 있다.

여기에 더해, 작품의 결말이 인물별로 '해피 엔딩(Happy Ending)'과 '배드 엔딩(Bad Ending)'으로 존재한다는 사실도 주목할 필요가 있다. 기본적으로 '배드 엔딩'이란 제대로 된 엔딩에 도달하지 못했다는 '실패'의 의미이다. 그러나 작품 안에서 배드 엔딩은 단순히 연애의 실패만을 의미하지는 않는다. 물론 공략 캐릭터와 사랑을 이루지 못하여 배드 엔딩에 도달하는 경우도 있지만 그 와중에는 건전한 관계를 벗어난, 즉 통념에서 벗어난 불건전한 사랑의 형식을 담은 배드 엔딩도 있다. '배드 엔딩'이라는 꼬리표를 통해 그것들은 '비정상'이라는 뉘앙스를 풍긴다. 하지만, 사실 여러 욕망의 가능태들을 제시해주는 몇몇 배드 엔딩의 존재는 플레이어에게 일탈의 경험을 주며, 이것은 여성향 게임을 플레이하는 또 하나의 즐거움이라고도 볼 수 있다.

다음 장에서는 이상에서 논의한 내용을 구체적 작품을 통해 살펴볼 것이다. 체리츠 사의 작품들은 게임의 시스템적 특징에 대한 인식을

---

28) "인터넷은 누구에게나 엄청난 수의 섹스 파트너나 연애 상대에게 어렵지 않게 접근할 길을 열어주었다. 선택의 자유와도 맞물린 이런 변화 가운데 하나는 개인이 끊임없이 자신의 선호와 원하는 조건은 무엇인지, 또 자신의 느낌이 확실한지 확인하기 위해 자문해야만 한다는 것이다. 이는 합리적 형식의 자기성찰을 요구한다 (…) 최고의 배우자를 찾아내는 일은 자기 자신의 본질에 상응하는 인물의 선택이자 결정이다."(에바 일루즈, 『사랑은 왜 아픈가』, 김희상 역, 돌베개, 2013, 181~182쪽.)

바탕으로 서사를 구축해나감으로써 단순한 가상의 연애 이야기를 넘어 새로운 형태의 관계양상을 보여주는데, 〈네임리스〉를 통해 그 구체적인 모습을 볼 수 있을 것이다.

3. 메타적 서사 재현을 통한 새로운 애정 양상의 제시

여성향 게임의 플레이어는 특정 남성 인물의 공략을 끝낸 후 다시 게임을 시작하여 다른 인물과의 사랑 이야기를 즐긴다. 그리고 보통 이러한 행위는 모든 남성 인물의 공략이 완료될 때까지 반복된다. 이때 플레이어는 새로운 인물과의 에피소드를 모순 없이 받아들이기 위해 이전 인물과의 기억을 의도적으로 망각한다. 그러나 게임을 새롭게 시작하였다고 하여 현실 속 플레이어의 기억이 실제로 망각되는 것은 아니다. 〈네임리스〉는 이러한 현실 속 플레이어의 체험을 직접 작품에 끌어 들여오며 흥미로운 양상을 보여준다.

[그림 3] 〈네임리스〉의 주요 등장인물들. 왼쪽부터 차례대로 레드, 란스, 태이, 유리의 순이며 앞쪽의 키 작은 소년은 연호이다.

우선 〈네임리스〉의 설정을 살펴보면 다음과 같다. 크로비 아카데미

1학년에 재학 중인 여주인공은 일로 바쁜 부모님 대신 할아버지와 함께 살다가 할아버지가 돌아가신 이후 혼자 살고 있다. 그녀는 자신의 외로움을 구체관절인형을 모으는 취미로 달래고 있었다. 그러던 어느 날, 어떤 이유에선지 그녀가 가지고 있던 다섯 개의 인형들이 진짜 남성으로 변해 여주인공 앞에 나타나게 된다. 인형들은 같은 학교에 입학까지 하게 되고, 그렇게 인형들과 함께 생활하는 과정에서 여주인공은 한 남성과 사랑에 빠지게 된다. 이러한 설정 아래 플레이어는 란스, 연호, 유리, 태이, 레드 다섯 명의 등장인물 중 원하는 남성을 선택하여 공략을 할 수 있다.([그림 3]) 란스, 연호, 유리 세 인물 중 한 명을 먼저 공략 한 후 태이, 레드의 순으로 공략이 가능하며, 다섯 인물의 공략을 모두 마치면 숨겨진 이야기(Secret 1, Secret 2)가 열려 최종 결말에 도달할 수 있다.

각 인물들의 특징과 사연을 개략적으로 살펴보면, 란스는 똑똑하고 완벽하며, 겉으로 보기에 차가운 성격을 지니고 있는 인물이다. 그러나 사실 그는 프로토타입(기본모델) 인형인 자신의 존재 가치는 무엇인지, 다른 인형으로 대체되어버리면 그만인 것은 아닌지 불안해 한다. 연호는 귀엽고 헌신적인 연하의 남성이지만, 전 주인에게 학대받고 버림받은 기억 때문에 필요 이상으로 주인공의 눈치를 살피며 집착한다. 섹시한 드러머 컨셉으로 많은 여성들의 판타지를 충족시킬 수 있도록 만들어진 유리는 카사노바이자 나르시스트이다. 그러나 주인공을 만난 후 처음 느낀 소유욕과 독점욕으로 혼란스러워한다. 듬직하고 자상한 오빠같은 태이는 주인공에게 누구보다 따뜻하고 친절하게 대해주지만, 깨끗함에 강박이 있는 전주인이 태이의 무릎에 생긴 작은 상처를 보고 팔아버린 기억 때문에 자신을 더러운 존재라 생각한다. 그리하여 주인공을 가지고 싶다는 욕망이 있으면서도 자신은 감히 그럴 자격이 없다는 생각에 갈등한다. 정의의 용사 컨셉으로 만들어진 레드는 자신에게 특별한 능력이 있다고 믿어 다소 철이 없고 무모한 모습을 보이는 인물이다. 그러나 위기에 빠진 주인공을 실질적으로 구할 능력이 없다는 것을 깨닫고 실의에 빠진다.

각 이야기의 큰 흐름은 주인공이 남성 인물의 아픔을 다독여주며 그에게 특별한 사람이 되어가는 방향으로 진행된다. 한 예로 란스의 경우를 살펴보도록 하자. 자신이 개성 없는 흔한 모델이라는 사실이 컴플렉스인 란스는 강한 개성을 지닌 레드에게 열등감을 가지고 있다. 특별하지 않아 버림받을지 모른다는 란스의 불안함은 주인공을 향한 마음이 커질수록 더욱 심해진다. 그런데 설상가상으로 학교 축제에서 레드와 주인공이 연극의 남녀주인공을 함께 맡게 되고, 란스의 질투와 불안은 극에 달한다. 그러던 어느 비 오는 날, 란스는 거센 빗방울 속에서 버려진 바비 인형 하나를 발견하고 하염없이 바라보다 쓰러진다. 주인공은 그의 곁에서 병간호를 하며 란스의 속마음을 알게 된다. 이후 란스와 깊은 이야기를 나누게 된 주인공은 란스에게 할아버지의 빈자리를 채워준 첫 번째 인형인 그가 자신에게는 특별한 존재임을 말해준다. 그리고 어느덧 다가온 축제일. 연극 무대에서 레드에게 주인공과의 첫 키스를 빼앗길지 모른다는 생각에 조바심내던 란스는 결국 무대 뒤 탈의실에서 주인공과 첫키스를 하는 데에 성공하고, 주인공 대신 무대에 올라 레드와 주인공의 키스신을 막는다. 그리고 행복한 연인이 된 두 사람이 크리스마스에 놀이공원에 함께 데이트를 나가며 이야기는 마무리된다. 구체적인 에피소드는 다르나 나머지 네 명의 인물들과도 시험 기간과 축제일을 지나 크리스마스까지의 시간을 보내는 것은 동일하며, 플레이어의 선택에 따라 해피 엔딩이나 배드 엔딩으로 결말이 달라진다.

　그러나 사실 개별 서사를 살펴보면 몇 가지 판타지적인 설정이 독특할 뿐 내용 자체는 여타의 로맨스 서사물과 큰 차이가 없어 보이며, 작품 속에 재현된 남녀주인공의 모습 역시 통념에서 크게 벗어나지 않는다. 가령, 유리와의 에피소드 중에는 평소에 잘 꾸미지 않던 주인공이 유리에게 이끌려 백화점에 가 옷을 선물 받고 미용실에서 머리를 하는 장면이 나오는데, 이는 신데렐라 판타지 서사의 대표적인 장면이라 할 수 있다. 레드의 경우 영웅 컨셉의 캐릭터인 만큼 자신이 주인공을 지켜주어야 한다는 관념이 강하며, 전주인의 영향으로 깨끗함에 대한 강박이 있는 태이 역시 주인공이 험한 일에 말려들어 다치는 일이 없도록 지켜주려고 하는데, 여기에서는 '보호해 주는 남성'과 '보호받는 여성'의 구도가 매우 뚜렷하게 작용한다. 이 밖에 연애가 진행되는 과정에서의 스킨십에 있어 주인공이 매우 수동적인 태도를 취한다는 점 역시 지적해볼 수 있다. 하지만 모든 인물을 공략하면 열리는 Secret 챕터에 다다라 작품은 새로운 국면을 맞는다.

　Secret 챕터에서는 본격적으로 게임의 시스템을 통해서만 구현 가능한 독특한 시도가 등장한다. 전술하였듯 작품 안의 시간은 학교의 시험 기간과 축제일을 지나 크리스마스의 놀이공원 데이트까지 진행된다. 그런데 게임을 플레이하다 보면 몇 가지 수상한 장면을 마주하게 된다. 이야기가 진행되는 중간에 문득문득 스토리 진행과 관계없는 제3의 목소리가 개입해 들어오며 누군가가 플레이어와 함께 이야기를 지켜보고 있다는 사실이 암시되는 것이다. 또한 마지막 부분인 크리스마스의 놀이공원 데이트 장면에서는 연인이 된 남성 인물이 잠깐 자리

를 비운 사이 주인공이 사라지는 것으로 이야기가 끝난다. 이러한 복
선에 관련한 수수께끼는 남성 인물의 공략을 모두 완료해야 진입할 수
있는 Secret 챕터에서 밝혀지는데, 간략히 살펴보면 다음과 같다.

작품 안에서 일어나는 모든 일은 오랫동안 창고에 버려져 있던 곰
돌이 인형으로부터 시작된 것이었다. 곰돌이 인형은 주인공이 어린
시절 가지고 놀던 첫 인형이었다. 자신을 잊고 먼지 쌓인 창고 안에 버
려둔 주인공을 원망하던 곰돌이 인형은 마술쟁이에게 주인공을 만나
게 해 달라고 의뢰한다. 이에 마술쟁이는 자신의 능력을 사용하여 하
나의 게임판을 벌인다. 그것은 바로 주인공이 현재 소유하고 있는 다
섯 개의 구체관절인형과 각각 사랑에 빠져 그들 안에 감춰져 있는 마
음의 조각을 모두 회수하면 곰돌이와 만날 수 있도록 해 주는 것이다.
그리하여 주인공이 가지고 있던 구체관절인형들이 실제 사람이 되어
나타났던 것이고, 마술쟁이와 곰돌이는 관찰자의 시선에서 반복되는
주인공의 로맨스 여정을 지켜보고 있었던 것이다. 다섯 명과 사랑을
이뤄 마음의 조각을 모두 모은 주인공은 게임의 규칙에 따라 곰돌이
가 만들어놓은 세계로 강제 이동하게 되는데, 모든 개별 서사의 마지
막 장인 놀이공원 데이트 장면에서 주인공이 갑자기 사라졌던 이유가
바로 여기에 있다.

Secret 챕터의 독해로 밝혀지는 사실은 지금까지 플레이어가 자각
하지 못한 채 행해 왔던 여러 남성 인물의 공략이 바로 전체 서사 진행
의 중요한 요소로 작용하고 있었다는 것이다. 작품의 내용과 별개로
존재하고 있어야 할 화면 밖 플레이어의 경험이 이 챕터에서는 마술
쟁이에 의해 주인공의 경험과 오버랩되며 직접적으로 작품 내에 영향
을 미친다. 그리하여 Secret 챕터에서는 다음과 같은 흥미로운 장면이

등장하기도 한다. 크리스마스날 놀이공원에서 주인공을 잃어버린 후 다섯 인물들은 각자 사라진 주인공을 찾아 헤매는데, 우연히 학교 문 앞에서 란스를 만난 연호는 아래와 같이 말한다.

> "내 눈 앞의 란스는 내가 알던 란스지만... 느낌이 달라요. 왜지...? 마
> 치 다른 곳에서 온 란스같아요."[29]

분명 서로 아는 사이임에도 불구하고 연호가 란스에게 이질감을 느끼는 이유는 플레이어가 선택한 선택지에 따라 서사가 분기되어 이야기의 흐름이 달라졌기 때문이다. 따라서 란스 중심 서사 속의 연호와 연호 중심 서사 속 란스의 기억은 서로 다를 수밖에 없다. 그렇게 다섯 명의 남성들은 각자의 기억 안에서 모두 주인공과 연인 관계였다는 사실을 알게 된다.

그런데 여기에서 자세히 살펴보면 마술쟁이가 만들어놓은 세계의 구조는 여성향 게임의 시스템과 닮아있음을 알 수 있다. 게임의 시스템 안에 병렬적으로 구조화되어 있던 각 인물의 서사들은 인용문에서 '다른 곳에서 온 란스'라고 표현하였듯 평행우주로 은유된다. 또한 주인공이 다섯 인형과 사랑을 이루어 마음의 조각을 모두 모으면 곰돌이의 세계로 진입할 수 있다는 설정은 모든 남성 인물의 공략에 성공하면 숨겨진 엔딩이 열리도록 만들어져 있는 게임의 시스템 구조와 유사하다. 하지만 시스템 안에서 별개로 존재했어야 할 인물들이 이 작품 안에서는 어지러워진 시공간적 질서 때문에 하나의 장소에서 만난다. 그리하여 모두가 자신의 세계에서 주인공의 연인이었다는 사실

---

29) 〈네임리스〉 'Secret1' 챕터의 연호 대사.

이 밝혀지는 Secret 1 챕터의 에피소드는 화면 밖 플레이어의 경험이 적나라하게 담겨있어 당혹스럽기까지 한데, 바로 이 지점에서 운명적인 사랑 이야기처럼 보였던 개별 서사의 낭만성은 균열을 일으키게 된다. 그런데, 이러한 사실을 바탕으로 〈네임리스〉는 흥미로운 최종 결말을 보여준다.

다섯 남성들과의 해피 엔딩에 성공함으로써 마음의 조각을 모두 모으게 된 주인공은 모든 기억을 잃고 곰돌이의 세계에 갇히게 된다. 그녀의 기억이 사라진 이유는 자신을 잊은 채 다른 인형과 행복한 그녀의 모습에 심술이 난 곰돌이가 그녀의 기억과 관련된 일기장을 찢어버렸기 때문이다. 곰돌이는 주인공을 억지로 데리고 다니며 자신의 이름을 기억해 내라고 압박하지만 곰돌이의 바람과 달리 주인공은 추억의 물건과 장소를 보며 오히려 다섯 남성과 있었던 일을 모두 기억하게 되고, 우여곡절 끝에 곰돌이의 세계에서 탈출하게 된다. 그렇게 곰돌이는 다시 창고에서 잊혀지는 듯 하였지만 모두 외출한 사이 청소를 하던 주인공이 창고에 갇혀있던 곰돌이를 발견하고 이름을 기억해 낸다. 그리고 [그림 4]에서와 같이 주인공이 모든 인형들과 함께 행복하게 지내는 것으로 이야기는 마무리된다.

[그림 4] 〈네임리스〉의 게임화면 ③

그런데 이러한 결말은 일반적인 로맨스 서사물을 떠올려보면 매우 이질적이다. 한 명의 운명적인 상대와 사랑이 이루어지는 일반적인 로맨스물의 결말과 달리 최종적으로 그 누구와도 연결되지 않는 애매한 결말로 끝을 맺기 때문이다. 대신 작품은 새로운 형태의 애정 관계를 제시해 보여준다. [그림 4]에서 볼 수 있듯, 주인공과 남성 인물들과의 관계는 더 이상 일대일의 애정 관계에 종속되지 않는다. 이제 그녀에게는 과거의 곰돌이 인형처럼 '네임리스'가 되지 않도록 마스터로서 인형 모두에게 애정을 줄 것이 요구되고, 개별 서사 안에서 다소 수동적으로 그려졌던 주인공은 이 최종 결말에 이르러 훨씬 주체적인 지위를 획득한다.

애정 관계에 있었던 자신의 인형들과 함께 웃고 있는 주인공의 모습은 여성향 게임의 플레이어가 작품 안의 여러 남성들과 맺는 일대다(一對多)의 관계를 은유적으로 나타낸 것처럼 보인다. 물론 이것은 현실에서 통용될 수 있는 형태의 관계는 아니다. 하지만 남성적 특징으로 여겨졌던 바람기의 욕망이 이 가상의 세계 안에서는 플레이어와 캐릭터, 혹은 주인과 인형의 관계 안에서 허용되며 긍정된다. 이처럼 〈네임리스〉는 게임의 시스템 및 화면 밖 플레이어의 모습을 메타적 시선으로 작품 안에 재현해 놓음으로써 개별 서사의 차원에서는 특별할 것 없어 보이던 로맨스 서사를 새로운 의미로 이끌어간다.

4. 복수(複數)의 서사 경험과 여성 주체

앞 장에서는 〈네임리스〉의 서사 분석을 통해 여성향 게임이 어떻게 일반 로맨스물과 다른 방식으로 의미를 만들어 나가는지 살펴보았다. 이 장에서는 작품의 외적 차원에서, 복수의 서사 경험을 제공하는 여성향 게임의 특징이 여성 플레이어의 주체성과 관련하여 어떤 효과를 가져오는지 논의해 볼 것이다.

　일반적으로 여성향 게임의 타깃은 여성이며, 따라서 여타 로맨스물과 마찬가지로 여성 취향의 로맨스 서사를 제공한다. 그러나 여성향 게임을 플레이하는 행위는 로맨스 소설을 읽는 행위보다 좀 더 적극적인 의미를 갖는다. 그 이유는 작가가 써 내려간 하나의 이야기만을 소비할 수 있는 로맨스 소설과 달리 여성향 게임은 자신이 선택지를 선택해 나가며 게임의 이야기를 이끌어나갈 수 있기 때문이다.

　그러나 여성향 게임 플레이어의 주체성이 단순히 이야기 진행상의 선택지를 선택할 수 있다는 점에서만 발생하는 것은 아니다. 오늘날 사랑이 자기실현의 문제와 밀접하게 관련된다는 점을 생각해 본다면, 여성향 게임에 취향별로 유형화된 남성 인물들이 등장한다는 사실 역시 중요하게 살펴볼 필요가 있다. 감정사회학자 에반 일루즈에 따르면, 선택의 자유가 중요해진 현대사회에서 배우자를 찾아내는 일은 "자기 자신의 본질에 상응하는 인물의 선택이자 결정"이며, 이 본질이란 "자아가 정의하는 선호도와 욕구의 다발"로 이뤄진다.[30] 그렇기 때문에 개인은 끊임없이 자신의 취향이나 원하는 조건이 무엇인지 자문해야 할 필요가 있다.[31] 이러한 삶의 조건을 고려해 보았을 때 여러 남성 인물을 공략해볼 수 있는 여성향 게임의 시스템은 특별한 의미를

---

30) 에바 일루즈, 앞의 책, 182쪽.
31) 위의 책, 181쪽.

지닌다.

작품에 등장하는 남성들은 몇 가지 특징들로 유형화 되어 있다. 〈네임리스〉에 등장하는 남성 인물들의 주요 특징을 공식 홈페이지에 소개된 내용을 바탕으로 정리해 보면 다음과 같다.[32]

이름	외형적 특징	취미	좋아하는 것/ 싫어하는 것	기타 특징
란스	긴 은발, 172cm, 63kg	수첩 정리	조용한 공간/시끄럽거나 시선을 끄는 행동	주위 사람들에게 차갑게 대하여 '아이스 프린스'라는 별명이 있음. 자신을 잘 표현하지 않음.
연호	금발, 166cm, 54kg	계란프라이 만들기, 요리공부	과자, 마스터/ 혼자 남는 것	키가 가장 작으며 모성을 자극하는 외모. '노랑병아리'라는 별명을 가지고 있음.
유리	흑발, 182cm, 75kg	드럼 치기, 쇼핑	본인을 좋아하는 여자/무뚝뚝한 사람	성숙한 몸을 지닌 나르시스트. 버릇처럼 추파를 던져 가벼워 보이기도 하나, 둘만 있을 때는 의외로 제대로 된 남자.
태이	주황 머리, 178cm, 71kg	책읽기, 커피 끓이기	고서, 앞치마/ 가벼운 태도	요리를 잘하고 특히 커피를 잘 끓임. 누구에게나 다정한 성격으로 인기가 많음.
레드	빨간 머리, 179cm, 73kg	프라모델 수집	초콜릿, 전대물, 용사물/ 허세, 흔한 것	전대물이나 만화영화를 즐겨보는 엉뚱한 소년. 언젠가 자신이 숨겨진 파워에 눈뜰 것이라 믿고 있음.

---

32) 〈네임리스〉 공식 홈페이지 주소는 https://nl.cheritz.com이다.

〈네임리스〉속 인물들은 많은 여성들이 보통 매력적이라 느끼는 외모나 성격의 자질들을 데이터베이스로 삼아 형상화된 인물들이다. 쉽게 다가가기 어려운 성격이지만 소중한 사람에게는 헌신적인 모범생, 귀엽고 애교 많은 연하, 성숙한 매력을 지닌 카사노바, 오빠같이 듬직하고 자상한 연상, 단순하지만 남자답고 용감한 타입의 남성 등이 그것이다. 서로 다른 성격을 가진 인물들은 평소의 행동이나 주인공을 대하는 모습이 다를 수밖에 없는데, 한 예로 작품 안에서 같은 반에 다니는 란스와 연호의 경우를 들 수 있겠다. '아이스 프린스'라는 별명으로 불릴 만큼 란스는 작품 초반 자신에게 호감을 갖고 다가오는 아이들에게 쌀쌀맞게 대한다. 좀처럼 먼저 누군가에게 이야기를 거는 법도 없다. 반면 '병아리'라는 별명으로 불리며 많은 사람에게 귀여움을 받는 연호는 사람들에게 매정하게 대하지 못한다. 그리하여 주인공이 목격한 둘의 모습은 매우 대조적인데, 란스의 주변은 여학생들이 호시탐탐 기회를 노리면서도 함부로 앉지 못해 텅 비어있으나 연호는 항상 여학생들에게 둘러싸여 끌려다니다시피 한다. 이처럼 성격과 행동 양상이 다른 인물들을 공략 해 나가며 플레이어는 다양한 형태의 관계를 체험해 볼 수 있다. 어리바리한 모습으로 능력 있는 남성 인물의 도움을 받아볼 수도, 성숙한 모습으로 어린 남성의 응석을 받아줄 수도 있는 것이다.

여기에 더해, 인물들은 각자 에로티시즘을 불러일으키는 특징적인 외모를 가지고 있다. 가령, 란스의 긴 은발은 그의 성격처럼 깔끔하면서도 도도하고 차가운 느낌을 불러일으킨다. 연하 타입의 연호는 귀여운 금발에 다른 인물들보다 보호 본능을 일으키는 왜소한 체형을 가지고 있다. 반면 체육인 타입의 레드는 상대적으로 건장하고 다부

368 순결과 음란 - 에로티시즘의 작동 방식

진 체형에 그의 넘치는 에너지와 같이 빨간 머리를 가지고 있다. 물론 어떤 특징을 지닌 인물이든 외적으로 매우 수려한 것은 기본이다. 그리하여 플레이어는 서사의 내용을 소비하는 동시에 시각적으로 형상화되어있는 남성 인물의 에로티시즘을 소비할 수 있다.[33]

　물론 게임 안에서의 체험이 현실에서 배우자를 찾는 과정과 같은 차원에 놓일 수는 없다. 여성향 게임에 등장하는 남성 인물의 외모나 성격, 배경 등의 자질은 몇 가지로 단순화되어 있으며 실제 현실과 동떨어진 판타지에 가깝기 때문이다. 하지만 그렇다고 하여 여성향 게임이 의미 없어지는 것은 아니다. 자신의 취향이나 라이프 스타일을 끊임없이 자문하며 합리적으로 자신을 만족시켜 줄 상대방을 찾아야 하는 오늘날, 감정적인 끌림과 이성적 조건을 모두 만족시켜 주는 상대방을 찾는 일은 매우 어렵고 복합한 일이 되었다. 사회적 관계망에 따라 유동하는 자아를 확정한다는 것부터 매우 어려운 일이며, 일단 누군가와 연인 사이가 되었다 하더라도 개인의 선호에 의존한 결속이란 매우 느슨하여 언제든 다른 사람에게 자리를 빼앗길 수 있기 때문이다.[34] 이처럼 불안정한 상황 속에서 여성향 게임은 다양한 조건의 남성들을 감정적 소모나 실패가 거의 없이 손쉽게 만날 수 있도록 해준다. 앞에서 주인공에 동일시되어 주어진 상황을 일방적으로 받아들여야 하는 출판 로맨스물의 독서 경험과 달리 여성향 게임 플레이어의 독서 경험은 화면 안 주인공에 이입되어있는 '나'와 화면 밖에서 전

---

33) 일본의 여성향 게임 〈박귀앵〉을 분석한 인단비의 논문에서도 플레이어의 자율성과 관련하여 비슷한 내용이 지적된 바 있다. (印旦妃, 앞의 글, 79-82쪽.)
34) 개인의 자기 이해와 합리적 선택에 기반한 오늘날의 사랑이 본질적으로 불안정한 것일 수밖에 없는 이유에 대해 자세한 내용은 에바 일루즈, 앞의 책, 179-201쪽 참조.

체 시스템을 파악하고 조정하며 여러 가지 가능성의 세계를 경험하는 '나'로 분화되어 이루어진다고 서술한 바 있는데, 이러한 특징 때문에 여성향 게임은 여타 로맨스물보다 한층 적극성을 띤다. 플레이어는 개별 서사 안에서 주인공에 이입하면서도 동시에 주인공과 한 걸음 떨어진 위치에서 여러 인물들을 비교·평가할 수 있으며, 수시로 본인의 역할을 바꾸어볼 수도 있기 때문이다. 이러한 과정을 통해 플레이어는 실제 현실과는 다소 거리가 있을지라도 자신의 취향이나 선호를 나름대로 탐색해 나갈 수 있으며, 그리하여 작품 내 개별 서사의 내용과는 별개로 여성 플레이어는 주체적인 위치에 놓이게 된다.

한편, 한 인물과의 결말이 '해피 엔딩(Happy Ending)'과 '배드 엔딩(Bad Ending)'으로 나뉘어 존재한다는 점 역시 일반 로맨스물과 다른 여성향 게임의 특징으로서 의미를 갖는다. 보통 해피 엔딩은 게임의 공략에 성공했다는 의미이며, 배드 엔딩은 실패했다는 의미이다. 그러나 〈네임리스〉의 경우 몇몇 배드 엔딩은 단순히 연애 실패의 의미를 넘어 양지에 드러내기 어려운 여러 욕망의 가능태들을 제시해주는 역할을 해 주기도 한다. 한 예로, 연호와의 서사는 하나의 해피 엔딩과 세 가지의 배드 엔딩이 존재한다. 해피 엔딩은 연호가 자신을 학대하고 버렸던 전주인에 대한 트라우마를 극복하고 주인공과 연인이 되는 것이다. 해피 엔딩의 경우 귀여운 연하의 남성이라는 이미지 때문인지 그와의 스킨십은 아주 낮은 수위에 그치며, 그마저도 연호의 주도하에 이루어진다. 그러나 연호와의 배드 엔딩은 다소 파격적이다. 하나를 살펴보자면, 언젠가부터 집착이 과해진 연호가 부담스러워진 주인공은 일부러 연호를 떼어놓고 친구들과 시험공부를 하러 카페에 간다. 그러자 버림받았다 생각한 연호는 충격 속에서 내리는 비를 하염

없이 맞으며 주인공을 기다리다 쓰러지고, 그런 연호를 발견한 주인공은 급하게 그를 집에 데려온다. 고열에 들떠 자리에 누워있는 연호를 간호하다가 주인공은 이불을 가져다주려 한다. 그러나 연호는 자신의 곁에 있어 달라며 주인공의 옷깃을 붙드는데, 이때 그의 부탁을 무시하고 이불을 가지러 떠나는 선택지를 선택하면 배드 엔딩으로 분기하게 된다.

배드 엔딩에서는 주인공의 뒤틀린 욕망이 발현되는 모습을 볼 수 있다. 이불을 가지고 돌아온 주인공은 그사이 잠들어 있는 연호를 보게 된다. 그런데 그 순간 주인공의 마음에는 이상한 감정이 피어오른다. 자신만을 쫓아다니며 자신의 기분에 맞춰주려 기꺼이 희생하는 연호가 약자이자 소유물로 보이기 시작한 것이다. 옷깃을 걷어 올리자 연호의 몸에 보이는 전 주인의 학대의 흔적이 주인공을 더욱 자극한다. 그리하여 주인공은 이불을 걷어 내 연호에게 손을 뻗고, 연호는 괴로워하면서도 순순히 주인공의 손길을 받아들인다. 직접적인 묘사는 되어있지 않지만 이 장면은 성우의 목소리 연기와 더불어 매우 에로틱한 상상력을 불러일으킨다. 서술한 장면이 흥미로운 이유는 보통 여성이 성적으로 대상화되는 경우가 많은 반면 해당 장면은 여성이 남성 인물을 대상화하여 욕망을 발산하는 양상을 보여주기 때문이다.

물론 반대로 남성 인물이 주인공을 향해 뒤틀린 애정을 보여주는 배드 엔딩도 있다. 한 예로 태이와의 배드 엔딩 중에는 과도한 소유욕에 사로잡힌 태이가 주인공을 감금하거나 주인공에게 억지로 스킨십을 행하는 경우도 등장한다. 이처럼 BDSM(Bondage, Discipline, Sadism, Masochism)적 요소가 다분한 공격적, 폭력적 형태의 애정은 두 남녀가 자유의지에 따라 애정을 주고받을 수 있는 건전한 관계가 아니기 때문에 해피 엔딩이 될 수 없으며, 사회적으로 용인되지도 않는다. 그러나 작품 안에서 그려지는 BDSM적 관계는 승인되지 않은 불온한 욕망을 배드 엔딩이라는 이름 아래 들추어내고, 금지된 경계를 벗어나는 아슬아슬함을 통해 일종의 에로틱한 쾌락을 제공해 준다.

이밖에도 배드 엔딩에는 다양한 결말이 담길 수 있는데, 〈네임리스〉의 다음 작품인 〈수상한 메신저〉에는 결혼을 하지 않은 채 남성 인물과 동거를 하거나, 혹은 회사 오너인 남성 인물과 연인이 되는 대신 일적으로 능력을 발휘하여 그의 회사에 취직하는 등의 결말이 배드 엔딩에 담겨져 있다. 이러한 결말은 선선한 연인 관계를 이루지 못하였다는 의미에서 배드 엔딩에 들어가긴 하였으나 백마탄 왕자님을 만나는 여성의 범주를 넘어 좀 더 다채로운 여성의 모습을 그려낸다. 이처럼 다양한 방식으로 기존의 로맨스 서사 공식을 비트는 배드 엔딩의 존재는 플레이어에게 때로는 일탈의 경험을 주며, 해피 엔딩 안에서는 얻을 수 없었던 재미를 부여한다. 여성향 게임은 이 지점에서 일반 로맨스 서사물보다 적극적인 미디어로서 의미를 획득하며, 로맨스 서사의 공식을 충실히 따른 개별 서사 안에서 다소 소극적, 수동적으로 그려지는 여성 주인공의 모습과 별개로 플레이어에게 능동성을 부여한다.

5. 새로운 문학 양식으로서의 여성향 게임

지금까지 국내의 여성향 게임은 영향력 있는 시장을 형성하고 있는데에 비해 연구가 거의 이루어지지 못하였다. 그러나 여성향 게임은 기존 로맨스 서사물의 계보를 이으면서도 동시에 디지털 매체적 특징을 바탕으로 새로운 이야기 효과를 만들어내기 때문에 심도 있는 고찰을 해볼 필요가 있다.

　기존의 출판 로맨스물과 다른 여성향 게임의 가장 큰 특징은 플레이어에게 '복수의 서사 경험'을 제공한다는 점이다. 여성향 게임 안에는 공략이 가능한 여러 명의 남성 등장인물이 등장하며, 각 인물의 서사마다 '해피 엔딩'과 '배드 엔딩'이 준비되어 있다. 플레이어는 화면에 뜨는 선택지를 선택함으로써 자신이 원하는 방향으로 서사를 이끌어갈 수 있다. 그리고 보통 플레이는 한 번으로 끝나는 것이 아니라 저장, 불러오기, 다시 하기 등의 게임 시스템을 통해 몇 번이고 반복되며 이전 플레이와 다른 새로운 방향으로 이루어진다. 그리하여 플레이어는 선택에 따라 달라지는 여러 가능성의 세계를 경험하게 되고, 단선적 시간관을 바탕으로 하나의 이야기를 제공하는 출판 로맨스물을 읽을 때와 달리 플레이어와 작품 속 주인공의 동일성은 깨어지게 된다.

　여성향 게임의 이러한 특징은 작품의 내적, 외적 차원에서 새로운 의미를 발생시키는데, 본고에서는 국내의 여성향 게임회사인 '체리츠'사의 〈네임리스〉를 통해 그 구체적인 양상을 살펴보았다. 물론 각 등장인물과의 연애 이야기 전달에만 주력하는 작품들도 많으나, 체리츠사의 경우 게임의 시스템을 충분히 활용하여 독특한 방식으로 작품의 서사를 전개시켜 나간다. 개별 서사들의 큰 흐름은 주인공이 남성 인물의 아픔을 다독여주며 그에게 특별한 사람이 되어가는 방향으로 진행되며, 작품 속에 재현된 남녀주인공의 모습 역시 통념에서 크게 벗어나지 않기 때문에 일견 여타의 로맨스 서사물과 큰 차이가 없는 것처럼 보인다. 그러나 모든 인물의 공략을 완료해야 볼 수 있는 Secret

챕터에 이르면 곰돌이 인형과 마술쟁이라는 새로운 인물들이 작품의 바깥에서 주인공의 연애 이야기를 지켜보고 있었다는 사실이 밝혀진다. 이로써 여러 남성 인물들을 두루 공략하는 여성향 게임 플레이어의 일반적인 플레이 행위가 서사 안에서 직접적으로 드러나고, 유일하고 운명적인 사랑 이야기처럼 보였던 개별 서사들의 낭만성은 깨지게 된다. 그런데 〈네임리스〉는 여기에서 한 단계 더 나아가 흥미로운 결말을 제시한다. 최종적으로 주인공이 누군가과 사랑을 이루는 것이 아니라 모든 인형들과 함께 행복하게 지내는 것으로 마무리되는 것이다. 일대일의 애정 관계에 종속되지 않는 작품 속 주인공의 모습은 화면 밖 플레이어가 작품 안 남성들과 맺는 일대다(一對多)의 관계를 은유적으로 재현한 것으로 보이는데, 이로써 남성적 특징으로 여겨지는 바람기의 욕망이 이 작품에서는 주인과 인형의 관계 안에서 허용되며 긍정된다.

한편, 여성향 게임이 제공하는 복수(複數)의 서사 경험은 작품 외적으로도 새로운 효과를 발생시킨다. 〈네임리스〉에는 란스, 연호, 유리, 태이, 레드 다섯 명의 남성 인물들이 등장하는데, 이들은 각자 많은 여성들이 보통 매력적이라 느끼는 외모나 성격의 자질들을 바탕으로 유형화된 인물들이다. 플레이어는 성격과 외모가 각기 다른 남성 인물들을 두루 공략 해 봄으로써 자신의 취향이나 선호를 나름대로 탐색해 나갈 수 있는데, 이런 점에서 여성향 게임의 플레이어는 작품 내 개별 서사의 내용과는 별개로 주체적인 위치에 놓인다. 여기에 더해 한 인물과의 결말이 '해피 엔딩'과 '배드 엔딩'으로 나뉜다는 점 역시 의미가 있다. 해피 엔딩은 주인공과 남성 인물이 사랑을 성취하는 데에 성공하는 모습이 무난하고 건전한 형태로 그려지는 반면, 배드 엔딩은

BDSM적 요소가 다분한 장면으로 불온한 욕망을 재현한다든지, 주인공이 사랑 대신 일을 선택하는 등 좀 더 다양한 장면들이 그려진다. 다양한 방식으로 기존의 로맨스 서사 공식을 비트는 배드 엔딩의 존재는 개별 서사 안에 그려진 여성 주인공의 모습과 별개로 여성향 게임을 다채로운 욕망의 재현처로서 기능하도록 만들어 준다.

　과거 우리나라에서는 급격히 변화하는 매체 환경 속에서 문학이 나아갈 길에 대한 실험의 일환으로 〈디지털 구보 2001〉(2001)과 같은 하이퍼텍스트 문학을 시도한 바 있었다. 그러나 그것은 텍스트의 긴밀성이 부족하여 정작 독서 행위의 즐거움을 충족시켜주지 못하는 문제가 있었고,[35] 이후 스토리가 산만해지는 하이퍼텍스트의 취약점을 객관식 선택지의 제시로써 극복한 '비주얼 노블'이 미래 문학의 형식으로 주목받기 시작하였다.[36] 새로운 문학적 양식으로서 비주얼 노블에 주목한 시각은 매우 유효하였으나 오랜 시간 동안 관련 연구는 활발하게 이루어지지 못하였다. 어쩌면 그 이유는 그동안 국내의 비주얼 노블 게임 시장이 충분히 발달하지 못했기 때문이었을지 모른다. 하지만 최근 들어 비주얼 노블 작품은 국내 게임 시장의 성장과 더불어 활발하게 제작되고 있으므로 디지털 시대의 대중적 이야기 양식으로서 다시 한 번 주목해 볼 필요가 있다. 본고에서는 체리츠 사의 〈네임리스〉를 분석해 보았으나 이 밖에도 여성향 게임 작품은 많이 존재하며, PC뿐 아니라 모바일용으로도 많이 제작되고 있다. 모바일 앱으

---

35) 자세한 내용은 이소희, 앞의 글, 6-8쪽 참조.
36) 관련 글로 다음의 글이 있다. 김성곤, 「문학의 미래 : 비주얼노블, 그래픽소설, 중간문학, 포스트휴머니즘」, 『비평』 제16호, 2007; 김민영, 「문학과 게임의 동거:'독자 플레이어'가 '소설 게임'쓰기에 참여하는 '비주얼 노블'」, 『문학사상』 제36권 제10호, 2007.

로 제작된 〈수상한 메신저〉의 경우 휴대폰의 특징인 전화, 문자의 기능을 접목시켜 PC와는 또 다른 방식으로 서사를 전개 시켜 나가 흥미롭다. 앞으로 다양한 시각에서 여성향 게임이 연구될 필요가 있겠다.

참/고/문/헌

1. 기본 자료
• 체리츠(Cheritz), 〈네임리스(Nameless)〉, 2013.

2. 참고 자료
1) 논문
• 김성곤, 「문학의 미래 : 비주얼노블, 그래픽소설, 중간문학, 포스트휴머니즘」, 『비평』 16, 2007.
• 김민영, 「문학과 게임의 동거:'독자 플레이어'가 '소설 게임'쓰기에 참여하는 '비주얼 노블'」, 『문학사상』 36 (10), 2007.
• 이소희, 「하이퍼텍스트로서의 비주얼 노블 연구」, 한양대 석사논문, 2016.
• 印旦妃, 「여성 서브컬처를 통한 여성 연구–오토메 게임 〈박앵귀〉를 중심으로」, 고려대 석사논문, 2015.
• 장민지 · 윤태진, 「미소년을 기르는 여성들」, 『미디어, 젠더&문화』 제19권, 2011.
• 전경란, 「여성 게이머의 게임하기와 그 문화적 의미에 대한 연구」, 『사이버 커뮤니케이션 학보』 22, 2007.
• 전경란, 「게임연구에 대한 메타분석」, 『사이버 커뮤니케이션 학보』 27 (3), 2010.

2) 단행본

• 아즈마 히로키, 『동물화하는 포스트모던』, 이은미 역, 문학동네, 2007.

• 아즈마 히로키, 『게임적 리얼리즘의 탄생』, 장이지 역, 현실문화, 2012.

• 윤태진, 「게임문화연구의 새로운 쟁점들」, 『게임과 문화연구』, 커뮤니케이션북스, 2008.

• 에바 일루즈, 『사랑은 왜 아픈가』, 김희상 역, 돌베개, 2013.

찾/아/보/기

논/문/정/보

일러두기

– 이 책의 원고 중 일부는 학술지에 게재된 논문을 수정한 것입니다.

고영란

제1부 제1절은 고영란, 「사이카쿠(西鶴)의 호색물과 에로스」(『일본학보』 103, 한국일본학회, 2015)를 수정·보완한 것입니다.

이주영

제1부 제2절은 이주영, 「조선후기 야담에 나타난 여성 정욕의 표출과 그 대응의 몇 국면」, 『한국고전연구』 41, 한국고전연구학회, 2018)을 수정·보완한 것입니다.

류정훈

제1부 제3절은 류정훈, 「幸田露伴「対髑髏」における小町伝説の受容様相と変化 ―古典からの影響と明治の女性嫌悪―」(『日本文化學報』 77, 한국일본문화학회, 2018)을 수정·보완한 것입니다.

이주라

제2부 제1절은 이주라, 「한국 근대 순결 이데올로기와 처녀라는 주체」(『어문논집』 79, 민족어문학회, 2017)를 수정·보완한 것입니다.

문선영

제2부 제3절은 문선영, 「TV드라마에 나타난 불륜 소재 활용방식과 담론의 변화양상」(『Journal of Korean Culture』 제41집, 한국어문학국제학술포럼, 2018)을 수정 · 보완한 것입니다.

김유미

제3부 제1절은 김유미, 「비평담론을 통해 본 연극 〈에쿠우스〉 수용의 쟁점과 에로티시즘」(『한국연극학』 57, 한국연극학회, 2015)을 수성 · 보완한 깃입니다.

박유희

제3부 제2절은 박유희, 「장선우의 외설 논란 영화를 통해 본 포스트시대 한국영화의 동향」(『드라마 연구』 48, 한국드라마학회, 2016)을 수정 · 보완한 것입니다.

송효정

제3부 제3절은 송효정 「불온하고 장난스런 노이즈」는 『문장웹진』 (2018.4)에 게재된 글을 수정 · 보완한 것입니다.

한상윤

제4부 제3절은 한상윤, 「여성향 연애 시뮬레이션 게임의 다중 서사적 특징과 그 효과-체리츠 사의 〈네임리스〉(2013)를 중심으로」(『대중서사연구』 24(2), 대중서사학회, 2018)을 수정 · 보완한 것입니다.

필자 소개

고영란

전북대학교 일본학과 조교수. 「일본 근세 유형 소설 『가타기모노(氣質物)』에 대한 연구」로 박사학위를 받았고, 일본 고전문학과 한일문화 비교에 관심을 가지고 연구하고 있다. 근래의 논저로는 『일본인의 경제관념』(공역), 「이시다 바이간(石田梅岩)의 상업관에 관한 소고(小考) - [도비문답(都鄙問答)]을 중심으로 - 」, 「18세기 전후의 한일 저주담과 소문 ─ 『천예록(天倪錄)』과 『사이카쿠의 여러 지방 이야기(西鶴諸國ばなし)』의 비교를 중심으로─」 등이 있다.

이주영

동국대학교 국어국문학과 박사과정 수료. 조선후기 귀신 소재 단편서사에 관심을 갖고 연구 중이다. 주요 논문으로 「'기괴하고 낯선 몸'으로 〈변강쇠가〉 읽기」, 「여귀(女鬼) 서사의 한 양상에 대하여: '득옥(得玉)' 서사의 전개 양상과 성격을 중심으로」 등이 있다.

류정훈

고려대학교 CORE사업단 연구교수. 일본 쓰쿠바대학에서 「近代日本の怪談研究 明治期幽靈譚をジェンダー,戰爭,植民地主義の視座から讀み直す─」로 박사학위를 받았다. 주요 연구과제는 에도 시대부터 식민지기에 걸친 일본괴담의 변용과정이며, 전후의 요괴문화, 요괴학의 추이에도 관심을 가지고 있다. 근래의 논저는 「近代日本における金玉均怪談」, 「夏目漱石「琴のそら音」試論」, 「『累伝說の変容樣相─『古今犬著聞集』から『死靈解脫物語聞書』へ─」 등이 있다.

이주라

한림대학교 한림과학원 HK연구교수. 「1910~1920년대 대중문학론의 전개와 대중소설의 형성으로 박사학위를 받았고, 한국 근대 대중문화의 형성과 특징에 관심을 가지고 연구하고 있다. 근래의 논저는 『식민지 근대의 시작과 대중문학의 전개』, 『웹소설 작가를 위한 장르 가이드1-로맨스』(공저), 「건전 국가를 월경(越境)하는 명랑 시민」 등이 있다.

이정안

고려대학교 국어국문학과 박사과정 수료. 「박영희 소설 연구: 등장인물의 비애를 중심으로」로 석사학위를 받았으며, 해방 이후의 한국의 소설과 대중문화 형성에 관심을 가지고 있다. 최근 논문으로는 「1960년대 박계주 소설연구」 등이 있다.

문선영

고려대학교 국제한국언어문화연구소 연구교수. 「한국 라디오 드라마의 형성과 장르 특성」으로 박사학위를 받았고, 라디오 드라마부터 텔레비전 드라마까지 방송극 전반에 대해 관심을 가지고 연구하고 있다. 저서로는 『한국의 공포드라마』, 『대중서사장르의 모든 것』4~5권(공저)가 있으며, 최근 논문으로는 「1994년 〈서울의 달〉에 재현된 서울」, 「영상콘텐츠에서의 윤동주 재현양상」 등이 있다.

김유미

단국대학교 교양교육대학 교수. 「한국현대희곡의 제의구조」로 박사학위를 받았고 평론집으로『내일을 위한 오늘의 연극』이 있다. 연극평론을 쓰면서 TV드라마를 포함한 다양한 극 장르에 관심을 갖고 있다.

박유희

고려대학교 미디어문예창작학과 교수. 줄곧 '서사와 매체'라는 큰 틀 안에서 한국문화사를 연구해왔으며 최근에는 한국영화사의 맥락과 서사장르의 관계망 속에서 한국영화의 위상과 의미를 묻는 글들을 쓰고 있다. 지은 책으로는『디지털 시대의 서사와 매체』,『서사의 숲에서 한국영화를 바라보다』,『한국영화 역사 속 검열제도』(공저),『대중서사장르의 모든 것』1~5권(공저) 등이 있다.

송효정

영화평론가. 대구대학교 인문교양대학 조교수. 제12회 '씨네21' 영화평론상 수상 이후〈씨네21〉을 비롯한 매체를 통해 영화비평을 지속하고 있다. 고려대학교 국어국문학과 및 동대학원에서 한국근대문학 연구로 박사학위를 받았다. 연구자로서는 식민-해방-냉전기 한국영화사, 비교문화, 한국문학 연구에 관심을 두며, 영화평론가로서는 표상체계 전반에 관여한다.

이현경

영화평론가. 「한국 근대 영화잡지 형성 연구」로 고려대에서 박사학위를 받았으며, 대중서사에 관심을 갖고 한국 장르영화에 대해 글을 쓰고 있다. 영화비평, 영화이론, 영상문화, 장르론 등의 과목을 강의해 왔다. 공저로는 『대중서사장르의 모든 것』(1~5권), 『영화의 장르 장르의 영화』 등이 있다.

송치혁

고려대학교 박사과정 수료. 「하유상의 극작품과 극작법 연구」로 석사학위를 받았고, 텔레비전드라마를 비롯한 한국대중문화 전반에 관심을 가지고 연구하고 있다. 근래의 공저로 『신데렐라 최진실, 신화의 탄생과 비극』, 『야누스의 얼굴 이은주』, 『흙흙청춘』 등이 있다.

한상윤

고려대학교 국어국문학과 박사과정 수료. 「1960년대 궁중사극영화 연구: 조선왕조소재 작품을 중심으로」로 석사학위를 받았으며, 현재는 대중문화 분야 중 공포, SF 및 기타 서브컬처에 두루 관심을 갖고 연구를 진행 중이다. 저서로는 『기억의 여신 므네모시네, 영화관에 들어가다』(공저)가 있다.

순결과 음란
에로티시즘의 작동 방식

초 판 인 쇄 | 2018년 10월 12일
초 판 발 행 | 2018년 10월 12일

지 은 이 대중서사장르연구회

책 임 편 집 윤수경

발 행 처 도서출판 지식과교양
등 록 번 호 제2010-19호
주   소 서울시 도봉구 삼양로142길 7-6(쌍문동) 백상 102호
전   화 (02) 900-4520 (대표) / 편집부 (02) 996-0041
팩   스 (02) 996-0043
전 자 우 편 kncbook@hanmail.net

ISBN 978-89-6764-129-0 93800   정가 28,000원